琥珀眼睛的兔子

THE HARE WITH AMBER EYES
A HIDDEN INHERITANCE

Edmund de Waal

〔英〕埃德蒙·德瓦尔 著　　丁剑 译

人民文学出版社
PEOPLE'S LITERATURE PUBLISHING HOUSE

著作权合同登记号 图字 01-2020-7428

Edmund de Waal
THE HARE WITH AMBER EYES

Copyright © Edmund de Waal 2010
This edition arranged with Felicity Bryan Associates Ltd.
through Andrew Nurnberg Associates International Limited.
All rights reserved.

图书在版编目(CIP)数据

琥珀眼睛的兔子/(英)埃德蒙·德瓦尔著;丁剑译.
—北京:人民文学出版社,2024
ISBN 978-7-02-018289-3

Ⅰ.①琥… Ⅱ.①埃… ②丁… Ⅲ.①回忆录-英国
-现代 Ⅳ.①I561.55

中国国家版本馆 CIP 数据核字(2023)第 196270 号

责任编辑　卜艳冰　欧雪勤
封面设计　汪佳诗

出版发行　人民文学出版社
社　　址　北京市朝内大街 166 号
邮政编码　100705

印　　制　山东临沂新华印刷物流集团有限责任公司
经　　销　全国新华书店等

字　　数　248 千字
开　　本　889 毫米×1194 毫米　1/32
印　　张　11.25
版　　次　2024 年 1 月北京第 1 版
印　　次　2024 年 1 月第 1 次印刷

书　　号　978-7-02-018289-3
定　　价　69.00 元

如有印装质量问题,请与本社图书销售中心联系调换。电话:010-65233595

献给本、马修和安娜，
以及我的父亲

即使一个人不再心萦外物，但终究有些事物已经与他有了牵连；这往往是因为一些别人无法理解的原因……哎，现在我已经累了，无法再和其他人共同生活。这些过往的情感，如此个人如此独特，在我看来异常宝贵——这是所有收藏家都具有的狂热吧。我像开启橱窗一样向自己敞开心扉，一件一件检视那些不为世人所知的心爱之物。这些是现在最让我牵挂的收藏，其他均无法与之相比，我对自己说，就像马萨林①提起自己的藏书一样，但我其实没有丝毫悲伤——有一天我将不得不撇下它们，这真让人讨厌。

——夏尔·斯万

（摘自马塞尔·普鲁斯特《平原上的城市》②）

---

① 马萨林（Mazarin），法国外交家、政治家，法国国王路易十四时期的首相及枢机主教。
② 《平原上的城市》是普鲁斯特《追忆似水年华》第四卷《所多玛与蛾摩拉》的英译版名。

家谱图（译注：m代表婚姻关系）

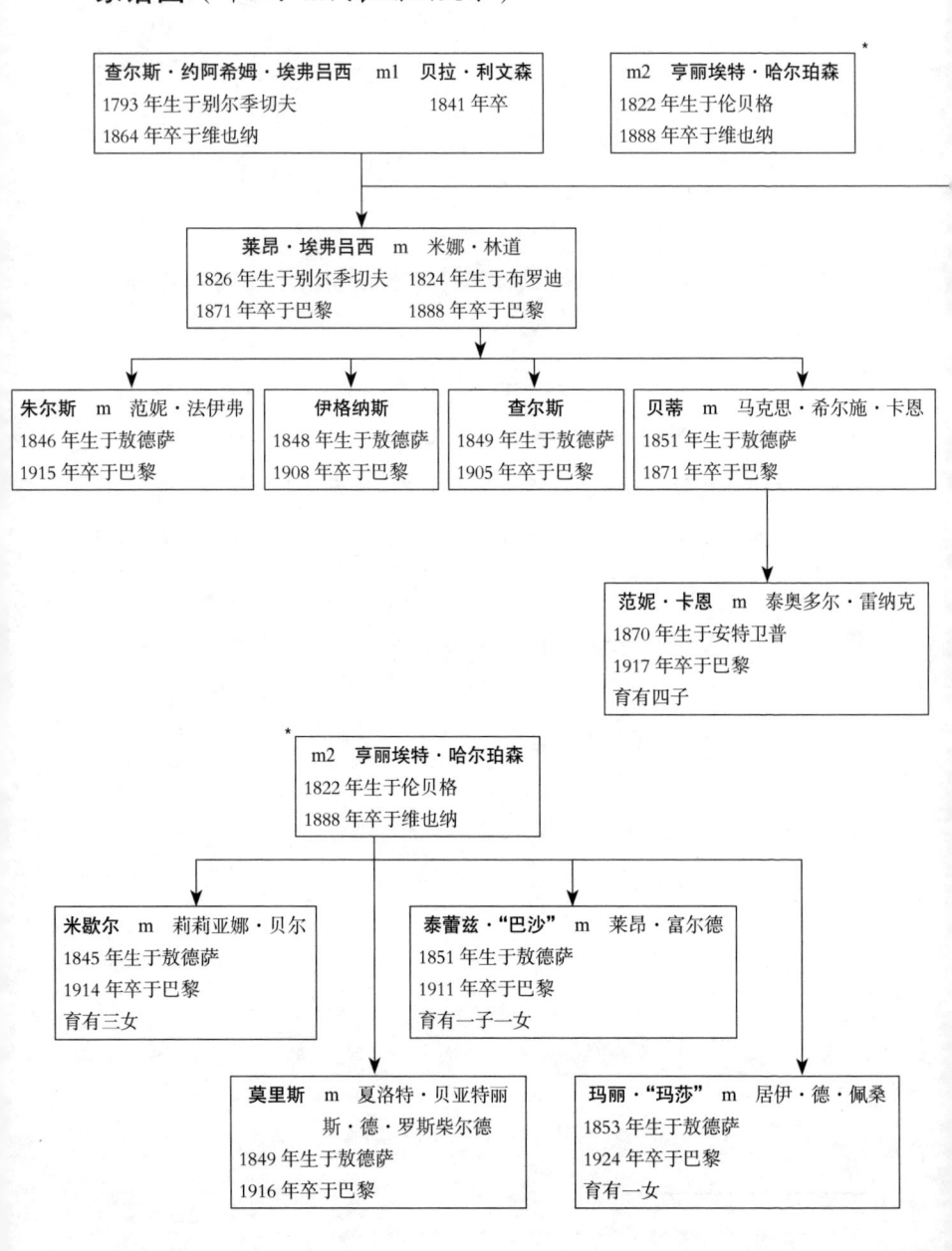

- **查尔斯·约阿希姆·埃弗吕西** m1 **贝拉·利文森**
  1793 年生于别尔季切夫　　　　1841 年卒
  1864 年卒于维也纳

- m2 **亨丽埃特·哈尔珀森** *
  1822 年生于伦贝格
  1888 年卒于维也纳

莱昂·埃弗吕西 m **米娜·林道**
1826 年生于别尔季切夫　　1824 年生于布罗迪
1871 年卒于巴黎　　　　　1888 年卒于巴黎

- **朱尔斯** m **范妮·法伊弗**
  1846 年生于敖德萨
  1915 年卒于巴黎

- **伊格纳斯**
  1848 年生于敖德萨
  1908 年卒于巴黎

- **查尔斯**
  1849 年生于敖德萨
  1905 年卒于巴黎

- **贝蒂** m **马克思·希尔施·卡恩**
  1851 年生于敖德萨
  1871 年卒于巴黎

  - **范妮·卡恩** m **泰奥多尔·雷纳克**
    1870 年生于安特卫普
    1917 年卒于巴黎
    育有四子

---

* m2 **亨丽埃特·哈尔珀森**
1822 年生于伦贝格
1888 年卒于维也纳

- **米歇尔** m **莉莉亚娜·贝尔**
  1845 年生于敖德萨
  1914 年卒于巴黎
  育有三女

- **泰蕾兹·"巴沙"** m **莱昂·富尔德**
  1851 年生于敖德萨
  1911 年卒于巴黎
  育有一子一女

  - **莫里斯** m **夏洛特·贝亚特丽斯·德·罗斯柴尔德**
    1849 年生于敖德萨
    1916 年卒于巴黎

  - **玛丽·"玛莎"** m **居伊·德·佩桑**
    1853 年生于敖德萨
    1924 年卒于巴黎
    育有一女

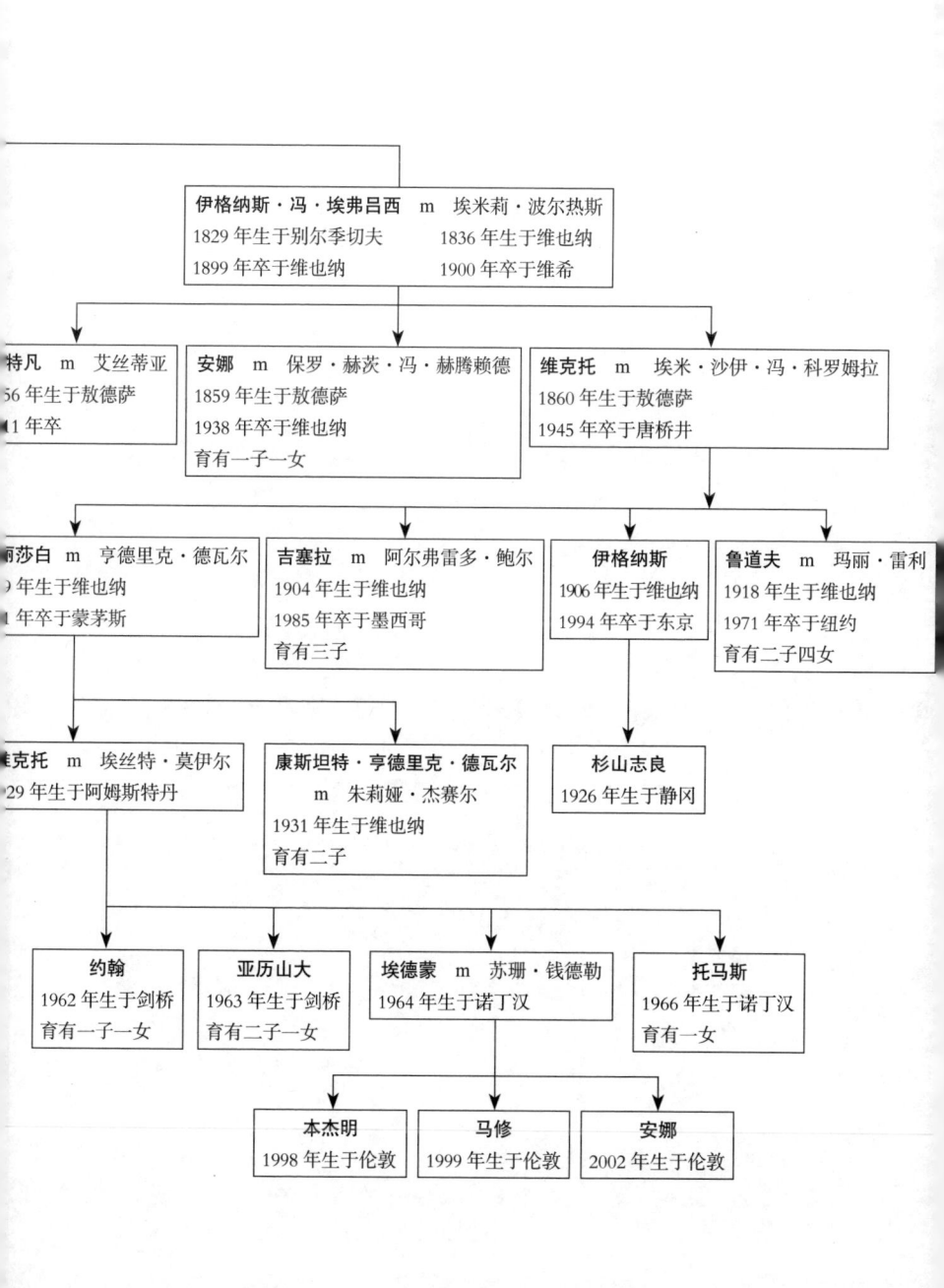

```
                    ┌─────────────────────────────────────────┐
                    │  伊格纳斯·冯·埃弗吕西    m   埃米莉·波尔热斯 │
                    │  1829 年生于别尔季切夫      1836 年生于维也纳 │
                    │  1899 年卒于维也纳          1900 年卒于维希  │
                    └─────────────────────────────────────────┘
```

特凡 m 艾丝蒂亚	安娜 m 保罗·赫茨·冯·赫腾赖德	维克托 m 埃米·沙伊·冯·科罗姆拉
56 年生于敖德萨	1859 年生于敖德萨	1860 年生于敖德萨
1 年卒	1938 年卒于维也纳	1945 年卒于唐桥井
	育有一子一女	

丽莎白 m 亨德里克·德瓦尔	吉塞拉 m 阿尔弗雷多·鲍尔	伊格纳斯	鲁道夫 m 玛丽·雷利
9 年生于维也纳	1904 年生于维也纳	1906 年生于维也纳	1918 年生于维也纳
1 年卒于蒙茅斯	1985 年卒于墨西哥	1994 年卒于东京	1971 年卒于纽约
	育有三子		育有二子四女

克托 m 埃丝特·莫伊拉	康斯坦特·亨德里克·德瓦尔 m 朱莉娅·杰赛尔	杉山志良
29 年生于阿姆斯特丹	1931 年生于维也纳	1926 年生于静冈
	育有二子	

约翰	亚历山大	埃德蒙 m 苏珊·钱德勒	托马斯
1962 年生于剑桥	1963 年生于剑桥	1964 年生于诺丁汉	1966 年生于诺丁汉
育有一子一女	育有二子一女		育有一女

本杰明	马修	安娜
1998 年生于伦敦	1999 年生于伦敦	2002 年生于伦敦

目 录

前 言   1

第一部　巴黎（1871—1899）

1　西区   21
2　一张花床   33
3　"引导她的驭象人"   38
4　"触感如此柔滑，如此轻盈"   44
5　一盒儿童糖果   55
6　一只镶着眼睛的狐狸，木制   61
7　黄色扶手椅   66
8　埃尔斯蒂尔先生的芦笋   71
9　连埃弗吕西也上当了   82
10　我的小礼物   90
11　一场"盛大的5点钟派对"   97

第二部　维也纳（1899—1938）

12　波将金城   111
13　锡安大街   121
14　正在发生的历史   126
15　"儿童画里的巨大方盒"   138

16	"自由厅"	145
17	年轻可爱的小东西	154
18	很久很久以前	165
19	旧城的样式	169
20	维也纳万岁！柏林万岁！	178
21	字面上为零	200
22	你必须改变你的生活	209
23	黄金国度 5-0050	219

第三部 维也纳，克韦切什，唐桥井，维也纳（1938—1947）

24	"大规模游行的理想地点"	235
25	"一个不可能有第二次的机会"	245
26	"单程有效"	256
27	催人泪下的事	265
28	安娜的口袋	273
29	"一切都相当公开、透明和合法"	280

第四部 东京（1947—2001）

30	春笋	289
31	柯达胶片	297
32	你从哪里得到它们的？	308
33	真正的日本	315
34	关于抛光	323

尾声 东京，敖德萨，伦敦（2001—2009）

35	志良	329

36　一台天体观测仪，一台测绘仪，一台地球仪　　332
37　黄色，金色，红色　　341

致　谢　　347

前　言

1991 年，我得到一个日本基金会提供的两年奖学金。这个计划的目的是选定 7 名专业兴趣不同（工程、新闻业、工业、制陶）的英国年轻人，让他们有机会在一所英国大学学习日语，然后到东京生活一年。我们的所得将有助于开创与日本接触的新时代。我们是这个计划接纳的第一批人，背负着很高的期望。

第二年，每天上午我们都要穿过街头林立的快餐店和电子商品折扣店上山，去涩谷的一所语言学校学习。当时东京正从 20 世纪 80 年代泡沫经济的破灭中复苏。上班族常常在全世界最繁忙的人行横道上驻足，只为了看一眼屏幕上爬升得越来越高的日经指数。为了避开地铁高峰，我会提前一个小时出门，去与一位年长的奖学金获得者碰面，他是位考古学家；我们会在去学校的路上吃肉桂面包、喝咖啡，当作早餐。我有家庭作业，正经的家庭作业，从我小学毕业后，这还是第一次。我每个星期要学习 150 个日文汉字，分析小报上的一篇文章，每天还要背诵几十条日常对话。我从来没有像这样害怕过家庭作业。其他年轻的奖学金获得者会用日语和老师们谈笑风生，谈论他们看过的电视节目或政治丑闻。语言学校有两扇绿色的铁门，我记得，为了体会 28 岁的人踢学校大门是什么感觉，有一天早晨我踢过这两扇门。

下午的时间由我们自由支配。每星期有两个下午，我会在一间陶艺工作室度过，周围有各种各样的人，从制作茶碗的退休商人，到用粗红陶土和网格制作前卫作品的学生，大家共处一室。付过预付款后，拉过一条无人占用的长凳或带脚轮的椅子，就可以坐下来开工了。那里并不嘈杂，但不时地有兴奋的嗡嗡交谈声。我开始第一次用瓷泥制作作品，把罐子和茶壶的陶坯从转轮上取下来，然后轻轻抚平它们的边缘。

我从小就开始制作各种盆盆罐罐，并缠着父亲带我去上夜间学习班。我的第一件作品是一只上了奶白色釉、带一抹钴蓝的碗。我学童时期的大多数下午是在一间陶器厂度过的。我17岁就早早离开了学校，向一位严师学习，这位老师是英国陶艺家伯纳德·里奇（Bernard Leach）的信徒。他教会我材料之间的关联和适用性：我用灰色黏土制坯过数百个汤碗和糖罐，也因此打扫过数百次地板；我还会帮忙制作釉料，精心调配成东方色彩。他从未去过日本，书架上却有很多关于日本陶器的书。上午茶的时候，我们会讨论某个茶碗与我们手里的咖啡杯相比，有什么优点。他会没头没脑地说，注意，少就是多。我们通常在沉默或古典音乐声中工作。

我在少年时代的学徒生涯中期，曾在日本度过了一个长长的暑假，拜访日本各地的陶器村，包括益子町、备前和丹波，向一些同样严厉的制陶师傅学习。每一次推拉纸门的声响，或茶馆花园里的流水漱石声，都能使我顿悟，就像每间邓肯甜甜圈店前的霓虹灯都能让我心神不安一样。回国后，我为杂志写了一篇文章，记录了当时自己有多么投入其中，文章的题目是《日本和陶艺家伦理：培养对材料和时代印记的敬畏》。

学徒期结束后，我在大学学习英国文学。我花了7年时间默默无闻地独立工作，在威尔士边境布置工作室，后来又来到糟糕的内城区。我非常专注，我的瓶瓶罐罐也一样。现在我又一次来到日本，在一间乱糟糟的工作室里，坐在我旁边的男人在大聊棒球，我则在制作一只束口瓷瓶。我自得其乐：事情进展得不错。

每星期有两个下午，我会来到日本民间工艺博物馆（Nihon Mingei-kan）的档案室，撰写一本关于里奇的书。博物馆位于郊区，由一座农庄改建而成，藏有柳宗悦[①]收集的日本和朝鲜的民间工艺品。柳宗悦是一位哲学家、艺术史学家和诗人。他发展了一套理论，解释为什么由一些不知名手艺人制作的工艺品，如陶器、篮子、布艺等，看起来会那样美丽。在他看来，是因为在大量制作物品的过程中，制作者完全超脱了自我，从而使这些物品表现出无意识的美。20世纪早期，年轻的他和里奇在东京成了形影不离的好朋友，他们常常写信，互相交流阅读布莱克（Blake）、惠特曼（Whitman）和罗斯金（Ruskin）的心得体会。他们甚至在东京郊外不远的小村子里创办了一个艺术家聚居地。在那里，里奇在当地男孩的帮助下制陶，柳宗悦则向他那群放荡不羁的朋友讲述罗丹（Rodin）与美学。

穿过一扇门，石头地板变成办公室铺着的油毡，后面走廊的尽头就是柳宗悦的档案室：长12英尺、宽8英尺的小房间。房间里有几个顶着天花板的书架，上面全是他的书和一摞摞马尼拉纸盒，纸盒里装着笔记和信件。房间里还有一张书桌和一盏灯。我喜欢档案室。这个档案室非常安静，而且极为昏暗。我在这里阅读，做笔记，计划写一本关于里奇的修正主义历史的书。那将是一本

[①] 柳宗悦（Yanagi Sōetsu, 1889—1961），日本著名民艺理论家、美学家，被誉为日本"民艺之父"。

隐秘地探讨日本风①的书，西方由此热情而富有创造性地误解了日本上百年。我想知道日本为什么能让艺术家群体产生如此的热情和专注，以及让学术界固执地提出一个又一个误解。我希望通过撰写这本书，能帮助自己从对这个国家无法自拔的深深迷恋中解脱出来。

每星期还有一个下午，我会和我的舅公伊吉（Iggie）在一起。

我从地铁站出来后走上山，走过闪闪发光的啤酒售卖机，走过埋葬着47名武士的泉岳寺，走过一座形状奇特的巴洛克风格的神道教会堂，走过由直率的X先生经营的寿司吧，然后在高松宫宣仁亲王植有松树的花园的高墙边右转。我走进大楼大门，乘电梯上到六楼。伊吉会坐在靠窗的扶手椅上看书。多半是埃尔莫尔·伦纳德（Elmore Leonard）或约翰·勒卡雷（John Le Carré）。或法文的回忆录。"很奇怪，"他说，"有些语言就是要比别的语言温暖。"这时我通常会弯下腰，他会给我一个吻。

他的书桌上摆着一本空记事簿、一沓带有他的信头的信纸，还有钢笔，尽管他已不再写作。从他身后的窗户看出去，是一台台的塔吊。东京湾消失在四十层高的公寓楼背后。

我们一起吃午饭，午饭通常由他的女管家中村太太准备，或交给他的朋友志良操办，后者住在这套内部连通的公寓里。午饭通常是一份煎蛋卷和沙拉，来自银座一家极好的法国面包店的烤面包。一杯冷白葡萄酒，桑赛尔或普伊-富美。一个桃子。一些奶酪，然后是非常好喝的咖啡——黑咖啡。

---

① 日本风（japonisme），指受日本艺术影响的西方美术。

伊吉和他收藏的根付（东京，1960 年）

伊吉 84 岁了，有点驼背。他总是穿得无可挑剔：人字呢外套，衣袋里披着手帕，配以灰白的衬衣和领带，显得非常得体。他留有一小撮白胡子。

午饭后，他会拉开长玻璃柜的滑动门——这个玻璃柜几乎占了起居室的整面墙，然后取出一只又一只根付①：镶着琥珀眼睛的兔子；佩武士剑、戴头盔的小男孩；几乎只看得见肩膀和四肢、转过头吼叫的老虎。他会递给我一只，我们一同观看，然后我再把它小心翼翼地放回玻璃架上几十个动物和人物中去。

我会为玻璃架上的小杯子注水，以防象牙在干燥的空气里出现

---

① 根付（netsuke），日本江户时代的一种微雕艺术品。日本传统和服没有口袋，便以根付穿线固定小袋子，挂在腰带上，类似于今天的手机坠饰。

裂纹。

"我有没有告诉过你,"他会说,"我们小时候有多么喜爱这些东西?它们又是怎么由巴黎的一个亲戚送给我父母的?我有没有跟你说过安娜口袋的故事?"

谈话的主题可能会发生奇怪的转变。这一刻,他或许还在讲他们在维也纳的厨子做了皇家薄酥饼,当作他们父亲的生日早餐,那是一种多层煎饼,上面撒了层糖霜;然后由管家约瑟夫隆重地端进餐室,用一柄长餐刀切开来;爸爸还一直说,就算是皇帝过生日也不可能指望有比这更好的开端。但下一刻,他又谈起莉莉的第二次婚姻。谁是莉莉?

感谢上帝,我想,即使我不了解莉莉,至少对某些故事发生的地点足够了解:巴德伊舍(Bad Ischl)、克韦切什(Kövecses)、维也纳。随着塔吊上的建筑灯光在黄昏时分亮起,并向东京湾深处延伸,我会产生这样的想法:我要做个书记员,也许应该拿上笔记本坐在伊吉旁边,把他口述的"一战"前的维也纳记录下来。我没有这样做。这种做法过于郑重其事,也不恰当,似乎还显得贪婪。就像在说:这是个美好而珍贵的故事,我要占有它。总之,我喜欢事物在不断打磨中变得圆满的方式,而伊吉的故事里还有些生硬的河石。

就在那一整年的午后,我得知他们的父亲为他姐姐伊丽莎白(Elisabeth)的聪颖而骄傲,还听说他妈妈不喜欢女儿巨细无遗的讲话方式。讲话要有重点!他还常常带着几分热切,提到和妹妹吉塞拉(Gisela)玩的一个游戏。他们得从客厅拿走一些小东西,带到楼下,避开男仆,穿过天井,然后顺着阶梯来到地下室,把它们藏在房屋下的拱形地窖里。接着他们互相挑战,看谁敢把它们取回来。他还提及他在黑暗里弄丢了一些东西。这似乎是一段未完成的、片段的回忆。

有许多故事发生在克韦切什，那里有他们的乡下庄园，这个地方后来成了捷克斯洛伐克的一部分。他的妈妈埃米（Emmy）在黎明前叫醒他，让他和猎场看守人一起外出。他第一次自己带着一支枪去茬地里猎野兔，当看到野兔的耳朵在带着凉意的空气里颤抖时，又无法扣动扳机。

吉塞拉和伊吉偶遇过一群吉卜赛人，他们用铁链拴着一头会跳舞的熊，在庄园边上靠近河岸的地方宿营。两人很是惊恐，一溜烟地跑回了家。他还讲到东方快车①如何停在站台上，他们穿着白色长裙的外祖母如何在站长的搀扶下下车，他们又是如何前去迎接她，接过她在维也纳的德梅尔蛋糕房（Demel）为他们买的用绿纸包着的蛋糕包裹。

还有埃米在早餐时把他拉到窗前，让他看餐室窗外一株落满金翅雀的秋天的树。当他敲打窗户时，金翅雀飞走了，而树上仍然是耀眼的金黄色。

午饭后，伊吉去午睡。我洗过碗，接着应付我的日文汉字作业，有一搭没一搭地填写着一张又一张方格纸。我通常会等到志良下班，带着日文和英文的晚报以及第二天早餐吃的羊角面包回来。志良会播放舒伯特或爵士乐的唱片，我们一起小酌片刻，然后我才离开他们。

我在目白租了个非常舒服的单间，透过窗户能俯瞰种满杜鹃花的小花园。房间里有电铃和电水壶，我很满意，但晚上通常煮

---

① 东方快车（Orient Express），指路线横跨欧洲的长途列车，1883 年开始运营，以舒适奢华闻名。

面应付，过得很孤单。志良和伊吉每个月会带我出去吃两次晚饭，或者听音乐会。他们会带我去帝国饭店喝酒，然后吃美味的寿司或鞑靼牛排；或者为了向从事银行业的祖先致敬，吃法国牛排。我不吃鹅肝酱，那是伊吉的主食。

那年夏天，英国大使馆举行了一场学者招待会。我要在招待会上用日语发表演讲，汇报这一年的学习成果，并阐述文化是如何作为桥梁连接两个岛国的。事先我不厌其烦地把演讲稿背了无数遍。伊吉和志良也来到现场，端着香槟为我打气。后来，志良捏了捏我的肩膀，而伊吉给了我一个吻。他们一起微笑着告诉我，我的日语"很地道"，演讲效果空前好。

他俩相处得很好。志良的套间里有一个日式房间，里面铺着榻榻米，还有个小神龛，摆着他母亲和伊吉母亲埃米的照片，他在这里摇铃、做祈祷。穿过连通门便来到伊吉的套间，他的桌子上摆着一张他俩在濑户内海一艘船上的合影，身后是布满松林的山峰，四周粼粼细浪反射着阳光。那是1960年1月。志良留着背头，显得那么潇洒，一只胳膊搭在伊吉的肩膀上。还有一张照片，拍摄于20世纪80年代，在夏威夷外海的一艘游艇上，他们手挽手，都穿着晚礼服。

"活得时间长是一种痛苦。"伊吉轻声说。

"在日本老去很美妙，"他的声音提高了一些，"我已经在这里生活了大半辈子。"

"你一点也不想念维也纳吗？"（为什么不坦率些，直截了当地问他："等你老了而又不生活在你出生的国家，你会想念些什么呢？"）

"是的。我直到1973年才回去。那里气氛沉闷，令人窒息。

人人都知道你的名字。你在卡恩特纳街（Kärntner Strasse）上买一本小说，他们也会问你，你母亲的感冒好了没有。你简直动弹不得。屋子里全是镀金的装饰和堂皇的大理石。那里是那样阴暗。你见过我们在环城大道（Ringstrasse）上的老房子吗？"

他常常突兀地说："你知道日本的梅子糕团比维也纳的好吃吗？"

"实际上，"停顿片刻，他会接着说，"爸爸常常说等我年龄够大，就推荐我进他的俱乐部。俱乐部每个星期四在歌剧院附近的某个地方聚会，里面都是他的朋友，他的犹太朋友。每次聚会回来，他总是兴高采烈。维也纳俱乐部。我一直想跟他一起去，但他从没带我去过。后来我去了巴黎，然后去了纽约，你知道，接着战争开始了。"

"我想念那些日子。我想念那些日子。"

我回到英国后不久，1994年，伊吉去世了。志良打电话给我，告诉我他是在住进医院3天后去世的。这是一种安慰。我回到东京参加他的葬礼。参加葬礼的有二十几个人，包括他们的朋友、志良的家人、中村太太和她的女儿，每个人都落了泪。

遗体是火化的，我们一起等着骨灰拿出来，然后轮流用长长的黑筷子把没有烧化的碎块挑到骨灰坛里。

我们赶到寺院，那里有伊吉和志良的墓地。20年前，他们就安排好了这块墓地。墓地位于寺院后面的山丘上，每块墓地之间用低矮的石墙隔开来。他俩的名字都已经刻在那块灰色墓碑上，墓碑上还有一个放置鲜花的地方。墓地旁放着一桶桶水和刷子，还有刻着铭文的标牌。来参加葬礼的人要拍三次手，接着向家人致意，并为自己迟到致歉，因为你是最后一个来的；然后净手，取出旧的菊花，把新的菊花放进水里。

在寺院里，骨灰坛被安放在一个小讲台上，前面摆着一张伊吉的照片——他穿着晚礼服在游艇上的照片。寺院住持诵经，我们上香，然后伊吉被赐予一个新的法号，这个法号将帮助他来生顺利。

接着，我们为他致悼词。我试图用日语表达舅公对我意义重大，但是我无能为力，因为我泪流不止。而且，尽管经过两年费用高昂的学习，我的日语在需要的时候还是不敷使用。所以，在这所佛寺的小房间里，在东京的郊区，我为距离维也纳如此遥远的伊格纳斯·冯·埃弗吕西（Ignace von Ephrussi），为他离散的父母和兄弟姐妹念起卡迪希①。

葬礼结束后，志良要我协助他整理伊吉的衣物。我打开更衣室的衣橱，看到那些按照颜色排列的衬衣。收拾领带的时候，我注意到地图上有他和志良在伦敦、巴黎、火奴鲁鲁和纽约度假的标记。

整理完毕，一杯葡萄酒下肚，志良拿出毛笔和墨水，写了一份文件，然后封存起来。他告诉我，上面写的是，他过世后，那些根付将由我照管。

所以我是下一个。

这批根付共有 264 只。这是一些非常小的物品，却是一批数量庞大的收藏。

---

① 卡迪希（Kaddish），犹太教的祈祷文，在悼念时，有悼亡和赞美上帝的双重含义。

我拿起一只根付，在手指间转动，又在掌心里掂了掂。如果它是用栗木或榆木制作的，那甚至比象牙制的还轻。木制的根付很容易看出岁月的光泽：斑纹狼的脊柱上、抱着胳膊翻筋斗的杂技演员身上有着微微的反光。象牙制的根付则显出深浅不同的奶油色，层次丰富，但不是白色。一些根付上镶嵌着琥珀的眼睛或角。还有些年代更久远的有了轻微的磨损：在树叶上休憩的法翁[①]臀部上的斑点已经消失了。那只蝉身上有了裂痕，一道几乎令人无法觉察的裂纹。是谁把它摔了一下？在哪里、什么时候？

其中许多根付带有签名——标志着制成交付时物主的身份。有一只根付是个坐着的人，双脚间夹着一个葫芦。他俯身对着葫芦，双手握着一把刀，刀子的一半没进了葫芦里。这是份吃力的工作，他的胳膊、肩膀和脖颈都紧绷着，每块肌肉的力量都使在刀刃上。另一只刻的是个箍桶匠，他正用锛子加工一只完成了一半的木桶。他俯着身子，半张脸埋在桶沿里，因为专注而皱着眉头。后者是用象牙雕刻的。两只根付的主题都与完成一个半完工的物品有关。看呀，他们似乎在说，我做到这里的时候他才刚刚开工呢。

把玩根付时寻找这些签名是一种乐趣。它们或在凉鞋的鞋底，或在树枝的末端，或在大黄蜂的胸部，也可能隐藏在刻刀笔触间的稍许变化里。我时常想象用墨水写下日文签名时的动作：毛笔蘸墨时的一扫而过，落笔时的行云流水，还笔入砚时的干净利落。真想知道根付制作者是怎样用精细的金属工具做出这些独特签名的。

有些根付上没有名字。有些贴着纸片，上面有用红笔精心标注

---

① 法翁（faun），古罗马传说中的农牧神，半人半羊。

的数字。

这些根付里有很多老鼠。也许因为安置形态各异的尾巴能给工匠们发挥的空间,让那些尾巴互相缠绕,置于水桶上、死鱼身上、乞丐的袍子上,然后又把脚爪收束在刻纹下面。我后来才发现,根付中也有为数不少的捕鼠者。

有些根付是对流动感的一种实验,让你的手指体会到松开的绳子、泼出去的水的表面。另一些则是触感复杂的、在局促空间内完成的雕琢:一个木头浴盆里的少女、一只蛤壳上的蜗纹。有一些则两者兼具,令人惊奇:一条在石头上蜿蜒盘曲的龙。摸索着温润而坚实的象牙表面,可以感受到龙身体的突兀的质感。

它们通常是不对称的,我饶有兴趣地想,就像我喜爱的日式茶碗一样,你无法从局部推及整体。

回到伦敦后,我把一只根付放在口袋里,随身携带了一整天。把根付放在口袋里,说携带不是太贴切,因为听起来太刻意。根付是那么轻、那么小,一放进口袋,几乎就消失在钥匙和零钱之间,让你忘记了它的存在。这只根付是颗成熟的枸杞果,栗木制的,产于18世纪的江户城,即现在的东京。在日本,秋天不时地能看到枸杞,枝条从寺庙的墙头或私家花园的围墙探出来,在摆放着自动售货机的街头摇曳,令人难以置信,但又赏心悦目。我的这颗枸杞即将熟软,顶端的三片叶子似乎在指间摩挲一下就会脱落下来。果实也带有轻微的不均衡感,一侧比另一侧更成熟。在下端可以摸到两个小孔,其中一个孔稍大——可以穿入丝线,于是这只根付就可以充当小袋子的绳坠。我试着想象这只根付的主人。它制作于19世纪50年代日本向外国开放贸易之前,因此保留着日本的审美风格:它也许是为一位商人或学者雕刻的。它安静、内敛，但能令你微笑。用感觉如此柔软但实际上非常坚硬的材料制作出这样的东西，这种矛盾的触感很美妙，需要用心体会。

我把这只根付放在口袋里，去博物馆参加会议，会议的主题是我正在进行的一项研究工作，然后去我的工作室，接着又去了伦敦图书馆。每隔一会儿，我就会用手指拨弄根付。

我意识到自己有多么关心这个坚硬而柔软、很容易丢失的物品是怎样保存下来的。我需要找到一个方法来揭示它的故事。拥有这只根付——继承了它们——意味着我也承袭了对它们和那些曾经拥有过它们的人的责任。可是对这些责任，我既不了解其所在，又充满疑虑。

我从伊吉那里得知了它们的来龙去脉。我知道这些根付是19世纪70年代我曾外祖父的堂兄查尔斯·埃弗吕西（Charles Ephrussi）在巴黎买来的。我知道他在19、20世纪之交把它们作为结婚贺礼送给了我在维也纳的曾外祖父维克托·冯·埃弗吕西（Viktor von Ephrussi）。我知道我曾外祖母的女仆安娜的故事，非常了解。我知道它们随伊吉一起去了东京，当然，它们也是伊吉和志良生活的一部分。

巴黎，维也纳，东京，伦敦。

那颗枸杞果的故事始于它的产地江户，也就是1859年美国海军准将佩里（Perry）的黑船队敲开日本国门，使其与世界通商前的旧东京。但它的第一个落脚地是查尔斯位于巴黎的书房。那是埃弗吕西公馆（Hôtel Ephrussi）的一个房间，从那里能俯瞰蒙梭街（rue de Monceau）。

我开局不错。我很高兴，因为我和查尔斯有着直接的、口耳相传的联系。我的祖母伊丽莎白5岁时，曾在瑞士卢塞恩湖（Lake Lucerne）畔梅根（Meggen）的埃弗吕西牧屋（Chalet Ephrussi）见过查尔斯。那座"牧屋"共有六层，是用粗石料砌成的，上面有小型炮塔拱卫，看上去很是丑陋。它是由查尔斯的大哥朱尔斯（Jules）及其妻子范妮（Fanny）于19世纪80年代早期建造的，作为逃避"巴黎的可怕镇压"的避难所。它巨大而宏伟，足以庇护所有来自巴黎和维也纳的"埃弗吕西族人"，以及来自柏林的形形色色的亲戚。

牧屋有踏上去会咯吱作响的环状碎石小路，小路两侧有修剪规整的英式树篱；小花圃里种满园艺植物，严厉的园丁会驱赶玩耍的孩子们：不许把碎石子撒在花园里。花园一直延伸到湖边，那里有小码头和一座船屋，也有着更多招致叱责的机会。朱尔斯、查尔斯和他们居中的兄弟伊格纳斯（Ignace）都是俄罗斯公民，所以船屋上悬挂着俄罗斯帝国的旗帜。牧屋的夏季缓慢而悠长。朱尔斯和范妮十分富有，但没有子嗣，我祖母是他们预想中的继承人。她记得餐室里有一幅巨大的油画，画的是溪边的柳树。她还记得那里只有男仆，就连厨师也是男的，这比她自己在维也纳的家要令人兴奋多了——维也纳家里的男仆只有老管家约瑟夫、打开大门时会向她挤眼睛的门房，以及穿梭于所有女仆和厨师之间的马夫。很明显，男仆不太可能打碎瓷器。此外，她记得在这座没有子嗣的牧屋里，每个显眼的地方都摆放着瓷器。

查尔斯人到中年，和他极富魅力的哥哥们比起来显得老些。伊丽莎白只记得他漂亮的小胡子，以及他从马甲口袋里掏出一块异常精美的怀表。而且，作为年长的亲戚，他给过她一枚金币。

但她也记得很清楚，而且感触很深，查尔斯曾经弯下腰抚乱她妹妹的头发。吉塞拉更可爱，总能得到这样的关注。查尔斯称她为他的小吉卜赛人、他的波希米亚人。

这就是我和查尔斯口耳相传的联系。这是历史，然而，当我把它写下来时，却感受不到多少历史的意味。

还有那将要继续下去的——男仆的数量和略显平凡的礼物硬币的故事——似乎都罩着某种忧郁的阴影，尽管我很喜欢俄罗斯旗帜这一细节。当然，我知道我的家族是犹太人，我也知道他们非常富有，但我实在不愿陷入那些古老的生意史，最终写成某首哀悼中欧伤逝的挽歌。我也实在不愿把舅公伊吉变成整日蜗居书斋的人，一个类似布鲁斯·查特文（Bruce Chatwin）笔下乌兹伯爵（Utz）的人物，把家族的故事向我和盘托出，然后对我说：去吧，小心些。

我认为，这样的故事，是可以让它自然生长的。点缀几则哀愁的逸事，当然，大部分场景要和东方快车有关，再在布拉格或同样上镜的地方稍作盘桓，辅以谷歌下载来的美好年代①舞厅的剪报。如此写出来的作品会是怀旧的。而且浅薄。

我没有资格哀悼所有那些一个世纪前失去的财富和荣光。我对浅薄也不感兴趣。我想知道的是这个正在我手指间打转的木制品——坚硬、微妙，充满日本风情——和它曾经待过的地方之间有什么联系。我希望能伸手握住门的把手，转动它，然后感受门向我敞开。我希望走进这个物品曾经待过的每个房间，去感受那里的空间，去了解墙上挂着什么画作，光线是如何从窗户照射进来。我希望知道它曾经在谁的手掌之间，他们对它有什么感觉和

---

① 美好年代（Belle Époque），指从普法战争结束到第一次世界大战爆发前的巴黎上层社会生活舒适、歌舞升平、文艺繁荣时期（1871—1914）。

看法——如果他们对它有过看法的话。我希望知道它曾经见证过什么。

哀悼和愁思，我想，多少是模糊的，是逃避的借口，是对缺乏目标的自我安慰。而这只小小的根付体现了一种态度，令人肃然起敬。它值得用同样一丝不苟的态度加以对待。

我看重这些，因为我的工作就是制作物品。物品如何制作、如何使用和传承，对我来说并不仅仅是个有趣的问题。它是我自身的问题。我制作过几千个罐子。我不擅长记名字，我会含糊其词或回避那类问题，但我擅长制作瓶瓶罐罐。我能够记得一只罐子的重量和重心，记得它的外表是如何影响它的体积。我能看出一个边缘是如何制造出张力或使张力减弱。我能够感觉到它是匆匆赶制还是用心造就——只要它是新鲜出炉的。

我可以看出它如何和附近的物体互相作用，以及它如何置换周围的一小部分世界。

我也记得某个物品是否乐于接受整个手掌的抚摸，或仅仅接受手指的触摸，或者让你离它远远的。并不是能置于手上把玩的物品就比没办法置于手上的物品更好。这个世界上，有些东西生来就是宜远观不宜把玩的。而且，作为制陶者，当拥有我的作品的人把它们当成有生命的事物来谈论时，我的感觉总是有些奇怪：我不知道能否接受自己的作品拥有来生。但有些物品确实似乎还保留着它们制作时的生命力。

这种生命力让我着迷。这是在触摸或不去触摸之前犹疑的那一瞬间，一个奇怪的时刻。如果我选择拿起这只把手上有个缺口的白色小杯子，它会在我的生活里占有某种地位吗？一个简单的物品，这只杯子更偏乳白色而不是白色，做咖啡杯用似乎太小，外表看上去不那么均衡，但这只有把手的物品可以成为我生活的一部分。它可能落入个人讲述故事的领域；物品与记忆感性而曲折地交织在一起。一件讨人喜爱也最令人喜爱的物品。我可以把它收起来，也可以把它交给某个人。

物品的承袭就像讲故事。我把它交给你，是因为我爱你。或者是因为它是别人送给我的，或者是我在某个特别的地方买下来的。因为你会关心它。因为它会丰富你的生活。因为它会令别人心生嫉妒。涉及遗产的故事总是一言难尽。该讲述什么，不讲什么？其中可能有着一连串的遗忘，对于前一个所有者的记忆的消逝，正如新的故事的缓慢延续。那么这些日本小工艺品传递给我的，又将是一个什么故事？

我意识到自己在这些根付里沉溺太久。面对这些来自我深爱的长辈的遗产，我或者在往后余生里将其束之高阁，或者去找寻它们的意义。一天晚上，我在宴会上向几位学者讲述我所知道的根付故事，同时对故事听起来如此平庸感到厌倦。我听到自己在用这个故事取悦他们，我的声音在他们的回应声里响起。这个故事没有变得更圆满，而是变得越来越浅薄。我必须马上把这个故事梳理出来，不然它会消失掉。

忙碌不是借口。我刚在一座博物馆完成了一次瓷器作品展，如果安排得当，还可以把一位收藏家的订单往后拖一拖。我已经和妻子商量过，处理好了日常事务。三四个月时间应该不成问题。那样我就有足够的时间回到东京看望志良，并去巴黎和维也纳探访。

因为我的祖母和舅公伊吉都已过世，我不得不求助于我的父亲。他80岁了，对这件事很上心。他说，会帮我找一些能够提供背景资料的家族物品。四个儿子中的一个对家族旧事感兴趣,他似乎很开心。但他警告我,资料不多。他带着四十几张照片来到我的工作室。他还带来了两份薄薄的蓝色信件,他用黄色记事贴在上面做了标注,大部分文字清晰可辨;一份我祖母在20世纪70年代做过标注的族谱;1935年维也纳俱乐部的会员册;还有装在超市手提袋里的一摞带有题词的托马斯·曼(Thomas Mann)的小说。我们上楼来到我的办公室,把这些东西摆在长桌上,办公室就在我烧制瓷器的房间上方。"现在,你是家族档案的保管人了。"他对我说。我看着这堆资料,怀疑能从里面找出多少有用的东西。

我多少有点绝望地问还有没有其他资料。那天晚上,父亲在他住的退休神职人员院子的小公寓里又翻找了一遍,然后打电话告诉我,他又找到了一本托马斯·曼的小说。这趟旅途似乎比我想象的要复杂得多。

可是,我没有任何怨言。我对查尔斯——根付的第一个收藏者——的生平所知甚少,但我找到了他在巴黎的住所。我把一只根付放进口袋,踏上了旅途。

第一部

巴黎
（1871—1899）

1 西区

在一个晴朗的 4 月天，我出发寻访查尔斯的故事。蒙梭街是巴黎一条长长的街道，被通往佩雷尔大道（boulevard Pereire）的马勒泽布大道（boulevard Malesherbes）一分为二。那是一座遍布着金色石屋的小山丘，其中点缀着一连串新古典主义风格的住宅，每栋建筑都像一个小型的佛罗伦萨宫，有着粗石地板和一系列柱头、女像柱和旋涡花饰。蒙梭街 81 号，埃弗吕西公馆，就在山顶附近，我的根付就是从这里开始旅程的。走过克里斯汀·拉克鲁瓦（Christian Lacroix）公司的总部，隔壁就是 81 号。但让人难以接受的是，它现在是一家医疗保险公司的办公室。

那是一栋完美的建筑。小时候我经常对着这样的建筑写生，花上几个下午的时间用墨笔添画，表现那些窗和柱子间的明暗过渡。这类建筑的正面有着某种音乐感。看看那些古典元素，似乎能感受到一种韵律：四根科林斯式壁柱耸立在建筑正面，护墙上有四个巨大的石头圆顶。这栋房子有五层楼高，八扇窗户宽。临街的一面是用巨大的石块砌成的，表面处理得像经过风化似的。我来回走了两次，第三次经过时，发现在临街窗户的金属窗格里嵌着两个背靠背的"E"字，这是埃弗吕西家族的族徽，字母笔画一直伸进圆顶的空间里，很难为人觉察。我想看得更清楚一些，也想知道它们背后的秘密。我弯腰穿过走道，来到一个院子里，然后穿过另一道拱门,来到红砖砌成的马厩区,上面是仆人的住所。沿途的建筑用料和材质的颜色渐趋暗淡,令人愉悦。

一名送餐员捧着几盒速食比萨走进医疗保险公司。入口大堂的门敞开着。我走进大堂,内部的楼梯像一团烟雾一样盘旋着穿过整个屋子,嵌金的黑铸铁栏杆一直向上延伸到房顶的灯笼状天窗。一个棋盘格子一样的壁龛里摆着一只大理石瓮。公司主管们正从楼梯上走下来,鞋跟重重地敲在大理石地板上。我窘迫地退了出去。我怎么开口解释这个愚蠢的请求呢?我站在街头注视着这栋房子,拍了几张照片,路过的巴黎市民带着歉意弯腰从我身边闪过。欣赏建筑是一门艺术。你要培养出一种眼光,看清楚一栋建筑是如何融入它周围的风景的。你得弄清楚它在这个世界上占用了多少空间,又置换了多少空间。比如说,81号是一栋刻意消失于它的邻居之中的房子:有许多房子比它更宏伟,也有许多房子比它更质朴,但比它更不起眼的则几乎没有。

我仰头看着三楼的窗户,查尔斯在那里有属于自己的套间,其中有些房间可以看到街对面更具古典风格的房屋,有些房间则可以越过天井看到由密密麻麻的圆顶、山墙和烟囱构成的屋顶景观。查尔斯有一个前厅、两个沙龙(其中一个被他改造成书房)、一间餐室、两间卧室和一间很小的"雅舍"。我努力想象着,他和二哥伊格纳斯肯定是住在同一层相邻的套间里;他们的大哥朱尔斯和寡居的母亲米娜住在二楼,那里的天花板更高,窗户更大,窗外还有阳台。在这个4月的早晨,阳台塑料花盆里几茎天竺葵正开着红花。根据城市档案的记录,这栋房子的天井上本来装有玻璃天棚,但现在玻璃早已不见踪影。曾经有着五匹马和三辆马车的马厩,现在变成一间精美的小房子。我很好奇这寥寥几匹马配得上一个成员众多且居住在一起的大家族吗?何况他们还希望给人留下良好的印象?

这是一栋大房子,不过三兄弟一定每天都在那黑色与金色交错的旋转楼梯上碰面,或者听到马厩传来马车备好的声音,那嘈杂声一直在玻璃天棚下回荡。或者是去楼上公寓的路上遇到从他们门前经过的朋友。他们一定找到了避免碰到对方也避免听见对方声音的办法:从我和我自己的兄弟相处的经验来看,我认为和家人住得这么近是很麻烦的。他们一定相处得很好。也许他们在这件事上没有选择。毕竟,定居巴黎是为了工作。

埃弗吕西公馆是家族宅邸,但它也是家族事业蒸蒸日上时位于巴黎的总部。它在维也纳有对应的建筑,那就是位于环城大道上的巨大的埃弗吕西官邸(Palais Ephrussi)。巴黎和维也纳的这两座建筑具有一种戏剧感,都是家族面向世界的公共面孔。它们都建于1871年,位于新兴的时尚地区:蒙梭街和环城大道当时初现雏形,都未曾完工,周围环境就像凌乱不堪、热火朝天、尘土飞扬的建筑工地。它们都还处于开发中,正想以更狭窄的街道和无孔不入的暴发户与老城区相抗衡。

如果说置于这片特别街景上的独特房屋让人觉得有些戏剧性,那是因为这原本就是刻意为之。巴黎和维也纳的这些房子是家族计划的一部分:埃弗吕西家族正在"效仿"罗斯柴尔德家族。正如罗斯柴尔德家族在19世纪初把他们的子女从法兰克福迁往欧洲各国首都,我们家族的亚伯拉罕[①],查尔斯·约阿希姆·埃弗吕西

[①] 亚伯拉罕(Abraham),《圣经》中的人物,是犹太教、基督教和伊斯兰教的先知,同时也是希伯来民族和阿拉伯民族的共同祖先。此处代指家族里拥有崇高地位的长辈。

（Charles Joachim Ephrussi），也在19世纪50年代策划了这次从敖德萨的扩张。他是一位了不起的族长，他的第一次婚姻留下了两个儿子伊格纳斯和莱昂（Léon）。后来他于50岁再婚，又生下两个儿子米歇尔（Michel）和莫里斯（Maurice）、两个女儿泰蕾兹（Thérèse）和玛丽（Marie）。这六名子女不是被培养成为金融家，就是嫁入合适的犹太世家。

敖德萨是"栅栏区"（the Pale of Settlement）内的一座城市，"栅栏区"位于俄罗斯帝国西部边境，是允许犹太人永久定居的区域。敖德萨以希伯来语学校和犹太教堂闻名，文学和音乐上的成就斐然，对中欧加利西亚贫穷的犹太人村落有着磁铁般的吸引力。这座城市的犹太人、希腊人和俄罗斯人人口每10年就翻一番，正在发展壮大中，到处都是投机者和交易商，通行多种语言，码头上充斥着密谋和间谍。查尔斯·约阿希姆·埃弗吕西通过垄断小麦收购市场，把一门谷物贸易的小生意发展成庞大的事业。乌克兰广袤而肥沃的黑土地孕育出世界上最大的麦田，中间商用马车驶过坑坑洼洼的道路把粮食运到敖德萨港，埃弗吕西又从中间商手里购入粮食，储存在敖德萨的仓库里，然后出口到黑海、多瑙河流域和地中海彼岸。

到1860年，埃弗吕西家族已经成为世界上最大的粮食出口商。在巴黎，詹姆斯·德·罗斯柴尔德（James de Rothschild）有"犹太人之王"（le Roi des Juifs）的称号，埃弗吕西家族则是人所共知的"谷物之王"（les Rois du Blé）。他们是拥有自己的盾形纹章的犹太人，纹章上有一根玉米穗，还有一艘扬帆的三桅帆船。在船的下方刻着拉丁文的家族格言"Quod Honestum"：我们尽善尽美，你可信任我们。

家族的总体计划是以这个联系网络为基础，为巨额的资本项目提供资金：横跨多瑙河的大桥，穿越俄罗斯和法国的铁路、码头和运河。埃弗吕西公司逐渐从一家极为成功的商品贸易公司转变为一家国际金融公司。它将成为一家银行。每一项同政府成功敲定的交易，每一笔投在某个穷困潦倒的大公身上的赌注，每一个被引入家族利益共同体的客户，都意味着家族的社会地位又提升了一步，也让他们和在乌克兰艰难行进的小麦马车渐行渐远。

1857年，两个大儿子奉命带着家人从敖德萨来到维也纳——当时正四处扩张的哈布斯堡王朝的首都。他们在市中心买了一栋大房子，以后的10年间，这里成了在两座城市之间来往的家族祖父母、子辈和孙辈们共同的家。其中一个儿子，也就是我的高外祖父伊格纳斯，奉命以维也纳为基地经营家族在奥匈帝国的生意。巴黎是下一个据点：次子莱昂接受了去那里建设家园和经营家族生意的任务。

我站在莱昂的据点外面，它就在巴黎第八区一座蜜色的山丘上。实际上，我正背靠在对面一栋房子的墙上，想着1871年那个酷热的夏天，他们从维也纳来到这栋刚竣工的金色宅邸时的情景。这是一座创伤未愈的城市。几个月前普鲁士军队才结束对巴黎的围困，然后是法国战败，德意志帝国在凡尔赛的镜厅宣布成立。新成立的法兰西第三共和国在街头的巴黎公社运动和政府内部党派斗争的冲击下摇摇欲坠。

他们的宅邸也许已经竣工，但所有邻近的建筑还在建造中。粉刷工刚刚离开，镀金工还窝在狭窄的楼梯上给扶手上的尖顶饰抛光。家具、绘画、成箱的瓷器被小心翼翼地抬进房间。里里外外都是一片嘈杂，所有的窗户都朝向街面。莱昂心脏不舒服。一家

蒙梭街的埃弗吕西公馆

人在这条美丽街道上的生活就在这样的混乱中开始了。莱昂和米娜有四个孩子，贝蒂是最小的，她嫁给了一名年轻的犹太银行家，他的条件无可挑剔，但贝蒂在生下女儿范妮几个星期后不幸去世。他们不得不在这座定居不久的城市北部蒙马特公墓的犹太人区修建了家族墓地。那是一处哥特式风格的墓地，大得足以容纳整个家族，这一做法清楚地表明，无论发生什么情况，他们都打算留下来。我最后找到了墓地。大门已经不复存在，里面遗留着秋天落下的栗树叶子。

对于埃弗吕西家族来说，这座山丘是完美的落脚地。正如家族另一半成员所居住的维也纳环城大道被人刻薄地称为"锡安①大街",犹太人的金钱也在蒙梭街的生活中处于主导地位。这个地区是19世纪60年代由艾萨克(Isaac)和埃米尔·佩雷尔(Emile Péreire)两兄弟开发的,这两个塞法迪②犹太兄弟通过投资——铁路建设,地产开发,建造大型酒店和百货商店——积累了大量财富。他们取得了蒙梭平原这片原本在巴黎城外的荒地,开始为新兴金融家和商业精英建造住宅。对于来自俄罗斯和黎凡特③的犹太家庭而言,这里是理想的居住地。这里的街道成为一个事实上的殖民地,一个民族通婚、债务、宗教同情的复合体。

为了改善新住宅区周围的景观,佩雷尔兄弟对18世纪就存在的公园进行了改造,装上了带有佩雷尔家族徽记的镀金铸铁大门。这时有人开始把蒙梭公园周围的区域称为"西区"(Le West End)。如果有人问马勒泽布大道通往哪里,当时一名记者写道,"一个大胆的回答就是:通往西区……当然,人们大可以给它取一个法文名字,但那样太老套;英文名字要时尚得多"。据一名尖刻的记者说,在这座公园里,可以看到"高尚郊区的阔太太们……金融界的贵妇名媛和'犹太殖民地'的上流社会人士一起漫步的景象"。公园里有蜿蜒的小路和新英格兰风格的花圃,花圃里种着五颜六色的一年生植物,需要不断进行更新,和杜伊勒里花园(Tuileries)经过修剪了的毫无生气的植物大不相同。

我迈着比平时稍慢、可以说是"闲适④"的步伐从埃弗吕西公

---

① 锡安(zion),《圣经》中的地名,一般指耶路撒冷。
② 塞法迪(Sephardic),指西班牙裔犹太人。也泛指西班牙、葡萄牙和北非犹太人。
③ 黎凡特(Levant),地中海东部地区。
④ 闲适(flaneurial),作者从 flaneur(闲人、浪荡子;作为文化符号,则指有钱有闲、在城市信步游荡的人)引申出来的一个词。

馆所在的山丘往下走。我从路的一边逛到另一边，检查着窗户上装饰线条的细节，我意识到路过的很多房子背后都有重新改建的故事。建造它们的每一家几乎都是在巴黎以外的地方发迹的。

从埃弗吕西家往下数第十家，也就是61号，是亚伯拉罕·卡蒙多（Abraham Camondo）家，他弟弟尼西姆（Nissim）住在63号，他们的妹妹瑞贝卡（Rebecca）住在街对面的60号。卡蒙多家族和埃弗吕西家族一样，也是犹太金融家，他们从君士坦丁堡经威尼斯来到巴黎。银行家亨利·塞努奇（Henri Cernuschi），一位有财有势的巴黎公社支持者，是从意大利来到巴黎的，和他的日本珍宝一起在公园边缘过着冷清而奢华的生活。55号是卡托伊公馆（Hôtel Cattaui），一家来自埃及的犹太银行家。43号则是阿道夫·德·罗斯柴尔德（Adolphe de Rothschild）的豪宅，他从欧仁·佩雷尔（Eugène Péreire）手上购得这栋豪宅，并为他的文艺复兴时期艺术藏品增建了一间玻璃顶的陈列室。

不过，没有什么比得上巧克力大亨埃米尔-贾斯汀·梅尼耶（Émile-Justin Menier）建造的豪宅。这栋建筑是如此壮观而铺张，装饰是如此不拘一格，从高墙看过去，左拉（Zola）把它描述为"各种风格的一个华丽的私生子"，这个说法至今看来仍然很贴切。在左拉1872年的黑暗小说《贪欲的角逐》（La curée）里，贪婪的犹太房地产大亨萨卡尔（Saccard）就住在蒙梭街上。你会觉得仿佛整个民族都搬到了这条街上：满街都是犹太人，满街都是在奢华的宅院里炫耀的人。在巴黎的俚语里，蒙梭是暴发户的意思，特别是指那些新来的富人。

这就是我的根付初来时的世界。顺着这条街道往下走，我感受着这种介于内敛和奢华之间的安排，这种处在可见和不可见之间的氛围。

查尔斯·埃弗吕西来这里生活时是 21 岁。巴黎各地都在植树，宽阔的人行道取代了老城区逼仄的街道。在市政规划师奥斯曼男爵（Baron Haussmann）的主持下，巴黎已经历了 15 年不断的拆除和重建。他夷平了中世纪的街道，建造了新的公园和林荫大道。一条条景观街道以非凡的速度不断涌现。

如果你想体会一下那一刻，感受尘土卷过新铺设的街道和桥梁的情景，就看看古斯塔夫·卡耶博特（Gustave Caillebotte）的两幅油画吧。卡耶博特比查尔斯大几个月，就住在埃弗吕西一家对过拐角处的另一栋大公馆里。在他的画作《欧洲的桥梁》(*Le pont de l'Europe*) 上，一名年轻男子穿着灰色外套，戴着黑色礼帽，显得衣冠楚楚——也许正是艺术家本人，他正走在桥面宽敞的人行道上。一名年轻女子在他身后两步远，穿着稳重的褶边长裙，手里撑着阳伞。阳光灿烂，初琢的路石闪闪发光。一条狗从旁边走过。一名工人趴在桥栏杆上。这就像那个世界的开端：一连串完美的动作和影子。每个人，包括那条狗，都知道他们在做什么。

巴黎的街道给人一种安宁的感觉：干净的石头外墙、富有韵律的阳台细节、新种植的酸橙树出现在画家的画作《窗边的年轻男子》(*Jeune homme à sa fenêtre*) 中，这幅画曾在 1876 年的第二届印象派画展中展出。画中卡耶博特的弟弟站在自家公寓敞开的窗户前，向外凝视着蒙梭街和邻近街道的交叉口。他站在那里，双手插在口袋里，衣着得体，身后是一张长毛绒扶手椅。他在展望眼前的生活，显得信心十足。

一切都是可能的。

这也可能是年轻的查尔斯。他出生在敖德萨，人生的前 10 年

《欧洲的桥梁》(古斯塔夫·卡耶博特,1876年)

是在一座黄色灰泥粉刷的大宅里度过的,大宅位于尘土飞扬的广场边缘,广场四周栗树环绕。要是他爬到阁楼上,就能看到港口船只的桅杆一直延伸到大海里。他祖父占用了一整层楼和所有的空间。隔壁是银行。每次外出散步,总有人拦住他祖父、父亲或叔叔,向他们打听消息、求助或乞讨。他在不知不觉中懂得,在公开场合活动意味着一连串的不期而遇和回避;学会了怎样向乞丐和小贩施舍,怎样向熟人打招呼而不停下脚步。

然后查尔斯搬到了维也纳,在那里度过了人生的另一个10年。他和父母、哥哥妹妹住在一起,同住的还有叔叔伊格纳斯和为人冷淡的婶婶埃米莉,以及他的三个堂弟妹——傲慢自大的斯特凡、待人刻薄的安娜和小男孩维克托。每天上午都会有一位家庭教师赶来给他们上课。他们学习语言:拉丁语、希腊语、德语和英语。

他们在家里总说法语，自家人之间也允许说俄语，但禁止使用在敖德萨的庭院里学来的意第绪语。所有兄弟姐妹都能以一种语言开始一句话，又以另一种语言结束。他们需要这些语言，因为家人常常去敖德萨、圣彼得堡、柏林、法兰克福和巴黎。他们需要这些语言，也因为这是一个阶层的共性。借助这些语言，他们在哪里都能如鱼得水。

他们观看勃鲁盖尔（Breughel）的《雪中猎人》（Hunters in the Snow），画中山脊上点缀着几只猎犬。他们进入阿尔贝蒂娜博物馆（Albertina）的绘画陈列室，欣赏丢勒（Dürer）水彩画里颤抖的野兔，欣赏一只宝石雕刻的鸟儿张开的翅膀。他们在普拉特公园（the Prater）学习骑术。男孩要学习剑术。所有的孩子都要上舞蹈课。这些兄弟姐妹都是跳舞高手。18岁时，查尔斯在家里获得一个绰号："波兰人"（le Polonais），跳华尔兹的男孩，就是因为他跳舞特别出色。

就是在维也纳，朱尔斯、伊格纳斯和斯特凡这些年龄大的孩子，被带到环城大道以外位于苏格兰街（Schottenbastei）的办公室。那是一栋令人生畏的建筑，也是埃弗吕西家族经营生意的场所。男孩们按照要求安静地坐下来，听大人讨论粮食运输，查询库存百分比，谈论在巴库发现新油田和在贝加尔湖附近发现黄金的可能性。职员们来去匆匆。在这里，他们通过无穷无尽的账目学习有关利润知识，这些知识将使他们受益终生。

也就是在这个时候，查尔斯和他最小的堂弟维克托坐在一起，开始画拉奥孔和巨蟒。那是他在敖德萨时喜爱的雕像。巨蟒用力蜷曲缠绕着拉奥孔肌肉发达的肩膀，给他留下了深刻印象。他花了好长时间才画好每一条蟒蛇。他把在阿尔贝蒂娜博物馆看到的东西也画了下来。他给仆人画素描。他还和父母的朋友谈论他们的画。有这样一个知识渊博的年轻人来谈论自己的画，无疑是令人高兴的。

后来，经过长期计划，他们终于搬到了巴黎。查尔斯身材偏瘦，长得一表人才，蓄着修剪得整整齐齐的黑胡须，在特定的光线下会微微泛红。他长着埃弗吕西家族的大鹰钩鼻，还有和所有兄弟姐妹一样高高的额头。他的眼睛是深灰色的，炯炯有神。他很有魅力。看看他穿得多么得体，领带打得多么漂亮，再听听他说话：他不光是跳舞高手，还有一副好口才。

查尔斯能自由地做他想做的事。

我想这是因为他是最小的儿子，而且是第三个儿子，正如所有好的儿童故事里讲的，老三总是要离开家去冒险——这完全是自我投射，因为我也排行老三。但我怀疑家族知道这个孩子不适合证券交易所的生活。他的叔叔米歇尔和莫里斯已经搬到巴黎：也许埃弗吕西公司在游乐场大街（rue de l'Arcade）45号的办公室里有足够多的儿子，所以不会想到这个讨人喜欢的书呆子——既然他耽于空谈，又缺乏追逐金钱的兴趣。

查尔斯在家族宅邸里有属于自己的新公寓，干净、奢华而又空荡荡。他有了一个归处，这栋位于巴黎新铺砌的山丘上的新房子。他精通多种语言，有钱也有时间。所以他开始四处游历。像有教养的年轻人一样，查尔斯去了南方。他去了意大利。

2　一张花床

在这批根付的收藏史之前,查尔斯开始了涉足收藏的第一个阶段。也许他小时候在敖德萨的滨海大道捡过栗树的果实,或者在维也纳收集过硬币,但我知道他是从这里真正开始收藏的。他购买并带回蒙梭街81号的东西显示了惊人的胃口。你可以说是欲望、贪婪,或者释放的激情:他可真是买了不少。

他离开家整整一年,是间隔年。这一年也是传统上的壮游年,一场遍览文艺复兴时期艺术的修业旅行。这次旅行把查尔斯变成了一名收藏者。或者可以说,这次旅行允许他收藏,使他从欣赏转而开始拥有,又从拥有开始精通。

查尔斯购买绘画和圆形浮雕、文艺复兴时期的珐琅器和16世纪仿照拉斐尔图稿[①]制作的挂毯。他买了一尊多纳泰罗(Donatello)风格的大理石儿童像,还买了一尊卢卡·德拉·罗比亚(Luca della Robbia)制作的漂亮的釉陶法翁像:一个形体不明、看起来非常脆弱的生物扭头看着我们,身上闪烁着圣母蓝和蛋黄色的光。回到三楼的公寓后,查尔斯把法翁像放在卧室的壁龛里,壁龛上原本挂着16世纪意大利厚实的刺绣,于是它变成了某种浮浪子的祭坛画,只是用法翁取代了受难的圣人。

[①] 拉斐尔图稿(Raphael Cartoons)是7幅大型挂毯,由文艺复兴时期画家拉斐尔在1515年至1516年间完成。现存于维多利亚和阿尔伯特博物馆。

维多利亚和阿尔伯特博物馆（Victoria and Albert Museum）的图书馆里有三卷栗色封面的大开本画册，里面就有这个祭坛的插图。我借阅了这套书，当它们被放在医院用的手推车里推进阅读室时，那场面的确有点滑稽。这套《平面造型博物馆》图册集欧洲文艺复兴时期雕刻艺术之大成，主要收录了理查德·华莱士爵士（Sir Richard Wallace）(伦敦华莱士收藏馆）的藏品，还混杂着罗斯柴尔德家族和23岁的查尔斯的藏品。这些卷帙浩大的画册是由收藏者制作，用来向其他收藏者炫耀的。从那个安置法翁的奢华壁龛——深紫红色，有凸起的金线，绘有圣徒的嵌板、盾形纹章——往后翻三页，查尔斯的另一部分藏品露面了。

我不由得大笑起来：一张巨大的文艺复兴时期的床，一张花床，上面同样悬挂着刺绣。一顶高高的华盖，错综复杂的图案里镶嵌着丘比特裸像、奇形怪状的柱头、各种各样的纹章和符号、鲜花和果实。两块富丽的床帐被缀着沉重流苏的绳子收束起来，每块床帐上各绣着一个金底的"E"字。床头上还有一个"E"字。这张床有点类似公爵床——几乎可以作为小王子的卧榻。它属于幻想。躺在这张床上，可以统治一座城邦，发号施令，写下十四行诗，当然也可以做爱。什么样的年轻人会买这样一张床呢？

我为他购置的新财产列了份长长的清单，同时试着想象自己23岁，把成箱的宝贝沿着旋转楼梯搬上三楼，然后打开箱子，露出里面的刨花和碎木片；把它们安置在自己的套房里，尝试各种摆放位置，以配合清晨从大街上洒进来的阳光。当人们走进沙龙时，他们应该看到一整墙的画作还是挂毯？他们会瞥见我的花床吗？想象着向自己的父母和兄弟们展示那些珐琅器，向家人炫耀。我突然难为情地想到现实中的自己16岁时，为了睡地板，把床拖到走廊上,还把一块地毯固定在床垫上头充当华盖。我还用了好几个周末重新挂我的画,重新摆放我的书,尝试着改变自己的空间会是什么感觉。非常可能就是这种感觉。

这无疑是种舞台布景。查尔斯收集的所有物品都需要鉴赏家的眼光,它们体现了知识、历史、传承,以及收藏本身。把这份藏宝清单拆开来看——仿照拉斐尔图稿编织的挂毯,模仿多纳泰罗风格的雕像——你可以感觉到查尔斯已经开始领悟艺术是如何在历史中展现的。回到巴黎后,他把一座罕见的15世纪的希波吕托斯被野马分尸的圆形浮雕捐赠给了卢浮宫。我想,我能听见这位年轻的艺术史学家和访客的谈话。你感受到的是知识,而不仅仅是金钱。

但我也能感受到他从这些物品中得到的欢乐:厚重惊人的锦缎,珐琅器触手生凉的表面,青铜上斑驳的铜绿,刺绣上凸起的花纹。

这些初期的藏品是非常传统的。他父母的很多朋友家里都可能有类似的物品,他们把这些物品摆在一起来装点他们的奢华,正如年轻的查尔斯用深紫色和金色装饰巴黎的卧室一样。这里的装饰和其他犹太人家里的一样,只是规模小了点。对一名年轻人而言,他无疑是在展示自己有多么成熟。他正在为自己参与社交生活做准备。

如果你想见识一下大规模的室内装饰,可以去看看巴黎任意一座罗斯柴尔德家族的住宅;或者,直接去詹姆斯·德·罗斯柴尔德位于巴黎郊外费里耶尔(Ferrières)的新宅邸。这里收藏的文艺复兴时期意大利商人和银行家的物品广受赞誉:要知道,这些伟大的恩赐源于对金钱的巧妙操纵,而非继承得来。费里耶尔的豪宅没有大厅，骑士风格或基督教风格的都没有，而是有一个室内中心广场，有四条宽大门廊通向房子的其他部分。在提埃波罗（Tiepolo）绘制的天花板下，有一间画廊，里面陈列着绣着凯旋图的挂毯、黑白相间的大理石雕刻的人像，还有委拉兹开斯（Velázquez）、鲁本斯（Rubens）、圭多·雷尼（Guido Reni）和伦勃朗（Rembrandt）的画作。最重要的是，这里有大量的黄金：家具上、画框上、装饰线条上、挂毯上，几乎每个地方都镶嵌有镀金的罗斯柴尔德家族标记。"罗斯柴尔德品位"已经变成镀金的同义词。犹太人和他们的黄金。

查尔斯的"鉴赏力"远不及费里耶尔的主人。当然，他的空间也一样：他只有两间沙龙和一间卧室。但查尔斯不仅仅有一个地方可以安置他的新财产和书籍，他还有着年轻学者兼收藏者对自我的认知。他的处境很特别，既有惊人的财富，又不乏自主精神。

但这两者根本无法让我与他产生共鸣。事实上，那张床让我感觉很不自在：我不确定自己要花多少时间才能面对这名年轻人和他对艺术品和室内装饰的独特眼光，天哪，还有根付。鉴赏家，太惊人了。想想看，他懂得那么多东西，他还那么年轻。

当然，他还不是一般的富有。

我意识到，我必须了解查尔斯是如何看待事物的，为此我必须阅读他的文章。这是我擅长的领域：我要制作一份完整的书目，然后按照时间顺序完成这项研究。我从查尔斯搬到巴黎时的《美术公报》(Gazette des Beaux-Arts)开始阅读，记下他最早发表的评论文章，内容与矫饰主义画家、青铜器和霍尔拜因（Holbein）的作品有关，写得相当枯燥。我看得很专注，或者说尽职。他有一个最喜欢的威尼斯画家，雅各布·德巴尔巴里（Jacopo de'Barbari），后者热衷于圣塞巴斯蒂安（St Sebastian）、特里同（Tritons）之战和扭动缠绕的裸体之类的题材。我不确定这种对色情主题的偏好有多大的象征意义。我想到了拉奥孔，不禁有些担忧。

他开始的时候很糟糕。有一些关于展览、书籍、文章和出版物的笔记：在他人学术作品的边缘留下一些预期的、拾人牙慧的艺术史见解（"关于某某鉴定的笔记""对某某目录的回应"）。这些文字有点像他的意大利收藏品，我感到进展缓慢。但是，几个星期过后，我发觉自己开始在查尔斯的陪伴下变得放松起来：根付的第一位收藏者，文笔越来越流畅了。我宝贵的春天过去了3个星期，接着又过去了2个星期，大量时光被疯狂地用于翻阅那些字迹已经暗淡的旧期刊。

查尔斯学会了在一幅画上消磨时间。你会感到，他在那里观看，然后退后几步重新欣赏。在几篇关于展览的随笔里，你能体会到这种扭头看、然后转身再看、走近看、站远看的感觉。你能感觉到他日益增长的自信和热情，这时他的文章开始变得强硬起来，表达了对固执己见者的嫌恶。查尔斯在他的情绪和客观判断之间维持着平衡，但你能从他的文字中感受到这两者。我认为这在写作艺术文章时很少见。几个星期来我泡在图书馆里，脑子里塞满了新的问题，身旁的《美术公报》越堆越高，每一期都夹着横七竖八的书签和黄色的即时贴，还有借阅卡。

我的眼睛生疼，那些字体只有8磅大小，比普通的注释字体还小。但至少我的法语水平回来了。我开始觉得可以和这个人共事。大多数时候，他不是在卖弄他有多么博学，而是希望我们能对他面前的事物认识得更清楚，似乎光是这一点就足以令人尊敬。

3 "引导她的驭象人"

还不到根付在这个故事里出现的时候。20多岁的查尔斯总是在别的地方，或者在去往某个地方的途中，从伦敦、威尼斯、慕尼黑等地为错过家庭聚会而发来问候和表达歉意。他在着手撰写一本关于丢勒的书，他从维也纳的收藏品中爱上了这位画家。为了公允地评论画家，查尔斯需要到每家档案馆里寻找他的每一幅画、每一张潦草完成的图画。

他的两个哥哥在各自的世界里都过得不错。朱尔斯和叔叔们掌管着位于游乐场路的埃弗吕西公司。他早期在维也纳接受的训练初见成效，展露出良好的理财天赋。他在维也纳的犹太教堂和范妮结婚了。范妮是一名维也纳银行家的遗孀，年轻、聪慧而乖张。她非常富有，这场婚礼在当时相当轰动。巴黎和维也纳报纸上的八卦消息说，朱尔斯每晚都陪她跳舞，一直跳到她不胜其烦，最终做出让步，同意嫁给他。

伊格纳斯也自由了。他轻而易举地陷入一场又一场惊天动地的恋爱。作为花花公子，他最特别的本事是攀墙爬进高高的窗子约会——我后来发现某位在社交圈知名的年长女性曾在回忆录里提到这件事。他是一名上流社会的绅士，一个巴黎通，生活中只有风流韵事、在赛马俱乐部度过的夜晚，以及决斗。赛马俱乐部是单身汉聚集的地方。而决斗是非法的，但在富有的年轻人和军官中很有市场，他们用十字剑解决任何有损荣誉的争端。伊格纳斯出现在了当时的决斗指南中。一份报纸记录了一场事故，在与家庭教师的决斗中，他的一只眼睛差点被挑了出来。伊格纳斯"个子略低于平均身高，但相对而言还算高大……天生精力充沛，肌肉结实……埃弗吕西先生是最敏捷的人之一……他也是我所知的最友好、最坦率的击剑手之一"。

这就是他，拿着一把十字剑，摆出漫不经心的样子，就像宫廷细密画家希利亚德（Hilliard）为伊丽莎白一世的朝臣画的小画像："一名不知疲倦的运动员，你会看到他一大早出现在森林里，骑着一匹神骏的菊青马；他已经上过击剑课了……"我认为伊格纳斯在蒙梭街的马厩里检查过马镫的长度。当他骑马的时候，他的马必定是"按照俄罗斯风格"打扮的。我不太确定这个想法的由来，但它听起来很精彩。

查尔斯首次进入人们的视野是在沙龙里。我在讽刺小说家、日记作家和收藏家埃德蒙·德·龚古尔（Edmond de Goncourt）的日记里发现了他。像查尔斯这样的人被邀请参加沙龙，让这位小说家非常反感：沙龙已经"充斥着犹太男人和犹太女人"。他评论新出现的年轻人：埃弗吕西家的人"举止粗野"，缺乏教养，"令人难以忍受"。他暗示，查尔斯无处不在，一副不知天高地厚的样子；他渴望和人接触，但不知道适时收敛自己的热情并把自己隐藏起来。

龚古尔妒忌这个说法语时带有轻微口音的迷人男孩。查尔斯似乎毫不费力就走进了当时令人生畏的时尚沙龙，每个沙龙都是一个雷区，人们激烈争辩着各种话题：政治、艺术、宗教和贵族品位等。当时的沙龙有很多，但最主要的三个沙龙分别属于施特劳斯夫人（Madame Straus）（比才的孀妇）、格雷菲勒伯爵夫人（Countess Greffulhe）和花卉水彩画家玛德琳·勒迈尔夫人（Madame Madeleine Lemaire）。沙龙要有一间休息室，里面挤满定期召集的客人，在下午或晚上的固定时间聚会。诗人、剧作家、画家、"俱乐部成员"和上流社会绅士，在女主人的安排下聚在一起，围绕一些有意义的话题进行交谈，或有目的地闲聊，或听音乐，或欣赏一幅新发布的社会肖像画。每个沙龙都有自身独特的氛围和各自的追随者：那些冒犯了勒迈尔夫人的人就是"讨厌鬼"或"被抛弃者"。

年轻的马塞尔·普鲁斯特在早期随笔里提到了勒迈尔夫人的星期四沙龙。他说她的画室里弥漫着紫丁花香，香气还飘到蒙梭街上，而此时街上挤满了上流社会的马车。在这样一个星期四，想要穿过蒙梭街几乎是不可能的。普鲁斯特也注意到了查尔斯。一阵喧哗中，普鲁斯特穿过众多作家和社会名流，走近了一些。查尔斯正在角落里和一位肖像画家说话。他们低头热烈地交谈着，声音那么低，尽管普鲁斯特在附近徘徊，也没有听到他们的只言片语。

脾气暴躁的龚古尔对年轻的查尔斯成为"他的"玛蒂尔德公主（Princess Mathilde）的知己特别恼火，后者是拿破仑·波拿巴的侄女，住在附近古赛尔街（rue de Courcelles）的一栋巨宅里。他记录了一些传闻，说有人看到她和贵族上层人士出现在查尔斯位于蒙梭街的房子里，还有人说公主把查尔斯视为"引导她生活的驭象人"。想象一下，身穿一袭黑衣、令人敬畏的年迈公主，一个维多利亚女王一样的大人物，而这名20多岁的年轻人，能以微不足道的关于生活格调的建议引导她，这真是一幅令人难忘的画面。

查尔斯开始在这个复杂而势利的城市找到自己的生活方式。他开始发现在哪些地方他的谈话是受欢迎的，在哪些地方他的犹太人身份是被接受或者被忽略的。作为一名艺术作者，他每天都要去位于法瓦尔街（rue Favart）的《美术公报》办公室——沿途参加六七个沙龙，无所不知的龚古尔补充说。从家里到编辑办公室，快步走的话需要 25 分钟，或者像我在 4 月早晨闲适地漫步，则需要 45 分钟。我猜测查尔斯是坐马车出门的，只是猜测，我没办法进行实测。

《美术公报》，"欧洲艺术与奇珍异宝的信使"，封面是淡黄色的，扉页上展示了一件文艺复兴时期的工艺品：一座古典陵墓上坐着表情愤怒的列奥纳多·达·芬奇。花 7 法郎，你就能看到针对巴黎各地举办的展览发表的评论，看到"独立艺术家群展"，看到官方沙龙从地板到天花板挂满了画作，看到特罗卡德罗宫（Trocadéro）和卢浮宫的鸟瞰图。有人讽刺这是"一本昂贵的艺术杂志，上流社会的每位女士都会把它摊开在桌子上，但不会去看"，但它作为社交生活的基本部分，无疑拥有一定的声望，就像《室内设计》（World of Interiors）和《阿波罗》（Apollo）艺术杂志一样。从埃弗吕西公馆走下山，卡蒙多公馆美丽的椭圆形藏书室里面，好几个书架上就摆放着装订好的《美术公报》。

《美术公报》的办公室里有其他作家和艺术家，还有巴黎最好的艺术图书馆，里面摆满了来自欧洲各地的期刊和展览目录。这是一个独属于艺术的俱乐部，一个分享新闻和小道消息的所在，比如哪个画家正接受委托画什么画，谁已经不受收藏家的青睐，或不受沙龙评论家的喜爱，等等。同时这里也很繁忙。杂志每月印刷一次，所以这里是个真正的工作场所。由谁撰写什么题目，如何编排版画和插图的次序，所有的决定都要在这里做出。每天在这里听着那些争论，能学到很多东西。

当查尔斯带着他的战利品从意大利艺术品交易商那里回来，开始为《美术公报》撰稿时，他针对当时的版画、学术评论里提到的工艺品以及沙龙精心复制的重要画作发表了大量评论。我随意抽出1878年的一期杂志。里面的文章涉及西班牙的挂毯、古希腊的雕刻、战神广场（Champ de Mars）的建筑和居斯塔夫·库尔贝（Gustave Courbet）的作品——当然，所有文章都配有插图，并在纸页与插图之间夹着薄薄的衬纸。对一名年轻的作者来说，这是一本完美的杂志，是一张跻身社会和艺术交汇场合的名片。

在对19世纪70年代巴黎报纸的社交专栏做了一番辛勤检索后，我找到了这些交汇的痕迹。一开始我是想借此厘清方向，但不可思议的是，它让我兴趣大增，并使我从顽固地尝试记录查尔斯的每一篇展览评论中解脱出来。这里有着同样复杂的偶遇者和客人的名单，以及谁穿了什么衣服、谁会露面等细节，这些名字的每一个动向都可能意味着精心调整的冷落和微妙的判断。

我对社交圈婚姻的婚礼清单特别感兴趣，告诉自己这些是研究送礼文化的很好素材，于是窘迫地浪费了大量时间来弄明白谁出手过于大方、谁是个小气鬼、谁只是乏味。在1874年一场社交圈的婚礼上，我的高外祖母送出了一套扇贝形状的金质餐盘。真庸俗，我想，我没有任何理由支持这一做派。

在所有这些巴黎的舞会、音乐晚会、沙龙和招待会中，我开始寻找提及三兄弟的内容。他们一直在一起：埃弗吕西兄弟出现在歌剧院某场首演的包厢里，在葬礼上，在X王子、Y伯爵夫人的招待会上。沙皇访问巴黎时，他们作为杰出的俄罗斯公民前去迎接。他们一起举办宴会，因"共同举办的一系列盛大晚宴"而闻名。还有人发现他们和其他运动员一起拥有一项最新的事物，那就是自行车。《高卢人报》（*Le Gaulois*）上有一个旅游专栏，会报道谁去了多维尔（Deauville）、谁去了夏蒙尼（Chamonix），所以我知道他们什么时候离开了巴黎，到朱尔斯和范妮在瑞士梅根宏伟的牧屋度假。从他们在山上金碧辉煌的住宅来看，他们似乎在抵达巴黎的几年内，就已经为巴黎社会所接纳，成为其中的一部分了。蒙梭，我还记得，是暴发户的意思。

　　除了变动房间的摆设和推敲他那复杂的艺术史句子，风雅的查尔斯其实还有别的爱好。他有了情妇，而且开始收集日本艺术品。性和日本，这两者往往是交织在一起的。

　　他还没有拥有根付，但已经越来越接近了。我默默关注着他开始收藏，从一个叫菲利普·西谢尔（Philippe Sichel）的日本艺术品交易商那里购买漆器。龚古尔在日记里写道，他去过西谢尔店铺，"那个犹太人的金钱流入的地方"；他走进一间密室，寻找最新的春宫画册，也许是一个卷轴。在这里，他意外地遇见了"卡昂·安特卫普，她俯身在看一只日本漆盒，旁边是她的情人，年轻的埃弗吕西"。

　　她正向他暗示"可以同她做爱的时间和地点"。

4 "触感如此柔滑,如此轻盈"

查尔斯的情人是露易丝·卡昂·安特卫普(Louise Cahen d'Anvers)。她比查尔斯大几岁,一头金红色的头发,非常迷人。卡昂·安特卫普嫁给了一名犹太银行家,他们有四个小孩:一个男孩和三个女孩。第五个孩子出生后,露易丝给他取名为查尔斯。

我只从南希·米特福德[①]的小说里了解到巴黎的婚姻,但这件事让我感到既吃惊又好笑,而且相当钦佩——我想作为布尔乔亚问一句,你怎么挤出时间来应付丈夫、五个小孩和一个情人?这两个家族离得非常近。事实上,我站在朱尔斯和范妮的婚房外(他和她名字的首字母华丽地缠绕在宏伟的大门上)的耶拿广场(place d'Iéna)上,可以直接看到路那边巴萨诺街(rue Bassano)拐角处的露易丝家,那是一栋同样新巴洛克风格的建筑。这时候,我不禁想知道,是不是聪颖而精力充沛的范妮为她最好的朋友促成了这桩风流韵事。

整个安排无疑是非常私密的。他们时常在招待会和舞会上碰面,且两个家族经常一起去瑞士的埃弗吕西牧屋,或卡昂·安特卫普家族位于巴黎城外尚叙尔马恩(Champs-sur-Marne)的城堡度假。在上楼去小叔子的公寓路上遇见你的朋友时,该行什么礼

---

① 南希·米特福德(Nancy Mitford, 1904—1973),英国小说家、传记作家,活跃于两次世界大战之间的伦敦社交场,其小说多描绘英法上流社会的生活。

仪？这对恋人要避开孩子，以及所有那些令人窒息的、无孔不入的关心，因此他们可能需要交易商的密室。

查尔斯，这个在沙龙中越来越老练且乐于助人的年轻人，安排他社交圈的朋友莱昂·博纳（Léon Bonnat）为露易丝画了一幅粉蜡肖像画。她穿着灰白色的长裙，故作端庄地低垂着眼睛，头发垂下来，遮住了半张脸。

事实上，露易丝远远谈不上端庄。龚古尔以小说家的眼睛记录过她的样子，1876年2月28日星期六，在她的沙龙里：

犹太人从他们的东方祖先那里继承了一种特有的冷漠。今天，看到露易丝在她收藏瓷器和漆器的玻璃柜底部寻找某样东西，想要递给我的时候，我被她迷住了；她的动作像一只懒洋洋的猫。而如果她们是金发——这些犹太人——她们金发的底子里会带着某种金黄色，就像提香（Titian）画里的情妇一样。找到东西后，这个犹太女人在一张躺椅上坐下来，把头甩到一旁，一绺卷发像窝小蛇一样垂下来。她摆出种种好笑、质问的表情，皱起鼻子，抱怨男人和小说家的无理性，不把女人当作人类，期望她们在爱情中不像男人那样令人厌恶。

那真是令人难忘的画面，慵懒中透着色情：提香的情妇确实有明亮的金黄色调，而且赤身裸体，只用一只手轻轻遮住自己。你能感受到露易丝对这位名作家的影响力，以及她对场面的掌控力。毕竟，她是当时另一位受欢迎的小说家保尔·布尔热（Paul Bourget）的"缪斯女神"。她曾委托当时红极一时的上流社会画家卡罗勒斯-杜兰（Carolus-Duran）为她的沙龙作画，在这幅以她为主角的肖像画中，她几乎勉强裹在一件旋转长裙里，嘴唇微微张开。这个缪斯女神很有戏剧性。我不禁想知道她为何会把这个具有审美趣味的年轻人作为自己的情人。

这也许是因为他不装腔作势，也没有艺术史学家瞻前顾后的做派。或者是因为她有两个大家庭，有丈夫和成群的孩子，而查尔斯无拘无束，在她需要消遣的时候有大把的时间陪她享乐。当然，这对情人对音乐、艺术和诗歌——以及音乐家、画家和诗人，有着共同的兴趣。露易丝的小叔子阿尔伯特（Albert）是一名作曲家，查尔斯、露易丝会和他一起去巴黎歌剧院，甚至赶到布鲁塞尔欣赏比较激进的马斯内（Massenet）的作品首演。他们都对瓦格纳（Wagner）充满热情，这种热情很难掩饰，但极宜于分享。我想，瓦格纳的歌剧一定也为两人创造了大量机会，让他们在歌剧院隐秘而奢华的包厢里幽会。他们出席了只有少数人才能参加的小型晚宴（丈夫不在场），随后又参加了普鲁斯特主持的阿纳托尔·法朗士（Anatole France）诗歌朗诵会。

他们还一起购买日本黑底金纹的漆盒作为收藏：他们风流韵事的开端是和日本密切相关的。

在和丈夫或查尔斯吵过一架变得厌倦后，露易丝懒洋洋地在她收藏日本漆器的玻璃柜里摸索一番，然后倒在躺椅上。跟随着露易丝，我明白我离那些根付越来越近了。它们正在进入视野之内，成为复杂和浮躁的巴黎生活中真实存在的一部分。

我希望了解这些冷漠的巴黎人，比如查尔斯和他的情人，是如何把玩这些日本物品的。第一次把这些富有异国情调的物品拿在手上，一个盒子、一只杯子，或一只根付，触摸着以前从未触摸过的材料，感受着它们的重量和平衡感，用指尖掠过一只穿越云间的鹳鸟身上的浮雕纹路，那会是怎样的感觉？在某个地方肯定有文字描述过这种触感，我想；一定有人在日记或信件里提到拿起一件物品时，那个转瞬即逝的微妙时刻。他们必定在某个地方留下了痕迹。

龚古尔的旁白是个很好的起点。查尔斯和露易丝从西谢尔店铺买到他们的第一件日本漆器。那里并不是西格弗里德·宾（Siegfried Bing）的"东方艺术精品"（Oriental Art Boutique）那样的高档画廊，会让每位收藏家在单独的隔间里，恭敬地向他们展示艺术品和浮世绘。西谢尔店铺里有多到溢出来的日本物品，数量惊人。单在1874年的一次采购之旅中，菲利普·西谢尔就从横滨发回了45箱共计5000件的物品，并因此造成了一种狂热的氛围。这里是什么？那个在哪里？别的收藏家会捷足先登找到这些宝藏吗？

这大量的日本艺术品激发了人们的遐想。龚古尔记录了一批货物从日本运来后不久在西谢尔店铺度过的一天，他被"所有这些令人陶醉和着迷"的艺术品所包围。从1859年起，日本浮世绘和陶器开始流入法国；到19世纪70年代初，这已经成为一股洪流。1878年，一位作家在《美术公报》上回顾这股迷恋日本艺术潮流的最早期阶段时写道：

> 人们关注着新货物的到来。古老的象牙制品、珐琅制品、彩陶和瓷器、青铜器、漆器、木雕……刺绣的绸缎、玩具，刚到店铺就迅速流入艺术家的工作室或者作家的书房……购买它们的人有……卡罗勒斯-杜兰、马奈（Manet）、雅姆·蒂索（James Tissot）、方丹-拉图尔（Fantin-Latour）、德加（Degas）、莫奈（Monet）、作家

埃德蒙和儒勒·德·龚古尔兄弟（Jules de Goncourt）、菲利普·比尔蒂（Philippe Burty）、左拉……旅行家塞努奇、迪雷（Duret）、埃米尔·吉美（Emile Guimet）……潮流一旦形成，业余爱好者也开始追随。

更惊人的是偶然能看到：

在我们广阔的郊区，在我们的林荫道上，在剧院里，一些年轻人的外表会令我们吃惊……他们细长而光亮的黑发上戴着礼帽或圆边帽，身上双排扣礼服扣得整整齐齐，穿着整洁的灰裤子、精致的皮鞋，系着带深色条纹的讲究的亚麻布领带。如果不是他们固定领带的珠宝领带夹过于显眼、裤脚盖过了足背、靴子擦得光可鉴人、手杖显得过于庄重——正是这些细节暴露出这个人屈从于裁缝的品位，而不是用自己的品位来影响他们——我们会以为他们就是巴黎人。在人行道上和他们擦肩而过，你打量打量他们：他们的皮肤带着微微的古铜色，胡须很少；其中有人留着小胡子……嘴巴很大，张开时呈方形，就和希腊喜剧里假面上的嘴巴一样；他们颧骨较圆，前额在椭圆形的脸上突出来；眼睛小，但黑而灵活，目光尖锐，细长的眼角向太阳穴延伸。他们是日本人。

这是对处于新文化中的外国人的细致入微的描述，如果不是因为穿着一丝不苟，几乎让人觉察不到。换句话说，路人会多看他们一眼，正是因为他们过分完美的伪装暴露了自己。

这也反映了与日本相遇时的陌生。尽管日本人在19世纪70年代的巴黎极为罕见——只有代表团、外交人员和零星的亲王①——他们的艺术品却随处可见。每个人都难免接触到日本艺术品（japonaiseries）：查尔斯在沙龙里开始遇到的所有画家、查尔斯在《美术公报》上认识的所有作者、他的家人、他家人的朋友、他的情人，全都经历着这股风潮。范妮·埃弗吕西在信中提到她去了位于马特尔路（rue Martel）上的三井购物，那是一家经营远东物品的时尚商店，当时范妮和朱尔斯在耶拿广场的住宅刚刚落成，她去为吸烟室和客房购买日本壁纸。那么查尔斯，这位批评家、衣冠楚楚的业余艺术爱好者和收藏家，又怎么可能不去购买日本艺术品呢？

在巴黎这个艺术温室里，什么时候开始收藏很重要。那些较早的收藏家，所谓的"日本通"（japonistes），因为出众的鉴赏力和得风气之先而占据优势。很自然，龚古尔也暗示过，他和弟弟在日本开埠之前就见识过浮世绘。这些早期日本艺术收藏者尽管彼此之间竞争激烈，但也会分享各自的鉴赏力。不过，正如乔治·奥古斯塔斯·萨拉（George Augustus Sala）在1878年的《重游巴黎》（Paris Herself Again）中所写的，早期收藏的那种学院式氛围很快就消失了。"对一些非常热爱艺术的业余者来说，如埃弗吕西家族、卡蒙多家族，日本风就像一种宗教。"

查尔斯和露易丝是"新日本通"（neo-Japonistes），是年轻而富有的艺术后来者。因为对日本艺术缺乏鉴赏力，也没有任何干扰你即时反应、影响你直觉的艺术史背景资料，这种局面令人振奋。一场新的文艺复兴正在展开，以及有能把古老而严肃的东方艺术放在手掌之中的机会。你可以得到很多，而且能够马上拥有。还

---

① 1867年，幕府将军德川庆喜派异母弟、14岁的德川昭武率日本代表团参加巴黎万国博览会，这是日本首次参加万国博览会，日本艺术品得以在欧洲广泛传播。

是现在就买，以后再做爱吧。

你拿起一件日本艺术品，它自己就能展现自己。触感会告诉你需要知道的东西：它告诉你关于你自己的事。埃德蒙·德·龚古尔提出了他的观点："此时，感受这种内敛、温柔、滑润，可以说，一切完美就都在你的手掌之中。有句格言说：'行家一伸手，便知有没有。'那些用心不在焉而笨拙的手指、没有蕴含爱意的手指去触摸艺术品的人，是对艺术没有热情的人。"

对早期收藏家和前往日本的旅行家来说，只要拿起一件日本物品，就足以知道它是"对的"还是"不对"。真的，美国艺术家约翰·拉法奇（John La Farge）在1884年的旅行中就与朋友约定："我们不带任何书，也不看任何书，而是要尽可能纯真。"有美的感觉就够了：触摸是一种感官上的纯真。

日本艺术是一个勇敢的新世界：它引入了新的材质，提供了感受事物的新途径。尽管有那么多木刻浮世绘可以购买，但它们不是简单地挂在墙上的艺术品。它们是对新材料的顿悟：生了铜绿的青铜比那些文艺复兴时期的铜器更为厚重；具有无与伦比的深邃感的黑色漆器；包裹着金箔用来分割房间、投射光线的屏风。莫奈画的《日本印象》（*La Japonaise*）（又称《穿日本和服的莫奈夫人》），卡米耶·莫奈的长袍上"有几厘米厚的金线刺绣"。还有一些物品是西方艺术里没有的，这些物品只能用"玩物"（plaything）来形容，比如一种叫"根付"的可以在手里把玩的动物和乞丐模样的小雕刻品。查尔斯的朋友兼《美术公报》编辑、收藏家路易·贡斯（Louis Gonse）将一种特别的黄杨木制的根付形容得非常美妙："非常精美，非常质朴，非常适于把玩。"这种无保留的推荐是很难抗拒的。

这些都是你可以拿在手中的物品，是可以为你的沙龙或卧室增添质感的物品。我看着那些日本物品的图像，发现巴黎人正在把一种材料叠加在另一种材料上：象牙包裹在丝绸里，丝绸悬挂在漆桌后面，漆桌上摆满瓷器，折扇散落在地板上。

充满激情的触摸，掌中的发现，蕴含感情的事物，非常适于把玩。对于查尔斯和露易丝以及其他许多人来说，日本风和触感是一个诱人的组合。

在根付之前，查尔斯已经拥有了33只黑底金纹的漆盒。这些漆盒和查尔斯的其他藏品一起放置在埃弗吕西公馆的公寓里，摆在他的文艺复兴时期的深紫红色挂毯和多纳泰罗的灰白色大理石雕像旁。查尔斯和露易丝从西谢尔凌乱的宝库里把这些藏品挑出来放在一起。这是一组杰出的17世纪的漆器，不比欧洲任何一件漆器逊色：要把这些漆器挑出来，他们必定是西谢尔店铺的常客。而作为陶艺家，最让我高兴的是，除了这些漆器，查尔斯还有一只来自备前的16世纪的陶盖罐，备前是日本的一个制陶村，我17岁时曾在那里学习，当我终于触摸到那些质朴而深具触感的茶碗时，心里的兴奋难以言喻。

在刊登于1878年《美术公报》的长文《特罗卡德罗宫的日本漆器》中，查尔斯描述了巴黎特罗卡德罗宫展出的漆器，一共摆满了五六个橱柜。这是他谈论日本艺术最完整的一篇文章。像以往一样，他对眼前看到的事物先从学术上分析（他在努力确定藏品的年代），而后加以描述，最后以抒情作结。

他提到"日本风"这个词是"我的朋友菲利普·比尔蒂创造的"。整整3个星期，在找到更早的出处之前，我以为这是首次在印刷品上使用这个词，内心激动不已，因为我的根付和日本风如

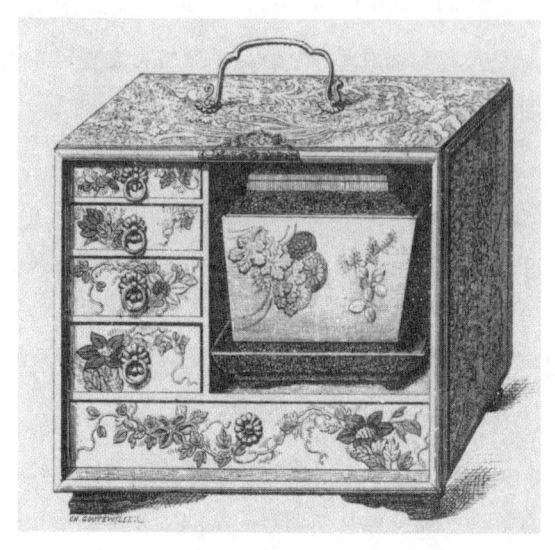

露易丝·卡昂·安特卫普收藏的日本描金漆盒

此美妙地联系在一起,当时我在图书馆的刊物区感到一阵发自内心的幸福。

查尔斯在文章中还表现得非常非常激动。他发现玛丽·安托瓦内特[①]收藏了一批日本漆器,并且利用自己的知识将18世纪洛可可风格的文明世界与日本的文明世界巧妙地结合起来。在他的文章中,女人、性和日本漆器似乎交织在一起。查尔斯解释说,日本漆器过去在欧洲很稀有:"一个人必须同时拥有财富和好运,成为炙手可热的人物或王后,才能得到这种令人羡慕的几乎不可获得的东西。"但现在——第三共和国时期的巴黎——两个遥远而

---

① 玛丽·安托瓦内特(Marie Antoinette,1755—1793),原奥地利帝国公主,生于维也纳,是神圣罗马帝国皇帝弗朗索瓦一世之女。奥地利宫廷出于政治需要,于1770年将她嫁给法国王储,即日后的路易十六。

疏离的世界已经碰撞在一起。这些漆器,数量如传奇般稀少,工艺复杂得几乎难以制作,历来只有日本王子或西方王后才能拥有,现在却可以在巴黎的商店里买到。对查尔斯来说,这些漆器充满诗意:不仅丰富而奇特,而且蕴含着欲望的故事。他对露易丝的激情显而易见。难以获得的漆器能让人产生各种幻想。你能感觉到,在写作的时候,他的内心正向金色的露易丝敞开。

然后查尔斯拿起一只漆盒:"把这样一只漆盒拿在手上——触感如此柔滑,如此轻盈。艺术家在上面描绘了开花的苹果树,神圣的鹤飞翔着掠过海面,高处是一片山脉,在乌云密布的天空下蜿蜒起伏。几个人穿着飘逸的长袍,在巨大的太阳伞下,摆出在我们看来怪异但不乏谦和与优雅的姿势……"

手持这只盒子,他谈到了它的异国情调。它的完成需要柔软灵活的双手,这种"完全的女性化,坚忍的灵活性,时间上的献祭"是我们西方人无法企及的。当你看着这些漆器——或者根付或青铜器,并把它们拿在手中,你立即就能感受到这件作品:它们倾注了所有的辛勤努力,然而又出乎意料地自由。

漆器上的图像与查尔斯对印象派画作日益增长的喜爱交织在一起:开花的苹果树、乌云密布的天空和穿着飘逸长袍的女人就像出自毕沙罗(Pissarro)和莫奈的画笔之下。日本物品——漆器、根付、版画——让人联想到一个地方,在那里,感觉总是很新鲜,艺术从日常生活中涌现,一切都存在于无尽的、永远在流动的美梦中。

查尔斯还在文章中穿插了露易丝和他收藏的一些版画。当他描述露易丝收藏金漆器的玻璃柜的内部陈设,以及清晨阳光如何从柜子上面闪过时,他的文字变得有点浓烈,有点令人屏息。他们的收藏"丰富得能满足所有贪婪和任性的业余收藏家"。在谈到这些奇特而丰富的藏品时,他不动声色地把自己和露易丝放在了一起。他们俩同样任性和贪婪,同样受突如其来的欲望所驱使。他们收藏的是你可以拿在手中把玩的东西,"触感如此柔滑,如此轻盈"。

公开把他们的收藏品放在一起展示,这是一种欲望的谨慎流露。收集这些漆器也记录了他们的约会:这些收藏记录了他们的恋情、他们的秘密接触史。

《高卢人报》刊登了一篇对查尔斯1884年举办的漆器展所做的评论,上面写道:"人们可以在这些展示柜前盘桓多日。"我同意。我已经无法追查到查尔斯和露易丝的漆器最后消散在哪些博物馆里,但回到巴黎后,我去了位于耶拿广场的吉美博物馆,那里现在收藏着玛丽·安托瓦内特的藏品。我站在展示柜前,里面摆满了这些柔滑而闪亮的物品,我看着它们错综复杂的倒影,整整逗留了一天。

查尔斯把这些坚实的黑底描金的"东西"带到蒙梭街的沙龙里,最近他刚在那里铺了一张金色的萨伏内里(Savonnerie)地毯。这张地毯是用蚕丝精心编织而成,最初是为17世纪卢浮宫的一个画廊而制作的。上面的图案象征着空气:四个风神鼓起腮帮吹奏号角,底下交织着蝴蝶和波纹状的丝带。为了贴合沙龙地板的大小,地毯做了一些裁剪。我想象自己走在那块地板上。整个房间都是金色的。

5　一盒儿童糖果

要想买到日本货,最好的办法就是去日本。这正是查尔斯的邻居亨利·塞努奇或实业家埃米尔·吉美从根本上胜人一筹的地方。埃米尔·吉美是特罗卡德罗宫展览的组织者。

如果你无法做到这一点,那就得去巴黎的画廊寻找日本小摆设。这些画廊是热门的约会和碰面场所,也是巴黎上流社会的情侣——比如查尔斯和露易丝——最喜欢的约会地点。以前,你会在里沃利街(rue de Rivoli)的"中国船"(Jonque Chinoise),或维维恩街(rue Vivienne)的同类商店"中国门"(Porte Chinoise)里发现这些情侣的身影,在那里,画廊老板德苏瓦夫人(Madame Desoye)——她把日本艺术品卖给第一波收藏者——"坐在一堆珠宝中……像一尊肥胖的日本人偶,又像是我们这个时代的历史人物"。但现在她已经被西谢尔取代了。

西谢尔是一名伟大的推销员,但不是好奇心强或观察敏锐的人类学者。在1883年出版的小册子《一名日本收藏家的笔记》(*Notes d'un bibeloteur au Japon*)里,他写道:"对我而言,这是个全新的国家:但坦白地说,我对这里的日常生活毫无兴趣,我想要的只是从集市上买到漆器。"

他也正是这样做的。1874年抵达日本不久,西谢尔就在长崎集市上发现了一堆藏在灰尘下面的漆器书写盒(writing-boxes)。

他"为每个漆盒支付了一美元,而今天,它们中的许多价值都已超过1000法郎"。他没有说的是,他就是以远超过1000法郎的价格把这些漆盒卖给他的巴黎客户的,比如查尔斯、露易丝或贡斯。

西谢尔接着写道:

当时,日本简直是一个艺术品的宝库,价格便宜。城市的街道两旁林立着许多商店:古董店、纺织店和典当铺。黎明时分,成群的商人聚集在店门口:卖袱纱(*fukusa*)或青铜器的小贩用手推车推着他们的商品。甚至还有过路的行人非常乐意把系在腰带上的根付卖掉。面对如此密集的报价,一个人几乎会被购买的疲倦和厌恶感所淹没。然而,这些出售异国物品的商人很友善。他们充当你的向导,替你讨价还价,只为换取一盒儿童糖果。他们为你举办盛大的宴会,宴会最后还有女舞者和歌手的表演助兴,而生意就这么敲定了。

日本就是那盒糖果。在日本收集物品激发了人们惊人的贪欲。西谢尔提到那种"掠夺日本"的冲动。穷困潦倒的大名出售传家宝、武士出售佩刀、舞者出售身体、路人出售根付,这些故事给人以无穷的联想。任何人都可能卖给你任何东西。日本这个国家允许各种欲望同时得到满足,无论是艺术、商业还是性。

日本物品隐约带有一丝情色的色彩,不仅以漆盒和象牙小摆设成为情人密会的见证,日本纸扇、小摆设和日式长袍也只有在幽会时才获得生命。它们是乔装改扮、自我感性演绎的重要道具。自然,它们就像以大量锦缎充当华盖的公爵床一样吸引着查尔斯,其乐趣与他无休止地重新布置蒙梭街上的房间如出一辙。

在雅姆·蒂索①的《日本浴女》(*La Japonaise au bain*)中，一名裸体女孩只披着一件厚重的锦缎和服，松垮地挂在肩膀上，站在日式房间的门槛上。莫奈为妻子卡米耶画的肖像带有挑衅意味，她戴着金色假发，身上穿着的红色刺绣和服呈现出旋涡状，裙摆上绣着一名拔剑出鞘的日本武士。她身后的墙上和地上点缀着几把扇子，正如惠斯勒②画笔下的烟花。这无疑是艺术家的一种表演。与之相似的是普鲁斯特《在斯万家那边》(*Du côté de chez Swann*)里的交际花奥黛特，她接待斯万时，身上穿着日本和服，休息室里摆放着日本丝绸垫子、灯笼和日式屏风，弥漫着浓郁的菊花香，这是一种嗅觉上的日本风。

此时占有者与被占有者似乎颠倒了。这些物品似乎诱发了贪欲，从而占有你，对你提出要求。收藏家自己也谈到沉迷于搜集和购买，这个过程可能会让你陷入躁狂："在所有的激情中，对小摆设的喜好也许是最可怕也是最难以抗拒的，无一例外。被古董迷得神魂颠倒的人，可以说是迷失了自我。小摆设不仅是一种激情，而且是一种躁狂症。"年轻作家莫泊桑这样断言。

对这种躁狂症的令人难忘的自供状来自查尔斯的老冤家埃德蒙·德·龚古尔。在他的奇书《一位艺术家的居所》(*La maison d'un artiste*)里，龚古尔巨细无遗地描述了他在巴黎居所的每一个房间——细木护壁板、画作、书籍、小摆设，他试图再现每一件物品、每一幅画作以及它们摆放的位置，以此来纪念他死去的弟弟；过去他们一直住在一起。这本书共有两卷，每卷300多页。

---

① 雅姆·蒂索 (James Jacques Joseph Tissot, 1836—1902)，出生于法国，英国维多利亚时代新古典主义画派代表画家。
② 惠斯勒 (James McNeill Whistler, 1834—1903)，著名印象派画家。生于美国马萨诸塞州，卒于英国伦敦。他在《黑和金的夜曲：坠落的烟花》这幅画中以特别的形式描绘了烟花。

借由这本书,龚古尔构建了一份自传和旅行指南,同时通过对物品的描述制作了一份详尽的物品清单。日本艺术品渗透了这所房子。大厅里悬挂着日本织锦和挂幅。甚至花园里也精心栽培着中国和日本的各种乔木和灌木。

他的收藏里甚至包含了一位17世纪日本"舶来品收藏家"收集的一组中国古玩,这一点或许连博尔赫斯[①]也会称羡。龚古尔公开展示的画作、屏风、挂幅和那些放在玻璃橱柜里的小物品,简直就是一场无休止的演出。

我想象着龚古尔,黑色的眼睛,脖子上随意系着白色丝绸领带,站在梨木橱柜的拉门前。他手里拿着一只根付,开始讲述每件物品背后对完美的执着追求:

一群杰出的艺术家——通常也是专家——负责……制作并且全身心地投入再现一件物品或生物。因此,我们听说有一名艺术家,他的家族已经有三代人雕刻老鼠,只雕刻老鼠。除了这些专业艺术家,在这个有天赋的群体里,还有一些业余的根付雕刻者,他们以给自己雕刻一件小小的杰作为乐。有一天,菲利普·西谢尔先生走到一个坐在门槛上刻东西的日本人面前,靠上前,他正在雕刻一只即将完成的根付。西谢尔问他完工后愿不愿意出售……那个日本人开始哈哈大笑,最后告诉他,那还得等上大约18个月;接着他指着系在腰带上的另一只根付,告诉西谢尔,那是他花了几年时间才雕刻而成的。随着两人谈话的深入,这名业余艺术家坦白地告诉西谢

---

① 博尔赫斯(Jorge Luis Borges, 1899—1986),阿根廷诗人、小说家、散文家兼翻译家。博尔赫斯终生未踏足中国,但他有着深厚的中国情结。他曾在访谈里说过:"我有一种感觉,我一直身在中国……"访问日本后,他说:"在日本,你始终能够感受到守护神一般的中国的阴影。人们感受中国就像我们感受希腊。"

尔先生，他"不是天天都这么雕刻……他需要进入一种状态……只有在特定的日子里……在他抽过一两管烟，感到心情愉悦、精神焕发的时候"，才知道该怎么雕刻：他需要几个小时的酝酿。

这些用象牙、珍珠母或漆器制成的小物件似乎显示了一个事实，那就是日本工匠拥有制作"小人国的小摆设"的想象力。他们个子矮小，所以制作小物品，这在巴黎是普遍的观点。这种"小"通常被视为日本艺术看上去缺乏气势的原因。在做工的精致繁杂上，这些艺术品令人赞叹不已，但它们缺乏悲剧或敬畏带给人们的更为宏大的感觉。因此日本没有帕特农神庙（Parthenon），也没有伦勃朗。

他们所能够表现的就是日常生活。还有情感。1889年，吉卜林（Kipling）到日本旅行，当他初次见到根付时，正是这种情感让他着迷。他在一封从日本寄出的信里写道：

一间摆满日本古董的铺子……教授对古代黄金和象牙制成的陈列柜大为倾倒，上面镶嵌着翡翠、青金石、玛瑙、珍珠母和光玉髓，但对我来说，躺在棉绒上的纽扣和根付比任何五色宝石制造的奇迹都更吸引人，因为它们可以拿起来把玩。不幸的是，艺术家只在根付上面留下了日本字的细微刻痕，而这是了解艺术家名字的唯一线索，所以我不知道是谁构思然后又以奶油色的象牙把它们刻了出来：一个被乌贼搞得很狼狈的老头子；一个让士兵扛着一头鹿的僧侣，他笑容满面地想着鹿肩肉归自己、辛苦有同伴；一条干瘦的蛇嘲弄地盘在一块霉迹斑斑的无下颌的头骨上；一头拉伯雷风格的獾，它倒立着，尽管还不到半英寸高，但令人赧颜；一个在责打弟弟的胖男孩；一只像是刚开了个玩笑的兔子；还有——但这样的记录有几十条，都产生于欢乐、嘲讽的情绪和打动人心的生活体验；我手里握着六只这样的根付，而透过这只手，我对着死去的雕刻者的影子眨了眨眼！他早已长眠，但他用象牙制作出了三四个我一直在追寻的印象。

日本人也制作色情物品。而人们也以特别的狂热收集这类物品：龚古尔曾谈到在西谢尔店铺采购的一次"堕落"。春画，这些描绘杂技动作般的性交姿势或妓女与幻想生物遭遇的版画，受到德加和马奈的青睐。章鱼特别受欢迎，它们的柔软多肢提供了丰富的创意。龚古尔提到，他刚刚购买了"一本日本淫秽画册——很有趣，让我眼花缭乱……粗犷的线条、出人意料的衔接、配饰的安排、人物的姿势和服装的丰富变化，以及……生殖器部位逼真的画质"。在巴黎的收藏者中间，色情根付也很受欢迎。常见的主题有拥抱裸女的章鱼、举着巨大的阳具状蘑菇的猴子以及破裂的柿子。

这些色情物品是对其他西方物品的补充，满足了男性的乐趣：青铜器、小小的古典风格裸体，刚好一只手就能握住，鉴赏家会把它们收进书房，对铸造质量和锈蚀工艺进行学术讨论。或者收藏小小的珐琅彩鼻烟盒，打开的时候，会露出强调男性性征的法翁或受惊的仙女，在开阖之间展示一场小型的表演。这些可以把玩和携带的小东西轻巧、有趣、内涵丰富，则放在玻璃展示柜里。

在19世纪70年代的巴黎，人们有机会传递观赏这些小巧而令人震惊的东西，这种机会实在太好，不容错过。玻璃展示柜已经成为沙龙生活中诙谐和调情的间歇性活动不可或缺的事物。

6　一只镶着眼睛的狐狸，木制

同样，查尔斯也购买根付。他买了264只。

一只镶着眼睛的狐狸，木制

一条盘在荷叶上的蛇，象牙制

黄杨木制的兔子和月亮

一个站立的战士

一个沉睡中的仆人

戴面具玩耍的儿童，象牙制

和小狗玩耍的儿童

戴武士头盔玩耍的儿童

数十只象牙老鼠

猴子、老虎、鹿、鳗鱼和疾驰的马

僧侣、演员、武士、工匠和在木浴盆里沐浴的妇女

一捆用一根绳子绑着的柴

一枚枸杞

一只趴在蜂窝上的大黄蜂，蜂窝附在折断的树枝上

三只趴在树叶上的癞蛤蟆

一只带着幼崽的猴子

一对做爱的夫妇

一只横躺着用后腿挠耳朵的牡鹿

一个身穿厚重的刺绣长袍、脸戴面具的能剧男演员

一只章鱼

一个裸女和一只章鱼

一个裸女

三颗甜栗

一个骑马的僧侣

一颗柿子

此外还有200多只,这是一批数目庞大的收藏。

购买它们的时候,查尔斯不是像漆器那样一件一件地买,而是作为一笔完整而可观的收藏从西谢尔店铺整批购入的。

它们是刚刚运来的吗?每只都被一方丝绸包裹着,然后铺以木屑装箱,从横滨经由好望角开始4个月的旅程?是不是西谢尔最近把它们放进橱柜以吸引他有钱的主顾?还是查尔斯把它们一一打开,发现了我最喜欢的18世纪末期在大阪用象牙雕刻出来的小老虎,从一截竹子里好奇地探出头来?或者发现了那些在干鱼壳上被人撞见、正抬头向上窥探的老鼠?

他是爱上了那只苍白得惊人的镶着琥珀眼睛的兔子,然后买下其他根付与它做伴吗?

他是从西谢尔那里订购的吗?它们是由京都某个精明的商人花了一年多到两年的时间从新近的贫困者手上收集起来,然后转卖出去的吗?我仔细看了看。这些根付里只有极少数是10年前为了迎合西方市场而匆匆赶制的。那个戴着面具傻笑的胖男孩无疑就是其中之一。它很粗糙,样子也俗气。绝大多数根付是在佩里将

军抵达日本之前雕刻的，有些甚至要再早 100 年。这其中有人物、动物、色情艺术和神话中的生物：它们几乎涵盖了你可以期望在一批包罗万象的收藏里看到的所有题材。有些上面带着著名雕刻家的签名。某个有见识的人把这组根付放在了一起。

在其他收藏家从堆积如山的丝绸、层层叠叠的版画以及大量的屏风和瓷器中间发现这笔宝藏之前，查尔斯是偶然间和露易丝一起来到西谢尔店铺吗？是露易丝约查尔斯来的，还是相反？

或者，那时露易丝在别的地方？这批根付是查尔斯想她下次来他的房间时给她一个惊喜吗？

它们花了这个任性而迷人的年轻收藏家多少钱？他的父亲莱昂才刚因为心脏病去世，年仅 45 岁，被安葬在蒙马特区家族墓地里贝蒂的旁边。但埃弗吕西公司经营得很好。朱尔斯最近在瑞士卢塞恩湖畔买了一块地，作为度假的牧屋。他的叔叔们也在购买城堡，在隆尚宫（Longchamps）经营赛马，他们在这些地方升起了代表埃弗吕西家族的蓝黄圆点花纹旗帜。真的，那些根付一定非常昂贵，但查尔斯能够选择购买这样的奢侈品，是因为他的财富随着家族财富一起逐年增长。

有些事情我不知道。但我知道，查尔斯买了一个黑色的玻璃柜来安置这些根付。柜子的木头打磨得非常光亮，就像漆器一样。它比查尔斯高，6 英尺多一点。你可以透过前面的玻璃门和两侧的玻璃看到里面。柜子背面的镜子让根付滑落进无限的收藏里。这些根付全都放在绿色天鹅绒上。根付的色泽有各种细微的变化，它们全都是象牙、牛角和黄杨木本身的颜色：奶油色、蜡黄色、栗色、金色以及它们所处的那一片厚重的深绿色。

它们现在就在我的面前，它们是查尔斯藏品中的精品。

查尔斯把根付放在黑色玻璃柜里的绿色天鹅绒上,这就是它们在这个故事里的第一个落脚点。它们靠近那些漆盒,靠近他从意大利带回来的大挂毯,距离那块金色的地毯也不远。

我想知道他会不会情不自禁地走到楼梯平台,然后左转,向哥哥伊格纳斯炫耀他新购买的藏品。

根付不能在没有保护的情况下随意地摆放在沙龙或书房里。它们会丢失或掉落,容易蒙尘或磕碰。它们需要一个地方来安置,最好是和其他小摆设放在一起。这就是要有玻璃柜的原因。在这场寻找根付踪迹的旅途中,我对玻璃柜——展示柜越来越感兴趣了。

我在露易丝的沙龙里不断地见到它们。我曾在"美好年代"的豪宅里、在《美术公报》查尔斯的展览评论里、在对罗斯柴尔德藏品目录的描述里见到它们。而现在查尔斯也拥有了自己的玻璃柜。我意识到它们不仅仅是家具摆设,还是沙龙生活的一部分。查尔斯的一位收藏家朋友把这个过程——把日本小摆设放进玻璃柜——比喻成"就像画家在画布上落笔,和谐完美而且精致高雅……"

玻璃柜的存在,是为了让你能看见物品,但不能触摸它们:展示柜框住它们,承托它们,隔着一段距离挑逗你。

这就是我现在意识到的,过去我并没有理解玻璃展示柜。作为陶艺家,我人生的前 20 年是努力把物品从玻璃柜里取出来,我的陶器常常放在博物馆或画廊里。我说,把陶器放在玻璃后面,用气锁封起来,它们会死掉的。玻璃展示柜就是某种形式的棺材:物品需要拿出来,获得脱离保护进行正式展览的机会,需要自由。"让它们离开客厅,走进厨房!"我曾写过这样的宣言。但这条路还很长。正如一名伟大的建筑师在评论竞争对手——某个现代主义者的玻璃房子时所说的,太多玻璃了。

但是，与博物馆的陈列柜相反，玻璃展示柜是用来打开的。打开玻璃门，观看，挑选，然后伸手拿起物品的瞬间，是充满诱惑的瞬间，手和物品相触的刹那令人心动。

查尔斯的朋友塞努奇收藏了大量日本艺术品，沿蒙梭街走下去，在蒙梭公园的大门旁边，艺术品就陈列在白得耀眼的墙壁上。一位批评家评论说，这让那些日本艺术品看起来"很不快乐"，就像置身于卢浮宫一样。把日本艺术品当成艺术来进行展示并不合适，而且显得过于严肃。但查尔斯那位于山上的沙龙，并不是一座博物馆，那是一个古老的意大利物品与新的日本物品奇妙相遇的地方。

查尔斯的玻璃展示柜是一个入口。

这些根付也与查尔斯的沙龙生活很相宜。金色的露易丝打开放置日本物品的玻璃柜，摸索着，把物品拿出来供人欣赏、把玩和抚摸，表明这些日本物品是用来闲聊，用来分散注意力的。我认为这些根付给查尔斯的生活增添了一些特别的内容。它们是第一批和日常生活多少有点关联的物品，尽管是异国的日常生活。它们异常精美，当然也极为世俗，但它们不像他的美第奇[①]床和玛丽·安托瓦内特的漆器那样高贵。它们是用来触摸的。

重要的是，它们以多种方式逗你发笑。它们诙谐、粗俗而且俏皮有趣。而现在，我终于追踪着这些根付爬上旋转楼梯，看着它们在蜂蜜色公馆里查尔斯的沙龙中安顿下来，我发现自己松了一口气，因为这个人见人爱的男人有足够的幽默感去欣赏它们。我不需要只是钦佩他。我也能够喜欢他。

---

① 美第奇（Medici）家族是意大利文艺复兴时期的工商业巨头，该家族对文化和艺术的热爱和资助对文艺复兴产生了很大的推动作用。

7　黄色扶手椅

这些根付——我的老虎、我的兔子、我的柿子——在查尔斯的书房安家后，查尔斯终于完成了他那本关于丢勒的书。年轻诗人朱尔斯·拉福格（Jules Laforgue）在写给查尔斯的一封令人屏息的信里，提到了这个房间：

你那本漂亮的书里的每一行字，都唤起了我无穷的回忆。尤其是我独自在你那个房间里工作的那段时间！那张醒目的黄色扶手椅！还有那些印象派画家！毕沙罗用极细的笔触精心绘制而成的两幅扇子。西斯莱（Sisley）的画作：塞纳河、电报线和春日的天空。巴黎附近的驳船，在巷子里游荡的人。还有莫奈漫山遍野繁花盛开的苹果树。还有雷诺阿（Renoir）笔下头发蓬乱的小野人，贝尔特·莫里佐（Berthe Morisot）笔下发出新芽的深灌木丛、一个坐着的女人、她的小孩、一只黑狗、一张捕蝶网。还有另一幅莫里佐的画，一个在照顾孩子的女仆——蓝色、绿色、粉红色、白色，在阳光下斑驳一片。另一幅雷诺阿的画，穿着蓝色毛线衫的红唇巴黎女子。还有那个戴着手笼的无忧无虑的女人和别在她衣服扣眼上的漆器玫瑰……和玛丽·卡萨特（Mary Cassatt）用黄色、绿色、浅黄色和赭色画的舞女，她双肩裸露，坐在红色安乐椅上。还有德加画的紧张舞者，德加画的迪朗蒂（Duranty）——当然还有马奈的《波里希内儿①》(Polichinelle)和邦维尔②的诗！……噢！在那里度过的那些美好时光，我沉浸在《阿尔布雷特·丢勒》的目录里，就像做梦一样……在那个明亮的房间里，那张黄色的扶手椅，显得多么耀眼！

《阿尔布雷特·丢勒及其作品》(Albert Dürer et ses dessins)是查尔斯的第一本专业书籍，一本伴随他在整个欧洲"流浪"的书。21岁的拉福格初到巴黎，经人推荐为秘书，协助查尔斯把10年来研究的清单、修改意见和笔记整理成附录、表格和索引，以便出版。对拉福格来说，穿着中国睡袍的查尔斯是一个令人兴奋的环境里一个迷人的赞助人。

我也非常兴奋，因为在看到一本关于马奈的书里的脚注之前，我还不知道拉福格为他工作过。拉福格是个极好的城市诗人，"公园长凳湿淋淋，电报线横在路上，此处寂寥无人"。

查尔斯不再是那个莽撞的年轻人。他已经变成"蒙梭街的本笃会花花公子"，一个身穿黑衣的学者。但他是一介闲人，头上的礼帽总是斜向一边；他把手杖夹在腋下，看上去庄重而有尊严。他有贴身男仆确保他的帽子干净平整。我敢肯定，他从来不在外套口袋里装东西，以免破坏布料的垂坠感。我们看到他30岁，有了情妇，又刚担任《美术公报》的编辑，他已经实现了自我成长。他是拥有秘书的上流社会的艺术史学家。现在他不仅收藏根付，而且收藏画作。

他在这个房间里充满了活力。那些色彩——他外套的黑色、礼

---

① 波里希内儿，法国木偶剧里的小丑形象。
② 邦维尔 (Theodore de Banville, 1823—1891)，法国诗人和作家。

帽的黑色,还有他胡须略带的红色——映衬着一系列梦幻般的画作。那张明亮的黄色扶手椅,将整个房间点亮得熠熠生辉。你会感到,这是一个不仅需要色彩,还需要围绕色彩构建自己生活的人的书房。这个人在蒙梭街上一丝不苟地穿着类似拉比的黑色制服,在这扇书房门背后则有着另一种生活。

什么样的研究会在这样的房间里进行呢?

朱尔斯·拉福格开始为查尔斯工作是在1881年7月14日。他在这个书房里工作了一整个夏天,每天待到半夜。我非常关切地注意到,他的犹太梅塞纳斯①付给他的报酬非常低。正是透过他的眼睛,我们看到查尔斯完成了他的书:"一块石头接着一块石头,你缓慢而坚实地建筑起这座金字塔,用来支撑你那长着华丽胡须的纪念碑。"作为一个无心插柳的旁注,拉福格随手画了幅两个人在一起的漫画:身形矮小、头发蓬松的拉福格走在前面,两手叉腰,鼻子里喷着烟雾;文质彬彬、高大挺拔、亚述人模样的查尔斯走在他后面。他补充得很好。

拉福格崇拜查尔斯,但也会戏弄查尔斯。他急于在第一份工作中证明自己。"现在,哦,蒙梭街的花花公子学者,你在干什么呢?我一直阅读《美术公报》的摘要。你在莫奈的《青蛙塘》(*La Grenouillère*)、马奈的《康斯坦丁·居伊》(*Constantin Guys*)和……莫罗(Moreau)奇怪的考古学之间策划着什么——告诉我。"

拉福格希望向"我们的"房间致意,在信件末尾写道:"祝福莫奈——你知道我说的是哪一幅。"他和查尔斯在一起的那个夏

---

① 盖乌斯·梅塞纳斯(Gaius Cilnius Maecenas),罗马帝国皇帝奥古斯都的朝臣、外交家,以资助诗人和艺术家闻名。在西方被视为文学艺术赞助者的代名词。

"蒙梭街的本笃会花花公子":和查尔斯的自画像(拉福格,1881 年)

天是和印象派的一次邂逅,这场邂逅将促使他寻找一种新的诗歌语言。他尝试了一种散文诗,称之为"吉他体",并把它献给查尔斯。不过对查尔斯书房的这些描述本身无疑就是散文诗:混合了各种真实的色彩印记,"色彩的斑点"——黄色的扶手椅、雷诺阿画笔下女孩的蓝毛衣和红嘴唇。这些信件,凌乱地表达出自己的感受,充满各种高远的想法,与拉福格对印象派风格的描述非常接近,即观众和景观是交织在一起:"永恒地变化,转瞬即逝,而且难以捉摸。"

查尔斯也很牵挂拉福格。巴黎那个漫长的夏天过后,他为年轻诗人在柏林安排了一份工作,担任皇后[①]的法语侍读——查尔斯在

[①] 这里指德意志皇帝威廉二世的妻子奥古斯塔·维多利亚(Auguste Viktoria)皇后,她非常喜欢法国文化。

社会上的影响力令人印象深刻——还写信给他，给他寄钱，向他提建议，评论他的文章，然后帮助他出版。查尔斯保留了这一时期拉福格写给他的 30 多封信，在诗人因肺结核早逝后，将它们发表在《白色评论》(*La Revue blanche*) 杂志上。

　　从这些信件里，你可以"感受"到那个房间。我想带着根付去那里，又担心自己无力把握查尔斯公寓里那些彰显鉴赏家内涵的豪华陈设。我不知道该如何通过物品来构建完整的人生。像拉福格所写的，那个房间充满了出人意料的连接和隔断。我可以听到他们夜晚毫无主题的漫谈。最终，我去了那里。

　　沙龙里的一切都带着浓郁的感情。这里充满了自由和闲适、乡野天光、年轻女人、吉卜赛女孩、在塞纳河里沐浴的人、在小巷里漫无目的游荡的闲人、嵌在刺绣里的法翁像，以及所有令人好奇的、有趣的、充满触感的根付，置身于此，很难不让人充满活力。

8 埃尔斯蒂尔先生的芦笋

我迟疑着再次回到图书馆。翻开查尔斯的《阿尔布雷特·丢勒及其作品》，丢勒的自画像——像上帝一样长须长发——从书上盯着我，目光中带有挑衅意味。我花了很长时间来思索，这一系列审慎而精妙的思考，以及所有这些编辑得当的表格和清单，是如何在清风阵阵的夏日，在一间墙上挂着莫奈画作的书房里完成的。

当读到查尔斯记述自己如何寻找丢勒遗失的画作时，我几乎可以听到他激动的声音："我们到任何可能藏有大师画作的地方寻找：国外首都和次要城镇的博物馆，巴黎和各省的博物馆，著名的收藏和鲜为人知的私人收藏，业余收藏家的橱柜和一些不易接触到的人士的陈列室，我们四处翻找、收集，检查所见的一切。"查尔斯或许是个闲人，会在沙龙里虚掷光阴，会出入赛马场和歌剧院，但他是以真正的热情去"漫游"的。

"漫游"是他使用的词。这个词似乎更重消遣而非勤勉或职业化。作为一名极为富有的犹太上流社会绅士，工作似乎有悖于社会惯例。他是一名"业余艺术家"，一名艺术爱好者，这一措辞含有谨慎的自嘲意味。但它的确正确地表达了寻找真迹的乐趣，当你在搜索、追寻时，你失去了时间感，被奇思妙想和意图所牵引。这让我想到自己在追踪根付的过程中，到处寻找其他人在书里留下的只言片语，以此了解查尔斯的生活。我在图书馆里漫游，追踪他去了哪里、为何而去。我循着线索追查他认识哪些人、他写过关于谁的文章、他买了谁的画作。在巴黎，我来到他位于法瓦尔街的旧办公室外面，站在夏天的蒙蒙细雨里，像某个伤感的艺术史侦探，等着看谁会从里面走出来。

我发现，随着时间的推移，我对纸张质量的敏感度奇怪地增强了。

我还发现自己对查尔斯越来越着迷。他是一位热情的学者。他衣着考究，精通艺术史，勤于做研究。这是多么伟大而不可能兼具的特质呀。

查尔斯做研究有个非常特别的理由：他相信"丢勒的所有作品，即使是最简单的草图，也值得特别注意，任何出自大师之手的作品都不应忽略……"查尔斯明白，只有对画家极为熟悉、了解，才能领会他的画作。拿起一幅画，在看见的瞬间，我们就能"真切地捕捉到画家最原始的想法，这或许比那些以不同寻常的耐心、花费几个小时得出的结论更真实，也更真诚"。

这是一份关于绘画的精彩声明。它赞美欣赏绘画时有所领悟的瞬间和那些转瞬即逝的回应时刻——几道墨痕或若干铅笔线条。它也是旧艺术和新艺术之间对话的美丽符号。查尔斯希望通过这本书"能让法国人更好地了解这位伟大的德国艺术家"，这是他儿时在维也纳爱上的第一位艺术家。这也给了查尔斯一个情感和思想的平台，让他可以借此论证不同年代的作品是互相影响的，丢勒的素描可以和德加的素描对话。他知道这是有可能的。

查尔斯正在成为他所认识的在世艺术家的作品的拥护者。他同时以自己的本名和笔名发表文章，争论某些画作的优点。在为德加的画作《小舞者》(*Little Dancer*)辩护时，他写道："她穿着舞蹈服站在那里，看上去疲惫不堪……"此时，作为《美术公报》的编辑，他开始委托别人为他欣赏的画家展览撰写评论。而且，他也带着热情和偏好为他那间有着黄色扶手椅的房间添购画作。

查尔斯的第一批画来自贝尔特·莫里佐。他喜爱她的作品："她把花瓣在调色板上碾碎，然后用优美、情趣盎然的笔触把它们随意地铺展在画布上。这些色彩充满活力、精美而迷人，因此显得和谐、融合与完整，让你与其说是用眼睛去看，不如说要用直觉去感受……再靠近一点，就会变得不可辨别，或者干脆根本看不懂了。"

在3年时间里，他总共收藏了40幅印象派作品——还为他在柏林的远亲伯恩斯坦买了20幅。他买了莫里佐、卡萨特、德加、莫奈、马奈、西斯莱、毕沙罗、雷诺阿的油画和粉蜡笔画：查尔斯是最早收藏印象派作品的人之一。他房间的所有墙壁上肯定都挂满了画，而且这些画肯定是三幅一列头尾衔接着挂起来的。忘了大都会某个美术馆墙上的德加的粉蜡笔画吧，它孤零零地挂在那里，离左右两边的另一幅画各有5英尺远，上下两边都空荡荡的，什么都没有。在查尔斯的房间里，这幅粉蜡笔画《服装店的两个女人》(*Two Women at the Haberdashers, 1880*)的影子肯定曾经落在多纳泰罗的雕像上，撞上另外二十几幅闪闪发光的画作，擦过玻璃柜里放置的根付。

查尔斯领风气之先。他需要胆量。印象派画家拥有热情的支持者，但仍然受到媒体攻击，并被学院派斥为骗子。他的拥护意义重大，因为他是著名评论家和编辑，他的发言有一定分量。另外，作为赞助人，他对那些在生活中挣扎的画家也有着直接作用："在某个美国人或某个年轻犹太银行家的府邸里"，你会发现这些画作，菲利普·比尔蒂写道。同时查尔斯也像驭象人一样引导其他富有的朋友，他曾说服施特劳斯夫人，这位严肃艺术沙龙的主持人，买下莫奈的其中一幅《睡莲》(*Nymphéas*)。

但他做的远不止于此。他还是一个真正的对话者，他会造访艺术家的工作室，观看正在创作的作品，从画架上直接买下一幅画，就像一名评论家写的那样，他是"年轻艺术家的兄长"。他曾和雷诺阿详细讨论哪些画作最适合送到沙龙去，惠斯勒曾请他检查自己的一幅画有没有损坏。普鲁斯特后来在提到以查尔斯为原型的角色时，说他是"一个业余画家"，"正是因为他，许多原本被搁置在半途的画作，才得以最终完成"。

他还是许多艺术家的朋友。"今天星期四了，"马奈在给查尔斯的信里写道，"我还没有收到你的信。显然你是被沙龙主人的机智给迷住了……快点，拿起你最好的笔，动手写吧。"

查尔斯从马奈那儿买了一幅画，画的是芦笋，这是一幅杰出的小型静物画，在阴影处，隐约可见摇曳的柠檬和玫瑰。上面大约有20根芦笋茎，用稻草捆扎起来。马奈为这幅画要价800法郎，很大一笔钱，而查尔斯出人意料地给了他1000法郎。一个星期后，查尔斯收到一幅小型油画，上面只用一个简单的"M"作为签名。这是一根横躺在桌上的芦笋茎，还附有一张字条："这一根似乎是从那捆芦笋里滑出来的。"

普鲁斯特多次拜访过查尔斯的公寓，对他的藏画非常了解，他复述过这个故事。他的小说里有一位印象派画家，名叫埃尔斯蒂尔，是以惠斯勒的一部分和雷诺阿的一部分为原型的。盖尔芒特公爵愤怒地说："这幅画里没别的，只有一捆芦笋，就和你正在吃的一模一样。但我必须说，我拒绝吞下埃尔斯蒂尔先生的芦笋。他为一捆芦笋要价300法郎，要我说，顶多值一个路易，因为它

《一捆芦笋》(爱德华·马奈，1880年)

们过季了。我觉得它们肯定嚼不动。"

查尔斯书房墙上的很多画都是他朋友们的肖像画。有一幅德加画的埃德蒙·迪朗蒂的肖像粉蜡笔画，引用年轻作家J.K.于斯曼①对这幅画的描述："这位迪朗蒂先生，坐在一张桌子前，周围是他的绘画和书籍。他细长的手指并拢，他锐利而饱含嘲讽的眼神，他敏锐探究的表情，他那英国幽默作家讽刺的微笑……"这里有一幅"现代生活的画家"②康斯坦丁·居伊的油画，还有一幅

---

① J.K. 于斯曼（Joris-Karl Huysmans，1848—1907），原名夏尔-马利-乔治·于斯曼，19世纪法国伟大的小说家，西方现代主义文学转型中的重要作家，象征主义的先行者。他擅长在小说中对颓废主义和悲观主义进行深度剖析，评论界时常将他与叔本华并列。主要作品有《逆天》《该诅咒的人》《起航》《抛锚》《玛特，一个炫女的故事》等。

② 《现代生活的画家》是波德莱尔的著作，是一本美学评论，也是对画家康斯坦丁·居伊的赞美之作。

马奈为康斯坦丁画的肖像画，看上去头发蓬乱，胡子拉碴，眼神显得有点狂热。从德加那里，查尔斯买下了梅林特将军（General Mellinet）和大拉比阿斯特吕克（Chief Rabbi Astruc）的双人肖像画，这两个令人生畏的人物——因共同经历了 1870 年战争而成为朋友——一起以半身像的形式出现在画上。

还有一些画作描绘了查尔斯在巴黎的生活：德加有一幅画，画的是隆尚宫赛马开始时的场景，查尔斯去那里看他叔叔莫里斯·埃弗吕西著名的赛马。"作画一幅——埃弗吕西——1000（法郎）。"德加在笔记本上写道。还有几幅画的是交际花、舞女。另外有米利纳女帽店的一幕场景，画上是坐在沙发上的两个年轻女子的后脑勺（2000 法郎）。还有一幅画的是一名孤独的女子，在咖啡馆里啜饮一杯苦艾酒。

查理斯收藏的大部分画作描绘的是乡村、快速流动的云和掠过树间的风，这些显示了他对消失的瞬间的感觉。有 5 幅西斯莱和 3 幅毕沙罗的风景画。他还花 400 法郎从莫奈那里购买了一幅维特依（Vétheuil）的风景画，白云漫过一片柳树成荫的田野，以及莫奈在同一个村子里画的《苹果树》(Pommiers)。他还买了一幅塞纳河冬天清晨河冰破裂的景象，《浮冰》(Les glaçons)，普鲁斯特在早期小说《让·桑特伊》(Jean Santeuil)中以优美的文笔提到这幅画："冰消雪融的一天——阳光、蓝天、破碎的冰、泥浆、流动的水把河面变成一面耀眼的镜子。"

甚至那幅在拉福格的回忆中被称为"头发乱蓬蓬的小野人"的肖像画《波希米亚女郎》(La Bohémienne)，也捕捉到了这种无常、稍纵即逝的感觉。画中一头蓬乱红发的吉卜赛女孩，在强烈的阳光下，穿着乡下衣服，站在草丛和树木之间。她无疑是风景的一部分，即将跑掉，并将一直跑下去。

查尔斯写道，这些画都能够"展现生命以某种姿势和态度在瞬息万变的气氛和光线中移动的情景；抓住空气中色彩的持久流动，故意忽略个别的阴影以获得亮度的一致性，（在这种一致性下）单独的元素融合成一个不可分割的整体，甚至通过不协调的方式，达到了一种总体的和谐"。

他还买了一幅莫奈描绘沐浴者的壮观的油画：《格尔奴叶的浴者》(Les Bains de la Grenouillère)。

回到伦敦后，在去图书馆的路上，我走进国家美术馆去看这幅画，想象它挂在黄色扶手椅和根付附近的情景。画上是仲夏时节塞纳河上一个很受欢迎的地方。身穿浴衣的人沿着狭窄的木板路走进波光粼粼的河里，不沐浴的人则穿着裙子走在岸边，裙摆上点出了一块朱红。划船——拉福格所说的"丰富想象下的船只"——混进前景里，一团树影遮挡在画面上方。河水泛着涟漪流向远方，和水面上浴者晃动的头颅融合在一起，这就是"空气中色彩的持久流动"。你可能会觉得，这天气暖和得足以跳进水里，然而又冰凉得让你不愿从水里出来。看着这幅画，你会觉得很有活力。

这种将日本物品和闪闪发光的新绘画风格结合起来的做法似乎是有意义的：尽管日本风对这位埃弗吕西而言可能是一种"宗教"，但在查尔斯的艺术家朋友圈里，这种新艺术产生了极为深刻的影响。和查尔斯一样，马奈、雷诺阿和德加也是日本版画的狂热收藏者。日本版画的结构似乎以完全不同的方式演绎了这个世界的意义：一些无关紧要的现实碎片——一个正在挠头的小贩，一个抱着哭泣孩子的女人，一条正要向左走开的狗——每个碎片都和地平线上的大山一样有着重要的意义。就像根付一样，日常生活不加彩排地上演。这种几乎是粗暴地将故事与清晰的图案、书法结合起来的手法，起到了催化作用。

印象派画家学会了如何把生活切割成一个个瞬间和印象。与正常的景象不同，你可以用高空秋千的绳索、米利纳女帽店的后脑勺、证券交易所的立柱来切割整幅画面。埃德蒙·迪朗蒂，德加画的他的肖像粉蜡笔画挂在查尔斯的书房里，他本人目睹了这一切。"人物……从来不在画布的中央，也不在场景的中心。他并不总是被看作一个整体，有时候腿的下半截不见了，或下半身不见了，或被纵向截断。"当你看到德加那幅奇怪的肖像画《勒皮克子爵和他的女儿：协和广场》(*Viscount Lepic and His Daughters: Place de la Concorde*) 时——现藏于圣彼得堡的冬宫——三个人和一条狗在画布呈现的奇怪空间中移动——其中日本版画平面透视法的影响似乎是明显可见的。

就像在根付上反复出现的主题一样，日本版画也为这种系列化提供了可能性——一座著名山脉的四十七景，让人想到一种以不同的方式反复表现传统图形元素的方法。干草垛、弯曲的河流、白杨树、鲁昂大教堂险峭的正面，都体现了这种诗意的回归。"变奏曲"和"随想曲"的大师惠斯勒解释说："在任何给定的画布上，你可以说，颜色是绣上去的。也就是说，同样的颜色每隔一段距离就会再次出现，就像刺绣的线一样。"印象派早期的支持者左拉在谈到马奈的画作时写道："这种简化的艺术让人想到日本版画；它们的共同点在于奇特的优雅和华丽的色块的使用。"简化似乎是这种新美学的核心，但前提是它与"斑块性"、与色彩的抽象化或与色彩的重复结合在一起。

有时候这只需要描绘雨中的巴黎生活。一块块灰色雨伞组成的舰队取代了遮阳伞，巴黎化成了江户的模样。

当查尔斯以精确而优美的文笔描写他的朋友时，他懂得他们多么激进，无论是在绘画技巧还是在表现的主题上。这让人想起一篇对印象派的最好的评论。他们的目标是：

使人物与背景不可分割，就好像他们是背景的产物一样。所以要欣赏一幅画，你的眼睛必须把它当成一个整体，站在适当的距离观看——这就是这个新画派的理想。它没有学会光学的原理，它蔑视绘画法则和规定，它自发地呈现它所看到的样子，不管是好的还是坏的，不妥协，不评论，也没有空话。它害怕陈词滥调，因此寻找新鲜的主题，它出没于剧院、咖啡馆、卡巴莱①的走廊，甚至低档的音乐厅；廉价舞厅的庸俗色彩也并未惊吓到他们；他们还在巴黎郊区的塞纳河上泛舟。

---

① 卡巴莱（cabaret），指有歌舞、滑稽短剧助兴的餐馆、咖啡馆。

这就是雷诺阿的尝试之作《游船上的午餐》(Le Déjeuner des Canotiers)的创作背景。这幅画展示了在"富尔奈斯之家"(Maison Fournaise)度过的一个快乐而放纵的午后,那是位于塞纳河畔的一家餐馆,是巴黎一日游的旅客可以乘坐火车到达的最新热门地点之一。透过银灰色的柳树,可以看见河里的游船和一艘小艇。一顶红白条纹的遮阳棚使聚会现场免受耀眼阳光的照射。这是在雷诺阿的新世界里,画家、赞助人和女演员们午饭后的场面,每个人都是朋友。模特们在堆着空酒瓶和吃剩的食物的桌子旁抽烟、喝酒和聊天。这里没有法则,也没有规定。

女演员埃朗·安德烈(Ellen Andrée)戴着帽子,帽子上别着一朵花,正把酒杯举到唇边。西贡殖民地的前市长拉乌尔·巴尔比耶男爵(Baron Raoul Barbier)把头上的棕色圆顶礼帽推到后脑勺上,正和餐馆老板的年轻女儿交谈。她的兄弟戴着草帽,活像一名职业划桨手,站在前景审视着午餐。卡耶博特穿着白色背心,头戴硬草帽,悠闲地跨坐在椅子上,看着年轻的女裁缝阿琳·莎丽戈(Aline Charigot)——雷诺阿现在的情人和未来的妻子。艺术家保罗·洛特(Paul Lhote)坐在女演员让娜·萨马里(Jeanne Samary)身边,用一只胳膊环抱着她。这是一幕微笑着交谈和调情的场景。

查尔斯也在那里。他在最后面,戴着礼帽,穿着黑色外套,微微侧过头来。你只能看到他红棕色的胡须。他正在和令人欣喜地露出脸来、脸上残留着胡茬的拉福格聊天,后者打扮得像个正经的诗人,戴一顶工人帽,就连身上穿的也可能是灯芯绒夹克。

我怀疑查尔斯是否真的穿着他的本笃会衣服,看起来笨重阴

《游船上的午餐》(雷诺阿,1881 年)

沉,在夏日的阳光下参加游船宴会,头上戴的是礼帽而不是硬草帽。这是个只在朋友间流传的笑话,关于他的梅塞纳斯制服,雷诺阿在暗示,即使在阳光最灿烂、气氛最活跃的日子里,也需要赞助人和批评家,在背景的某个地方,在边缘。

普鲁斯特写到这幅画时提到"一位绅士……在游船的宴会上戴着一顶礼帽,显得格格不入,这说明对于埃尔斯蒂尔而言,他不仅是惯用的模特,还是一个朋友,或许还是一个赞助人"。

查尔斯显然格格不入,但他的确是个模特,也是朋友和赞助人,而且他就在那里。查尔斯·埃弗吕西——或者至少是他的后脑勺,进入了艺术史。

9 连埃弗吕西也上当了

时间到了 7 月，我在伦敦南部的工作室里。工作室位于一条小路上，夹在几个汽车修理铺中间，路两边有一个彩票投注站和一家加勒比海外卖店。这是个喧闹的地区，但它是个美好的空间。我的转轮和陶窑在长长的通风良好的车间里，爬上几级陡峭的白色台阶，上面的房间里摆放着我的书。正是在这里，我展示了几件已经完成的作品，现在就有几组瓷筒摆放在衬铅盒子里；也正是在这里，我将成堆的早期印象派笔记堆放起来，继续写作我的根付的第一个收藏者的故事。

有书籍和陶器为伴，这是一个平静的空间。我也会把想要委托我做东西的客户带到这里来。对我来说，阅读了这么多关于查尔斯的资料，包括他作为赞助人，以及他与雷诺阿、德加的友谊，感觉非常奇怪。不仅仅是因为从委托人到受委托人的令人眩晕的地位变化。或者说，从拥有画作到写文章评论画作。我从事陶艺创作已有一段时间，我知道接受委托是一件极其微妙的事情。当然，你会感恩，但感恩并不同于感觉受到恩惠。对于任何艺术家来说，这都是一个有趣的问题：一旦有人购买了你的作品，你要为此感激多久？这一定特别复杂，考虑到这位赞助人的年龄——1881 年 31 岁——而一些艺术家的年龄，比如马奈画那捆芦笋时已经 48 岁了。而且，我在观看查尔斯拥有的那幅毕沙罗的画作,观看微风中的白杨树时,不由得想到,如果你的艺术信条是自由表达、自发和不妥协的话,(接受委托)这件事一定尤其微妙。

雷诺阿急需用钱,于是查尔斯劝说某个阿姨或姑妈光顾他;后来雷诺阿开始为露易丝作画。这对情人和画家花了一个漫长的夏天认真协商;范妮从瑞士牧屋——查尔斯当时也在那儿——写信来,详细描述了查尔斯为了确保一切顺利所做的努力。创作这两幅画很是辛苦。第一幅画的主角是露易丝的长女伊蕾娜,和母亲一样,一头金红色的长发披散在肩膀上。第二幅是两个年纪较小的女孩艾丽斯和伊丽莎白的肖像,看上去极其甜美。这两个女孩也有着跟母亲一样的头发。她们站在深紫红色的帘幕前,帘幕拉开来露出了后面的沙龙,她们手挽着手,仿佛在互相打气——衣服上带有精美的粉红色和蓝色的褶边和丝带。这两幅画都曾在1881年的沙龙上展出。我不确定露易丝有多喜欢它们。毕竟,她在为这两幅作品支付数额适中的1500法郎时,出人意料地拖延了很久。当我发现德加在一张便条里生气地提醒查尔斯有账单未支付时,我自己也同样感到很尴尬。

这些委托给雷诺阿的作品使查尔斯的其他一些画家朋友产生了疑虑。德加尤其严厉:"雷诺阿先生,你没有诚信。你按照别人的要求来作画是不可接受的。我想你现在为金融家工作,不断接受查尔斯·埃弗吕西先生的委托,接下来你的画作就会和布格罗[①]先生的画作一起在米勒顿(Mirlitons)这类地方展出了!"当查尔斯开始购买其他艺术家的作品时,这一忧虑加深了;这位赞助人似

[①] 布格罗(William-Adolphe Bouguereau),法国画家,19世纪学院派最重要人物。其作品唯美、优雅、精致,和以印象派为代表的先锋派艺术观念分歧较大。

乎在改变兴趣,寻找新的感觉。而就在此时,查尔斯的犹太人身份使他变得不可信任。

查尔斯买了居斯塔夫·莫罗的两幅画。龚古尔形容莫罗的作品是"金匠诗人的水彩画,似乎笼罩了一层《一千零一夜》故事里珍宝的光华"。这些画色彩丰富,具有高度的象征意义和浓郁的诗意,画上的主角是莎乐美、赫拉克勒斯、萨福和普罗米修斯。莫罗画中的人物很少有穿衣服的,常常身上只挂着一缕薄纱。画中的风景是古典的,到处是破败的庙宇,其中的细节经过精确的安排。其风格和风中的草地、覆冰的河流或弯腰工作的女裁缝大相径庭。

后来,于斯曼在他令人震惊的小说《逆天》(À rebours)里描述了与莫罗的画作生活在一起——或者,更准确地说,生活在莫罗的画作所营造的氛围里是什么感受。小说的男主角德泽森特(Des Esseintes)是以颓废的罗贝尔·德·孟德斯鸠伯爵(Comte Robert de Montesquiou)为蓝本创作的,后者立志要获得完整的美学体验,对家里的一切细节精益求精,好让自己能沉浸在每一种感官体验中。最极致的是一只乌龟,它的背壳上镶嵌着宝石,这样当它缓慢爬过房间的时候,能让波斯地毯上的图案变得更加生动。这令奥斯卡·王尔德(Oscar Wilde)大为倾倒,他在自己的巴黎日记里用法文写道:"埃弗吕西的朋友有一只镶嵌着绿宝石的乌龟。我也需要绿宝石,需要有生命的小摆设……"确实,这比打开展示柜的玻璃门要好得多。

在德泽森特日渐衰败的生活中,有一位艺术家"不断带给他快乐,最让他着迷,那就是居斯塔夫·莫罗。他购买了莫罗的两幅杰作,夜复一夜地站在其中一幅画前做梦,这幅画是莎乐美"。他如此沉迷于这些充满感情的画作，以至于感到自己成了画中人。

这和查尔斯对他那两幅名画的感觉相类似。他写信给莫罗，说他的作品具有"完美的梦的色调"——所谓完美的梦，就是你沉溺于漫无边际的幻想中而不自觉，丧失了对自我的认知。

所以雷诺阿怒不可遏。"哼，这个居斯塔夫·莫罗，以为自己受到重视，一个连脚都画不好的画家——他很精明。他骗犹太人真有一手，会想到用金色来作画——连埃弗吕西也上当了，亏我还以为他有点头脑！有一天我去拜访他，迎面就看到莫罗的画！"

我想象雷诺阿走进大理石大厅，爬上旋转楼梯，经过伊格纳斯的公寓，来到查尔斯的房间，被领进去，发现莫罗的《伊阿宋》（Jason）就在面前：赤身裸体地站在被屠杀的龙身上，手里握着断矛和金色的羊毛。美狄亚（Medea）拿着装有魔法药剂的烧瓶，一只手敬慕地搭在他的肩上——"一个梦，一道魔法的闪光"，拉福格所谓的"莫罗奇怪的考古学"。

或许，雷诺阿迎面看到的是《加拉泰》（Galatée），上面题着献给"我的朋友查尔斯·埃弗吕西"。于斯曼形容这幅画是"一个被珍贵的宝石照亮的洞穴，就像一个神龛，而在这些独特的闪闪发光的宝石中间的，是苍白的身体，胸膛和嘴唇泛着粉红色，加拉泰，正在熟睡……"在那张黄色的扶手椅旁边，当然有大量的金色：为了与提香相配，《加拉泰》被镶在一个仿文艺复兴风格的画框里。

这是"犹太艺术"，雷诺阿写道，恼火地发现他的赞助人，也是《美术公报》的编辑，在墙上挂着这些罗斯柴尔德口味的东西，珠宝和神话，与他自己的画作挨得非常近。查尔斯在蒙梭街的沙龙已经变成"一个洞穴……就像一个神龛"。它已经成为一个使雷诺阿愤怒、让于斯曼产生灵感,甚至让乐观的王尔德念念不忘的地方:他在巴黎日记里写道:"为了写作,我需要黄色的缎子。"

我意识到我正在试图维护查尔斯的品位。我为金色和莫罗感到担心。对巴黎歌剧院天花板的装饰师保罗·博德里(Paul Baudry)的作品更是如此,尽管他擅长在巴黎美好年代的建筑上采用巴洛克风格的椭圆形轮廓。博德里的作品被印象派画家斥为"俗气的博氏"——一位像令人憎恨的威廉姆·阿道夫·布格罗一样的学院派画家。他的裸体画尤其成功,至今仍称得上成功。有一张大受欢迎的博德里的海报,上面是海浪即将拍打在一个正伸展身体的女孩身上,名叫《珍珠和海浪》(Pearl and the Wave),你可以在博物馆商店的货架或冰箱贴上看到。博德里是查尔斯最亲密的画家朋友,他们的书信里不乏亲昵的表示。查尔斯是他的传记作者,还被指定为他的遗嘱执行人。

也许我应该继续追查查尔斯房间里与根付相伴的每一幅画。我开始列出所有悬挂着他的藏画的博物馆,并追溯它们是如何到达那里的。我在考虑从芝加哥艺术博物馆(Art Institute of Chicago)到热拉梅市博物馆(Musée de la Ville de Gérardmer)要花多长时间,这两个地方分别收藏着马奈的《隆尚宫赛马》(Races at Longchamp)和德加的将军和拉比双人肖像画。我不知道是否应该把那只镶琥珀眼睛的白兔根付放在口袋里,让它和那些画重聚。喝咖啡的时候,我认真思考着这个问题,认为真的可以这么做,这是个继续下去的办法。

我的时间已经用尽。我作为陶艺家的另一种生活暂时搁置了。有一所博物馆需要我的回应。人们打来电话找我,我的助理告诉他们,我出门了,联系不上。是的,一个大项目。我会给他回电话的。

其实，我又顺着熟悉的路线回到了巴黎，站在歌剧院博德里装饰的天花板下面，然后又匆匆赶到奥赛博物馆，看查尔斯的那根被马奈遗漏的芦笋，还有他们拥有的莫罗的两幅画，想知道它们之间是否具有连续性，如果有，我是否能看到他的眼睛所看到的东西。当然，我没能成功，原因很简单，查尔斯买的是他喜欢的东西。他购买艺术品不是为了保持连续性，也不是为了填补收藏的空白。他从朋友们那里买画，这也增加了理解其收藏的复杂程度。

除了工作室里的画家之外，查尔斯还有很多朋友。星期六晚上，他会和同事在卢浮宫度过，每个收藏家或作家都会带来一张素描或一件物品，或者就一件艺术品出处的疑难问题进行讨论："任何事情都能带到桌面上来讨论，除了迂腐的问题！我们在那儿所学到的，绝对不需要质疑！那是怎样的一场不知疲倦的旅行啊，我们在卢浮宫那些美丽的椅子中间徘徊，纵览欧洲的所有博物馆！"艺术史学家克莱芒·德里斯（Clément de Ris）回忆道。查尔斯有《美术公报》那些令人兴奋的同事。他有不少邻居朋友，卡蒙多兄弟和塞努奇，可以开心地向他们展示新购买的物品。

查尔斯正在成为一个公众人物。1885年，他成为《美术公报》的所有人。他协助筹措资金为卢浮宫购买了一幅波提切利（Botticelli）的画。他撰写文章。他还策划了一些展览：1879年协助组织了早期绘画大师作品展，1882年和1885年协助组织了两场肖像画展。一方面，他是贪婪的浪子，另一方面，他又拥有这样的责任和眼光。他刚刚因为对艺术的贡献获得了法国政府颁发的荣誉军团勋章。

这种忙碌的生活绝大部分是在同事、邻居、朋友、他的年轻秘书、他的情人和家人公开的注视下进行着。

普鲁斯特,如果和查尔斯还算不上朋友的话,或许可以称得上是他的一个新的信徒。他已经成了查尔斯公寓的常客,对于查尔斯如何安置自己的新宝贝以及他跨社会角色的高谈阔论听得着迷。查尔斯十分了解普鲁斯特在社交方面的贪婪,所以一过午夜,就告诉他是时候离开这场晚宴了,因为主人急需上床睡觉。因为一些掩藏已久的轻蔑,隔壁房间的伊格纳斯称普鲁斯特为"普鲁斯特蝶①"——对于经常像蝴蝶一样从一个社交场合"飞"到另一个社交场合的普鲁斯特来说,这是相当贴切的写照。

普鲁斯特也出现在法瓦尔街《美术公报》的办公室里。他在这儿很勤奋:后来,有 64 件艺术品出现在他以 12 部小说构成的巨作《追忆似水年华》里,并由《美术公报》制作了配图,给这些作品的视觉质感增色不少。和之前的拉福格一样,他把早期撰写的艺术评论文章拿给查尔斯看,并遭到了严厉的批评,后来又接到了第一次约稿。普鲁斯特撰写的是对罗斯金的研究。普鲁斯特翻译了罗斯金的《亚眠的圣经》(*Bible of Amiens*),他在前言里表示,把译作献给"总是对我那么好的查尔斯·埃弗吕西先生"。

查尔斯和露易丝仍旧是情人,尽管我不确定露易丝是否有另外一个或几个情人。查尔斯行事隐秘,没留下什么痕迹,我为找不到更多的线索而沮丧。我注意到,拉福格是许多年轻人里第一个愿意在更大程度上作为助手而非秘书为他工作的人。我对他这间

---

① 此处原文 "Proustaillon" 是普鲁斯特(Proust)和法语蝴蝶(papillon)的后半部分结合成的。

像洞穴一样、被黄色绸缎和莫罗的作品照亮的房间里所发生的一系列有趣的关系感到疑惑。巴黎流传的八卦说查尔斯是双性恋。

1889年春天,埃弗吕西公司一片繁荣,但家庭事务极其复杂。坚定的异性恋者伊格纳斯和其他热情的单身汉一样,迷上了波托茨卡伯爵夫人(Countess Potocka)。这位迷人的伯爵夫人有着普鲁斯特形容的"集优雅、高贵和恶毒为一身"的容貌,她的黑头发向两边分开,掌握着一群年轻男子,他们愿意为她戴上刻着"死生不渝"的蓝宝石徽章。她举办"马加比"宴会,他们保证在宴会上为她表演惊人之举。因为马加比家族是犹太教的殉道者,这一定使她感到自己像朱迪斯①,我后来才意识到,就是那位趁赫罗弗尼斯喝醉时砍下他头的女英雄。在一次宴会后,一封写给莫泊桑的信里提到:"伊格纳斯比别人醉得更厉害……他想了个聪明的点子,全身赤裸地走过巴黎的街道……"伊格纳斯因此被送往乡下反省。

查尔斯40岁了,在所有这些不同的世界里显得游刃有余。他的个人品位已经成为公共话题。他的一切都充满了美感。在巴黎,他是著名的审美家,他定制了什么、他的看法和衣服的式样都受到人们的关注。他还是一名歌剧爱好者。

连他的狗也取名卡门②。

我在卢浮宫的档案中发现了一封皮维·德·夏凡纳(Puvis de Chavannes)——这位象征主义画家喜欢画苍白的人物和色彩暗淡的风景——写给她(小狗)的信,信封上写着"由蒙梭街81号C. 埃弗吕西先生转交"。

---

① 朱迪斯(Judith),《圣经》里的以色列女英雄,在亚述大军围攻其家乡伯图里亚(Bethulia)时,与女仆潜入亚述军营,获得了亚述统帅赫罗弗尼斯(Holophernes)的信任与爱慕,后在赫罗弗尼斯醉酒之后将其刺杀,斩下其首级,与女仆返回伯图里亚。亚述军队也因主帅遇刺而溃败。
② 法国作曲家比才根据梅里美的小说《卡门》改编成的著名歌剧,剧中的女主人公名叫卡门。

10　我的小礼物

并非只有雷诺阿不喜欢犹太人。整个19世纪80年代,一系列金融丑闻指向新犹太金融家,埃弗吕西家族更是首当其冲的目标:"犹太人的阴谋"被认为是1882年总联盟银行破产的幕后黑手。这家天主教银行和教会有着密切的联系,拥有许多天主教小额储户。著名的煽动家爱德华·德吕蒙[1]在《犹太人法国》(*La France juive*)一书中写道:

这些人以不可思议的厚颜无耻来操作庞大的金额,对他们来说,这只是简单的游戏派对。在一个交易时段,米歇尔·埃弗吕西就买进或卖出了价值1000万或1500万的石油或小麦。这没问题:他在证券交易所的一根柱子旁坐上两个小时,冷静地用左手抚着小胡子,给30个拿着铅笔围在他身边的朝臣发号施令。

朝臣们赶过来,在米歇尔耳边小声告诉他当天的新闻。德吕蒙暗示,金钱在这些犹太金融家眼中微不足道,就像一件玩物,与在交易日小心翼翼地存入银行,或藏在壁炉架上咖啡壶里的存款完全不同。

---

[1] 爱德华·德吕蒙(Édouard Adolphe Drumont,1844—1917),法国记者和作家。1889年创办了"法国反犹太人同盟",同时也是《自由论坛报》的创办人和编辑。

这段文字传神地描述了隐蔽的权力和阴谋。它有着德加的油画《在证券交易所》(At the Bourse)的紧张气氛,鹰钩鼻、红胡须的金融家们在柱子间低声交谈。交易所和它的玩家们在这里化为了圣殿和兑换银钱之人①。

"那么,谁将使这些人无法生活,谁会很快把法国变成一片不毛之地?……就是外国小麦的投机者,是犹太人,是巴黎伯爵的朋友,……是富人住宅区所有沙龙的宠儿;是埃弗吕西,投机小麦的犹太团伙的首领。"投机,利用钱挣钱,被视为犹太人的一种特有罪恶。就连犹太复国主义的辩护者西奥多·赫茨尔(Theodor Herzl),他总是急于从富有的犹太人那里为其事业募集资金,也在一封信中粗暴地表示"埃弗吕西家族是投机商"。

埃弗吕西公司的确拥有惊人的权力。在一场危机中,人们注意到两兄弟没有出现在交易所,引起一阵恐慌。在另一场危机中,一家报纸兴奋地报道,他们在认真地考虑俄罗斯的反犹浪潮,威胁要向市场上倾销粮食。"(犹太人)……已经认识到了这种武器的威力,在上一次迫害犹太人的浪潮中,他们迫使俄罗斯罢手……在13天内使俄罗斯证券指数下跌了24点。'再碰我们的人,你们就别想再得到一个卢布,来拯救你们的帝国。'敖德萨埃弗吕西家族的领袖、世界上最大的粮食交易商米歇尔·埃弗吕西说。"简而言之,埃弗吕西家族非常富有,非常引人注目,而且非常有倾向性。

德吕蒙是一家反犹主义日报的编辑,也充当报纸上的意见领袖。他告诉法国人如何识别犹太人——一只手比另一只手

---

① 据《圣经·马太福音》(21:12),耶稣转至洁净的圣殿,赶出殿里一切做买卖的人,推倒兑换银钱之人的桌子。

大——以及如何应对这个种族对法国构成的威胁。1886年,他的《犹太人法国》在出版第一年就卖出了10万册。到1914年,这本书发行了200个版本。德吕蒙认为,犹太人天生就是游牧民族,他们不认为自己对这个国家负有任何责任。查尔斯和他的兄弟们,来自敖德萨、维也纳和天知道哪里的俄罗斯公民,只顾及自己的利益——同时还利用真正的法国人的钱来榨取法国的生命力。

埃弗吕西家族当然认为他们属于巴黎。德吕蒙无疑不这么认为——"犹太人,从欧洲所有的'隔都①'涌进来,现在却成为历史悠久的房屋的主人,这些房屋唤起了人们对古老法国最辉煌的记忆……罗斯柴尔德家族无处不在:费里耶尔、沃德-塞尔奈(Les Vaux-de-Cernay)……埃弗吕西家族,在枫丹白露,在弗朗西斯一世宫殿……"德吕蒙嘲笑这个家族从迁入时"身无分文的冒险家"到获得现在的社会地位的速度,嘲弄他们新近制作的纹章,在想到他的遗产被埃弗吕西和他们的朋友玷污时,他怒不可遏。

我强迫自己去阅读这些资料:德吕蒙的书、报纸、版本众多似乎无穷尽的小册子、英文译本。有人在伦敦图书馆的一本《犹太人法国》上做了批注,在"埃弗吕西"旁边认真而赞同地用铅笔写了个大写的字:"VENAL"(唯利是图)。

这些资料种类繁多,从恫吓式的概论到令人愤怒的细节,应有尽有。埃弗吕西家族被一次又一次地点名。就像玻璃橱窗被打开,他们每个人都被拿出来指着鼻子辱骂。我对法国的反犹主义有十分笼统的了解,但这次阅读特别令我感到作呕。这是对他们日常生活的剖析。

---

① 隔都(Ghetto),是从前欧洲国家在城市里划分出来,把犹太人限制在里面居住的区域。

查尔斯被人贴上了"文学和艺术世界操弄者"的标签。人们辱骂他是一个对法国艺术有巨大的影响的人,但把艺术当成商业。查尔斯所做的一切都是为了黄金,《犹太人法国》的作者说。可熔化、便于携带、易于处理的黄金,被不懂国土和国家为何物的犹太人携带、购买和出售。就连他关于丢勒的书也遭到审查,认为带有闪米特人倾向。查尔斯怎么能理解这位伟大的德国艺术家,一个愤怒的艺术史学家写道,因为他只是一个"Landsmann aus dem Osten",一个东方人。

他的兄弟和叔伯们都遭到严厉的责难,连他嫁入法国贵族家庭的姑姑也遭到野蛮的嘲弄。法国所有的犹太金融家族都被点名,受到漫骂:"罗斯柴尔德家族、厄兰格家族(Erlanger)、赫希家族(Hirsch)、埃弗吕西家族、班贝格家族(Bamberger)、卡蒙多家族、斯特恩家族(Stern)、卡昂·安特卫普家族……都是国际金融集团的会员。"这些家族之间复杂的通婚关系也被人无数次提起,并构造出一张可怕的阴谋关系网络图。当莫里斯·埃弗吕西娶了法国罗斯柴尔德家族首领阿方斯·德·罗斯柴尔德的女儿贝亚特丽斯时,这张网就变得更加紧密了。这两个家族现在算是一家了。

反犹主义者需要把这些犹太人拉回他们所来的地方,剥夺他们精致的巴黎生活。一本反犹主义的小册子《这些好样的犹太人》(*Ce Bons Juifs*)描写了一段想象中的莫里斯·埃弗吕西和一个朋友之间的对话:

——听说你不久要动身前往俄罗斯,是真的吗?

——两三天内出发,M. de K(人名)说……

太好了!莫里斯·埃弗吕西回答说,如果你要去敖德萨,就去证券交易所捎几句话给我父亲。

M. de K答应了,于是在敖德萨处理完自己的事情后,赶到证券交易所求见埃弗吕西的父亲。

——你知道,别人告诉他,如果你想见到他,你得是犹太人。

埃弗吕西的父亲来了,是一个相貌威严的希伯来老人,头发蓬乱,留着长胡须,穿一件沾满了油渍的皮上衣。

M. de K……给老人传了口信,正要离开,突然感到有人拽住了他的衣服,接着听到埃弗吕西的父亲对他说:

——你忘记我的小礼物了。

——你说的小礼物是什么意思?M. de K惊讶地问……

你很清楚,亲爱的先生,罗斯柴尔德家女婿的父亲一边鞠躬,一边回答说,我是敖德萨证券交易所人人想见的老古董;当没生意和我做的陌生人来见我时,他们都会给我一件小礼物。我的儿子们因此每年给我送来一千多个访客,帮助我维持收支平衡。

带着开心的笑容,这位庄严的族长补充说:他们都明白,总有一天他们会得到回报……我的孩子们!

埃弗吕西家族,谷物之王,既因为暴发户而遭人厌恶,同时又因为宴会赞助人而受到欢迎。前一分钟,他们还被视为敖德萨的谷物商,一个穿着油腻腻的外套、伸出手来的族长;下一分钟,贝亚特丽斯就戴着冠状头饰出现在社交舞会上,头饰上缀着上百根金色的玉米穗。莫里斯是枫丹白露一座巨大城堡的主人,他在和贝亚特丽斯·德·罗斯柴尔德的结婚证书上把自己写成"土地所有者",而不是银行家。这并不是失误。对于犹太人来说,拥有土地仍然是一种相对较新的体验:因为一直要到法国大革命之后犹太人才拥有完整的公民身份，根据一些评论家的说法，这是一个错误——因为犹太人不是有行为能力的成年人。看看埃弗吕西家族是怎么生活的吧，有一篇名为《最初的雅各布先生》(*The Original Mr Jacobs*)的冗长文章认为，"对小玩意和对各种零碎物品的热爱，或者更准确地说，是犹太人对占有的热情，往往要归结为幼稚"。

我想知道这些兄弟在这种环境下是如何生活的。他们是若无其事地耸耸肩，还是真的感到了困扰。不绝于耳的污蔑、对于唯利是图的抱怨、持续不断的敌意，像普鲁斯特小说中的叙述者在回忆起他的外祖父时提到的："每当我把一位新朋友带回家，我的外祖父都会开始哼歌剧《犹太女》——'噢，我们父辈的上帝啊'，要不就是'以色列，挣脱你的锁链吧'……一听到新朋友的名字，老人就会大叫：'警惕！警惕！'而如果那个倒霉鬼还承认了他的出身，我的外祖父……会看着我们，声音轻得几乎听不清地哼唱：'什么！你居然把这胆小的以色列人带到了这里？'"

还有决斗。尽管被宣布为非法，然而在年轻贵族、赛马俱乐部成员和军官中间仍然很常见。许多争吵都是因为琐碎小事，或年轻人争面子引起的。《运动报》(*Le Sport*)一篇贬低埃弗吕西拥有的一匹赛马的文章，引发了与记者的口角，"这导致了一场争论和与米歇尔·埃弗吕西充满敌意的会面"。

但其中一些纠纷显示巴黎社会出现了日益增长的、令人震惊的裂痕。伊格纳斯是个经验丰富的决斗者，而拒绝决斗尤其会被视为犹太人的失败。一篇幸灾乐祸的报道提到这样一个例子：当米歇尔和加斯东·德·布勒特伊伯爵（Count Gaston de Breteuil）的一笔生意以伯爵一方遭受重大损失而告终后，米歇尔作为一个生意人，认为这不足以构成决斗的理由，所以没有接受决斗。当伯爵遭到拒绝回到巴黎的时候，"根据俱乐部圈子里流传的说法……他遇到了埃弗吕西……并用银行结单砸向后者的鼻子，结果固定结单的大头针严重剌伤了小麦交易巨头的鼻头。他退出皇家大道俱乐部，并捐出100万法郎，分发给巴黎的穷人"。这则故事被描述成一出喜剧——富有的犹太人，卑劣而没有荣誉感，最后连鼻子都没了。

他们并非无可指责：犹太人就是不懂得处世之道。

事实上，米歇尔曾和吕贝萨克伯爵（Comte de Lubersac）进行过一系列激烈的决斗。罗斯柴尔德家族有个亲戚的名誉遭到玷污，但他年纪太小，无法亲自决斗，于是米歇尔代替他参加。其中一次发生在塞纳河上的大碗岛。"第四次进攻时，埃弗吕西胸部受伤，伯爵的剑刺中了他的肋骨……伯爵从一开始就凶猛进攻，结束时，决斗双方没有依照惯例握手就分开了。伯爵乘坐一辆四轮马车离开了现场，迎接他的是'打倒犹太人！'和'军人万岁！'的欢呼声。"

在巴黎，作为一个犹太人，要保护自己的名誉和家族的荣誉变得越来越困难了。

11 一场"盛大的 5 点钟派对"

1891年10月,查尔斯带着根付搬进了耶拿大街(avenue d'Iéna)11号的新家。这里比蒙梭街的埃弗吕西公馆更大,外观也更为简朴——没有垂饰,也没有圆顶。它是那么大,然而事实上又很不起眼。我停下来看着它。它的层高更高,屋子的空间也更大了。查尔斯和伊格纳斯在寡母去世3年后搬到了这里。我决定碰碰运气,按响了门铃,向一位有着完美而坚定笑容的女士说明了我的来意。她非常耐心地向我解释,说我完全弄错了,这里是私人产业,她从没听说过这个家族。她盯着我,直到我退回到大街上。

我很愤怒。一个星期后我发现,兄弟俩的房子在20世纪20年代被拆除重建了。

这个新区域甚至比蒙梭街还要大。埃弗吕西家族来到巴黎只有20年,但这个家族现在有了安全感。单身汉兄弟的房子在山下,往上300码就是朱尔斯和范妮宏伟的府邸,窗户上方有玉米穗的徽章,通向院子的大门上方有他们名字的首字母缠的图案。露易丝的豪宅就在马路对面的巴萨诺街上。这片区域位于战神广场北面的山丘上,埃菲尔铁塔刚刚在战神广场矗立起来。这是一个值得一去的地方:这里被人称作"艺术之山"。

查尔斯的口味仍在变化。他对日本的热情正在慢慢被其他的爱好取代。日本风已经变得如此普遍，在 19 世纪 80 年代，几乎每个人的房子里都摆满了日本物品：它们现在已经被视为小装饰品，像灰尘一样无处不在。"每件事物，"亚历山大·仲马在 1887 年说，"都有日本的影子。"左拉在巴黎郊外的房子里堆满了日本物品，被认为有点可笑。当日本物品成为主流，连自行车广告或苦艾酒的包装都变得像日本木版画时，要求它们具备特别的属性就很难了。当然，仍然有一些严肃的日本艺术品收藏家——包括住在隔壁的吉美，而且人们的艺术史知识比 10 年前丰富了不少。龚古尔出版了他对葛饰北斋[①]和喜多川歌麿[②]的研究，西格弗里德·宾也发行了他的杂志《日本艺术》(*Le Japon artistique*)，但是在查尔斯的时尚圈子里，人们已经不再以宗教般的热情关注日本风。

普鲁斯特记录了这一转变的时刻，在斯万的爱人、交际花奥黛特的会客室里：在 18 世纪的入侵力量面前，远东在越来越往后退……现在，奥黛特很少身穿日本和服来接待她的访客，而是穿华多[③]式的色彩明亮而飘逸的丝绸便袍。

在批评家、收藏家和策展人查尔斯身上，人们注意到了这种异国情调的变化。一名记者写道，查尔斯已经开始"一点一点地抛弃……（日本）……转而越来越关注 18 世纪法国，关注迈森（Meissen）和法兰西第一帝国时期的工艺品，他已经拥有了一系列最高品质的藏品"。在新房子里，查尔斯在书房的墙上挂了一套用

[①] 葛饰北斋（1760—1849），日本江户时代浮世绘画家，他的绘画风格对后来的欧洲画坛影响很大，德加、马奈、凡·高、高更等许多印象派绘画大师都临摹过他的作品。
[②] 喜多川歌麿（1753—1806），日本江户时代浮世绘画家。与葛饰北斋、安藤广重有"浮世绘三大家"之称。他以描绘日常生活和娱乐中的妇女以及妇女半身像见长，也是第一位在欧洲受欢迎的日本木版画家。
[③] 让-安东尼·华多（Jean-Antoine Watteau，1684—1721），法国 18 世纪洛可可风格的画家。他的画大多表现田园风景和田园魅力，带着夸张的戏剧风格。另外，他画中的女性多穿丝绸衣物。

银线编织的描绘儿童嬉戏的挂毯。他还布置了一排房间，摆放着整套带有铜座的浅白色帝国家具，再摆上塞夫勒（Sèvres）瓷器和迈森瓷器作为装饰，呈现出一种精心布置的和谐。然后，他挂上了莫罗、马奈和雷诺阿的画作。

普鲁斯特借德·盖尔芒特伯爵夫人之口，描述了这种新古典主义风格的家具——在耶拿公爵的房子里，"所有那些藏品，侵入我们的屋子，斯芬克斯像蹲伏在扶手椅的脚下，蛇缠绕在枝形烛台上……庞贝风格的灯，还有好似漂浮在尼罗河上的船形小床"。那张床上安详地躺着一个水妖，她说，看上去就像一幅莫罗的画。

就在这所新房子里，查尔斯用一张帝国风格的床取代了他的花床。这是一张挂着丝绸的"穿着波兰连衫裙"的床。

在巴黎一家旧书店里，我找到了米歇尔和莫里斯的部分艺术收藏品的销售目录，是在他们死后不久散发的。一个商人想投标购买钟表，但没有成功，他在每件拍品上都标注了最终的成交价：一件路易十五时期的镶嵌着青铜十二宫图的天文钟，价格是10780法郎。所有这些瓷器、萨伏内里地毯、布歇（Boucher）的绘画、细木护壁板和挂毯，都说明了埃弗吕西家族需要完美融入社会。我开始意识到，查尔斯在45岁左右对帝国绘画和家具的新品位，不仅仅是为了创造一个整体生活环境，这同时也是一个必要的法国性的声明，象征着正当地归属于某个地方。也许这也是一种方式，在他最初的、充满矛盾的、非正统的房间和他作为品味仲裁人的权威生活之间留出更多空间。帝国风格不合罗斯柴尔德的口味，也不是犹太人的风格。它是贵族的，属于法国的。

我真想知道那些根付在这里是什么样子——正是在这些房间，查尔斯开始疏远它们。他在蒙梭街的房间没有"学过光学教义",它们被黄色扶手椅的色调割裂开来。房间里堆满了各种能够拿在手里把玩的物品。但我感到查尔斯变得气派多了,现在人们以巴黎人的诙谐称他为"奢侈的查尔斯"。这儿少有能够触摸的东西——你不会敢于把那些迈森的花瓶从青铜底座上拿起来传看的。查尔斯去世后,一位评论家形容这些房间的家具是同类中最顶尖的:它们"pompeux, ingénieux et un peu froids."——富丽堂皇,别具匠心,还带着点冷。冷,没错,当我在蒙梭街的尼西姆·德·卡蒙多博物馆(Musée Nissim de Camondo)里为了一探究竟,偷偷地把手伸过天鹅绒绳子,触摸一张帝国安乐椅的扶手时,心里就是这样想的。

我发现很难想象打开那个玻璃柜,一只手悬在根付上,在那只象牙小狗和那个在木浴盆里沐浴的少女之间犹豫、难以抉择的感觉。我丝毫不能肯定它们适合这里。

在这座新房子里,兄弟俩举办了规模更大的晚宴和派对。1893年2月2日,《高卢人报》的社会新闻栏目提到了其中的一场。"昨天晚上,为向玛蒂尔德公主表达敬意,在查尔斯和伊格纳斯先生家举行了一场盛大的5点钟派对。"报纸上写道:

公主殿下在德·加尔布瓦男爵夫人的陪同下,来到耶拿大街的华丽沙龙,到场的共有200多人,都是巴黎和外国的上层社会人士。

让我们随便提几个:

奥松维尔伯爵夫人,身穿黑色缎服;冯·莫尔特克-维费尔特伯爵夫人,也穿着黑色礼服;德·莱昂公主,身穿深蓝色天鹅绒礼服;德·莫尔尼公爵夫人,身穿黑色天鹅绒礼服;德·露易丝·德·塔列朗-佩里戈尔伯爵夫人,身穿黑色礼服;让·德·加奈伯爵夫人，身穿红黑相间的礼服；古斯塔夫·德·罗斯柴尔德男爵夫人，身穿黑色天鹅绒礼服……露易丝·卡昂·安特卫普伯爵夫人，身穿淡紫色天鹅绒礼服；埃德加德·斯特恩夫人，身穿灰绿色礼服；曼纽尔·德·伊蒂尔布夫人，娘家姓迪亚，身穿丁香色礼服；詹姆斯·德·罗斯柴尔德男爵夫人，身穿黑色礼服；德·卡蒙多伯爵夫人，娘家姓卡昂，身穿灰色礼服；伯努瓦-梅尚男爵夫人，身穿黑色天鹅绒和裘皮礼服，等等。

男士中著名的人物包括：

瑞典大臣、奥尔洛夫亲王、德·萨冈亲王、让·博尔盖塞亲王、德·莫德内斯侯爵、福兰先生、博纳先生、罗尔先生、布朗什先生、查尔斯·伊里亚特·施伦贝格尔先生等。

莱昂·富尔德夫人和朱尔斯·埃弗吕西夫人负责迎接客人，一位穿着深灰色礼服，另一位穿着浅绿色礼服。

高雅的套间备受赞赏，尤其是路易十六风格的豪华沙龙，在这里人们欣赏到了卢卡·德拉·罗比亚的奇迹——一尊弥达斯国王（king Midas）的头像，还有查尔斯·埃弗吕西的房间，无疑是最纯粹的帝国风格。

招待会气氛非常活跃，还有吉卜赛人表演的动人的音乐节目。

直到7点钟，玛蒂尔德公主才离开耶拿大街。

这是兄弟俩一次很好的集体露面。根据报纸上的报道，那是个寒冷而明亮的夜晚，一轮圆月挂在空中。耶拿大街很宽敞，悬铃木的枝叶一直延伸到路中央，我想象着聚会的马车堵在路上，吉卜赛音乐从他们的公寓里传出来。我想象着一头金红色头发、穿着淡紫色天鹅绒礼服、宛如提香画中人的露易丝，和丈夫一起步行几百码,回到他们山上仿文艺复兴风格的巨宅。

举办一场"非常盛大的5点钟派对"在未来一年里将变得异常困难。1894年,正如画家J.E.布朗什(J. E. Blanche)所说,"赛马俱乐部抛弃了以色列王子的马厩"。

德雷福斯事件发生了,此后的12年里,这起事件持续影响着法国,分裂了巴黎。阿尔弗雷德·德雷福斯(Alfred Dreyfus)是法国总参谋部的一名犹太军官,因为在废纸篓里发现的一张伪造的纸条,他被指控为德国间谍。他被送上军事法庭并被判有罪,尽管陆军参谋长很清楚证据是伪造的。德雷福斯在人们要求处决他的呼声中遭到解雇。大街上卖起玩具绞刑架。他被押送到恶魔岛单独关押,执行终身监禁。

要求对他进行重审的运动几乎立刻开始了,进而激起了一股激烈而暴力的反犹浪潮;犹太人被认为是想要推翻自然公义。他们的爱国主义遭到人们的责难:通过支持德雷福斯,他们证明了自己首先是犹太人,其次才是法国人。查尔斯和他的兄弟们,仍然是俄罗斯公民身份,是典型的犹太人。

两年后,有证据表明,法国军官爱什泰哈齐少校(Major Esterhazy)是伪造证据的幕后黑手,但爱什泰哈齐在军事审判的第二天即被判无罪,而德雷福斯被再次判定有罪。更多的伪证被制造出来以支持这场骗局。1898年1月左拉在《震旦报》(L'Aurore)上发表了致总统的慷慨激昂的呼吁《我控诉……!》,1899年德雷福斯被带回,但第三次被判有罪。左拉也被判犯有诽谤罪,被迫逃往英国。直到1906年,德雷福斯才最终获得清白。

这场震荡把巴黎分裂成坚定的德雷福斯阵营和反德雷福斯阵营。友谊破裂,家庭反目,过去犹太人和隐蔽的排犹者相安无事的沙龙变得敌意重重。在查尔斯的艺术家朋友中，德加成为最野蛮的反德雷福斯派，拒绝和查尔斯及犹太人毕沙罗说话。塞尚也深信德雷福斯有罪，雷诺阿对查尔斯和他的"犹太艺术"产生了强烈的敌意。

埃弗吕西家族因为信仰和倾向性——也因为生活在公众的视线里，成为德雷福斯的支持者。1898年那个狂热的春天，在一封写给安德烈·纪德的信里，一个朋友提到在耶拿大街埃弗吕西家外面听到一个男人教唆他小孩的事。"谁住在这里？""Le sale juif！"肮脏的犹太人！伊格纳斯在乡下吃过晚餐后，警察将其误认为流亡的左拉，从巴黎北站一直跟踪到家。"5名特工，"1898年10月19日，反德雷福斯的《高卢人报》报道说，"监视了整整一个晚上。次日下午，弗勒古探长（Inspector Frecourt）赶到，向左拉先生转送法庭传票，他认为后者在埃弗吕西家避难……如果左拉胆敢回来，一定逃不脱警方警惕的眼睛"。

这也是一场家族战争：查尔斯和伊格纳斯的外甥女范妮，也就是他们已故妹妹贝蒂最讨人喜欢的女儿，嫁给了泰奥多尔·雷纳克（Theodore Reinach），一位考古学家和希腊文化研究者，来自一个卓越的法国犹太知识分子家庭。泰奥多尔的哥哥约瑟夫（Joseph）是一名政治家，是为德雷福斯辩护的主要推动者——也是后来《德雷福斯事件史》(Histoire de l'affaire Dreyfus) 一书的作者。于是，约瑟夫·雷纳克成了反犹主义的避雷针：德吕蒙的大部分怒火都冲向了这个"伪法国人的化身"。"犹太人雷纳克"在军事法庭上被剥夺军衔，在离开对左拉的审讯时遭到殴打，还成为一场全国性的恶意诽谤运动的主角。

对查尔斯来说，巴黎变了。他成了四处碰壁的上流社会绅士、

被一些艺术家排斥的艺术赞助人。我想象着这种处境,想起了普鲁斯特笔下盖尔芒特公爵的愤怒:

> 关于斯万……他们告诉我,他是公开支持德雷福斯的。我不应该相信他的,我以为他是一个精明的美食家,一个讲究实际的人,一个收藏家,一个古书鉴赏家,是赛马俱乐部的会员,是一个受到所有人尊重的人,知道所有的好去处,经常给我们送来梦寐以求的最好的波尔图葡萄酒,是一个业余艺术家,是个一家之主。啊!我感到失望极了。

在巴黎,我常常去档案馆,在老房子和办公室之间奔走,在不同的博物馆里流浪,时而漫无目的,时而满怀疑虑。我在计划一场回忆之旅。我的口袋里装着一只斑纹狼根付。在发现查尔斯和普鲁斯特笔下的斯万之间彼此有密切关系时,那种感觉真是太奇怪了。

我出发去探索那些查尔斯·埃弗吕西和夏尔·斯万[①]的轨迹交会的地方。踏上旅途之前,我大体知道,我的查尔斯是普鲁斯特主角的两个主要原型之一——据说,是两者中较次要的一个。20世纪50年代乔治·佩因特(George Painter)出版过普鲁斯特的传记,我记得里面有段蔑视查尔斯的评论("一个波兰犹太人……身材矮胖,留着胡须,相貌丑陋,举止笨拙而粗鲁"),还对此信以为真。普鲁斯特亲口承认的另一个原型是迷人的花花公子兼俱乐部成员夏尔·阿斯(Charles Haas)。他年纪比较大,既不是作家,也不是收藏家。

[①] "查尔斯"和"夏尔"原文为同一个词 Charles,发音不同,后者为法语发音。

如果我的小狼要有第一个主人,我希望他是斯万——有追求,讨人喜欢,优雅——但我并不希望查尔斯消失在原始材料中,消失在文学的脚注中。查尔斯对我来说已经变得那样真实,我害怕在普鲁斯特的研究里失去他。而且,我很担心普鲁斯特把他的小说变成某种美好年代的藏头诗。"我的小说没有重点。"普鲁斯特说,说了一遍又一遍。

我试图描绘出我的查尔斯和那个虚构的夏尔之间明确的对应关系,以及他们生活的轮廓。我说的是"明确",然而当我把它们写下来时,却在很大程度上变成了一份清单。

他们都是犹太人。他们都是上流社会绅士。他们通过沙龙建立了从皇室(查尔斯在巴黎给维多利亚女王做过向导,斯万是威尔士亲王的朋友)到画家工作室的社会关系。他们都是艺术爱好者,深爱意大利文艺复兴时期的作品,尤其喜欢乔托(Giotto)和波提切利。他们都是15世纪威尼斯圆形浮雕的研究专家。他们都是收藏家,是印象派画家的赞助人,都在一位画家朋友的游船派对上,在阳光下显得格格不入。

他们两个都撰写了关于艺术的专著:斯万的维米尔(Vermeer)、查尔斯的丢勒。他们利用自己"艺术方面的渊博知识……向上流社会的女士建议该买什么画,以及该如何装饰她们的屋子"。查尔斯和斯万都是花花公子,都获得过法国荣誉军团勋章。他们都经历过日本风,而后又培养了帝国风格的新口味。他们都是德雷福斯的支持者,发现自己精心构建的生活被他们的犹太身份深深地撕裂了。

普鲁斯特把真实和虚构糅合在一起。他的小说中有大量的历史人物,他们以自己的身份出现——比如斯特劳斯夫人和玛蒂尔德公主——又与从可识别的人中重新想象出来的人物混在一起。大画家埃尔斯蒂尔抛弃了对日本风的迷恋，成为一名印象派画家，他身上有惠斯勒和雷诺阿的影子，但也有自己的活力。同样，普鲁斯特笔下的人物也站在真实的画作前。小说中的这些视觉质感不仅仅是提到了乔托和波提切利、丢勒和维米尔，以及莫罗、莫奈和雷诺阿，也体现在观看画作、收藏画作与回忆自己眼前所看见的一切时，其中伴随着对领悟画作那一瞬间的记忆。

斯万顺带捕捉到了一些相似之处：奥黛特之于波提切利，招待会上一名男仆的轮廓之于曼特尼亚（Mantegna）。查尔斯也是。我不禁想知道我那头发蓬乱、穿着洗得发白的裙子走在瑞士牧屋花园的碎石路上、显得异常整洁的祖母，是否知道是什么使查尔斯弯下腰来，捋乱她可爱妹妹的头发，并把她比作雷诺阿画上的吉卜赛女孩的？

现在我面对着斯万，他风趣而迷人，但性情沉默，宛如"深锁着的橱柜"。他穿过这个世界，留给人类而非他爱的物品以更多活力。我想起那个年轻的叙述者，爱上了斯万的女儿，去斯万家拜访，受到这样的礼遇：在后者的引领下参观他壮观的收藏。

那就是我的查尔斯，他不辞辛苦地向他的年轻朋友、向普鲁斯特展示他的书籍和画作，又以敏锐的感觉勤勉地撰写关于艺术品和雕塑的文章，给这个物质的世界带来活力。我理解。我第一次看到贝尔特·莫里佐的作品时就是这样，我学会了先拉开距离看，然后再趋前欣赏。我也是这样去聆听马斯内的音乐，观看萨伏内里地毯，欣赏值得花时间体味的日本漆器。我拿起一只又一只查尔斯的根付，想到他挑选了它们。我想到他的沉默。他属于这个闪闪发光的巴黎人的世界，但又从未放弃俄罗斯公民的身份。他始终有着这块秘密腹地。

查尔斯·埃弗吕西的版画,帕特里科制作,和他的讣告
一起刊登在 1905 年的《美术公报》上

查尔斯和他父亲一样有一颗脆弱的心脏。当德雷福斯被从恶魔岛带回来,接受第二场滑稽的审判,并在 1889 年再次被判有罪时,查尔斯已经 50 岁。那一年,让·帕特里科(Jean Patricot)为他制作了精美的版画,他目光低垂,内视,胡须仍然修剪得整整齐齐,领带上缀着一颗珍珠。他更多地参与到音乐中来,现在成了格雷夫勒伯爵夫人(Comtesse Greffuhle)的大型音乐会协会(Société des Grandes Auditions Musicales)的赞助人,"在那里,他的建议受到了极大的赞赏,他以很高的热情投入到工作中"。除了一幅莫奈画的诺曼底海岸的普尔维尔海滩(Pourville)退潮时的石头,他几乎已经不再买画了。那是一幅很美的油画,前景的石头错落有致,从海面露出的渔民木杆上有奇怪的痕迹。这幅画,我

认为，相当有日本风格。

查尔斯的写作速度也放慢了，但他在《美术公报》仍然尽职尽责，他清楚地知道应该发表什么，"从不迟到，永远重视每篇文章的细枝末节，永远追求完美"。他还乐于提携新作者。

露易丝有了一个新情人。查尔斯被西班牙王储阿方索取代了，后者比露易丝小30岁，看起来性格软弱，但仍然是未来的国王。

在新世纪即将到来之际，查尔斯在维也纳的堂弟要结婚了。查尔斯在维克托·冯·埃弗吕西很小的时候就认识他了，当时整个家族生活在一起，几代人住在一个屋檐下，他们用了许多个夜晚商议搬到巴黎的事宜。维克托那时候是个烦人的小男孩，是查尔斯最小的堂弟，查尔斯为他画过仆人的漫画。这个家族关系密切，在巴黎和维也纳的派对上，在维希（Vichy）和圣莫里兹（St Moritz）度假时，在范妮的埃弗吕西牧屋的夏季聚会上，他们都能见到对方。而且，他们共同拥有敖德萨——他们都出生于这座城市，不用说，那里也是他们出发的起点。

在巴黎的三兄弟都给维克托和他年轻的新娘——埃米·沙伊·冯·科罗姆拉男爵夫人送去了新婚贺礼。这对夫妇将在维也纳环城大道上宏伟的埃弗吕西官邸开始新的生活。

朱尔斯和范妮送给他们一张精美的路易十六时期的桌子，桌脚自上而下收细，末端嵌着镀金脚座。

伊格纳斯送给他们一幅荷兰早期绘画大师的油画：狂风中的两艘船。也许是对经过一系列妥协达成的婚姻开的一个含蓄的玩笑。

查尔斯送给他们一些特别的东西，来自巴黎的奇观：一个黑色的玻璃柜，带有绿色天鹅绒的搁架，背面镶着一面镜子，映照出264只根付。

第二部

维也纳
（1899—1938）

12　波将金城

　　1899年3月，查尔斯慷慨送给维克托和埃米的新婚贺礼被小心地装进木箱，离开那块金色地毯、那把帝国风格的扶手椅和莫罗的画作，离开耶拿大街。木箱横穿欧洲，送到维也纳的埃弗吕西官邸，这座官邸位于环城大道和苏格兰街的拐角处。

　　是时候停止追寻查尔斯的足迹和查阅巴黎的室内陈设，转而开始阅读《新自由报》(*Die Neue Freie Presse*) 和关注19、20世纪之交维也纳的街头生活了。此时是10月，我发现自己花了几乎一年的时间在查尔斯身上——比想象中的要久，而且毫无缘由地花了很多时间来阅读德雷福斯事件的相关资料。幸好我不用在图书馆的不同楼层之间奔跑：法语文学区和德语文学区是挨着的。

　　我急于知道我的黄杨木小狼和象牙老虎搬到了哪里，于是订了一张去往维也纳的票，出发探访埃弗吕西官邸。

　　根付的新家大得离谱。它看上去就像一本古典建筑的入门书，甚至令巴黎的埃弗吕西公馆相形失色。这座官邸有科林斯式壁柱和多立克式圆柱，有尖圆顶和楣梁，四个角落各有一座塔楼，还有一排排女像柱支撑着屋顶。第一二两层（含地下室）采用巨大的粗琢石料，往上两层是浅红色的砖块，第五层的女像柱后面仍然是石料。那些巨大的、披着半滑落的袍子、看上去耐心十足的希腊女孩（女像柱）数量众多——沿苏格兰街的长边有13个女孩,沿环城大道的大门一侧有6个女孩——它们看起来就像在非常糟糕的舞会上沿着墙站成一排。在这里我也逃不开黄金:柱头和阳台上有许多地方镀了金。建筑正面甚至有一个金光闪闪的名牌,但它相对较新:这座官邸现在已经成了奥地利赌场集团(Casinos Austria)的总部。

我也观察这里的房子。或者说,我试图好好观察房子,但现在官邸对面是一个电车站,车站又刚好建在地铁站上方,人们络绎不绝地走出来,根本没有地方让我靠在墙上或驻足观察。为了看到冬季天空下屋顶的轮廓,我几乎走到了电车的轨道上。一个穿着三件大衣、戴着巴拉克拉法帽、胡子拉碴的人大声训斥我的粗心大意,我不得不给了好多钱才打发他走开。埃弗吕西官邸在维也纳大学主建筑的对面,那里正进行三场抗议活动——抗议美国在中东的政策、碳排放,以及和学杂费有关的问题——抗议者竞相欢呼以吸引注意力,并且争取过往民众的签名。这个地方根本没办法久留。

这座房子实在太大,无法一眼望到头,它占据了城市这片区域太多的空间,也遮住了太多的天空。与其说它是一栋住宅,不如说是一座堡垒或瞭望塔。我努力适应它的大小。显然,它不是四处流浪的犹太人住的房子。然后我的眼镜掉了下来,一边的眼镜腿在关节处断裂,我必须把两块镜片捏在一起才能看到东西。

此刻我在维也纳,400码外就是弗洛伊德的住所,中间隔着一座小公园。我站在父辈的家族住宅外,却无法看分明。当我举着眼镜费力地看着这座粉红色的森然巨宅时,不由得在心里嘀咕,这似乎是我这段旅程出师不利的预兆。我已经乱了阵脚。

于是我散步走开。我穿过拥挤的学生人群,来到环城大道上,

从苏格兰街朝感恩教堂方向看埃弗吕西官邸（维也纳，1881年）

我终于能挪动、能呼吸了。

然而环城大道是一条宏伟而曲折的街道，一样壮观得令人窒息。这条路是那么宽阔，以至于在建成时，一位批评家说，它创造了一种全新的神经症，那就是广场恐惧症。维也纳人得有多聪明，才能为他们的新城市创造一种恐惧症呀。

弗朗茨·约瑟夫一世下令在维也纳周围建造一个现代化的大都市。过去的中世纪城墙将被推倒，昔日的护城河将被填平，并建造一道由新建筑、市政厅、国会大厦、歌剧院、戏剧院、博物馆和大学构成的巨环。这道环将背对着老城，展望未来。这将是一道环绕维也纳公民和文化的宏伟的环，一座"雅典"，一座理想的辉煌丰碑——一个壮丽建筑的结合体。

这些建筑将拥有不同的建筑风格，但在总体效果上把这些差异融为一体,这里将成为欧洲最宏大的公共空间,一个由花园和开放空间组成的环形空间;英雄广场(Heldenplatz)、城堡花园(Burggarten)和人民公园(Volksgarten)将在雕塑的装点下,供人欢庆音乐、诗歌和戏剧的胜利。

要创造这一奇观,意味着惊人的工程量。20年来,这里一直尘土飞扬。作家卡尔·克劳泽(Karl Kraus)说,维也纳正在被"拆成一座伟大的城市"。

从帝国一端到另一端的皇帝治下的所有公民——马扎尔人、克罗地亚人、波兰人、捷克人、来自加利西亚和的里雅斯特的犹太人,12个民族,6种官方语言,5种宗教——都将受到这个帝国的和皇家的文明的洗礼。

它成功了:我发现一个人很难在这条环城大道上停下脚步,因为你永远不会有看到它的全貌、看到它的整体的那一刻。这条新的街道不受任何一栋建筑的主导,也没有一处台阶通往哪座宫殿或教堂,但这里体现着文明生活一个又一个的伟大层面。我一直在想,透过这些光秃秃的冬天树木,会有一道典型的景色、一个定格的时刻从我摔坏的眼镜后面展现出来。风推着我继续前行。

我步行离开了大学,这所大学是以新文艺复兴风格建造的,有阶梯通往巨大的柱廊,两侧是一排排拱形窗户。屋顶上有古典哨兵雕塑,壁龛里陈列着不同领域学者的半身像,金色的卷轴上标注着解剖学家、诗人、哲学家的名字。

接着我走过市政厅,这是座梦幻般的哥特式建筑,走过宏伟的歌剧院,然后走过博物馆和国会大厦。国会大厦由当时的建筑师特奥菲卢斯·汉森(Theophilus Hansen)兴建。汉森是丹麦人,曾在雅典学习古典考古学,并因设计雅典学院而一举成名。

在环城大道上,他为威廉大公(Archduke Wilhelm)建造了官邸,然后是金色大厅,然后是美术学院,然后是维也纳证券交易所。还有埃弗吕西官邸。他在19世纪80年代挣得巨额佣金,以至于其他建筑师怀疑他和他的"拥趸……那些犹太人"有着不可告人的阴谋。

阴谋是不存在的,他只是非常善于为客户提供他们想要的东西。他的国会大厦体现了一个又一个希腊细节。那巨大的柱廊,象征着民主的诞生;那些雅典娜雕像,象征着城市的保护者。在任何地方,你都能隐隐感到取悦维也纳人的意味。我注意到,屋顶上还有战车的雕塑。

事实上,抬头望去,天空下几乎能随处看到各种形象。

一栋接着一栋。环城大道成为建筑的系列乐章,以公园为间隔,以雕塑错落穿插。它有着与其建设目的相呼应的韵律。自从1865年5月1日皇帝和皇后以一场游行宣告其正式开放起,这里一直是一个进步的空间、一个展示的空间。哈布斯堡宫廷沿用西班牙的宫廷礼制,有一套严格的礼仪规范,也有无数的机会举行盛大的宫廷游行活动。城市军团每天的队列式、匈牙利卫队在重大宗教节日的游行、皇室生日庆典、特殊纪念日、迎接太子妃或举行葬礼仪式的仪仗队……所有卫队穿的制服都不一样:饰带的工艺,以毛皮或羽毛装饰的军帽和肩章。来到环城大道上,就能听到军乐队的演奏和列队行进的踏步声。哈布斯堡王朝的军团是"世界上制服最漂亮的军队",还有一个与之相匹配的舞台。

我意识到自己走得太快,仿佛前面是目的地而不是出发点。我记得这条街是为了进行较为缓慢的日常"游行"而设计的,让人们沿着卡恩特纳环路(Kärntner Ring)散步、会面、调情、闲聊并被人欣赏。在维克托和埃米成婚前后,维也纳街头散布的带插图的花边小报上常常刊登"游行历险"小品,讲述带着手杖的胡须男或交际花的风流账。费利克斯·萨尔腾①曾写道,这是"时尚骑士、戴单片眼镜的贵族的一味日常调剂品,他们都是熨裤子旅②的成员"。

这是一个需要盛装打扮的去处。事实上,这里是维也纳最引人入胜的化装表演的场地。1879年,也就是维克托和埃米结婚、查尔斯的根付抵达的20年前,一位广受欢迎、以巨幅历史幻想题材见长的画家,汉斯·马卡特(Hans Makart),为皇帝结婚25周年庆典精心策划了一场工匠们的游行。维也纳的工匠分布在43个行会里,每个行会都有自己以特定寓意装饰的花车。乐师、传令兵、长枪兵和旗手簇拥在花车周围。每个人穿着文艺复兴时期的服装,而马卡特戴着阔边帽,骑在白马上,率领着这支浩浩荡荡的游行队伍。我认为,这种错位——一点文艺复兴,一点鲁本斯,还有一点伪古典主义——和环城大道是完美的搭配。

环城大道是如此具有自我意识的宏大,因此带了点塞西尔·B. 德米勒③的风格。我不是适合的观众。一名年轻画家和建筑学学生,阿道夫·希特勒(Adolf Hitler),对环城大道有过一段发自内心的评论:"从早晨到深夜,我从一个景点跑到另一个景点,但最吸引我的始终是那些建筑。我可以一连几个小时站在歌剧院前,或一连几个小时盯着国会大厦看;对我而言,整条环城大道

---

① 费利克斯·萨尔腾(Felix Salten, 1869—1947),奥地利小说家、剧作家。著名的作品有《小鹿斑比》。
② 此处似指军队。
③ 塞西尔·B. 德米勒(Cecil B. de Mille, 1881—1959),美国电影导演和制片人,其电影以华丽场面和表演技巧闻名。

有着来自《一千零一夜》的魔法。"希特勒后来画下了环城大道上所有伟大的建筑：城堡剧院（Burgtheater）、汉森的国会大厦，以及埃弗吕西官邸对面的两栋巨大建筑物：维也纳大学和感恩教堂（Votivkirche）。希特勒领会到空间如何被用于戏剧性的展示。他以一种不同的方式理解这所有的装饰：它们表达了"永恒的价值"。

所有这些魅力是有代价的，许多建筑用地卖给了快速崛起的金融家和实业家。其中绝大多数被用来兴建"环城官邸"：这种类型的建筑物，实际上就是一系列的公寓，但它们拥有非常宏伟的外观。你可以拥有显赫的官邸地址，有一扇巨大的前门，有正对着环城大道的阳台和窗户，有一个大理石的入口大厅，有一个带有彩绘天花板的沙龙——但只能住在一个楼层。这个楼层，即高贵楼层（Nobelstock），重要的会客室都集中在这里，以大舞厅为中心。高贵楼层很容易辨认，因为它的窗户周围点缀着最多的垂饰。

这些新官邸的居住者大都是新近富裕起来的家庭，这意味着住在环城大道上的基本都是犹太人。从埃弗吕西官邸出发，我经过了利本、托代斯科（Todesco）、爱泼斯坦（Epstein）、沙伊·冯·科罗姆拉（Schey von Koromla）、柯尼希斯温特（Königswater）、韦特海姆（Wertheim）、古特曼（Gutmann）这些家族的官邸。这些雄伟华丽的建筑显示犹太家族的彼此通婚，也说明他们因财富而变得自信，犹太特性和装饰风格紧紧交织在一起。

我背着风走路时，想起了在蒙梭街附近的"游荡"，想起了左拉笔下贪婪的萨卡尔，他住在庸俗的富丽堂皇的豪宅里。在维也纳，对于锡安大街的犹太人，在他们官邸高大的门廊背后，有着微妙的不同争议。在这里，普遍的看法是，犹太人已经同化了，他们模仿他们的非犹太邻居很成功，以至于骗过了维也纳人，干脆消失在环城大道的结构里了。

罗伯特·穆齐尔①在他的小说《没有个性的人》(*The Man Without Qualities*)里，让老伯爵莱恩斯多夫（Count Leinsdorf）思考这种"消失的行为"。这些犹太人改变自己的外表，让自己融入维也纳的社会生活：

> 假如犹太人下定决心讲希伯来语，恢复使用他们原来的名字，穿上他们的东方长袍，这整个所谓的犹太人问题就会消失得无影无踪……坦白地说，一个新近在维也纳暴富的加利西亚犹太人，穿着提洛尔人衣服，戴着羚羊绒帽，在巴特伊舍尔广场上，会显得格格不入。但是让他穿上一件飘逸的长袍……想象他们在我们的环城大道上散步，在这个西欧中部最优雅的地方，这是世界上唯一一个地方，我们可以看到戴着红色土耳其毡帽的穆斯林、穿着羊皮袄的斯洛伐克人，或者裸露着大腿的提洛尔人。

走进维也纳的贫民窟利奥波德城（Leopoldstadt），你能看到犹太人以犹太人该有的样子生活，12个人挤在一个房间里，没有自来水，街上一片嘈杂，他们穿着该穿的长袍，讲着该讲的语言。1863年，当3岁的维克托从敖德萨来到维也纳时，维也纳的犹太人不足8000人。1867年，皇帝给予犹太人平等的公民权利，扫除了他们在教育权和财产拥有权上的最后障碍。到1890年维克托30岁时，维也纳有11.8万名犹太人，其中多数新来者是被过去10

---

① 罗伯特·穆齐尔（Robert Musil，1880—1942），奥地利小说家，著有小说《学生托乐思的迷惘》《三个女人》《没有个性的人》等。今天，人们把他与卡夫卡、普鲁斯特、乔伊斯并列为20世纪最重要的伟大作家。

年间持续不断的大屠杀所逼迫，从加利西亚赶到此地的。也有犹太人因为聚居区生活环境恶劣，从波希米亚、摩拉维亚和匈牙利的小村庄来到维也纳。他们讲意第绪语，有时穿卡夫坦长袍①：他们坚守着犹太教法典的传统。根据维也纳大众报纸的报道，这些新来的犹太人有可能参与了杀人祭神的行为，但肯定参与了卖淫、沿街叫卖二手服装、背着奇怪的背篓满城兜售商品。

到1899年维克托和埃米成婚的时候，维也纳已经有14.5万名犹太人。到1910年，欧洲只有华沙和布达佩斯的犹太人口超过维也纳，世界上的其他地区只有纽约的犹太人口超过维也纳。而且，维也纳犹太人的发展和别处不同，很多新移民的第二代都取得了非凡的成就。雅各布·瓦塞尔曼②在世纪之交说，维也纳这座城市的"所有公众生活都被犹太人所支配"，"银行、报纸杂志、戏剧、文学、社会组织，全都掌握在犹太人手里……我很惊讶有这么多的犹太医生、律师、俱乐部会员、势利小人、花花公子、无产者、演员、新闻记者和诗人"。事实上，有71%的金融家是犹太人，65%的律师是犹太人，59%的医生是犹太人，一半的维也纳记者是犹太人。《新自由报》"由犹太人拥有、编辑和撰写"，威克姆·斯蒂德（Wickham Steed）在他关于哈布斯堡王朝的书里写道。这本书无意间透露出他的反犹心态。

这些犹太人有完美的面具——他们消失了。这是一座波将金城③，而他们是波将金城的居民。正如俄罗斯将军用木头和灰泥建造出一座城镇，以给来访的叶卡捷琳娜大帝留下好印象一样，年

---

① 卡夫坦长袍，土耳其、埃及等地的男式束腰长袍。
② 雅各布·瓦塞尔曼（Jakob Wassermann, 1873—1934），德国作家和小说家，有犹太血统。
③ 波将金城（Potemkin City），即Potemkin Village，源于俄语，一般用于描述为了骗取好印象而造的建筑物。

轻而激进的建筑师阿道夫·洛斯（Adolf Loos）写道，维也纳环城大道不过是个巨大的假面。维也纳就是一座波将金城。建筑物外观和建筑物本身毫无关系。石头只是灰泥，它完全是给暴发户准备的装饰品。维也纳人必须停止生活在舞台上，这舞台只是为了"不让任何人注意到他们是假的"。讽刺作家卡尔·克劳泽赞同这一说法，"粉饰使生活变得卑劣"。更糟糕的是，在日益卑劣的过程中，语言也被这种"灾难性的混乱"所感染，"语言成了心灵的粉饰工具"。他们粉饰建筑物，粉饰自己的个性，粉饰自己的日常生活：维也纳变得虚假浮华起来。

根付所到的是个非常复杂的地方，我想。我在黄昏时分绕回埃弗吕西官邸，心里平静了许多。说这里复杂，是因为我不明白这些虚饰意味着什么。我的根付是一种或者另一种材料制成的，黄杨木或者象牙。它们自内而外都很坚硬。它们不是波将金城，不是用灰泥和糨糊制成的。而且，它们是有趣的小玩意儿，我不知道它们将如何在这座不自然的、虚华的城市里存活下去。

但话又说回来，谁也不能因为实用而指责它们。它们当然可以当成装饰品，甚至是一种充满魅力的物品。我想知道，当查尔斯的贺礼抵达维也纳时，它们是否合适。

13　锡安大街

根付来到埃弗吕西官邸时,这栋房子已经有近30年的历史,它和蒙梭街的埃弗吕西公馆同时建成。这座建筑是一出戏剧,是委托建造它的那个人,即维克托的父亲、我的高外祖父伊格纳斯完成的一场令人赞叹的表演。

在这个故事里恐怕会出现三个伊格纳斯·埃弗吕西,跨越三代人。其中最年轻的是我住在东京公寓里的舅公伊吉。然后是查尔斯的哥哥,那个有着一连串风流韵事的巴黎决斗者。接着在维也纳,我们遇见了伊格纳斯·冯·埃弗吕西男爵,他是三等铁十字勋章持有者,因为为皇帝效力而被授予贵族爵位,他还是帝国顾问、圣奥拉夫骑士勋章持有者、瑞典和挪威国王的名誉领事、比萨拉比亚羊毛勋章持有者、俄罗斯桂冠勋章持有者。

伊格纳斯是维也纳第二富有的银行家,在环城大道上拥有另一栋巨大的建筑和供银行使用的很多建筑物。这些只是他在维也纳的产业。我找到一份审计资料,上面指出,1889年,他在城里的资产为3308319弗罗林,大致相当于现在的2亿美元;其中70%是股票,23%是房产,5%是艺术品和珠宝,2%是黄金。那可是大量的黄金,我想,和那份清单一样惊人。如果想配得上这份家产,你可能需要一道有更多女像柱和镀金的外墙。

伊格纳斯是奥地利现代化初创时期的功臣。他和父母及哥哥莱

伊格纳斯·冯·埃弗吕西男爵（1871 年）

昂从敖德萨来到维也纳。1862 年，多瑙河严重泛滥，淹没了维也纳，洪水一度淹到圣斯蒂芬大教堂的圣坛台阶，正是埃弗吕西家族借钱给政府修建堤坝和新桥梁。

我有一幅伊格纳斯的肖像画。他应该 50 岁左右，穿着一件相当漂亮的宽翻领外套，领带打着肥大的结，上面缀着一颗珍珠。他留着胡须，黑色的头发从额头往后梳。伊格纳斯审视地迎着我的目光，嘴唇紧闭，带着评判的味道。

我还有一幅他妻子埃米莉的肖像画，灰色的眼睛，颈子上的珍珠项链绕了一圈又一圈，一直垂到黑色的闪光绸长裙上。她也有着同样的审视目光，每次我把这幅画挂在家里，后来都不得不把它取下来，因为她总是以怀疑的目光俯视着我们的家庭生活。埃米莉在家里被称为"鳄鱼",每当她笑的时候,那笑容都是最迷人的。伊格纳斯曾经和她的两个妹妹有染,同时还养着一堆情人,所以我感觉很幸运,她毕竟在微笑。

不知何故,在我的想象中,是伊格纳斯选择了汉森作为建筑师,因为后者懂得如何运用符号。这个富有的犹太银行家想要的是一座能戏剧性地彰显其家族显赫地位的建筑,一栋可以和环城大道上所有伟大机构平分秋色的房子。

双方的合同签署于1869年5月12日,并于8月底取得了城市的建筑许可。当汉森来到埃弗吕西官邸工作时,他已经晋升为贵族——特奥费尔·冯·汉森男爵,而他的客户被封为骑士——伊格纳斯·冯·埃弗吕西骑士。伊格纳斯和汉森一开始就对建筑的规模产生了分歧:建筑方案修改了无数次,对于如何使用这个巨大的空间,这两个意志坚定的男人意见不一。伊格纳斯要求为四匹马建造马厩,同时还要一间"容纳三四辆马车"的马车房。他的主要要求是要有一道供他本人专用的楼梯,房子里其他人都不能使用。这些在1871年《建筑学报》上的一篇文章中有详细说明,还配有立视图和绝妙的建筑方案。这座官邸将成为维也纳上方的看台:它的阳台可以俯瞰整个城市,而这座城市对它厚重的橡木门不会有任何影响。

我站在房子的外面。这是最后的时刻,我可以选择掉头离开,穿过马路,登上电车,不再理会这栋显赫的房子和这个故事。我深吸一口气。我推开左边的门,穿过厚重的双扇橡木门,来到一条长长的、高大阴暗的走廊,头顶是金色的花格天花板。我继续往前走,走进了一个五层楼高的天井,上面覆盖着玻璃顶棚,周围有内阳台错落分布在这个巨大的空间里。一尊真人大小的阿波罗雕像立在基座上,他肌肉发达,在我面前漫不经心地弹着七弦琴。

花盆里有一些小树,这里还有一张接待台。我笨拙地解释了自己是谁,这里是我的家族老宅,如果没有太大的问题,我想四处看看。这当然不成问题。一个迷人的男子冒了出来,问我想看什么。

我所看到的全是大理石:这里有很多大理石。这么说不够确切,应该说一切都是大理石——地板、楼梯、楼梯旁的墙壁、楼梯上的圆柱、楼梯上的天花板、楼梯天花板上的装饰线条。向左转,我走上家庭楼梯,是浅浅的大理石台阶。向右转,我进入另一个入口大厅。朝下看去,族长的名字缩写镶嵌在大理石地板上:JE(代表约阿希姆·埃弗吕西),上面有一顶冠冕。在大楼梯旁摆着两个比我还高的烛台。沿着浅浅的台阶走上去,是嵌在黑色大理石框里的巨大的双扇门——黑色和金色——我推开门,走进了伊格纳斯·埃弗吕西的世界。

对覆盖着黄金的房间而言,这里非常非常昏暗。墙壁被隔成一块块嵌板,每面嵌板上都绘着镀金的饰纹。壁炉是庞大的大理石工程。地板上有错综复杂的嵌花。所有的天花板都被沉重的镀金线条隔成菱形、椭圆形和三角形嵌板的网络,然后被吊起来,塞入一堆错综复杂的新古典主义垃圾中。花环和叶形装饰覆盖在这片令人晕眩的混合物上。所有的嵌板都是由克里斯蒂安·格里彭克尔(Christian Griepenkerl)绘制,他因装饰维也纳歌剧院的天花板而大受欢迎。每个房间都有一个古典主题:在桌球室,我们会看到宙斯的一系列战利品——勒达、安提库珀、达娜厄和欧罗巴——每个不着寸缕的女孩都由丘比特或天鹅绒帷幔托起;音乐室有缪斯女神的寓言画；沙龙里，各种女神在撒花；小的沙龙里是丘比特裸像；餐室里，极为明显，有倒酒的水妖，以葡萄或游戏的动作遮挡住身体；还有更多的丘比特像，没有任何理由地坐在门楣上。

我注意到，这里的一切都闪闪发光。这些大理石的表面光滑，没有任何东西可以抓握。它的缺乏触感让我感到恐慌：我用手在墙上摸了摸，感觉有些湿冷。我以为我仰头看着歌剧院天花板上博德里的作品时，已经了解自己对巴黎"美好年代"建筑的感受。但在这里，一切都更加接近，更为个人。这里充满了咄咄逼人的金色，简直令人无法接受。伊格纳斯想干什么？要窒息他的批评者吗？

舞厅有三扇巨大的窗户，可以看到广场对面的感恩教堂。伊格纳斯突然泄露了一点什么。在这儿，在天花板上——在环城大道其他官邸里，你可能会发现一些与天堂有关的东西——有一系列以《圣经·以斯帖记》故事为主题的画作：以斯帖加冕为以色列女王，跪在身穿犹太祭司长袍的祭司长面前，接受祝福，她的仆人跪在她身后。然后是犹太人仇敌哈曼的儿子被犹太战士处死的画面。

这是个美妙的完结。以一种永久而隐蔽的方式表明自己的身份。在犹太家庭里，无论你的家多么堂皇，无论你多么富有，舞厅是你的非犹太人朋友在社交场合里了解你的唯一地方。这是整条环城大道上唯一的一幅犹太画。这也是在锡安大街能感受到的少许锡安气息。

14 正在发生的历史

这座冷峻的大理石官邸是伊格纳斯的三个孩子长大的地方。我父亲给了我一些家庭照片,其中有一张三个孩子在沙龙里的合影,他们僵硬地站在天鹅绒窗帘和一棵棕榈盆栽树之间。斯特凡是最大的儿子,看上去英俊而焦虑。他每天都在办公室里跟父亲学习谷物交易。安娜长着一张长脸、一双鼓起来的眼睛,还有一头乱糟糟的卷发,看起来非常无聊,手里的相册几乎要滑落到地上。她15岁,除了上舞蹈课,还要跟外表冷漠的母亲乘坐马车去参加各种家庭招待会。然后是我的曾外祖父维克托。人们用"塔夏"这个家族祖父辈的昵称来称呼他,他穿着天鹅绒套装,手里抓着天鹅绒帽子和手杖。他有一头黑亮的卷发,脸上的表情仿佛得到过许诺:离开课堂,在这些沉重的天鹅绒窗帘之间度过一个漫长的下午,就会得到奖赏。

维克托的教室有一扇窗户正对着维也纳大学的建筑工地,大学主楼合乎理性的圆柱数量告诉维也纳人,知识是不朽和长新的。若干年来,从这栋家族住宅的每个窗户望出去,都会看到一片尘土和拆迁的景象。当查尔斯在巴黎沙龙里跟勒迈尔夫人谈论比才时,维克托则和他的德语家庭教师一起坐在埃弗吕西官邸的教室里。那位教师是普鲁士人韦塞尔先生(Herr Wessel)。韦塞尔先生要维克托把爱德华·吉本(Edward Gibbon)《罗马帝国衰亡史》里的段落从英文译成德文，教给他伟大的德国历史学家利奥波德·冯·兰克（Leopold von Ranke）的历史观念："历史就是真实发生的（wie es eigentlich gewesen ist）。"维克托被告知，历史此刻正在发生中：历史像吹过麦田的风，穿过一个又一个帝国，从希罗多德（Herodotus）、西塞罗（Cicero）、普利尼（Pliny）和塔西佗（Tacitus），一直到奥匈帝国，又吹过俾斯麦和新德国。

要想了解历史，韦塞尔先生教导说，你还必须了解奥维德（Ovid），你必须了解维吉尔（Virgil）。你必须知道英雄是如何遭到流放和失败，又如何卷土重来的。因此，历史课结束后，维克托必须背诵《埃涅阿斯纪》（Aeneid）的部分段落。在此之后，作为娱乐，我想韦塞尔先生会向维克托讲授歌德（Goethe）、席勒（Schiller）和冯·洪堡（von Humboldt）。维克托从中学习到，热爱德国就是热爱启蒙运动。德语意味着从落后状态中解放出来，它意味着教养（Bildung）、文化、知识，意味着迈向成熟的旅程。教养，也就是从讲俄语到讲德语、从敖德萨到环城大道、从谷物交易到阅读席勒的过程。维克托开始购买自己的书籍。

家里人都认为，维克托是个聪明的孩子，必须接受这样的教育。和查尔斯一样，维克托没有被委以重任，日后不必成为银行家。而斯特凡和莱昂的长子朱尔斯一样，已经开始在为成为银行家做准备。有一张维克托几年后的照片，他只有22岁，看起来像一名优秀的犹太学者，胡子修剪得整整齐齐，穿着白色高领衬衣和黑色外套，已略显发福。当然，他也长着埃弗吕西家族的鼻子，但最引人注目的是他的夹鼻眼镜——一个希望成为历史学家的年轻人的标志。事实上，在"他的"咖啡馆里，维克托已经能够像他的家庭教师所教导的那样，谈论当下的现状，以及力量的相互作用如何必定能在事物的发展中显现出来，等等。

每个年轻人都有自己的咖啡馆，每家咖啡馆都有微妙的差异。维克托的咖啡馆是葛林斯德（Griensteidl）咖啡馆，位于霍夫堡皇宫（Hofburg）附近的赫伯斯坦因宫（Palais Herberstein）。这里是年轻作家的聚会地点，有"青年维也纳"（Jung Wien）中的诗人雨果·冯·霍夫曼斯塔尔（Hugo von Hofmannsthal）和剧作家阿图尔·施尼茨勒（Arthur Schnitzler）。诗人彼得·阿尔滕贝格（Peter Altenberg）让人将信件送到他桌上。这里有堆积如山的报纸和一整套《迈耶百科全书》(*Meyers Konversations-Lexicon*)——相当于德国的《不列颠百科全书》，用来引起话题或寻找答案，或者为新闻写作提供素材。你可以在这里待上一整天，在高高的拱形天花板下喝咖啡、写作；或者不写作，而是阅读晨报《新自由报》，同时等着下午的晚报。《新自由报》驻巴黎记者西奥多·赫茨尔在蒙梭街有自己的公寓，他过去也曾在这里写作，提出荒谬的犹太国理念并为此与人争辩。据说就连侍者也会参与大圆桌的讨论。用讽刺作家卡尔·克劳泽一句令人难忘的话来说，这里是"世界末日的一个试验点"。

在咖啡馆里，你可以摆出忧郁孤立的态度。这是维克托的很多朋友共同的态度，他们是其他富有的犹太银行家和实业家的儿子，是在环城大道的大理石官邸里长大的那一代人。他们的父亲为城市和铁路建设提供资金，赚取大量财富，把族人迁移到各大洲。而要达到事业创始人对他们的期望是那么困难，以至于他们最期待的就是闲谈。

这些人对未来有着相同的焦虑，他们的生活被安排在一条既定的轨道上，家人的期望驱使他们前进。这意味着一辈子生活在父母家里镀金的天花板下,和金融家的女儿成婚,参加无穷无尽的舞会,以及展现在他们面前的多年的商界生活。这意味着环城大道的风格:浮夸,过于自大,暴发户。这意味着晚饭后和父亲的朋友在桌球室打桌球,在丘比特的注视下,一辈子被囚禁在大理石里。

这些年轻人被视为犹太人或维也纳人。他们是不是在这座城市出生并不重要——相对于土生土长的维也纳人,犹太人有着不公平的优势,而维也纳人给予这些新来的犹太人自由。正如英国作家亨利·威克姆·斯蒂德所说:

给予聪明、机敏、不知疲倦的犹太人自由,让他们在不设防与毫无对手竞争的社会或政治世界进行掠夺。这群入侵的犹太人从小接受塔木德①和犹太教堂的熏陶,而后又接受法律方面的训练,精通阴谋诡计。他们带着这一切,从加利西亚或匈牙利来到这里。他们不为人所知,因此不受公共舆论的约束;没有任何"扎根这个国家"的意识,因此不计后果,只求满足他们对财富和权力永不满足的欲望。

犹太人的不知满足是一个共同的主题。他们就是不知道自己的限制。反犹主义的产生有部分源自共同的日常生活。维也纳的反犹主义和巴黎的反犹主义有所不同。在这两个地方,反犹潮流都同时以公开和隐蔽的形式存在。但是,在维也纳,你可能因为长得像犹太人而在环城大道上被打掉帽子[施尼茨勒《通往旷野

---

① 塔木德,犹太法典。

的路》(The Way into the Open)里的埃伦贝格、弗洛伊德《梦的解析》里自己的父亲］，因为在火车车厢里打开窗户而被辱骂为"肮脏的犹太人"（弗洛伊德），在慈善委员会的会议上遭到冷落（埃米莉·埃弗吕西），在大学的讲座被"犹太人滚出去"的喊声打断——直到每个犹太学生都拿起书本离开。

在维也纳，言语上的辱骂比巴黎更为普遍。你可以读到乔治·冯·舍内雷尔（Georg von Schönerer）——他是巴黎爱德华·德吕蒙在维也纳的翻版——的最新声明，或者听到他组织的暴徒示威活动从你的窗下沿着环城大道呼啸而过。舍内雷尔作为泛日耳曼运动（Pan-German Movement）的发起人而崭露头角，慷慨激昂地表示反对"犹太人，那些吸血鬼……敲打着……德国农民和手工业者窗户狭窄的房子"。他在帝国议会扬言，即使他的运动现在不成功，"复仇者也将从我们的尸骨里爬起来"，"让犹太压迫者和他们的追随者心惊胆战"，以践行"以牙还牙、以眼还眼"的法则。对犹太人所行的不公正行为——和他们的成功及富裕——进行报复，在手工业者和学生之间特别受欢迎。

维也纳大学是民族主义和反犹主义的特殊温床，学生兄弟会率先公开宣称要"把犹太人踢出学校"。这也是许多犹太学生认为有必要成为特别专业和危险的击剑手的原因之一。出于恐慌，这些兄弟会制定了魏霍德芬原则（Waidhofen principle），这意味着他们可以不和犹太人决斗，因为犹太人没有荣誉感，也不能指望他们像有荣誉感一样生活。"我们是不可能侮辱犹太人的，因此犹太人不能因为自己遭受侮辱而要求进行决斗。"当然，你仍然可以痛打他们一顿。

基督教社会党的创始人卡尔·卢埃格尔（Karl Lueger）博士，

外表可亲,说一口维也纳土话,似乎更加阴险,他的追随者们都在纽扣眼上别着白色康乃馨。他的反犹主义似乎更加深思熟虑,也没有那么明显的煽动性。卢埃格尔的反犹更多是出于必要性而非信念:"与这些假装人类的野兽相比,狼、黑豹、老虎更具人性……我们反对古老的基督教奥地利帝国被新的犹太帝国所取代。这不是对个人的仇恨,不是对那些贫穷矮小的犹太人的仇恨。不,先生们,我们不恨任何人,我们恨的是压迫民众的巨额资本,而这些资本掌握在犹太人手中。"这就把犹太银行家——罗斯柴尔德家族和埃弗吕西家族——推上了前台。

卢埃格尔获得了巨大的声望,最终在1897年被任命为市长,他志得意满地表示,"攻击犹太人是获得声望和在政治上出人头地的绝佳手段"。随后,卢埃格尔与他上位时攻击过的犹太人达成了和解。他自鸣得意地说:"谁是犹太人,由我说了算。"犹太人仍然深感焦虑:"维也纳成为世界上唯一由反犹主义煽动者管理的大城市,这合适吗?"尽管反犹主义没有体现在立法上,但卢埃格尔20年来的言论攻击使得对犹太人的偏见渐渐趋于正当化。

1899年,在根付抵达维也纳的那一年,帝国议会可能已经有议员发表演讲,要求为射杀犹太人提供奖赏了。在维也纳,已经同化的犹太人遭到最粗暴的言论攻击,却认为最好不要大惊小怪。

看样子,我得再花一个冬天来阅读反犹主义的资料了。

奥地利皇帝坚决反对这种骚乱。"我不会容忍我的帝国出现任何仇视犹太人的言论,"他说,"我完全信任以色列人对我的忠诚,他们永远可以获得我的保护。"当时最著名的犹太传教士阿道夫·耶利内克(Adolf Jellinek)宣称:"犹太人是彻头彻尾地支持王朝、效忠皇帝的奥地利人。对他们来说,双头鹰是救赎的象征,奥地利的颜色装点了他们自由的旗帜。"

咖啡馆里的年轻犹太人有稍微不同的观点。他们生活在奥地利，是帝国的一部分，是令人窒息的官僚机构的一部分，在那里，任何决定都被无休止地拖延，在那里，一切都渴望具有帝国和皇家气象。在维也纳，你不可能不看到哈布斯堡王朝的双头鹰，还有留着髭须和鬓角、胸前挂着勋章的弗朗茨·约瑟夫皇帝的肖像，他祖父般的眼神从你买雪茄的商店橱窗上盯着你，从餐馆老板的小桌上方俯视着你。在维也纳，如果你是年轻、富有的犹太人，就不可避免地受到大家族成员的密切关注，你做的每件事都可能出现在讽刺杂志上。维也纳充满了流言、漫画家——以及众多相似之物。

在这些大理石咖啡桌周围，在这些热切的年轻人之间，这个时代的本质是他们讨论得最多的话题。霍夫曼斯塔尔是犹太银行家的儿子，他认为这个时代的性质是"多样性和不确定性"。唯一靠得住的是"das Gleitende"，即移动、滑落、滑动："其他世代相信是牢固的事物，事实上是滑动的。"这个时代的本质就是变化本身，它反映在局部与碎片、愁思与抒情，而非反映在奠基时代和环城大道的堂皇、坚固和歌剧般的和弦上。"安全，"施尼茨勒是一位犹太喉科学教授的富有儿子，他说，"在哪里都不存在。"

这种愁思与舒伯特《告别》(*Abschied*)中永恒的垂死的秋天相吻合。《爱之死》(*Liebestod*)则是一个回应。在维克托的熟人中，自杀现象很频繁。施尼茨勒的女儿、霍夫曼斯塔尔的儿子、路德维希·维特根斯坦（Ludwig Wittgenstein）的三个兄弟和古斯塔夫·马勒（Gustav Mahler）的弟弟，他们全都自杀了。死亡是将自己从世俗中解脱出来，从而摆脱势利、阴谋和流言蜚语，进入"滑动"的世界。在《通往旷野的路》中，施尼茨勒列举了自杀的原因："恩典，负债，厌倦了生活，或纯粹出于做作。"1889年1月30日，皇储鲁道夫大公杀死他年轻的情妇玛丽·维兹拉后也自杀身亡——自杀获得了帝国的认可。

埃弗吕西家族明智的孩子没有走上这条路是可以理解的。愁思自有其位置。它只在咖啡馆。不应该带回家。

但另一些事情被带回了家。

1889年6月25日，维克托的姐姐，别具魅力的长脸的安娜，为了要嫁给保罗·赫茨·冯·赫腾赖德（Paul Herz von Hertenreid），皈依了天主教。她有一份备选夫婿的长名单，现在她找到了门当户对的男爵和银行家，尽管他是个天主教徒。根据我祖母的说法，冯·赫腾赖德一家总是说法语。改变信仰是相对普遍的事。我花了一天时间，在犹太街教堂旁边犹太社区的档案馆里查阅维也纳拉比的资料，那里有每一个在维也纳出生、结婚或下葬的犹太人的记录。我正在查找安娜的名字时，档案管理员出现了。"我记得她结婚时的情景，"她说，"是在1889年。她留下一个很有力的签名，信心十足，几乎要把纸划破了。"

我相信她的话。安娜似乎走到哪里都能制造麻烦。20世纪70年代，我祖母为我父亲绘制了家谱图，上面有她用铅笔做的注释。安娜有两个孩子，她写道，美丽的女儿结婚后，和情人逃到了东方；儿子则"没有结婚，游手好闲"。"安娜，"她接着写道，"是个巫婆。"

安娜嫁给银行家丈夫11天后，家族事业的继承人斯特凡——已经一副银行家的派头，留着漂亮的上了蜡的胡须——和他父亲的俄罗斯犹太情妇艾丝蒂亚（Estiha）私奔了。艾丝蒂亚只会说俄语——这在家谱图上也有注释——和"蹩脚的德语"。

斯特凡立即被剥夺了继承权。他不能得到任何津贴，不能依靠家族财产过活，也不能和家族成员联系。这完全是《旧约》式的流放，维也纳人对娶自己父亲的情妇这种事更是无法接受。一宗罪加上另一宗罪：背弃孝道，还有无法启齿的对一个情妇的爱。我不知道该如何理解这件事。它究竟反映了父亲的问题还是儿子的问题，还是两者都有？

和家里断绝关系后，这对夫妇首先去了敖德萨，那里还有朋友和头衔。然后去了法国南部尼斯（Nice）。接着，随着一系列越来越不明智的蔚蓝海岸度假胜地之旅，他们身上的钱花光了。1893年，敖德萨一份报纸上提到，斯特凡·冯·埃弗吕西男爵已被接纳为路德福音派的信徒。1897年，他在一家俄罗斯外贸银行担任出纳员。1898年，他们从巴黎第十区一家破旧的旅馆寄出一封信。他们没有孩子，没有使伊格纳斯的计划变得复杂的继承人。我突然想知道，斯特凡在和艾丝蒂亚一起辗转于这些破旧不堪的旅馆，等待着维也纳发来的电报时，是否仍留着那漂亮的胡须。

维克托的世界则像一本突然合上的书一样静止了。

无论早上是否照例去咖啡馆，维克托突然之间就要负责起庞大而复杂的国际业务了。他初次接触货物和航运，例如运往圣彼得堡、敖德萨、巴黎、法兰克福等地的货物。宝贵的时间被另一个孩子浪费了，维克托必须迅速学习家人期望他掌握的知识。而这只是开始。维克托还必须结婚，必须生孩子——特别是得生个儿子。他原本想撰写一部拜占庭帝国的权威历史著作，这一梦想化为了泡影。现在，他是继承人。

青年学者：维克托，22 岁（1882 年）

  我猜，可能就是在这个时候，维克托开始神经性抽搐，习惯下意识地摘下夹鼻眼镜，然后用手掌抹脸，从额头一直抹到下巴。他这么做是在整理思绪，或者塑造他的公众形象。又或者是在抹掉自己私底下的形象，把它抓在手里。

  在埃米·沙伊·冯·科罗姆拉还很小的时候，维克托就认识她了。他一直等到埃米 17 岁，然后向她求婚了。埃米的父母，保罗·沙伊·冯·科罗姆拉男爵（Baron Paul Schey von Koromla）和出生于英格兰的埃维莉娜·兰道尔（Evelina Landauer），是埃弗吕西家族的朋友，是他父亲的生意伙伴，也住在环城大道。维克托和埃维莉娜是好朋友，同时年龄相当。他们都热爱诗歌，会在舞会上一起跳舞，还会去克韦切什参加狩猎派对，那里是沙伊家族在捷克斯洛伐克的庄园。

1899年3月7日，维克托和埃米在维也纳的犹太教堂举行了婚礼。他39岁，处于恋爱中；她18岁，也处于恋爱中。维克托爱的是埃米；而埃米爱的是某个艺术家兼花花公子，他无意和任何人（更别说这个年轻的"花瓶"了）结婚。她并不爱维克托。

婚礼早宴过后，来自欧洲各地的贺礼一起摆在藏书室里，其中祖母送的是名贵的珍珠项链，朱尔斯和范妮夫妇送的是路易十六时期的桌子，伊格纳斯送的是狂风中的两艘船，莫里斯叔叔和贝亚特丽斯婶婶送的是意大利贝利尼（Bellini）圣母与圣子图的仿制品，外面镶着巨大的镀金画框；还有名字已经不可考的人士送的一颗大钻石。此外，还有堂兄查尔斯送来的玻璃柜，里面绿色天鹅绒架子上摆放着根付。

接着，6月3日，婚礼后的第十个星期，维克托的父亲伊格纳斯去世了。这很突然：不是因为生病。根据我祖母的说法，他是在埃弗吕西官邸去世的，临终时埃米莉握着他的一只手，他的情妇握着他的另一只手。这一定是另一个情妇，我意识到，她既非他儿子的妻子，也不是他的某个小姨子。

我有一张伊格纳斯躺在灵床上的照片，他的嘴唇看上去仍然坚定而果断。他葬在埃弗吕西家族墓地。那是一座小小的多立克式神庙，是他以独特的远见在维也纳公墓的犹太人区域建造的，用来容纳埃弗吕西家族，并把他的父亲，也就是族长约阿希姆移葬到这里。这种安排非常圣经化，我想，和父亲葬在一起，并为儿子们预留空间。在他的遗嘱里，他留了一笔钱给他的17名仆人，从贴身男仆西格蒙德·多纳鲍姆（1380克朗）和管家约瑟夫（720克朗），到门房阿洛伊斯（480克朗）、女仆阿德尔海德和埃玛（各140克朗）。他让维克托从他的收藏里挑选一幅画送给侄子查尔斯，在这里我突然看到了一种柔情，伯父送给年轻的书呆子侄子纪念品。我想知道维克托从那些镶着沉重镀金相框的画作里挑选的是哪一幅。

于是，维克托和他年轻的新婚妻子继承了埃弗吕西银行，也接过了在维也纳、敖德萨、圣彼得堡、伦敦和巴黎之间穿针引线的责任。这笔遗产还包含埃弗吕西官邸、位于维也纳的各种建筑物、数量庞大的艺术品收藏、一套刻有双"E"的金质餐具，以及为埃弗吕西官邸工作的17名仆人。

在维克托的带领下，埃米参观了她的新公寓——"高贵楼层"。她的评论恰如其分："看起来就像歌剧院的休息厅。"夫妻俩决定住在官邸的三楼，这里的彩绘天花板较少，门周围的大理石也少一些。伊格纳斯的房间被留着在偶尔聚会时使用。

这对新婚夫妇，也就是我的曾外祖父母，有一个可以俯瞰环城大道的阳台，他们也在这个阳台上迎接新世纪的到来。而那些根付——我那平躺在化缘钵上睡觉的和尚和挠耳朵的小鹿，也有了新家。

15 "儿童画里的巨大方盒"

那个玻璃柜需要地方安置。夫妻俩已经决定把一楼留着以纪念伊格纳斯；而维克托的母亲埃米莉，谢天谢地，已经决定回到她在维希的豪华公馆。在那里，她可以到温泉胜地疗养，也可以对自己的女仆作威作福。所以，维克托和埃米拥有官邸的一整个楼层。当然，这里已经摆满了绘画和家具，还有仆人——包括埃米新的女仆，一个叫安娜的维也纳女孩——但这个楼层是属于他们自己的。

在威尼斯度过漫长的蜜月后，他们得做决定了。这些象牙件应该摆放在沙龙里吗？维克托的书房不够大。还是图书室？他否决了他的图书室。放在餐室角落里，挨着布尔餐具柜①？这些地方似乎都有问题。这不是"最纯粹帝国风格"的公寓，没办法像查尔斯在巴黎那样精心布置物品和画作。这里积累了40年来奢侈采购的物品。

这个装满美丽事物的大玻璃柜让维克托尤其为难，因为它来自巴黎，他不希望把它摆出来，提醒他在其他地方存在着另一种生活。更重要的是，维克托和埃米对查尔斯的礼物也感到迷惑。它们很精美，这些小巧的雕刻品，既有趣又精致，很明显，是他亲爱的堂兄

---

① 安德烈-夏尔·布尔（André-Charles Boulle，1642—1732），法国路易十四时期优秀的家具大师和镶嵌艺术家，著名的布尔镶嵌工艺便是以他的名字命名，即将金属片和龟甲重叠在一起刻成一种图案，然后镶嵌在家具表面，这一工艺对法国后来的家具工艺产生了很深的影响。

查尔斯慷慨过头了。柏林堂兄们送的镶嵌着孔雀石的镀金钟和一对地球仪,还有圣母像,都能马上摆放在沙龙、藏书室、餐室里,但这个大玻璃柜显然不行。它太奇特,太复杂,体积也相当大。

18 岁的埃米美貌惊人,衣着华丽,而且很有主见。安置这些结婚礼物时,维克托听从了她的意见。

她非常苗条,有着淡棕色的头发和美丽的灰色眼睛。她散发着某种光彩,这在居家女性身上很少见到。她身材婀娜,动作优雅,穿的衣服能衬托出她纤细的腰肢。

作为年轻美貌的男爵夫人,埃米在社交上很有一套。她小时候在城里和乡下都待过,具备在两种环境中生活的技能。她在维也纳的童年是在沙伊家族的官邸里度过的,那是一栋宏伟而简朴的新古典主义住宅,距离她和维克托的新家步行只要 10 分钟,对街就是歌剧院,中间只隔着一尊神情阴郁的歌德雕像。她有一个迷人的弟弟菲利普,大家都叫他皮普斯,还有两个尚在育儿室的妹妹:伊娃和格蒂。

埃米在 13 岁以前一直由一名温柔顺从的英国女家庭教师教导,后者只注重维持教室里的和平,其他则并不在意,结果埃米的正式教育是一片空白。她对很多事情几乎一无所知——历史就是其中之一,每当谈起这类话题,她就会露出特别的笑容。

但她擅长语言。她的英语和法语都很迷人,在家里,她和父母分别用这两种语言交谈。她熟记了好多英语和法语的儿童诗歌,还能大段引用《猎鲨记》和《炸脖龙》[①]里的话。当然,她也说

[①] 《猎鲨记》(*The Hunting of the Snark*),是刘易斯·卡罗尔于 1874 年创作的打油诗。Jabberwocky 在英语中指"无意义的文字游戏",是刘易斯·卡罗尔自创的词,他在《爱丽丝镜中奇遇》中写了一首没有意义的诗,题目就叫《炸脖龙》(*Jabberwocky*)。

德语①。

　　从 8 岁开始，在维也纳的每个工作日下午都有一个小时的舞蹈时间。她现在是名出色的舞者，是舞会上热情的年轻人最喜欢的舞伴，他们尤其被她腰间系着的鲜艳丝带所吸引。埃米可以像跳舞一样滑冰。她还学会了如何在晚宴后当父母的朋友们谈论歌剧和戏剧时，脸上露出饶有兴致的微笑——在这个家里是不允许谈论生意的。他们的生活里有众多的堂亲表亲，其中有些人，比如年轻的作家施尼茨勒，是不折不扣的先锋派。

　　埃米懂得如何以活泼的姿态去倾听，明白什么时候需要发问，什么时候该笑，什么时候该把头转向另一个客人，让对话者看着她的后脑勺。她有众多的爱慕者，其中一些人见识过她的突然暴怒。埃米的脾气很大。

　　在维也纳过这样的生活，她需要懂得如何穿衣打扮。她的母亲埃维莉娜只比她大 18 岁，同样在穿着上无可挑剔，而且她只穿白色。一年四季都是白色，从帽子到靴子，在尘土飞扬的夏天，每天得换三套。埃米的父母纵容她在服饰上的热情，部分是因为埃米在这方面有天赋。天赋这种说法也许过于平淡。这力量要大得多，也更具技巧性。她有一种能力，能通过改变穿着的某一部分，使自己看起来和别的女孩截然不同。

　　埃米年轻时经常盛装打扮。我在一本相册里找到了一张她在周末派对上的照片，女孩们打扮成早期绘画大师画作中的人物。埃米是提香画中穿着天鹅绒和皮毛的伊莎贝拉·德斯特（Isabella d'Este），而其他表姐妹则打扮成夏尔丹（Chardin）和彼

---

① 德语是奥地利的官方语言。

得·德·霍赫（Pieter de Hooch）画中的女仆。我对埃米在社交圈的支配能力印象深刻。在另一张照片里，年轻英俊的霍夫曼斯塔尔和十几岁的埃米在婚礼化装舞会上打扮成文艺复兴时期的威尼斯人。还有一次聚会，所有人都打扮成汉斯·马卡特画中的人物，这是戴上饰有羽毛的宽边帽的绝妙机会。

无论在婚前还是婚后，埃米的另一部分生活都是在沙伊家族位于捷克斯洛伐克的乡下别墅克韦切什里度过的，从维也纳乘火车到那里只要 2 个小时。克韦切什是一座外表朴素的 18 世纪的大房子（用我祖母的话说，就像"儿童画里的巨大方盒"），坐落在一片平坦的田野上，周围有一排排柳树、白桦林和一道道溪流。一条叫瓦赫河的大河流经这里，形成庄园的边界之一。在这里，你可以看到风暴从遥远的地方掠过而绝对听不到它的声音。这里有一个游泳用的湖，湖边有一间摩尔风格的小更衣室，有许多马厩，还养了很多狗。埃米的妈妈埃维莉娜豢养哥顿塞特犬——她的第一只雌犬是装在一只板条箱里搭乘东方快车来到这里的，那列伟大的火车为此停在了别墅附近的一个小车站。这里还有她父亲猎兔子和松鸡用的德国波音达犬。她母亲也热衷于打猎，在分娩期临近时，还常常和助产士及猎场看守人一起外出打松鸡。

在克韦切什，埃米会骑马。她追逐野鹿，打猎，和猎犬一起追捕猎物。当我努力把她生活的两部分拼起来时，不禁有些吃惊。我对世纪末维也纳犹太人生活的想象是理想化的，多半是由弗洛伊德、刻薄的花边文字和咖啡馆充满智慧的谈话构成的。像许多策展人和学者一样，我相当喜欢"维也纳是 20 世纪的熔炉"这一说法。如今，我沉浸在故事的维也纳部分，我听着马勒的音乐，读着施尼茨勒和洛斯的作品，感觉自己相当犹太人。

我对那一时期的想象当然并不包括犹太人的猎鹿活动，或探讨不同品种的猎犬适合于追捕哪些猎物。我正感到一片迷茫时，我父亲打来电话，告诉我他又找到了一些照片，可以加进我不断增加的档案里。我能感觉到，他对自己和自己为这个项目四处搜寻的成果感到很满意。他来到我的工作室吃午饭，从超市的购物袋里拿出一本白色封面的小书。他不确定那是什么，他对我说，但是它应该放进我的"档案"里。

那本书是用非常柔软的白色山羊皮装订的，书脊上有磨损和由于阳光照射而褪色的痕迹。封面上印着1878和1903。书上扎了一条黄色丝带，我们把丝带解开。

里面是12张精美的家庭成员的钢笔画像，分别画在不同的卡片上，卡片的边缘都镶着银边，上面绘有分离派图案的框架，每张卡片还配有用德文、拉丁文或英文写的含义隐晦的四行诗，部分是诗，部分是歌曲片段。我们猜测，这是埃米和弟弟皮普斯送给男爵和埃维莉娜的银婚纪念日礼物。白山羊皮符合母亲的口味，她一直钟情于白色：白帽子、白色礼服、白色珍珠和白色山羊皮靴。

在这些银婚纪念日卡片里，有一张是穿着制服的皮普斯在钢琴前弹奏舒伯特：他在恰当的家庭教师的指导下，接受了埃米从未接受过的教育。他在艺术和戏剧界拥有许多朋友，游历过几个国家的首都，而且和姐姐一样穿着无可挑剔。我的舅爷伊吉记得小时候的一幕场景，当时他们到比亚里茨度过夏天，他曾看到酒店里皮普斯的更衣室。衣柜门敞开着，横档上挂着八套一模一样的套装。它们全是白色的：就像主显节和天堂的神迹。

在当时德国犹太小说家雅各布·瓦塞尔曼的一部非常成功的

小说里，皮普斯作为主角出现过，那是中欧版的理查德·汉内（Richard Hannay），后者是巴肯（Buchan）《三十九级台阶》（*The Thirty-Nine Steps*）中的人物。我们具备审美趣味的男主角是大公们的朋友，成功击败了无政府主义者的阴谋。他对古版书和文艺复兴时期的艺术品如数家珍，最终抢救了稀有珠宝，受到每个人的喜爱。那本书读起来令人着迷。

另一幅钢笔素描画的是在舞会上跳舞的埃米，她在一个瘦削的年轻男子的引领下旋转着，身体微微后仰。我猜这是一个表亲，因为这个瘦削的舞者肯定不是维克托。还有一幅画的是保罗·沙伊，他几乎被一张《新自由报》遮盖了起来，一只猫头鹰沉默地蹲在他身后的椅背上。滑冰的埃维莉娜。两条穿着条纹泳裤的腿浸没在克韦切什的游泳湖里。每张画上还画有一小瓶白兰地、葡萄酒或杜松子酒，或几小节乐谱。

这些画是约瑟夫·奥布里希（Josef Olbrich）的作品。他是激进的分离派①运动的核心艺术家，还为分离派在维也纳举办展览会设计了一座展览馆。展览馆上有猫头鹰浮雕和覆盖着月桂叶的金圆顶。这是个宁静优雅的庇护所，奥布里希形容它的外墙"白色而闪亮、神圣而纯洁"。置身于维也纳，一切都要经受严厉的审查，这座建筑也遭到了尖锐的攻击。爱说笑打趣的人说这是救世主的坟墓，是焚尸炉。那精美的圆顶是棵"卷心菜"。我也对奥布里希的这些画进行了一番适当的审查，但这是一个失去线索的填字游戏，完全不可解。为什么是白兰地，为什么是那几节乐谱？这很具有维也纳特色，以都市的观点来看待他们在克韦切什的乡

---

① 分离派指19世纪末期在新艺术运动影响下，在奥地利兴起的艺术派别（运动），以与传统美学观和正统学院派艺术决裂为号召，自称分离派。

弹钢琴的皮普斯，约瑟夫·奥布里希绘的
分离派风格画册里的一幅（1903 年）

村生活。这是通往埃米世界的一扇窗，一个充满家庭笑话的温暖世界。

你怎么可能不记得有这些东西呢？我问我父亲，你床底下的手提箱里还有别的什么吗？

16 "自由厅"

我相信埃米·冯·埃弗吕西在维也纳的婚姻生活中不会有太多困惑的地方。她要跟一个非常不同的家族在这座城市生活,但这座城市的生活有着一成不变的节奏,这里距离她童年生活的另一座官邸的家只需要步行10分钟。

度完蜜月返家后,很快进入了新的节奏——埃米发现自己怀孕了。我的祖母伊丽莎白在他们结婚9个月后出生了。维克托的母亲埃米莉——肖像画中的她,戴着珍珠项链,娴雅而冷淡——不久后在法国维希去世,享年64岁。她被安葬在维希,而没有回葬在伊格纳斯的大陵墓,我不知道是不是她一手策划了这场最后的分离。

伊丽莎白出生3年后,吉塞拉出生了,然后是伊格纳斯——小伊吉——排行老三。他们都由谨慎的犹太父母取了维也纳儿童的名字。伊丽莎白是根据受人爱戴的已故皇后命名的,吉塞拉是以皇帝的女儿吉塞拉女大公命名的。伊吉是男孩,那就简单了。伊格纳斯·莱昂是以他已故的祖父和富有、无子、喜欢决斗的巴黎堂伯,以及已故的伯祖父莱昂命名的。巴黎的家族只生有女儿,感谢上帝,埃弗吕西家族终于添了一名男丁。况且官邸也足够大,有不受干扰的育儿室和教室。

埃弗吕西官邸有它的昼夜节奏,仆人们的动作或快或慢。有很多东西要从走廊里拿上拿下，更衣室的热水要随时供应，书房里要添煤，还要把早餐送到早餐室，把早报送到书房，把加盖的碗碟、洗好的衣服、电报、信件（一天三次）、口信、晚餐用的烛台、晚报送到维克托的更衣室。

埃米的女仆安娜是另一种节奏。从早上7点半把装着温水的银罐子和英国茶端进埃米的卧室开始，一直到深夜，她给埃米梳理完头发，再为她端来一杯水和一盘炭饼干为止。

院子里，一辆小型四轮马车和穿着制服的马车夫随时待命。有两匹拉车的黑马，一匹叫里纳尔达，另一匹叫阿拉贝拉。第二辆马车在等着把孩子们送去普拉特公园或美泉宫（Schönbrunn）。马车夫们随时待命。门房阿洛伊斯则站在通往环城大道的大门旁，随时准备开门。

维也纳意味着晚宴。关于宴会安排的讨论没有尽头。每天下午，管家和协助的男仆都要摆放餐桌，并用卷尺测量距离。有时会讨论如果鸭子在前一天装箱通过东方快车从巴黎运来的话，会不会变质。还有花商，他们为晚宴运来一整排栽种在罐子里的小橘树，树上的橘子全部被挖空后往里面填入了冻糕。孩子们可以通过窥视孔观看所有客人到达时的场面。

有时候，家里在下午招待来访的客人，茶几上摆着银色的俄式茶炊，底下垫着一个巨大的银托盘，茶壶、奶罐和糖罐就在旁边，还有来自德梅尔蛋糕房的开放式三明治和冰蛋糕。德梅尔位于霍夫堡皇宫附近的科尔市场（Kohlmarkt），是甜品的殿堂。女宾把毛皮外套留在大厅，军官们把军帽和佩剑留在大厅，绅士们的礼帽和手套则放在椅子旁边的地板上。

每年都有固定的模式。

1月是逃离寒冷的维也纳的时候。埃米和维克托去尼斯或蒙特卡洛（Monte Carlo），把孩子们撇在家里。他们去位于法国费拉角的粉红色别墅——现在是埃弗吕西-罗斯柴尔德别墅，拜访维克托的叔叔莫里斯和婶婶贝亚特丽斯·埃弗吕西。在那里欣赏他们收藏的法国画作、法兰西帝国家具和法国瓷器，赞叹他们对花园所做的改造——为了仿照阿尔罕布拉宫①而移走一部分山坡并开凿一道水渠。20名园丁都穿着白色衣服。

4月，埃米和维克托在巴黎，孩子们仍被撇在家里。他们住在耶拿广场范妮的埃弗吕西公馆，埃米大肆采购，维克托白天待在埃弗吕西公司的办公室。巴黎是不一样的。

查尔斯·埃弗吕西，受人爱戴的《美术公报》所有者，曾获颁荣誉军团勋章，艺术家的赞助人，诗人的朋友，根付的收藏者，维克托最喜欢的堂兄，于1905年9月30日去世，享年55岁。

报纸上的告示恳求没有收到邀请函的人不用前来参加葬礼。抬棺人是他的两个哥哥、泰奥多尔·雷纳克和舍弗尼耶侯爵（Marquis de Cheveniers），他们都潸然泪下。有不计其数的讣告，谈到他的"天然高雅"、为人正直和进退有度。《美术公报》刊登了一篇纪念性讣告，文章四周镶着黑色边框：

查尔斯·埃弗吕西先生善良可亲、智慧高卓，认识他的人都知道，去年9月底他突然患病，然后，我们带着惊愕和深深的悲痛听到他去世的消息。在巴黎社交圈，尤其在艺术和文学领域，他和许

---

① 阿尔罕布拉宫（Alhambra Palace），位于西班牙，是13至14世纪摩尔人建立的格拉纳达王国的王宫。1492年摩尔人被逐出西班牙后，建筑物开始荒废。1828年在斐迪南七世资助下，经建筑师何塞·孔特雷拉斯与其子、孙三代进行长期的修缮与复建，才恢复原有风貌。

多人建立了深厚的友谊，这些人很自然地被他的魅力和态度、精神的崇高和温柔的内心所折服。凡是向他求助的人都亲眼见识到他迷人的风度，他对年轻的艺术家一视同仁，他和所有接近过他的人都结为朋友，这一点相信没有人会否认。

普鲁斯特写了慰唁给写讣告的人，读了《美术公报》上的这篇讣告，"那些不认识埃弗吕西先生的人会爱上他，那些认识他的人将会缅怀他"。查尔斯在遗嘱里给埃米留了一条金项链。他给露易丝留了一条珍珠项圈，房产则留给了范妮·雷纳克，那个嫁给研究希腊的学者的外甥女。

紧接着，查尔斯的哥哥伊格纳斯·埃弗吕西，这个花花公子、决斗者、到处追求女性之人，也令人震惊地在60岁时因心脏病去世。在人们的记忆中，他是一位完美的骑手，清晨经常看到他骑着佩戴着俄式马鞍的灰马出现在布洛涅森林（Bois de Boulogne）。他为人慷慨，心思细密，在遗嘱里给埃弗吕西家三个年幼的孩子伊丽莎白、吉塞拉和伊吉各留了3万法郎，甚至对埃米的妹妹格蒂和埃娃也有馈赠。兄弟俩一起被埋葬在蒙马特区的家族墓地里，埋在他们长眠已久的父母和挚爱的妹妹旁边。

访问巴黎后不久——缺少了查尔斯和伊格纳斯的生气，巴黎显得空空荡荡——夏天就来了。7月是和古特曼夫妇一起度过，他们是犹太银行家和慈善家，是埃米和维克托最亲密的朋友。古特曼家有五个孩子，因此伊丽莎白、吉塞拉和伊吉也被邀请到他们距离维也纳50英里的乡下别墅雅多夫城堡（Schloss Jaidhof）住上几个星期。维克托则留在维也纳办公。

8月，在瑞士的埃弗吕西牧屋与来自巴黎的朱尔斯、范妮夫妇一起度过。孩子们和维克托也去了。很少做事。努力让孩子们保持安静。听听巴黎的逸事。他们从飘扬着俄罗斯帝国旗帜的船屋乘船去卢塞恩湖,由一名男仆划船。他们和朱尔斯一起乘坐汽车去卢塞恩观看马术比赛,观赏骑马越障比赛,随后到胡根尼（Hugeni）吃冰淇淋。

9月和10月,埃米带着孩子们和父母、皮普斯以及许多堂表兄弟姐妹相聚在克韦切什。维克托每次只逗留几天。他们在那里游泳、散步、骑马、打猎。

在克韦切什,有一群古怪的人聚集在一起,教导埃米的妹妹格蒂和埃娃,她们分别比埃米小12岁和15岁。这群人包括了一名法国女仆,教她们正宗的巴黎口音;一名年纪稍长的男教师,教她们读书、写字、算术;一名来自的里亚斯特的女家庭教师,教她们德语和意大利语;最后,一位不得志的钢琴演奏家米诺蒂先生,教她们音乐和象棋。埃米的妈妈给她们做英语听写,和她们一起阅读莎士比亚的作品。这里还有一个维也纳的老制靴匠,他制作白色麂皮靴,因为埃维莉娜对此特别挑剔。他生过一场大病,然后来到这里疗养,得到一个阳光宜人的房间,为她做鞋养狗,安度晚年。

20世纪30年代,旅行家帕特里克·利·法默尔（Patrick Leigh Fermor）徒步穿越欧洲时,曾住在克韦切什。他形容这里仍然弥漫着英国管区的气息,有成堆的各种语言撰写的书籍,桌子上摆放着用鹿角或银制成的稀奇古怪的小玩意儿。这里是"自由厅",皮普斯在用流利的英语欢迎他来到图书室的时候说。克韦切什散发着一种自给自足的气息,只有当一所大房子里生活着很多小孩时才会有这种气息。在我父亲的蓝色文件夹里,有一份泛黄的剧作手稿，剧名叫《大公》(Der Grossherzog)，第一次世界大战前的一个夏天，由所有的堂兄弟在客厅里演出。2 岁以下的小孩和狗是严厉禁止进去的。

米诺蒂先生每天晚饭后都会弹钢琴。孩子们玩"基姆游戏①"。把各种物品放在托盘上，比如卡片盒、夹鼻眼镜、贝壳，有一次还出现了皮普斯的左轮手枪（把人吓出一身冷汗），向大家展示 30 秒钟，随即盖上亚麻布，每个人凭记忆写下所看到的物品。无聊的是，每次都是伊丽莎白赢。

皮普斯常常邀请他世界各国的朋友来这里小住。

12 月，在维也纳过圣诞节。尽管他们是犹太人，还是准备了许多礼物来庆祝这一节日。

埃米的生活似乎被凝固在——准确地说不是石头②，而是琥珀里。她的生活似乎保留在这一系列周期性的故事里，既平凡又珍贵（一年前我出发时就向自己许诺要逃离的正是这样的生活）。当我围着维也纳的埃弗吕西官邸绕圈子的时候，根付似乎离我是那么遥远。

我延长了住在维也纳的男爵夫人酒店（Pension Baronesse）的时间。他们好心修好了我的眼镜，但我眼前的世界仍然有几分倾斜。我无法摆脱内心的焦虑。伦敦的叔叔一直在为我搜罗资料，他给了我祖母伊丽莎白 12 页的回忆录，里面提到官邸里的生活，我把它们带到现场阅读。在一个晴朗的早晨，天气冷得让人喘不过气，我带着回忆录去了中央咖啡馆（Café Central），阳光透过

---

① 基姆游戏（Kim's game）是一种学龄前儿童锻炼记忆力的游戏。游戏主持人往盘子里放置一些物品（前几轮不得超过 15 个），用布盖起来，游戏参与者围坐在旁边（能看到盘子），主持人掀开盖布，一段时间后重新盖上。参与者在纸上写下看到的物品，多者获胜。
② 原文所用的"set in stone"字面意思是镶嵌在石头上，作为固定用法表示"一成不变"。

哥特式窗户照进来。咖啡馆里有个模型，是作家彼得·阿尔滕贝格手持菜单的样子，当年的一切非常清晰而又精心地呈现出来。我想这应该就是维克托的第二家咖啡馆，在一切都变得那么糟糕之前。

这家咖啡馆，这条街道，维也纳本身就是一个主题公园：一个世纪末的电影场景，闪闪发亮的分离派景观。穿着厚大衣的车夫驾着小型出租马车跑来跑去。侍者留着古典风格的小胡子。施特劳斯乐曲无处不在，从巧克力商店里流淌出来。我一直期待着马勒走进来，或克里姆特（Klimt）挑起一场争论。我想着多年前我在大学时看过的一部可怕电影。故事发生在巴黎，毕加索（Picasso）不断从人们身边走过，格特鲁德·斯坦因（Gertrude Stein）和詹姆斯·乔伊斯（James Joyce）一边喝着潘诺酒（Pernod），一边讨论现代主义。问题就在这里，我认识到，我被一件又一件陈年旧事缠住了。我的维也纳淡化成了别人的维也纳。

我一直在阅读奥地利犹太小说家约瑟夫·罗特（Joseph Roth）的小说，有17部，其中一些故事发生在哈布斯堡王朝末期的维也纳。在他的小说《拉德茨基进行曲》（*The Radetzky March*）里，特罗塔（Trotta）把自己的财产存入无可挑剔的埃弗吕西银行——在这里，埃弗吕西这个词，罗特写的是俄语。伊格纳斯·埃弗吕西本人在小说《蜘蛛网》（*The Spider's Web*）中被描绘成富有的珠宝商："瘦高的身材，总是穿着黑色的衣服，外套的高领间微微露出一条黑丝巾，上面别着一颗榛子大小的珍珠。"他的妻子，美丽的埃弗吕西夫人，是"一位淑女——犹太人，但是一位淑女"。每个人都过着舒适的生活，年轻而愤愤不平的非犹太人主人公泰奥多尔被这家雇用为家庭教师，他说："埃弗吕西家是最安逸的……大厅里悬挂着镶着金色画框的画作，穿着绿色和金色制服的仆人在护送你进去时向你鞠躬。"

真相一直在从我手心里溜走。我的家族在维也纳的生活，从书籍里折射出来，正如普鲁斯特的巴黎往事里的查尔斯。对埃弗吕西家族的反感不断出现在小说中。

我困惑了。我认识到，我并不了解作为同化的、适应了新文化的犹太家庭的一员意味着什么。我真的不了解。我知道他们不做什么：他们从不去犹太教堂，但他们的出生和婚姻都由拉比做了记录。我知道他们向犹太社区（Israelitische Kultusgemeinde）支付会费，并且给犹太慈善机构捐钱。我曾拜祭过约阿希姆和伊格纳斯在维也纳公墓犹太区的陵墓，注意到那里坏掉的铸铁大门，还考虑过要不要出钱整修。对他们来说，犹太复国主义似乎没有什么吸引力。我记得赫茨尔写信给他们募捐并遭到拒绝后所做的粗鲁评论："埃弗吕西家族是投机商。"我不知道是不是因为犹太复国主义这一活动强烈的犹太特性令他们感到困窘，不想引起人们的注意。或者是因为他们对住在锡安大街或蒙梭街的新家园充满自信？他们只是不明白为什么别人需要另一个锡安。

同化是否意味着他们从未遭受过赤裸裸的偏见？意味着他们懂得社交界的界限在哪里，并从不逾越？和巴黎一样，维也纳也有一家赛马俱乐部，维克托是会员之一，但犹太人不允许担任职务。这对他造成过哪怕最轻微的困扰吗？据了解，已婚的非犹太女性从不会造访犹太家庭，不会留下名片。维也纳意味着只有年轻的非犹太单身汉，比如门斯多夫伯爵（Count Mensdorff）、鲁宾斯基伯爵（Count Lubienski）、年轻的蒙特诺佛王子（Prince of Montenuovo）等，会给犹太家族留名片，然后接受邀请。但一旦结婚，他们就再也不会来了，不管晚餐有多么好吃，也不管女主人有多么迷人。这些蛛丝一般似无却有的失礼行为难道一点都不重要吗？

在这趟访问的最后一个上午，我去了犹太街教堂旁边的犹太社区查阅档案。附近有警察在巡逻。在最近的选举中，极右派赢得了三分之一的选票，没有人知道犹太教堂会不会成为目标。由于存在着这么多的威胁，我不得不通过一套复杂的保安系统后才得以进去。最后在这里，我看着档案员抽出对开本的记录，一卷又一卷，然后把它们摊在讲台上。每一次出生、婚姻和死亡，每一次宗教改信，维也纳犹太人的一切都被忠实地记录了下来。

1898 年，维也纳犹太人拥有自己的孤儿院、医院、学校、图书馆、报纸和学术杂志。这里有 22 座犹太教堂。我意识到，我对它们一无所知：埃弗吕西家族同化得如此完美，他们完全在维也纳消失了。

17　年轻可爱的小东西

伊丽莎白的回忆录令人兴奋：12页平实的回忆，是20世纪70年代她为儿子们写的。"我出生时巍然挺立的房子，现在依然巍然挺立在环城大道的拐角处，外表没有一点变化……"她详细描述了家庭的日常生活，她给出了马的名字，她引导我穿过那些房间。最后，我认为，我会找到埃米把根付藏在哪里。

从育儿室出来后，如果埃米向右转，沿着走廊就来到了天井。那里有厨房、餐具室、食品储藏室和银器室（那里整天闪着光），然后走过管家的房间和仆人的食堂。走廊尽头是所有女仆的房间，这些房间的窗户只开向天井，有淡淡的阳光透过天棚的玻璃照进来，但没有新鲜的空气。她的女仆安娜的房间就在这里的某个地方。

如果埃米向左转，就进了她的休息室。她在里面挂上了浅绿色的丝织锦缎。地毯是极淡的黄色。她的家具是路易十五时期的，椅子和扶手椅用嵌花木料做成，带着青铜脚座和粗条纹丝绸垫子。这里有几张临时用的小桌，每张桌子上都摆着精心安排的小摆设；还有一张大桌子，她可以在上面表演复杂的茶艺。有一架从来没有弹过的大钢琴。有一个文艺复兴时期的意大利橱柜，这个柜子有彩绘的内壁，带一扇折叠门，里面有非常小巧的抽屉，显然不是给孩子们玩的，但他们常常去动。如果伊丽莎白把手伸到橱柜圆顶的两根镀金拱柱之间，向上一按，就会咔嗒一声，露出一个小小的秘密抽屉。

这些房间光线充足，银器、瓷器和抛过光的果木家具反射出飘忽不定的光，还有来自椴树的影子。春天的时候，这里插着每个星期从克韦切什送来的鲜花。要摆放堂兄查尔斯的根付，这是个完美的地方，但它们不在这里。

从休息室继续往前走是图书室，这是整层楼里最大的房间。这里被粉刷成黑色和红色，就像伊格纳斯楼下的大套房一样，铺着黑红相间的土耳其地毯，靠墙摆放着巨大的乌木书柜，还有烟草色的皮革扶手椅和沙发。天花板上吊着一盏黄铜制的大型枝形吊灯，灯下是一张乌木书桌，上面镶着象牙，书桌两侧各摆着一个地球仪。这是维克托的房间，书柜上摆着他的几千本书：拉丁语和希腊语的历史书、他的德国文学和他的诗歌、词典。有些书柜罩着一层细密的金网，上了锁，钥匙就挂在他的表链上。还是没有玻璃柜。

从图书室出来再往前走就是餐室，墙上挂着伊格纳斯从巴黎买来的哥白林狩猎挂毯，窗户正对着天井，但窗帘拉了下来，所以这个房间处在永恒的昏暗里。那张摆着金质餐具的一定就是餐桌。每只盘子和碗上都刻着玉米穗，两个代表埃弗吕西家族的"E"字突兀地立在中间，那艘满载着货物的船航行在一片金色的海洋上。

金质餐具一定是伊格纳斯的主意。他的家具随处可见：文艺复兴时期的橱柜，巴洛克风格雕饰的箱子，大到只能摆在楼下舞厅的布尔桌。他的藏画也随处可见：许多早期油画大师的作品，一幅神圣家族的画像，一幅佛罗伦萨的圣母像。一些17世纪的荷兰画作，均出自非常优秀的画家：沃弗曼父子（Wouwermans）、克伊普（Cuyp），以及类似佛兰斯·哈尔斯（Frans Hals）的作品。还有许许多多的仕女图（Junge Frauen），有些是汉斯·马卡特的作品；形形色色的年轻女士穿着各种各样的裙子，以不同的姿势出现在被"天鹅绒、地毯、精灵、豹皮、小摆设、孔雀羽毛、衣柜和鲁特琴"（穆齐尔语气酸酸的）包围的房间里。这些画全都镶着厚重的金色或深黑色画框。在这些画作之间，在这场壮观得有些夸张的展览里，在这座宝库中，还是没有摆满根付的巴黎玻璃柜的踪影。

这里的一切，每一幅华丽的画作和每一个橱柜，在透过天井玻璃照进来的光线中似乎都是不可动的。穆齐尔懂得这种气氛。在年代久远的大房子里，丑陋的新家具漫不经心地和一代代传承下来的华丽旧家具摆在一起，让人觉得混乱不堪。官邸的房间弥漫着暴发户的气息，一切都显得过于分明，在"家具与墙上显眼的画作之间，几乎已挤不出任何可见的空间，也听不到日渐微弱的巨大声响发出的温柔而清晰的回响"。

我想到查尔斯和他的所有珍藏，我知道这些物品会因为他的激情而不断变动摆放的位置。查尔斯抗拒不了这个物质的世界：触摸它们，研究它们，购买它们，重新安置它们。他把根付送给维克托和埃米，同时为他的沙龙腾出空间，来放置新的物品。他总是让他的房间不断变化。

埃弗吕西官邸恰恰相反。在灰色的玻璃屋顶下，整栋房子就像一个无法逃脱的玻璃柜。

在长长走廊的两端，分别是维克托和埃米的私人房间。维克托的更衣室里摆有橱柜和抽屉柜，还有一面长镜子。有一尊真人大小的石膏半身像，是他的家庭教师韦塞尔先生，"他非常敬爱他。

韦塞尔先生是普鲁士人,强烈崇拜俾斯麦,并赞赏一切德国事物"。房间里还有一件大型摆设,从未拿出来讨论过,那是一幅非常巨大的、极其不相称的意大利油画《勒达与天鹅》(Leda and the Swan)。伊丽莎白在回忆录中写道,她"过去常常盯着它看——它大极了——每次我进去看爸爸换上浆好的衬衣和晚礼服,准备外出参加晚宴时,我从来没想明白这幅画哪里不合适"。维克托已经解释过,这里没有空间放置小摆设。

埃米的更衣室在走廊的另一端,刚好位于整栋建筑物的角落,透过窗户可以俯瞰环城大道,远眺感恩教堂,还能看到苏格兰街。这里有朱尔斯和范妮送的那张精美的路易十六时期的桌子,有着微微弯曲的桌腿和镀金脚座,还有衬着软皮的抽屉,埃米把书写纸和用丝带扎在一起的信件放在里面。她有一面全身镜,是用铰链连起来的三面镜子,这样穿衣时就能完整地看到自己。这面镜子占去了大部分空间。房间里还有梳妆台、脸盆架,架子上放着盆缘镶着银边的玻璃盆和与之配套的银水罐、银盖子。

在这儿,我们终于找到了黑色漆柜——在伊吉的记忆里,它"有高大的男人那么高"——搁板上衬着绿色天鹅绒。埃米把玻璃柜放在了自己的更衣室里,连同嵌有镜子的背板和堂兄查尔斯送的全部264只根付。这就是我的斑纹狼最终落脚的地方。

这样做似乎很合理,但仔细一想又全无道理。谁会来这间更衣室呢?这不是社交空间,当然也不是沙龙。如果黄杨木乌龟和柿子,以及裂了一点点的站在浴盆里的象牙女孩都放在这里,摆在绿色天鹅绒搁板上,这就意味着当家里有聚会时埃米无须为它们进行解释,维克托也完全不需要提到它们。这只玻璃柜的到来让主人感到尴尬吗?

或者，让根付远离开公众视线的决定是有意的，远离马卡特式的浮华；抑或，把它们放在完全属于埃米的房间里，是因为她被它们深深吸引了？或者是，不让它们受到环城大道沉闷生活的影响？在这些由镀金家具和物品构成的埃弗吕西式的排场里，没有多少是你可能想要放在身边的。而根付是适合私密房间的个人物品。埃米希望有一些完全没有受到公公伊格纳斯影响的东西？少许巴黎的魅力？

这是她的房间。她平时要在里面待上很长时间。她每天换三次衣服——有时候更多。戴一顶去赛马场的帽子，把卷发一点一点地别在宽大的帽檐下边，就需要40分钟。穿上华丽的舞会长裙，搭配胡萨尔轻骑兵式样的外套，上面有各种繁杂的饰扣，则需要更长的时间。参加聚会、购物、晚宴、拜访、坐马车去普拉特公园或参加舞会，都要梳妆打扮。在这间更衣室里的每一个小时都要用于调整胸衣、裙子、手套和帽子，脱掉一件然后穿上另一件。某些衣服还需要缝线才能穿妥帖，安娜跪在她脚边，从围裙口袋里拿出针线和顶针。埃米有不少毛皮服饰，在一张照片上，我看到她围了一条水貂皮褶边的白狐皮围脖，在另一张照片上，她在长裙外面披了一条6英尺长的熊皮披肩。仅仅和安娜挑选不同的手套，埃米就要用去一个小时的时间。

埃米常常盛装出行。那是1906年冬天的维也纳街头，她在和一位大公交谈。她把一束报春花递给他，两个人都在微笑。她穿着条纹套装：一条斜纹女裙，下摆处有一截平纹，配以剪裁贴身的条纹短上衣。这是一套轻便装。为了穿上这套衣服在绅士街（Herrengasse）上行走，要花一个半小时的时间：灯笼裤、双绉真丝或薄织麻料的无袖衬衣、束腰紧身褡、长袜、吊袜带、带扣

埃米和一位大公（维也纳，1906 年）

的靴子、前襟带钩的裙子，然后是有高领和胸饰的衬衣或紧身胸衣——这样她手臂上的赘肉就不见了——有硬衬胸的外套，然后是她挂在链子上的小手提袋，珠宝首饰，和外衣搭配的带塔夫绸条纹的裘皮帽、白手套、鲜花。但没喷香水：她平时不喷香水。

每年的春秋两季，更衣室里的玻璃柜将见证为即将到来的季节挑选衣服的仪式。贵妇们不用去裁缝店挑选新样式，新样式会上门来找她们。裁缝店店主会去巴黎挑选，然后仔细地将衣服包好装进几个大箱子里。上了年纪的舒斯特先生（Herr Schuster）是个绅士，一头白发，身穿黑色套装，他的衣箱堆在走廊里，他则坐在衣箱旁边。安娜把衣箱一只接一只地搬进埃米的更衣室。埃米穿上身后，舒斯特先生就被领进去听取意见。"当然，他总是随声附和，但如果发现妈妈喜欢某件衣服，甚至想再试穿一次时，他立刻就来了精神,眉飞色舞,声称这件衣服绝对在'为男爵夫人而尖叫'。"孩子们等待着这个时刻,然后在这通歇斯底里的发作中,惊慌失措地沿着走廊跑回育儿室。

有一张照片是埃米婚后不久在沙龙拍摄的。她当时肯定怀着伊丽莎白,但不明显。她打扮成玛丽·安托瓦内特,在白色长裙外套了一件天鹅绒外套,严谨之中透着散漫。她的发型符合1900年春天的流行式样。"发型不像以往那么僵硬,没有刘海。头发先被卷成大波浪,然后向后梳,盘绕成高度适中的卷发……额头上允许留一绺碎发,任其自然地卷曲起来。"一名记者这样写道。埃米戴着一顶有羽饰的黑帽子。一只手放在法国大理石面的抽屉柜上,另一只手里握着手杖。她一定是刚从更衣室下来,准备出发去参加另一场舞会。她自信地看着我,意识到自己有多美丽。

埃米有不少仰慕者——据我舅公伊吉所说,有很多爱慕她的人——而且,对她来说,为他人穿衣打扮的乐趣和宽衣解带一样多。她从结婚开始就有情人。

这在维也纳并不罕见。但和巴黎的情况稍有不同。在维也纳,饭店都里有独立的单间,你可以像施尼茨勒在《轮舞》(*Reigen*)里描写的那样在那里吃饭并且偷情:"里德霍夫饭店的单间,隐秘、舒适、典雅。煤气取暖炉燃烧着。桌上是吃剩的食物——奶油糕点、水果、奶酪等等。匈牙利白葡萄酒。'丈夫'抽着哈瓦那雪茄,靠在长沙发一角。'年轻可爱的小东西'坐在他旁边的扶手椅上,脸上带着明显的快感,用勺子刮着糕点上的鲜奶油……"在世纪之交的维也纳,出现了一种"甜妞"(*süsse Mädel*)狂热,"单纯的女孩靠着和出身良好的年轻男子调情为生"。调情无休无止。由施特劳斯作曲、霍夫曼斯塔尔创作的剧本《玫瑰骑士》(*Der*

埃米在埃弗吕西官邸的沙龙里打扮成玛丽·安托瓦内特（1900年）

Rosenkavalier）是 1911 年的新作品，广受欢迎，剧中无论换衣服、换情人还是换帽子，全都洋溢着一股快乐的情绪。施尼茨勒也未能免俗，他在日记里透露过他的性事，他要努力满足两名情妇的需求。

在维也纳，性是无法逃避的。人行道上挤满了妓女。她们在《新自由报》的副刊上刊登广告。任何需要、任何人，她们都能想办法满足。卡尔·克劳泽在他的杂志《火炬》(Die Fackel)里引用过这些广告:"寻找旅伴:年轻,志趣相投,基督徒,生活独立。有意者回复'倒转69'至哈布斯堡街邮局待领处。"弗洛伊德也讨论性。奥托·魏宁格①在1903年出版的秘教书(cult book)《性与性格》里说,女人天生是非道德的,需要指导。在克里姆特的画作《朱迪斯》(Judith)、《达娜厄》(Danaë)和《吻》(The Kiss)里,性是金光闪闪的;而在席勒所画的扭曲的肢体里,性是危险的。

要在维也纳当个现代女性,就要跟得上时尚,在家庭生活中有点自主权是可以理解的。埃米的母亲那一辈和自己同辈里有人过着自由的婚姻生活,比如她的姐姐安妮。每个人都知道汉斯·维尔切克伯爵是埃米的堂弟赫伯特和维尔托德·沙伊·冯·科罗姆拉这对双胞胎的亲生父亲。维尔切克伯爵英俊潇洒、富有魅力:他是一位探险家,是北极探险的资助者。作为已故皇储鲁道夫的密友,他还拥有以自己的名字命名的岛屿。

我推迟了返回伦敦的时间。我终于跟踪到了伊格纳斯的遗嘱,想弄清楚他是如何分配财产的。维也纳有个研究家谱的学会,阿德勒学会(Adler Society),只在星期三晚上6点后对成员和访客开放。学会的办公室位于弗洛伊德曾住过的公寓三楼,一整个大厅都供他们使用。我弯腰穿过一扇低矮的门,来到一条走廊,上面悬挂着维也纳历任市长的肖像。左边的书架上摆放着死亡和讣告的档案盒,右边是一排排《德布雷特英国贵族年鉴》和《欧洲王族家谱年鉴》。一直往前走,就是其他人的档案。最后,我看到

---

① 奥托·魏宁格(Otto Weininger,1880—1903),奥地利哲学家、作家。《性与性格》(Sex and Character)是他的成名作。

人们在忙着他们的研究项目，拿着文件，复印分类账簿。我不太清楚家谱学会通常是什么样子，但这里有着完全令人意想不到的笑声，还有学者们在地板上呼喊，请求帮助破译难以辨别的笔迹。

我小心翼翼地问起我的曾外祖母埃米·冯·埃弗吕西，娘家姓沙伊·冯·科罗姆拉，1900年左右的社交情况。埃米100年前的风流韵事不是什么秘密，她昔日的情人都已为人所知：有人提到一名骑兵队军官；另一个提到匈牙利的浮浪子，一名亲王。是埃弗吕西为她在两个不同的家庭提供相同的衣服，这样她才能和丈夫或情人开始一天的生活吗？花边新闻至今仍然盛行：维也纳人似乎根本没有隐私。这让我这个英国人感到很不自在。

我想到维克托，一个情欲难填的人的儿子，另一个同样情欲难填的人的兄弟。我看到他坐在图书室的书桌前，用银色的裁纸刀裁开棕色的包裹，那是柏林书商寄给他的。我看到他把手伸进背心口袋里，取出用来点雪茄的细火柴。我看到府邸里力量的涨落，就像水流进池塘里又流出。我看不到的是维克托在埃米的更衣室里，低头看着玻璃柜，打开它，然后取出一只根付。我不清楚他是不是会在埃米更衣时坐下来和她聊天，而安娜在旁边忙忙碌碌。我也不清楚他们能真正谈些什么，西塞罗？帽子？

我看到他在每天早上去办公室之前，用手抚过面庞来整理自己的思绪。出门走上环城大道，向右转，先向右转入苏格兰街，然后左转，就到了办公室。他已经开始带着他的贴身男仆弗朗茨去上班。弗朗茨坐在外面办公室的桌子旁，这样维克托就能在里面不受干扰地阅读。感谢上帝，当维克托用他漂亮的斜体字做历史笔记的时候，那些职员能一丝不苟地做好银行账目。他是一名中年犹太男人，爱着他年轻美丽的妻子。

阿德勒学会里没有关于维克托的流言蜚语。

我想着18岁的埃米,刚刚和她装着象牙物品的玻璃柜一起在环城大道拐角处这栋覆盖着玻璃的大宅院里安顿下来;我记得瓦尔特·本雅明(Walter Benjamin)描写过19世纪一个幽居室内的女子:"她被深深地包裹在住宅的内部,"他写道,"人们可能会想到一个指南针盒,里面的仪器和所有配件都埋在深深的、通常是紫色的天鹅绒褶皱里。"

18 很久很久以前

埃弗吕西官邸的孩子有保育员和保姆照顾。保育员是维也纳人，待人友善；保姆是英国人。因为保姆是英国人，他们的早餐是英式的，而且总是粥和烤面包。午餐丰盛，还有餐后甜点；接着是下午茶，配有面包、黄油、果酱和小蛋糕；之后是晚餐，有牛奶和烩水果，"让他们的生活保持规律"。

在特别的日子里，孩子们需要参加埃米的家庭招待会。伊丽莎白和吉塞拉穿着带腰带的平纹细布长裙，而可怜的伊吉因为比较胖，不得不穿上黑色天鹅绒"小爵爷"套装，上面带爱尔兰花边领。吉塞拉有双蓝色的大眼睛，最受来访女士的喜爱。在他们访问埃弗吕西牧屋时，查尔斯的小雷诺阿吉卜赛人是那么可爱，以至于埃米（笨拙地）用红色粉笔给她画了肖像，业余摄影师阿尔伯特·罗斯柴尔德男爵（Baron Albert Rothschild）请求把她带到他的工作室去拍照。孩子们每天在英国保姆的陪同下乘坐马车去普拉特公园散步，那里的空气比环城大道上的干净。陪同前去的还有名男仆，他穿着浅黄褐色的厚大衣走在后面，头戴大礼帽，帽子上绣着埃弗吕西家族的徽章。

孩子们有两个固定时间见到他们的母亲：换衣服准备吃晚饭的时候和星期天上午。星期天上午10点半，英国保姆和女家庭教师会去英国教堂做早礼拜，妈妈则会来到育儿室。伊丽莎白在

吉塞拉和伊丽莎白（1906年）

简短的回忆录里描述了"星期天上午那神圣的两个小时……那天早上，她草草打扮一番，穿上简单的黑色长裙——当然是曳着地的——还穿了件绿色的女式衬衣，有笔挺的白色高领和白色的袖口。她的头发美丽地盘在头顶。她很漂亮，身上的气味好闻极了……"

他们会一起把厚重的图画书拿下来，上面有鲜艳的栗色封皮：埃德蒙·杜拉克（Edmund Dulac）的《仲夏夜之梦》《睡美人》，还有最好看的《美女与野兽》以及书中恐怖的角色。每年圣诞节，英国外祖母都会从伦敦订购安德鲁·朗格[①]的新童话书给孩子们：

[①] 安德鲁·朗格（Andrew Lang，1844—1912），英国著名文学家、历史学家、诗人、民俗学家。由他编纂并分别以12种颜色命名的童话集自问世以来，历久不衰，备受世界各国儿童的喜爱。

《灰色童话集》《紫色童话集》《深红色童话集》《褐色童话集》《橙色童话集》《橄榄色童话集》和《蔷薇色童话集》。一本书能看上一整年。每个孩子都有自己最喜欢的故事:《白狼》《鲜花岛上的公主》《终于找到恐惧的孩子》《摘鲜花的后果》《瘸腿狐狸》《街头音乐家》。

大声朗读,童话书里的故事不用半个小时就能读完。每个故事都以"很久很久以前"开头。有的故事里有一座位于森林边缘的小屋,这些森林就像克韦切什的桦树和松树林。有的故事里有一头白狼,就像猎场看守人在离家不远的地方射杀的那头狼,一个初秋的早晨在马厩院子里展示给孩子们和他们的堂兄妹们看。或者像沙伊官邸门上的青铜狼头,每次他们经过时都会去摸摸它的鼻子。

故事里有各种各样的奇遇,比如遇见帽子和胳膊周围飞舞着鸟雀的驭鸟人——就像他们在人民公园大门外看到的身边围着一群小孩的那个人。或者遇见小商贩。就像行乞者,他把篮子挂在黑色外套上,篮子里放着扣子、铅笔和明信片,站在通往弗兰岑泉的大门旁,他们的父亲告诉他们,对这些人一定要有礼貌。

许多故事里有穿上礼服、戴上冠冕去参加舞会的公主,就像妈妈一样。还有很多故事里有一个带舞厅的魔法宫殿,就像你在圣诞节看到的楼下点着蜡烛的房间一样。所有的故事都以"剧终"和妈妈的一个吻结束,然后整整有一个星期听不到故事了。埃米很擅长讲故事,伊吉说。

另一个能经常见到她的时间,是她梳妆打扮准备外出的时候。这时候,她允许孩子们进到她的更衣室里。

埃米会换下白天会客或访友的衣服,换上在家吃晚饭,或者外出去看歌剧、参加派对或最重要的舞会时穿的衣服。衣服拿出来放在躺椅上，然后就穿哪件和专家安娜做一番冗长的讨论。一谈起她的活力，伊吉的眼睛就闪闪发光。如果说维克托有奥维德和塔西佗——以及他那幅《勒达》——在走廊的一端，那么在走廊的另一端，埃米可以如数家珍地描述她母亲每一季穿过的衣服，长度如何变化，礼服的重量和裙摆如何随着步态而变化，晚上披在肩头的围巾质料，比如平纹细布、绢布和薄纱之间有什么区别。她了解巴黎的时尚和维也纳的流行趋势，也懂得如何把两者结合起来。她特别擅长用帽子打扮自己：觐见皇帝时戴一顶有宽缎带的天鹅绒帽；一顶缀着鸵鸟羽毛的无檐皮帽，适合搭配直筒紧身长裙，外搭黑色皮草；在某个小宴会厅里举行的慈善活动里，埃米的帽子是一众犹太女士中最漂亮的。非常宽的帽子，帽檐上饰有绣球花。埃米从克韦切什给她妈妈寄了张明信片，上面是她戴着一顶黑色马卡特帽子的照片："塔夏今天猎到一头雄鹿。您的感冒好了吗？您喜欢我最新的照片吗？"

换衣服的时候，安娜为她梳理头发，整理紧身蕾丝胸衣，收紧无数个钩子和绳扣，取出各式各样的手套、披巾和帽子，然后埃米站在那三面巨大的镜子前，挑选珠宝首饰。

而这个时候，孩子们获准把玩根付。钥匙在黑色漆柜中转动，柜门打了开来。

19　旧城的样式

　　孩子们在更衣室里挑选最喜欢的根付,然后在淡黄色的地毯上玩耍。吉塞拉喜欢那个日本舞女,她把扇子紧贴在锦袍上,脚步刚迈出一半。伊吉喜欢那只小狼,四肢紧紧蜷缩在一起,腹部两侧有模糊的斑纹,眼睛闪闪发光,发出咆哮。他还喜欢用绳子捆起来的引火柴;还有那个趴在要饭碗上呼呼大睡的乞丐,你只能看到他光秃秃的头顶;还有一条鳞片完整、眼睛皱缩的干鱼,一只小老鼠霸占似的扑在它身上,老鼠的眼睛是镶嵌的黑玉;还有一个疯癫的老头,露出瘦骨嶙峋的脊背和凸起的眼睛,嘴里啃着一条鱼,另一只手里还抓着条章鱼。伊丽莎白则相反,喜欢那些有着抽象的面部特征的面具。

　　你可以随意排列这些象牙或木制的雕刻:把所有14只老鼠排成一长排,把3只老虎、乞丐、孩子、面具、贝壳和水果放在一边。

　　你可以按颜色摆放它们,从深棕色的枸杞到闪闪发光的象牙小鹿。或者按大小,最小的是那只镶着黑色眼睛的老鼠,它正在啃自己的尾巴,它只比为了庆祝皇帝登基60周年发行的洋红色邮票大一点点。

　　或者你可以把它们弄乱,这样姐姐就找不到那个穿锦袍的女孩了。或者用所有的老虎把那只狗和它的小狗娃包围起来,所以它们必须逃出来——而它们也真的逃了出来。或者，你可以找出那些在木浴盆里沐浴的女人中的一个，甚至那个更有意思的看起来像贝壳的根付，可是你打开它之后，就会发现里面还有一对没穿衣服的男女。或者，你可以拿那个被蛇身女巫困在钟里的小男孩来吓唬你的弟弟，女巫长长的黑发在钟罩外缠绕了一圈又一圈。

你可以把这些根付的故事讲给妈妈听，然后妈妈从里面挑出一只来，开始给你讲它的故事。她挑的是那个小男孩和那只面具。她很会讲故事。

那么多的根付，事实上你根本数不过来，也不知道是否每一个都看过。这就是把它们放进装有镜子的展示柜的原因：根付无限地向远处延伸，永无止尽。它们是一个完整的世界，一个完整的用于玩赏的空间，直到把它们重新放回去的时候，直到妈妈装束完毕，选好了扇子和披肩，然后给你一个晚安吻，现在你就得把根付放回去了。

它们重新回到玻璃柜，那个把长剑从鞘里拔出一半的武士在前排充当守卫，小钥匙在柜子的锁孔里一拧。安娜重新整理了埃米脖子上的毛皮披肩，再为她垂下来的袖子忙碌一番。保姆过来带你们回到育儿室。

根付在维也纳的这个房间里只是玩物，但它们在其他地方是很被人看重的。欧洲各地都在收藏它们。最早的根付收藏者的第一批藏品正在巴黎德鲁奥公馆（Hôtel Drouot）大量拍卖。交易商西格弗里德·宾和他的画廊"新艺术之家"（Maison de l'Art Nouveau）已经成为巴黎根付交易的主导力量。他是这方面的专家，还为不少人的藏品销售目录撰写序言，包括已故的菲利普·比尔蒂（140只根付）、已故的埃德蒙·德·龚古尔（140只根付)、已故的 M. 加里耶（M. Garie）（200只根付）。

1905年，莱比锡出版了第一部以德文撰写的根付史，书中附有插图，还有如何保养甚至如何展示的建议。最好的办法是根本不展示，把它们锁起来，偶尔才拿出来。然而，作者伤心地提到，我们必须有朋友来分享我们的爱好，特别是可以为艺术投入几个小时的朋友。这在欧洲是不可能的。所以如果你一定要拥有根付并希望经常观赏的话，那么你最好准备一个浅浅的玻璃柜，里面能放进两排根付，而且应该在柜子背后放置一面镜子或铺上一层绿色绒布。虽然不知道这些说法，更衣室里俯瞰环城大道的那只玻璃展示柜却遵守了阿尔贝特·布罗克豪斯先生（Herr Albert Brockhaus）在他那本权威巨著里提到的许多规定。他写道：

建议把它们放在有玻璃盖板的玻璃柜里，以免它们暴露在灰尘中。灰尘会掉进凹陷，使浮雕作品变得粗糙，湮没它们的光泽并夺走它们的大部分魅力。当把根付和古董、小首饰或其他物品一起放在壁炉架上时，它们很可能会被粗心的仆人打破，或扫落到地上，甚至会在朋友来访时落到某位女士的衣裙褶皱里，被带到未知的地方。一天晚上，我的一只根付就做了一次这样的旅行，那位女士不知不觉中带着它穿过了几条街，直到她最后发现并把它还给了我。

根付在这里比任何地方都安全。粗心的仆人在埃米的府邸里待不长：她会训斥把托盘里的奶壶弄翻的女孩。沙龙里打破的小丑像意味着解雇。在她的更衣室里，有另一个仆人擦拭家具上的灰尘，只有安娜能为孩子们打开玻璃柜，不过在此之前她必须把女主人晚上要穿的衣服摆放好。

根付不再是沙龙生活的一部分，也不再是益智游戏的一部分。不再有人评论它们雕工的好坏或光泽的深浅。它们已经失去了任何与日本的联系，失去了它们的日本风，人们也不再有兴趣对它们做出评价。它们变成了不折不扣的玩具，真正的小摆设：当被孩子们拿在手里时，它们并不显得太小。在这间更衣室里，它们是埃米私密生活的一部分。在这个空间里，她在安娜的帮助下脱掉衣服，然后又为了和维克托、和某个朋友，或者和某个情人的下一次约会穿上衣服。根付在这里有了另一个起点。

埃米看着她的孩子们和根付一起玩耍，她和根付接触得越久，就越意识到它们是不可用于展示的私密礼物。她最亲密的朋友玛丽安娜·古特曼（Marianne Gutmann）也有几只这样的根付——准确地说，是 11 只——但都放在乡下别墅里。她们曾经一起笑着谈起这些根付。但你能怎么向犹太社区委员会的女士们解释这些数量庞大、罕见而且相当吸引人的外国雕刻呢？她们不可能理解的。对于衣服上系着黑色小缎带的女士们来说，她们聚集在这里是为了帮助来自犹太聚居村的加利西亚女孩找到正当的工作。

又到了 4 月，我回到埃弗吕西官邸。我在埃米的更衣室里向窗外眺望，透过椴树光秃秃的枝丫，越过感恩教堂，沿着魏宁格街（Währinger Strasse），第五个转角就是弗洛伊德博士位于伯格街（Berggasse）19 号的家。在那里，他记录了埃米已故的姨婆安娜·冯·利本（Anna von Lieben）的病况，又称"塞西莉亚夫人"（Cäcilie M）案例——她"患有癔症性精神病，否定一切"，有严重的脸部疼痛和短暂失忆，因为"没人知道该拿她怎么办"而被送到他那里。她曾经由他诊治了 5 年，她说了那么多话，以至于他不得不劝说她开始写作：她是他的老师，是他在歇斯底里症状研究上的教授。

弗洛伊德写作的时候，他的身后摆着一箱箱的古代文物。紫檀木、桃心木和比德迈式样（Biedermeier）的玻璃柜，带有木架或玻璃架，里面陈列着伊特鲁利亚时期的镜子、埃及圣甲虫、木乃伊肖像和罗马人的死亡面罩，笼罩在雪茄烟雾中。此时此刻，我意识到，我开始无可救药地迷恋上了世纪末的玻璃柜，它们很快将成为我研究的非常特殊的主题。弗洛伊德的书桌上，有一只石狮形状的根付。

我的时间管理技能乱了套。我花了一个星期的时间阅读阿道夫·洛斯关于日本风格的文章，他认为日本风格"放弃了对称"，还把人和事物扁平化：他们"描绘花朵，但它们是压缩了的花朵"。我发现他组织了1900年的分离派展览，其中展出了大量的日本工艺品。在维也纳，日本也是无法避开的。

然后我觉得自己还需要详细地看一下好辩的卡尔·克劳泽。我从一家古董书店买了一本《火炬》，想看看封面的特殊颜色。它是红色的，正像任何称自己为《火炬》的立场激进的讽刺性杂志一样。但我担心经过90年的时间，那红色早已经褪色。

我一直希望根付能成为开启整个维也纳知识分子生活的钥匙。我担心自己会成为另一个卡索邦[①]，把一生的时间用在了撰写清单和注释上。我明白维也纳知识分子喜爱令人困惑的事物，对他们来说，专注于一件事物能带给他们特别的乐趣。当这只玻璃柜每天晚上在埃米的更衣室里被孩子们打开时，洛斯正为一只盐碟的设计而苦恼，克劳泽正为报纸上的一则广告、《世界报》（*Die*

[①] 伊萨克·卡索邦（Isaac Casaubon，1559—1614），文艺复兴时期欧洲法国雨格诺教徒和希腊语学者。他致力于出版与研究工作，校订出版了若干古代作家的著作版本。

Neue Zeitung）社论里的一句话而着迷，弗洛伊德为一句无心之语而苦苦思索。但不能回避的事实是，埃米不是阿道夫·洛斯的读者，她居然讨厌克里姆特（"一头有熊的习性的熊"）和马勒（"吵死人"），她也从不在维也纳工坊（Wiener Werkstätte）购买任何东西（"破烂货"）。她"从没带我们去看过展览"，我祖母在回忆录里说。

我知道在1910年这些小东西是非常"新颖"的事物，而埃米是非常典型的维也纳人。她对根付是什么看法？她没有收集它们，她也不打算增添它们。当然，在埃米的世界，有别的事物可以拿起、移动。客厅里有小摆设，壁炉架上有迈森的杯子、碟子和俄罗斯银器与孔雀石。对埃弗吕西家族而言，这些是业余玩耍的玩意儿，跟像肥胖的松鸡似的悬在头顶的丘比特一样属于背景噪音，与贝亚特丽斯·埃弗吕西-罗斯柴尔德婶婶委托法贝热（Fabergé）为她在费拉角的别墅制作的钟表完全不一样。

但埃米喜欢故事，而根付是轻巧短小的象牙雕刻的故事。她30岁了：20年前，她在环城大道的育儿室里，听妈妈为她朗读童话故事。现在，她常常阅读《新自由报》的下半部分，即每天的文艺小品专栏（feuilleton）。

在分割线之上是新闻，来自布达佩斯的新闻，来自市长卡尔·卢埃格尔博士——维也纳上帝的最新声明。在分割线之下是文艺小品专栏，每天都会刊登一篇措辞迷人、铿锵有力的小品文。内容可能是关于歌剧或轻歌剧，或关于正在拆除的某座特定建筑，也可能是古老的维也纳某个值得纪念的民间人物：露天市场（Nachsmarkt）的水果商贩索法尔夫人、八卦者阿达比先生，或波将金城里某个跑龙套的角色。每天如此，文雅而自恋，一个个辞藻华丽的句子堆砌在一起，就像德梅尔蛋糕房的糕点一样甜腻。赫茨尔也开始撰写这样的文章，提到专栏作家"往往陶醉于自己的精神主旨，从而失去了对自身和他人的评判标准"，你可以看到这种情况正在发生。这些文章如此完美，一个即兴的幽默，一句脱口而出的话，对维也纳浮光掠影的一瞥。用瓦尔特·本雅明的话来说，"这就像是在把体验与感情的毒素混淆后注入读者的静脉中……专栏作家们就是这么做的。他们笔下的城市令居民感到陌生"。在维也纳，专栏作家往往把城市描述成完美而充满感情的虚构之物。

我把根付视为这个维也纳的一部分。许多根付本身就是日本的小品文。它们描绘了前去日本的旅行者以抒情哀歌描写的日本人物。美籍希腊记者拉夫卡迪奥·赫恩[①]在《陌生日本的一瞥》(*Glimpses of Unfamiliar Japan*)、《佛国的落穗》(*Gleanings in Buddha-Fields*) 和《阴影》(*Shadowings*) 中写道，每一篇短文都是一次诗意的唤醒："然后，最早的流动商贩的吆喝声开始了——'萝卜嘞，地瓜呀——地瓜！'——这是商贩在叫卖萝卜和其他奇怪的蔬菜。'引火柴——柴火！'这是女人在哀伤地叫卖用来引火的细木柴。"

在埃米更衣室的玻璃柜里，有把头埋在半完工的木桶里的箍桶匠，有黑色栗木雕刻的浑身大汗纠缠在一起的街头摔跤者，有反穿袍子的醉酒和尚、擦地板的女仆、打开篓子的捕鼠人。把它们挑选出来并放在手里，能感受到这些根付所体现的古代江户风格，

[①] 拉夫卡迪奥·赫恩（Lafcadio Hearn，1850—1904），生于希腊，长于英法，19 岁时到美国，成为记者。1890 年赴日本，后与日本女子小泉节子结婚，1896 年加入日本国籍，从妻姓小泉，取名八云。小泉八云是著名的作家兼学者，写过许多向西方介绍日本和日本文化的书，还将许多日本民间故事以英文改写成短篇故事，集结成《怪谈》一书，成为现代怪谈文学的鼻祖。

正如在《新自由报》的分割线下每天走上维也纳舞台的老城风格一样。

当它们躺在埃米更衣室里的绿色天鹅绒架子上时，它们就像每日刊登的小品文一样做着维也纳希望去做的事：讲述它自己的故事。

置身于这栋荒谬的粉红色调的官邸里，这个美丽女人虽然脾气暴躁，也会眺望着窗外的苏格兰街，开始为她的孩子们讲起破旧的出租马车的老车夫、卖花人和学生的故事。这些根付现在是童年的一部分，是孩子们事物世界的一部分。这个世界是由他们可以触摸和不能触摸的事物构成的。有些事物他们偶尔才能触摸，有些事物他们每天都能触摸。有些事物是他们的，永远属于他们；有些事物虽然是他们的，但会传给某个弟弟或妹妹。

孩子们不许进入男仆擦拭银器的银器室，如果有晚宴，他们也不许进入餐室。他们不能碰银架上父亲的杯子，他用这个杯子喝俄式黑茶——这原本是祖父的杯子。官邸里的许多东西都是祖父留下来的，但这个很特别。当父亲的书从法兰克福、伦敦和巴黎运到这里时，就放在图书室的桌子上，用棕色油纸包裹着，绳子捆绑着。他们也不准碰同样放在桌上的锋利的银裁纸刀。随后，他们会得到包裹上的邮票，可以放在集邮簿里。

在这个世界，有些事物是孩子们能听见的，这些声音振动频率低，成年人感知不到。有祖母辈的亲戚来访时，他们正襟危坐，听着沙龙里绿色镶金的座钟（上面有一条美人鱼）缓慢的嘀嗒声。他们能听到院子里马车的马蹄声，这意味着他们终于要出发去公园了。假如天井上的玻璃天棚传来下雨的声音，那就意味着他们的公园之行落了空。

有些事物是孩子们闻到的，这些闻到的气味构成他们所处环境的一部分：图书室里父亲雪茄的烟味、母亲身上的气息、午餐时仆人端着加盖的炸肉排经过育儿室时的香味。当他们在餐室里捉迷藏时，藏在扎人的挂毯背后时闻到的气味。还有滑冰后吃的热巧克力的味道——埃米有时候会给他们做这个。巧克力盛放在瓷盘里，他们把它掰成硬币大小的小块，然后埃米把它们放进银质炖锅，在紫色的火焰上使其融化。等巧克力开始冒泡，就把热牛奶倒进去，加糖搅拌。

有些事物他们看得清清楚楚——就像通过透镜看到的物体那样清楚透彻。也有些事物他们看上去一团模糊：在走廊上追逐时，走廊仿佛没有尽头，一幅画镀金的闪光接着另一幅画镀金的闪光，一张大理石桌后面是又一张大理石桌。如果你绕着天井的走廊跑一整圈，一共能看到18扇门。

这些根付从古斯塔夫·莫罗的巴黎世界，来到了维也纳杜拉克童书的世界。它们建立起自己的回声，它们是星期天上午故事来源的一部分，是《一千零一夜》的一部分，是航海家辛巴达的历险记，是《鲁拜集》。它们被锁在玻璃柜里，关在更衣室的门后，在长长的楼梯和走廊上面，在有门房看守的双扇橡木门背后，在某条街道上一座府邸的童话城堡里，它们也是《一千零一夜》的一部分。

20 维也纳万岁！柏林万岁！

新世纪 14 岁了，伊丽莎白也一样。晚饭时这个严肃的小女孩被允许和大人们坐在一起。这些人都是"有名望的人，高级公务员、教授和军队的高级军官"。她听他们谈论政治，但被告知除非有人跟她说话，否则不要开口。每天上午，她都陪爸爸一起步行去银行。她还在卧室里建立了自己的图书室：每本新书都用铅笔在上面写下工整的"EE"和编号。

吉塞拉 10 岁，是个爱打扮的可爱少女。伊吉 9 岁，体重轻微超重，而且对此很在意；他数学不好，但真的很喜欢画画。

夏天来了，孩子们和埃米一起去克韦切什。埃米订购了一套黑色的新衣服，搭配带褶的短上衣，她要穿着这身骑她最喜爱的栗色马康查湾出游。

1914 年 6 月 28 日，星期天，哈布斯堡王朝的皇位继承人弗朗茨·斐迪南大公在萨拉热窝被一名年轻的塞尔维亚民族主义者暗杀身亡。星期四，《新自由报》写道，"这起事件的政治后果正被严重夸大"。

接下来的星期六，伊丽莎白往维也纳寄了一张明信片：

亲爱的爸爸：

非常感谢您安排那几位教师在下学期教导我。今天早上天气很暖和，所以我们一起到湖里游泳，但现在变冷了，可能会下雨。我和格蒂、埃娃、维托尔德去了皮什特赞（Pistzan），但我不太喜欢那里。托尼生了9只小狗，一只已经死了，我们得用奶瓶喂它们。吉塞拉很喜欢她的新衣服。吻您一千次。

爱你的伊丽莎白
1914年7月4日

7月5日，星期天，德皇承诺德国将协助支持奥地利对抗塞尔维亚。吉塞拉和伊吉也写了一张明信片，上面是克韦切什的河边景色："亲爱的爸爸，我的衣服合身极了。天气很热，我们天天游泳。我们一切都好。献上对您的爱和吻，吉塞拉和伊吉。"

7月6日，星期一，克韦切什天气变冷，他们没有游泳。"我今天画了一朵花。献上对您的爱和很多的吻，吉塞拉。"

7月18日，星期六，孩子们和妈妈从克韦切什回到维也纳。7月20日，星期一，英国驻维也纳大使莫里斯·德邦森爵士（Sir Maurice de Bunsen）向白厅报告，俄罗斯驻维也纳大使已经离开维也纳休假两个星期。同一天，埃弗吕西一家前往瑞士，去过他们的"漫长假期"。

俄罗斯帝国的旗帜仍然飘扬在船屋的屋顶，但维克托担心他的儿子长大后必须到俄罗斯服兵役，因此向沙皇请愿，希望变更他的公民身份。于是，在这一年，维克托成为弗朗茨·约瑟夫皇帝陛下的臣民，弗朗茨·约瑟夫现年84岁，他是奥地利皇帝，匈牙利和波希米亚国王，伦巴第-威尼西亚国王，达尔马提亚、克罗地亚、斯洛文尼亚、加利西亚、洛多梅里亚和伊利里亚国王，托斯卡纳大公，耶路撒冷国王和奥斯威辛公爵。

克韦切什游泳的池塘

7月28日，奥地利向塞尔维亚宣战。7月29日，皇帝发表宣言："我对我的人民充满信心，他们总是忠诚地团结在我的王座周围，经历每一场风风雨雨。他们总是准备好为祖国的荣誉、威严和权力做出最大的牺牲。"8月1日，德国向俄罗斯宣战。3日，德国向法国宣战，并于次日入侵中立国比利时。接着整副多米诺骨牌倒了：联盟协约启动，英国向德国宣战。8月6日，奥地利向俄罗斯宣战。

各种语言的动员令从维也纳发往帝国的各个地方。火车被征用。朱尔斯和范妮家的所有年轻的法国男仆，无论是对待瓷器小心翼翼的还是擅长划船的，都被征召入伍。埃弗吕西家族被困在了错误的国家。

埃米前往苏黎世向奥地利总领事特奥菲尔·冯·耶格尔（Theophil von Jäger）——她的一个情夫——寻求帮助，希望能让他们一家人回到维也纳。两边不知道发了多少电报。保姆、女仆和行李都要安排妥当。火车太拥挤,行李太多,而且一向准点的皇家铁路时刻表——就像每天上午10点半从育儿室窗前经过的维也纳城市军团一样准时,像西班牙宫廷仪式一样严谨——突然变得毫无用处。

这一切可真残酷。法国、奥地利和德国的远亲,俄罗斯的公民,英国的姑姑阿姨,一切可怕的血缘关系,一切的领土争执,所有缺乏爱国意识的游牧民族,都交给了战场上的双方。一个家族能同时站在几方?皮普斯舅舅被征召入伍,他穿着带羊羔皮领的制服,显得英气勃勃,去和他法国和英国的远亲作战。

维也纳民众一扫过去对国家的冷漠和麻木,狂热地支持这场战争。英国大使指出:"全国民众和报纸杂志急切地要求立即对令人憎恶的塞尔维亚种族进行毫不留情的惩罚。"作家也陷入这场狂热。托马斯·曼写了一篇文章《战时的思考》,诗人里尔克在《五首颂歌》里赞颂战神的复活,霍夫曼斯塔尔在《新自由报》上发表一首爱国诗。

施尼茨勒不赞同战争。他在8月5日简单地写道:"世界大战。世界灭亡。"卡尔·克劳泽祝愿皇帝"世界末日快乐"。

维也纳一片欢腾:年轻男子在帽子上别着鲜花,三三两两地走在参军的路上;军队在公园里演奏。维也纳的犹太社区也群情激奋。奥地利犹太人联盟(Austrian-Israelite Union)在7月和8月的每月通讯上宣称:"在当前的危急关头,我们认为自己是这个国家真正的公民——为感谢德皇让我们获得自由,我们要奉献我们孩子的鲜血和我们的财产;我们要向这个国家证明,我们和其他人一样是它真正的公民……当这场惨烈的战争结束后,将再也不会有反犹运动……我们可以主张完全的平等。"德国会让所有犹太人获得自由。

维克托的想法正相反,他认为这是一场自杀式的灾难。他让人给官邸里所有的家具盖上防尘纸,给仆人们路费打发他们回家,把家人送到美泉宫附近的朋友古斯塔夫·施普林格(Gustav Springer)家,然后又送到巴德伊舍附近山区的堂兄弟家。他自己则住进萨赫酒店(Hotel Sacher),埋头在历史书中度过这场战争。他还有银行要经营,而当与法国(埃弗吕西公司,游乐场路8号,巴黎)、英国(埃弗吕西公司,国王大道,伦敦)、俄罗斯(埃弗吕西,彼得格勒)交战时,这件事变得异常困难。

"这个帝国注定要灭亡,"约瑟夫·罗特借小说《拉德茨基进行曲》的伯爵之口说:

一旦皇帝驾崩,我们将四分五裂。巴尔干半岛比我们强大得多。所有的民族都会建立自己独立的肮脏的小国家,就连犹太人也将在巴勒斯坦拥出一个国王来。维也纳散发着民主党人的汗臭味,我再也无法忍受待在环城大道了——城堡剧院上演犹太人的垃圾剧,每个星期都有一个匈牙利厕所建筑商被封为贵族。我告诉你们,先生们,如果现在不开枪,那我们就全完了。全完蛋,我告诉你们。

维也纳的那年秋天发表过许许多多的宣言。现在,战争已经正式开始,皇帝向帝国的孩子们发表讲话。报纸上刊登了《我们爱戴的弗朗茨·约瑟夫一世皇帝陛下致世界大战期间的孩子们的一封信》:"孩子们,你们是我的全部子民中的珍宝,我要为你们的未来祈福千百次。"

6个星期后,维克托意识到战争不会结束,便从萨赫酒店回来了。埃米和孩子们最后也从巴德伊舍回来了。家具上的防尘纸都拿了下来。育儿室窗外街头上的运动一浪接着一浪。示威的学生——穆齐尔在日记里提到"咖啡馆里难听的歌声"——和行军士兵和军乐队发出巨大的噪声,埃米考虑把孩子们的房间全部换到房子里比较安静的地方。但最后没有这么做。作为住宅,这房子设计得很糟糕,她说——我们就像被放进一个玻璃盒子里展示,还不如直接住在大街上,都是你爸爸害的。

学生们的"圣歌"每个星期都在改变。他们从"塞尔维亚人必须死!"开始,然后是俄罗斯人去死:"一颗子弹,一个俄罗斯人!"接着又轮到法国人,而且每个星期会都变得更加丰富多彩。埃米当然担心战争,但她更担心这些叫喊声对孩子们的影响。现在他们在音乐室的小桌上吃饭,那里的窗户朝向苏格兰街,要安静一些。

伊吉进了苏格兰中学。这是一所由本笃会开设的"非常好的学校",拐过街角就是。伊吉告诉我,它是维也纳"最好的两所中学"之一。墙头匾额上著名诗人的名单表明了这一点。尽管老师都是兄弟会的人,但学生里仍有很多犹太人。这所学校特别重视古典课程,但也有数学、代数、微积分、历史和地理课程。当然也有语言课。但语言对这三个孩子来说不成问题。他们能交替用法语和英语同母亲交谈,用德语和父亲交谈。他们只懂一点点简单的俄语,不懂意第绪语。他们被要求,在家门外只能讲德语。在维也纳,所有发音像是外国人的商店,都叫人踩着梯子贴上了招牌。

苏格兰中学不收女学生。吉塞拉在家里由她的女家庭教师授课,教室就在埃米的更衣室隔壁。伊丽莎白和维克托商量之后，现在她有了一位私人教师。埃米反对这样做。她对这种不恰当的、复杂的安排很恼火，伊吉听见她在沙龙里大喊大叫，还摔碎了什么东西，或许是瓷器。伊丽莎白严格地按照同龄男孩子在苏格兰中学接受的课程进行学习，还获准下午可以去学校实验室，由学校的一位老师为她上课。她知道，如果想上大学，她必须通过这所学校的期末考试。伊丽莎白从 10 岁起就明白，她必须从这个房间走出去，从她铺着黄色地毯的教室，穿过弗兰岑巷，走到那个房间，也就是维也纳大学的演讲厅。这距离只有短短的 200 码——但对于一个女孩来说，这可能是 1000 英里。这年维也纳大学有 9000 多名学生，但只有 120 名女生。从伊丽莎白的房间看不到演讲厅里面。我试过。但你能看见它的窗户，想象里面阶梯的座位和教授靠在前面讲台讲课的情形。他在跟你说话。你的手在梦中摸索着笔记。

伊吉是不情愿进入苏格兰中学的。你可以在 3 分钟内就跑到那里，尽管我没有背着书包亲自尝试。有一张 1914 年的班级照片，三年级：30 名男孩穿着灰色法兰绒套装，系着领带，或者穿着水手服，靠在桌子上。两扇窗户通向五层楼高的中央庭院。有个调皮鬼在做鬼脸。穿着修士袍的教师面无表情地站在最后。照片背面是所有人的签名——清一色的格奥尔格、弗朗茨、奥托、马克斯、奥斯卡和恩斯特。伊吉用漂亮的斜体字写着：伊格纳斯·V. 埃弗吕西。

在后面的墙上有一块黑板，上面潦草地写着几何证明题。那天，他们学习了如何计算圆锥体的表面积。伊吉每天都带着家庭作业回家。他讨厌家庭作业。他的代数和微积分很糟糕，他痛恨数学。70 年过去了，他还能对我说出每个修士的名字，以及他们曾经失败地尝试过教他什么。

他还带回了学校里的童谣：

Heil Wien！Heil Berlin！	维也纳万岁！柏林万岁！
In 14 Tagen	在 14 天内
In Petersburg drin！	我们将占领彼得堡！

还有比这更刺耳的。这些童谣当然不受维克托的欢迎。他出生于俄罗斯，热爱圣彼得堡，尽管他现在是奥地利人，并热爱维也纳。

对伊吉来说，战争意味着玩士兵游戏。在这个游戏里，他们的远亲皮兹（Piz）——玛丽-露易丝·冯·莫泰希茨基（Marie-Louise von Motesiczky）被证明是名优秀的士兵。官邸角落里有专供仆人使用的楼梯，藏在一扇假门背后。这道螺旋楼梯一共有136级台阶，一直通到屋顶。如果把门朝自己身体这边拉开，你会突然发现自己站在女像柱和莨苕叶形饰纹的上方，将整个维也纳尽收眼底。从维也纳大学以顺时针方向看过去，首先是感恩教堂，接着是圣斯蒂芬大教堂，接着是歌剧院、城堡剧院和市政厅的尖塔和圆顶，最后回到维也纳大学。如果你胆量够大，可以爬到栏杆边缘，透过玻璃天窗看到下面的院子，或者朝弗兰岑巷或苏格兰街上匆忙而行的市民和女士们射击——这样做需要樱桃核、硬纸团和好的准头。正下方有一家咖啡馆，有着宽大的帆布遮阳棚，这是一个特别有吸引力的目标。一旦穿着黑色围裙的侍者仰起头来大喊大叫，你就得躲起来。

你还可以爬到隔壁利本官邸（那里住着更多的远亲）的房

顶上。

或者可以玩间谍游戏，顺着楼梯走入桶状拱顶的地下室，那里有条隧道，可以让你一直穿过维也纳到达美泉宫。或者一直走到国会大厦。或者进入别人告诉你的其他秘密通道，一个网络，你可以从环城大道上的广告亭进来。这里就是"下水道清道夫"——鬼鬼祟祟生活在阴暗中的人，他们靠从路人的口袋里掉进下水道格栅的硬币过活——赖以生存的地方。

在战时，整个家庭和家人都得做出牺牲。1915年，皮普斯舅舅在柏林的德国最高指挥部担任帝国联络官，曾为里尔克谋得一份文职工作，让他得以远离前线。维克托已经54岁，因此免服兵役。官邸里的男仆都不见了，除了管家约瑟夫，他年纪太大，无法被征召入伍。家里只留下一小群女仆，还有一个厨子和安娜。安娜已经为这个家工作15年，她似乎能预见到每个人的需要，还有办法安抚别人的情绪。她什么都知道。当你午宴后回到家里，需要换上白天穿的便服时，在女仆面前没有秘密可言。

这些天房子里变得安静多了。维克托过去常常邀请仆人失业的朋友在星期天中午来到家里，招待他们吃有煮肉或烤肉的中饭。这种情况再也没有出现：仆人的食堂冷冷清清。没有了车夫，也没有了马夫，连拉车的马也没有了。如果想去普拉特公园，就要在苏格兰街的候车亭搭乘出租马车，或乘坐有轨电车。现在没有"派对"。事实上，是现在的派对比以前少得多，而且派对也变得和以前不一样。你不能穿着舞会礼服抛头露面，但你仍然可以外出吃晚饭和看歌剧。伊丽莎白在回忆录里写道："妈妈只能靠喝茶和打桥牌娱乐。"德梅尔蛋糕房仍然出售蛋糕，但不能让别人看到你家里买了太多。

埃米仍然每天晚上盛装打扮，因为维持标准不下滑很重要。舒斯特先生不能再像过去一样，每年到巴黎为他的男爵夫人采购服装，但安娜熟悉她的喜好，又擅长管理衣物，就花工夫研究最新的杂志，为她修改衣服。在这年春天拍的一张照片里，埃米穿着一件长长的黑色礼服，戴着一顶黑熊皮圆顶帽，帽子上插着白鹭羽毛，腰间缠着一串珍珠。如果没有照片后面的日期，你肯定不会相信这是战时的维也纳。我不知道这是不是上一季的衣服，但又怎么可能找得到答案呢。

和往常一样，吉塞拉和伊吉傍晚时分会来到更衣室里和埃米聊天。他们获准自己打开玻璃柜。10岁的女孩和8岁的男孩不会再趴在地毯上玩根付，因为那样很幼稚。但如果那天过得很糟糕，在学校里遭到格奥尔格修士的斥责，他仍然会把手伸到玻璃柜深处，拿出那捆引火柴和小狗根付。

大街上有很多很多的人。有犹太人——仅从加利西亚就涌入了10万难民——他们是被俄罗斯军队大规模驱逐出来的。有些人被安置在营房里，那里有基本的生活设施，但对家庭来说远远不够。很多人设法去了利奥波德城，在令人震惊的恶劣条件下生活。很多人在乞讨。他们不是拿着明信片和彩带的流浪商贩。他们没有什么东西可以出售。犹太社区组织了救助工作。

同化程度更深的犹太人对这些新来者感到忧心：他们看起来举止粗俗；他们的衣着谈吐和习俗与维也纳人格格不入。忧心的原因是怕他们会阻碍同化。"做一个东方犹太人非常艰难，但没有什么比刚来到维也纳的东方犹太人更难了，"约瑟夫·罗特在谈到这些犹太人时写道，"没有人愿意为他们做任何事。他们的表亲和教友，在第一区的办公桌下安然无恙地站着，他们已经成为'本地人'了。他们不想与东方犹太人联系在一起,更别说接纳他们了。"我想,这也许是那些更早之前来到维也纳的人对新近来到维也纳的人所产生的忧虑吧。他们还处于过渡期。

街道也变得不一样了。环城大道原本是供人散步,原本是让人们在这里偶然相遇,在兰特曼咖啡馆外随意喝杯咖啡,招呼朋友,期待在科尔索饭店的幽会。人群在大街上悠闲地流动着。

但维也纳现在似乎有了两种速度:一种是行军士兵的步伐,孩子们在旁边奔跑;另一种是静止不动。你常常能看到人们在商店外排队购买食物、香烟、报纸。人人都在谈论这种排队现象。警察注意到开始为不同的商品排队的时间。1914年秋天是面粉和面包。1915年初是牛奶和土豆,秋天是食用油。1916年3月是咖啡。下一个月是糖。再下一个月是鸡蛋。1916年7月是肥皂。紧接着,一切都要排队了。城市失去了活力。

城市里物品的流通也在变化。人们传说着囤积的故事,说富人的房间里堆满了一箱箱食物。据传闻,"咖啡馆"在牟取暴利。在战时,只有那些有食物的人、牟取暴利之人或者农民才能过得比较好。为了得到食物,不得不舍弃的东西越来越多。家里的东西被拿出去换成货币。有这样的故事:农民穿着维也纳资产阶级的燕尾服,他们的妻子穿着丝绸长袍,农舍里堆满了钢琴、瓷器、小摆设和土耳其地毯。还有传闻说,钢琴教师正在搬离维也纳,跟随新学生来到农村。

公园不一样了。公园管理员和清洁工少了。最明显的是,那个给环城大道对面公园的小路洒水的人不见了。小路上一向尘土飞扬,现在灰尘更多。

伊丽莎白马上就16岁了。当维克托为他的图书室装订书籍时，她也被允许以带大理石纹的摩洛哥羊皮装订自己的书籍。这是一个成人仪式，标志着她的阅读有着重要的意义。这个做法也把她的书和爸爸的书区分开来——这些放到我的图书室，那些放到你的图书室——同时又把它们连在一起。皮普斯舅舅在从柏林回家的路上，交给她一份工作：为他抄写他的戏剧导演朋友马克斯·莱因哈特（Max Reinhardt）寄来的信。

吉塞拉 11 岁，开始在晨间起居室上绘画课。她进步很快。伊吉 9 岁，还没有获准参加。他熟悉帝国军团的制服（穿浅蓝色裤子的是步兵，穿浅蓝色服装、戴血红色土耳其毡帽的是波斯尼亚士兵），还在用紫色丝带扎起来的皮质小笔记本上，简单描画他们束腰上衣的颜色。在埃米的更衣室里，玻璃柜里的根付被遗忘了，埃米开始称伊吉是她的服装顾问。

他开始偷偷画女装。

伊吉在一本八开本的马尼拉笔记本上写了个故事，笔记本封面上印着一艘船。那是 1916 年 2 月。

渔夫杰克。作者 I. L. E。

献词。这本小书衷心地献给亲爱的妈妈。

前言。我知道这个故事并不完美，但有一点我做得不错，我想，我把书里的人物描写得很真切。

第一章　杰克和他的生活。杰克在他短暂的一生中并非一直是名渔夫，至少在他父亲去世之前不是……

3 月，犹太社区给维也纳的犹太人写了封公开信："犹太同胞们！为了尽到义不容辞的责任，我们的父亲、兄弟和儿子在我们光荣的军队中成为英勇的士兵,奉献他们的鲜血和生命。怀着同样的责任感,那些留在家里的人也欣然地将财产奉献给心爱祖国的祭坛。现在,国家的召唤应当再次在我们所有人中间激起爱国的回音。"维也纳的犹太人又购买了50万克朗的战时公债。

谣言四起。克劳泽:"你怎么看待谣言? / 我很担心。/ 在维也纳流传的谣言是,奥地利流传着各种谣言。它们甚至口耳相传,但没人能告诉你真相。"

4月,一群从乌希契科(Uscieczko)战役中生还的士兵回到维也纳休假,他们登上维也纳剧院的舞台,重新演绎了那场战役。克劳泽对这种把真实事件简化为演出的做法感到愤怒,他还抨击为战争增添戏剧化的现象。问题在于,不同领域之间的界限已经变得模糊,而且混淆在一起。在战时的维也纳,所有的事物都混在了一起。

这意味着孩子们有大量的热闹好看。他们的阳台就是绝佳的位置。

5月11日,伊丽莎白和表妹去歌剧院听瓦格纳的《纽伦堡的名歌手》(*Die Meistersinger*)。"神圣的德国艺术"——她在绿皮小本子上写道,上面记录了她观赏过的音乐会和戏剧。她满怀爱国激情地在"德国"下面画了条线。

7月,维克托带孩子们到普拉特公园参观维也纳战争展览会。这场展览的目的是向后方民众展示战果,同时提振士气和筹措资金。最好玩的是一场赛狗会,其中有军队的杜宾犬表演。在许多展厅里,孩子们可以看到缴获的重炮。有一座逼真的山地战场的全景模型,让他们想象战士们在边境和意大利作战的情景。另外,在由失去肢体的士兵们举办的音乐会上,有几名大号手装上义肢在演奏。离场

伊丽莎白的歌剧和戏剧笔记本（1916年）

的时候，旁边有个香烟室，你可以为士兵们捐献烟草。

这里第一次展示了一条逼真的战壕。克劳泽尖刻地指出，它被宣传为"以惊人的真实性展示战壕的生活。"

8月8日，待在克韦切什的伊丽莎白收到外祖母埃维莉娜的一本诗集，1907年出版于维也纳，深绿色的封皮。外祖母在上面写了题记："这些古老的歌谣已经逐渐从我身边消失了。因为它们令你产生了共鸣，它们也会再次让我产生共鸣。"

大部分年轻有为的人上了前线，维克托勉力维持着银行业务，在战时，这是一件吃力不讨好的事。他很大方，在财政支援上尽显爱国之情。他购买了大量的政府战争债券。下一次购买更多。尽管古特曼和维也纳俱乐部的一些朋友建议他把钱转移到瑞士，就像他们正在做的那样，但他不愿那样做。这是不爱国的表现。吃晚饭时，他用手抚过面颊，从额头一直到下巴，他说，每到危机时刻,总有机会给那些寻找机会的人。

回家后,他待在书房里的时间更多了。"图书馆,"他引用维克托·雨果的话说,"是一种信仰。"他收到的书越来越少——彼得堡、巴黎、伦敦、佛罗伦萨的书源都断了。柏林新的经销商寄来一本书,但品质令他失望。谁知道他在里面一边抽着雪茄一边阅读的是什么呢?有时候,他让人把晚饭用托盘送进去。埃米和他相处得不太好,孩子们越来越常听到她抬高了音量说话。

战前,每到夏天都会有人用梯子、拖把和水桶在天井顶棚上进行一次大扫除。但现在没有男仆,天井上的玻璃已经两年没有清洗了。透进来的光线比以往任何时候都昏暗。

界线变得越来越模糊不清。作为一个孩子,你的爱国主义既明确又模糊。在街上和学校里,你会听到有人说"英国人嫉妒,法国人渴望复仇,俄罗斯人贪婪"。你能去的地方越来越少,因为家族亲戚之间暂时停止了走动。虽然有书信来往,但你见不到英国或法国的堂兄弟,也不能像过去那样去旅行。

到了夏天,一家人不能再去卢塞恩的埃弗吕西牧屋,所以他们整个长假都在克韦切什。这意味着他们至少能吃得像样一点。有烤野兔、野味馅饼和李子糕,热乎乎的,配着鲜奶油一起吃。9月,举行了狩猎聚会,在前线打仗的表兄弟们回来休假,猎了一场松鸡。

10月26日,首相卡尔·冯·施图尔克伯爵(Count Karl von Stürgkh)在卡恩特纳街梅塞尔&谢顿酒店的一家餐厅遭到暗杀。这件事有两个地方引得大众关注:首先,刺杀他的是激进的社会主义者弗里茨·阿德勒(Fritz Adler),他是社会民主党领袖维克托·阿德勒(Viktor Adler)的儿子;其次,他午餐吃的是蘑菇汤、水煮牛肉配萝卜泥和布丁，还喝了气泡葡萄酒。另外有一个地方最让孩子们感到兴奋：这年夏天的早些时候，爸爸妈妈带他们在同一家餐厅吃了伊舍尔蛋糕，一种有杏仁和樱桃夹心的巧克力蛋糕。

1916年11月21日，弗朗茨·约瑟夫一世驾崩。

所有的报纸都加了黑色框线：我们的皇帝，弗朗茨·约瑟夫，皇帝——驾崩！有几家报纸还刊登了皇帝的版画，画上他露出特有的多疑表情。《新自由报》停刊了小品文专栏。《维也纳日报》(*Wiener Zeitung*)做出了最令人满意的生动回应，以整版空白版面发布讣闻。所有的周刊纷纷效仿，除了《炸弹周刊》(*Die Bombe*)，它刊登了一张一名躺在床上的小女孩被一位绅士吓呆了的照片。

弗朗茨·约瑟夫于1848年登上皇位，终年86岁。在一个寒冷的日子里，浩浩荡荡的送葬队伍穿过维也纳。街道两旁肃立着士兵。皇帝的灵柩放置于灵车中，由八匹扎着黑花的马拉着，灵车两旁是胸前挂满勋章的年迈大公和所有皇家卫兵的代表。年轻的新皇帝卡尔和他的妻子齐塔走在后面，齐塔戴着长及地的头纱，他们4岁的儿子奥托走在两人中间，他穿着白色衣服，系着黑纱。葬礼在大教堂举行，到场的有保加利亚、巴伐利亚、萨克森和符腾堡的国王，还有50位大公和公爵夫人以及其他40名亲王和公主。然后送葬队伍蜿蜒来到霍夫堡皇宫附近新集市广场（Neue Markt）的嘉布遣会教堂（Capuchin church）。他们的终点是皇家墓穴（Kaisergruft）。进入教堂的仪式很戏剧化——卫兵敲三次门，被拒绝两次——最后弗朗茨·约瑟夫被葬在妻子伊丽莎白和许久之前自杀身亡的大儿子鲁道夫中间。

孩子们被带到卡恩特纳街转角的梅塞尔&谢顿酒店，在那里他们又吃了美味的伊舍尔蛋糕,然后从二楼窗户观看送葬队伍。天气非常寒冷。

维克托还记得37年前马卡特组织的壮观游行场面,所有的帽子上都插有羽饰;还有46年前,他父亲被封为贵族时的场景。自从弗朗茨·约瑟夫开辟环城大道、感恩教堂、建设国会大厦、歌剧院、市政厅、城堡剧院以来,一个时代过去了。

孩子们想到皇帝过去曾参与的其他游行,他们曾多次在维也纳和巴德伊舍看到坐在马车上的皇帝。他们记得他和朋友施拉特夫人坐在马车上,当她向他们挥手时,戴着白手套的右手轻轻而谨慎挥动的情景。他们记得在看望过可怕的姑婆安娜·冯·赫腾赖德——那个巫婆后,家里面说过多次的笑话:当你安全地远离她和她的质问时,你必须重复皇帝的那句老话——跟您见面很愉快,我很开心——要赶在其他任何人面前说出这句话。

12月初,在更衣室里举行了一场严肃的会议。伊丽莎白第一次获准挑选自己衣服的样式。从前也给她做过很多衣服,但这是第一次由她自己做决定。埃米、吉塞拉和伊吉(他们都喜欢穿衣打扮),还有照顾他们的安娜也都期待这一刻的来临。在更衣室的梳妆台上放着一本布料样本,伊丽莎白选中了一条长裙的样式,上身绘有蜘蛛网的图案。

伊吉完全惊呆了。70年后,他在东京提到,当伊丽莎白描述她想要什么样式时,屋子里一片沉默的情形:"她就是没有一点品味。"

1917年1月17日颁布了一条新法令,宣布牟取暴利者的名字将刊登在报纸和街坊公告牌上。有些人希望以此恢复市场供应。对牟取暴利者的称呼有很多,但渐渐只剩下了以下几种:囤积者、放高利贷者、东方犹太人、加利西亚人、犹太人。

3月，皇帝卡尔把11月21日定为学校假期，以纪念弗朗茨·约瑟夫去世和自己登上王位。

4月，埃米到美泉宫参加一场由妇女委员会组织的宴会，旨在帮助为保卫帝国而阵亡的士兵的孀妇。我不清楚那到底是什么情形。但是有一张精彩的照片，在国家舞会大厅里，上百名穿着华丽礼服的女性，站在洛可可风格的石膏天花板和镜子下面，头上的帽子构成了巨大的弧形。

5月，维也纳举办了一场展览，展出了18万个玩具士兵。整个夏天，城里到处都洋溢着英雄主义。这一年，因为新闻审查人员删除信息或评论，报纸上多次开了天窗。

埃米的更衣室（根付所在的房间）和维克托的更衣室之间的那条走廊，似乎变得越来越长。有时候，午后1点钟埃米还没出现在餐桌上，女仆只好把她的餐具撤掉，但每个人都假装没有看见。有时候，8点钟还要再撤掉一次。

食物的问题日益严重。排队购买面包、牛奶和土豆的情况已经持续了2年，但现在买卷心菜、李子和啤酒也要排队。有人鼓励家庭主妇们要充分发挥想象力。克劳泽描写了一位有效率的日耳曼主妇："今天我们被美美地款待了一顿……几乎应有尽有。我们喝了兴登堡可可奶油汤块做成的肉汤，吃了美味的用大头菜冒充的伪兔肉，还有用石蜡做的土豆薄饼……"

硬币也变了。在战前，铸造的是金克朗或银克朗；开战后3年，全变成了铜克朗；这年夏天，又变成了铁克朗。

皇帝卡尔在犹太人报纸上受到狂热拥戴。"犹太人，"《布洛赫周刊》(*Bloch's Wochenschrift*) 上说，"不仅是他的帝国最忠诚的支持者,也是唯一无条件的奥地利人。"

1917年夏天,伊丽莎白和她最好的朋友范妮一起待在奥尔陶斯(Alt-Aussee)奥本海默男爵夫人(Baroness Oppenheimer)的乡间别墅。范妮·洛文施泰(Fanny Loewenstein)小时候在欧洲很多地方生活过,和伊丽莎白一样能说好几种语言。她们都17岁,都热爱诗歌:她们一直坚持写诗。最让她们兴奋的是,诗人雨果·冯·霍夫曼斯塔尔和作曲家理查德·施特劳斯,还有霍夫曼斯塔尔的两个儿子也在那里。客人中还有历史学家约瑟夫·雷德利希(Joseph Redlich)。此人,伊丽莎白在60年后写道,"预言奥地利和德国即将战败,这给我们留下了非常不好的印象,因为我和范妮仍然相信官方公报的说法,认为我们终会获得胜利"。

10月,《帝国邮报》(*Reichspost*)声称有一个针对奥匈帝国的国际阴谋,而列宁、克伦斯基和诺斯克里夫勋爵都是犹太人;伍德罗·威尔逊总统也在犹太人的"影响"下行事。

11月21日,是已故皇帝的忌日,所有的小学生放假一天。

1918年春天,情况变得更困难了。如同克劳泽在《火炬》中所说的,埃米,这个"高贵社交圈子里令人眼花缭乱的中心人物"比以往更让人眼花缭乱。她有了一个新情人,是骑兵团里的年轻伯爵。这位年轻伯爵是家族世交的儿子,也是克韦切什的常客,经常骑着自己的马前去那里。他也极为英俊,当然,和维克托相比,他和埃米的年龄差距要小得多。

在那年春天,一本给帝国小学生阅读的书出版了,名为《我们的皇室夫妇》(*Unser Kaiserpaar*)。书中描述了新皇帝和他的妻子以及儿子在弗朗茨·约瑟夫葬礼上的情景。"这对尊贵的父母安排他们的长子在母亲的牵引下露面。这幅画面神奇地唤起了这对执政夫妇和民众之间熟悉的纽带：母亲温柔的姿势令帝国倾倒。"

4月18日，伊丽莎白和埃米去城堡剧院，观看无比英俊的亚历山大·莫伊西主演的《哈姆雷特》。"我生命中印象最深刻的演出。"伊丽莎白在她的绿皮笔记本上写道。埃米当时38岁，而且已经有2个月的身孕。

就在这年春天，家族里有了喜事，埃米的两个妹妹订婚了。27岁的格蒂将嫁给匈牙利贵族蒂博尔，他的家族姓氏为图罗奇日·德·阿尔索-克罗斯哥与图罗奇-圣米哈里（Thuróczy de Also-Körösteg et Turócz-Szent-Mihály）。25岁的伊娃将嫁给耶诺，一位没那么显赫的男爵，他的家族姓氏为魏斯·冯·魏斯-霍斯滕斯坦因（Weiss von Weiss und Horstenstein）。

6月出现罢工风潮。面粉配给定额现在每天只有35克，只够装满一只咖啡杯。无数面包卡车遭到妇女和儿童的伏击。到了7月，牛奶消失了。有限的牛奶要留给哺乳期的妈妈和长期生病的人，但即使他们也很难得到。许多维也纳人只能到城外的田地里寻找土豆维生。政府就携带帆布背包的问题展开了争论。应该允许城市居民携带帆布背包吗？如果他们这样做了，应该在火车站搜查背包吗？

天井里有老鼠出没，它们可不是镶着琥珀眼睛的象牙老鼠。

反对犹太人的示威游行也越来越多。6月16日，德意志人民大会在维也纳召开，宣誓效忠德皇，并重申泛德意志民族团结的目标。一名发言人提出解决方案：一场大屠杀以愈合国家的创伤。

6月18日，警察局长要求维克托同意派人驻扎在官邸的天井里，那里停放着汽车，但因为没有汽油而一直没有使用。如果发生了什么骚乱，警察能及时处理，但又在他们一家的视线之外。

维克托同意了。

军队开小差的情况越来越严重。哈布斯堡王朝军队中投降的士兵人数比作战人数多：220万名士兵被俘。这是英国军队中被俘人数的17倍。

6月28日，伊丽莎白收到苏格兰中学的年终结业报告。宗教学、德语、拉丁语、希腊语、地理和历史、哲学和物理学七科得了"优"，数学一科得了"良"。7月2日，她收到大学入学证书，上面盖着老皇帝头像的印戳。印在上面的"他"字被划掉，用蓝墨水写上了"她"字。

天气炎热。埃米怀孕5个月了，夏天就要来临。当然，怀里的婴儿获得了疼爱和珍惜——但也带来了麻烦与不便。

8月，在克韦切什。那里只有两名老人照管花园，长廊上的玫瑰很是蓬乱。9月22日，吉塞拉、伊丽莎白和格蒂阿姨去歌剧院听《费德里奥》(Fidelio)。25日，她们去城堡剧院看《希尔德布兰德》(Hildebrand)，伊丽莎白注意到大公也在观众席上。同一天，巴西向奥地利宣战。10月18日，捷克占领布拉格，拒绝承认哈布斯堡王朝的统治并宣布独立。10月29日，奥地利向意大利请求停战。11月2日晚上10点，有消息传出，一群凶狠的意大利战俘从维也纳郊外的战俘营越狱，正向维也纳城涌入。到了10点15分，传闻变得更加活灵活现，说有1万到1.3万名战俘，俄罗斯战俘也加入了行列。传令员开始出现在环城大道的咖啡馆里，命令警察回到总部报到。很多人照做了。两名警察还冲离开剧院的人大喊，让他们尽快回家把门锁好。11点，警察局长与军方商议保卫维也纳的事宜。午夜时分，内政大臣宣布消息被严重夸大。黎明时分，终于有人承认，这又是一起谣言。

11月3日，奥匈帝国解体。次日，奥地利和协约国签订停战协定。伊丽莎白和远亲弗里茨·冯·利本（Fritz von Lieben）到城堡剧院观看《安提戈涅》(Antigone)。11月9日，德皇威廉二世退位。11月12日，卡尔皇帝逃亡瑞士，奥地利成为共和国。一整天都有大批群众从官邸前经过，许多人举着红旗和横幅，聚集在国会大厦前。

11月19日，埃米生下一个儿子。

他生来金发碧眼，他们都叫他鲁道夫·约瑟夫。此时哈布斯堡王朝在他们身边土崩瓦解，再找不到比这个更哀伤的名字了。

生活变得非常非常艰难。流感肆虐，没有牛奶喝。埃米病了：从伊吉出生以来已经过了12年，从她生第一个孩子算起已经过了18年。在战争期间怀孕并不轻松。维克托58岁，对再为人父深感意外。这个小男孩的出生不仅意外，还带来了一些复杂的影响。伊丽莎白苦恼地发现大部分人认为孩子是她的。毕竟她已经18岁了，她的妈妈和外祖母都很早就生下孩子。还有谣言说，埃弗吕西家是为了保住面子。

伊丽莎白对那段动荡时期的回忆文字不多，但她提到了内心的不安："我能想起的细节很少，只记得我们非常担忧和恐惧。"

但是，"与此同时，"她在最后一行也是胜利的一行里补充道，"我已经在大学登记入学。"她逃脱了，成功地从环城大道的这边逃到了另一边。

21　字面上为零

1918年维也纳的冬天异常寒冷，只有沙龙角落的白瓷炉终日点着火。其他地方——餐室、图书室、卧室和那间放着根付的更衣室——都冷得要命。乙炔灯散发着有害的气味。那年冬天，维也纳有人砍伐树木当燃料。鲁道夫出生不到2个星期，《新自由报》就报道说："在一些窗户后面仅能看到一点最微弱的光。整个城市处在黑暗中。"几乎难以想象，这里没有咖啡。"只有混着甘草液的肉汁可吃……一种滋味无法形容的混合物。茶，当然不可能加牛奶或柠檬汁，只是聊胜于无，如果你可以习惯水里无法去除的锡的味道。"维克托拒绝喝这种茶。

我试图想象战败后几个星期那个家庭的生活，我看到纸片在街头飘舞。维也纳过去一直那么整洁，现在到处是布告、标语牌、传单和示威游行。伊吉记得，战前，如果把圆筒冰淇淋的包装纸扔到普拉特公园的碎石路上，会被他的保姆责骂，接着还会被好几个戴着肩章的人训斥。现在他上学的时候，却要在这个喧闹而骚动的、令人惧怕的城市的垃圾堆里踢出一条路。那些带尖顶的10英尺高的圆柱形广告亭，变成了布告栏，上面张贴着愤怒的维也纳人致基督教徒、致亲爱的同胞、致挣扎中的兄弟姐妹的公开信。而所有冗长的公开信，很快就会被撕掉、替换掉。维也纳充满了焦虑与嘈杂。

埃米带着新生儿,在最初几个星期里挣扎度日,她和鲁道夫都越来越虚弱。英国经济学家威廉姆·贝弗里奇(William Beveridge)在奥地利战败后6个星期访问维也纳,他写道:"母亲们为了让孩子度过新生的第一年,做出了种种英雄般的努力,但这些努力只是以牺牲她们自身的健康为代价,而且在很大程度上是徒劳的。"他们讨论过设法把埃米和鲁道夫送到克韦切什,甚至考虑过把吉塞拉和伊吉也送走,但是汽车没有汽油,火车上也一片混乱。所以他们只好留在官邸里,住在背离环城大道的稍微安静的房间里。

战争开始的时候,官邸四周都是公共空间,他们感到很没有安全感。现在,和平时期似乎比战时更加可怕:不知道谁和谁在斗争,也不清楚会不会爆发一场革命。复员士兵和战俘回到维也纳,他们带来了俄国革命和柏林工人抗议游行的第一手消息。晚上经常听到零零散散的枪声。新的奥地利国旗是红白红相间,一些年轻的暴乱分子发现,只要把中间的白色撕掉再缝起来,就能赶制出一面不错的红旗。

被委派到帝国各地的官员,在帝国瓦解后无处可去,回到维也纳,发现他们曾经尽职汇报的帝国各部门早已关门。街头能看到很多因炮弹休克而不停颤抖的人和胸前别着勋章的截肢者。有人看见上尉和少校在街头兜售木制玩具。同时,大捆大捆印有皇室花押的亚麻布不知通过什么渠道流入市民家里;人们在市场上发现了皇室的马鞍和马具;据说,安全分遣队闯入了皇宫地下室,并且以越来越慢的速度喝掉哈布斯堡王室的酒窖。

只有不到200万居民的维也纳,从一个拥有5200万臣民的帝国的中枢,变成了一个拥有600万公民的小国的首都:它根本无法适应这场灾难。人们讨论最多的话题是奥地利能不能作为一个独立国家生存下去。这不仅仅是经济问题，还是个心理问题。奥地利似乎不知道如何应对自己的衰退。1919年《圣日耳曼昂莱条约》(Treaty of Saint-Germain-en-Laye)中正式确定的"迦太基式的和平"——严酷而带惩罚性——意味着帝国的解体。它承认匈牙利、捷克斯洛伐克、波兰、南斯拉夫（斯洛文尼亚—克罗地亚—塞尔维亚王国）的独立。伊斯特拉半岛丢了。的里雅斯特丢了。几个达尔马提亚岛屿被割让。奥匈帝国变成奥地利，一个长500英里的国家。此外还要支付惩罚性赔款。军队的人数只限于3万名志愿兵。维也纳，像那个辛酸的笑话所说的，成了一个身体萎缩的水脑症患者。

许多事情发生了变化，包括姓名和地址。按照新时代的精神，所有的帝国头衔都要废除，因此姓氏中不再有冯（贵族），也不再有骑士、男爵、伯爵、侯爵和公爵等头衔。以前，所有的邮局职员和铁路工人都可以在职称前加上k&k（帝国的和皇室的），现在这种做法也废止了。当然，这里是奥地利，一个深深迷恋头衔的国家，于是另外的头衔应运而生。你或许身无分文，但你希望别人称呼你为讲师、教授、议员、顾问、董事长。或者女讲师、女教授。

街道也变了。冯·埃弗吕西家的地址不再是以哈布斯堡帝国皇帝命名的维也纳第一区弗兰岑巷24号，而是以从哈布斯堡王朝皇帝统治下解放的那一天命名的维也纳第一区11月12日巷24号。埃米抱怨说，这种改法透着法国味儿，搞不好最后会改为用共和街。

什么事都可能发生。克朗贬值得这么厉害，有人推测，新政府或许会卖掉皇室收藏的艺术品，购买粮食以赈济饥饿的维也纳市民。美泉宫"将出售给外国财团，改建成宫殿式赌场"。植物园将会"推平，然后建造公寓"。

随着经济崩溃，"除了犹太人，财大气粗的人们从世界各地赶到维也纳，购买银行、工厂、珠宝、地毯、艺术品或房地产。外国的高利贷者、诈骗者、造假者涌入维也纳，随之而来的还有讨厌的虱子"。这就是1925年默片《没有欢乐的街》(*Die Freudlose Gasse*)的时代背景。夜晚，汽车头灯扫过一家肉店外排队的人群，"在等待了一整夜之后，许多人两手空空地转身离开"。长着鹰钩鼻的"国际投机者"阴谋破坏一家矿业公司的股价，而丧偶的官员（还有比这更令人同情的典型维也纳人吗？）用退休金买进股票，结果血本无归。他的女儿，由葛丽泰·嘉宝饰演，两眼深陷，饿得发晕，被迫在一家卡巴莱工作。转机来自一名英俊的红十字会工作人员，一位绅士，带着罐头食品来拯救她。

在那些年里，反犹主义在维也纳甚至越来越获得支持。你可以听到游行的声浪，当然，他们叫嚣着要抵制"东方犹太人的瘟疫"，但伊吉记得他们常常嘲笑这些游行，就像他们嘲笑骄傲地穿着军服的青年团体和穿着紧身连衫裙和皮短裤的农民服装的维也纳人的群众游行一样。这样的游行越来越多了。

最吓人的是野蛮凶残的斗殴，发生在维也纳大学的台阶上，发生在最近死灰复燃的泛日耳曼学生兄弟会和犹太学生以及受社会主义影响的学生之间。伊吉记得，当父亲撞见他和吉塞拉隔着沙龙窗户观看其中一场血腥斗殴时，父亲气得脸色发白。"别让他们发现你们。"他大喊——这是一个从不抬高嗓门说话的人的叫喊。

打着"把犹太人清理出奥地利阿尔卑斯山"的旗号，"德意志-奥地利阿尔卑斯山俱乐部"（German-Austrian Alpine Club）驱逐了所有的犹太成员。这个俱乐部掌握着数百间山间小屋，游人可以在里面过夜，还可以在炉子上煮咖啡。

和很多同龄人一样，伊吉和吉塞拉会在初夏到山间远足。他们乘坐火车到格蒙登，然后每人背着帆布背包，拿着手杖，携带睡袋、巧克力、用牛皮纸包着的咖啡和糖；你可以从山民那里买到牛奶、硬面包卷和新月形的黄油。远离城市是令人愉快的。伊吉告诉我，有一次，他们和吉塞拉的一个朋友在黄昏时分被困在阿尔卑斯山上。天已经冷下来，但那里有间小屋，里面坐满了围着炉子的学生，传来欢声笑语。他们要求我们出示会员证，然后赶我们出去，说犹太人污染了山里的空气。

我们没事，伊吉说，天黑后，我们在下面的山谷里找到一间谷仓。但我们的朋友弗兰西有会员证，他留在了小屋。我们后来从没谈起过这件事。

不谈论反犹主义是可能的，但你不可能不听到反犹主义。在维也纳，政治人物能说什么，似乎存在着政治分歧。这在小说家兼煽动家胡戈·贝陶尔（Hugo Bettauer）于1922年出版的小说《没有犹太人的城市》(*The City Without Jews*)里得到了验证。在这本令人不安的小说里，他讲述了战后维也纳人饱受贫困折磨和煽动家发迹的故事。这个政治煽动家酷似卡尔·卢埃格尔博士，名叫卡尔·施韦特费格博士（Dr Karl Schwertfeger），他轻而易举就把民众团结了起来："看看我们今天弱小的奥地利。新闻界，也就是公众舆论，掌握在谁的手里？在犹太人手里！从不幸的1914年以来，是谁积累了数十亿的财富？犹太人！是谁控制着我们庞大的货币流通，是谁坐在大银行的经理办公桌后面，谁是几乎所有行业的首脑？犹太人！谁拥有我们的剧院？犹太人……"市长有个解决办法，一个简单的解决办法：把犹太人从奥地利赶出去。所有的犹太人，包括非犹太人与犹太人通婚生下的孩子，全都有序地送上火车驱逐出境。那些试图继续秘密留在维也纳的犹太人，将处以死刑。"下午1点，汽笛声宣布最后一趟运送犹太人的火车驶离维也纳。接着，6点钟……所有教堂的钟声响起，宣布维也纳已经没有犹太人了。"

在这本小说里，作者用冷漠的笔触描写了家庭破裂的痛苦、火车站封闭的列车车厢拉走犹太人的绝望场景，以及让维也纳经济变得活跃的犹太人离开后，维也纳衰落成单调、了无生气的一潭死水的情景。这里没有剧院，没有报纸，没有绯闻八卦，没有时尚，也没有金钱，直到维也纳最终又把犹太人邀请回来。

1925年，贝陶尔遭到一名年轻的纳粹分子暗杀。奥地利国家社会党的领导人在审判中为凶手辩护，为这个党在维也纳四分五裂的政坛赢得了威望。那年夏天，80名年轻的纳粹分子袭击一家拥挤的餐馆，他们高喊着："犹太人滚出去！"

那些年的不幸有部分是通货膨胀造成的。据说，如果凌晨时分走过位于银行街的奥匈帝国银行大楼，你能听到印钞机哗啦啦印新钞的声音。有时候，你收到的钞票上面的油墨还没有干。一些银行家说，或许我们应该彻底改变我们的货币。有人讨论采用先令[①]。

"整整一个冬天，数字后面跟着一大串'零'的纸币雪片似的漫天飞舞，几十万、几百万片降落下来，但每一片都在你手上融化了。"维也纳小说家斯特凡·茨威格在小说《邮局女孩》(The

---

[①] 奥地利旧货币单位。

Post-Office Girl）里描述1919年，"在你熟睡时，钱已经化成水了；当你换上破旧的、钉木底的鞋又一次向售货摊跑去时，钱已经变得一文不值了；你不停奔波，但总是迟了一步。生活变成了算术，不断地加，不停地乘，但数字和数目变成一个疯狂的旋涡，把你的最后一点家当也吸入那永远填不满的黑色深渊……"

维克托窥视着他自己的旋涡：在苏格兰街办公室的保险柜里，放着成堆的契据、债券和股票。它们现在一文不值。身为战败国的公民，他在伦敦和巴黎的所有资产，经营了40多年的银行账户，城市里的办公大楼，持有的另一座城市的埃弗吕西公司的股份，都被基于协约国的战后惩罚性清算条款予以没收。在布尔什维克的战火中，他在俄罗斯的财富——保管在圣彼得堡的黄金，巴库油田的股份，敖德萨的铁路、银行以及仍然拥有的财产——也全都化为乌有。那不仅仅是巨额的金钱损失，那是几代人积累起来的财富。

此外，在个人方面，1915年战争最激烈的时候，朱尔斯·埃弗吕西——查尔斯的大哥和瑞士牧屋的所有人去世了。因为战争状态，他长期以来承诺给维克托的巨额财富，都被留给了巴黎的堂兄弟，所以整套的帝国风格的家具，或莫奈的河边垂柳，也落了空。"可怜的妈妈，"伊丽莎白写道，"所有那些瑞士的漫长夜晚，都是徒劳的。"

1914年，在战争之前，维克托拥有2.5亿克朗，有散布在维也纳的几座建筑物，有埃弗吕西官邸，收藏了"100幅古画"，还有每年数十万克朗的收入，这相当于今天的4亿美元。现在，即使他以5万克朗的价格将官邸的两层租出去，也解决不了入不敷出的状况。而他当初把钱留在奥地利的决定被证明是灾难性的。

这位爱国的奥地利新公民在1917年末购买了大量战争债券，这些债券也变成了废纸。

1921年3月6日和8日，维克托和老朋友金融家鲁道夫·古特曼（Rudolf Gutmann）召开了危机会议，他承认自己的状况很严峻。"在维也纳证券交易所，埃弗吕西拥有最好的声誉。"4月4日，古特曼在给另一名德国银行家西佩尔先生的信上说。埃弗吕西银行的经营从根本上说仍然是可行的，而且它在巴尔干半岛地区的影响力，使其可以成为有用的商业伙伴。古特曼家族注资2.5亿克朗入股埃弗吕西银行，柏林银行（德意志银行的前身）也投入了7.5亿克朗。现在，维克托只拥有家族银行的一半股份。

德意志银行的档案室里存放着成堆的文件，记录了当时银行与维克托就持股比例慎重的商讨，以及与维克托的对话和交易细节。但是透过马尼拉纸的阴影，你仍然能感觉到维克托的声音轻微颤抖，以及低沉的辅音中透露出的疲惫。这笔交易，"buchstäblich gleich Null"，意味着"字面上为零"。

这种丧失的感觉、未能保全祖产的失败感，对维克托影响很大。他是继承人，那是他继承的遗产，而现在在他手上失去了。他的世界的每个部分接连关闭了——他在敖德萨、圣彼得堡、巴黎和伦敦的生活已然结束，只剩下维也纳和环城大道上患了水脑症的大官邸。

埃米、孩子们和小鲁道夫算不上真的贫困。他们不必为了食物或燃料而去变卖什么家产。但他们拥有的就只剩下这栋大房子里的东西了。根付仍然摆放在更衣室里的黑漆玻璃柜中，安娜进来更换埃米梳妆台上的鲜花时，仍然会拭去根付上的灰尘。墙上仍然挂着哥白林挂毯、荷兰古代大师的油画。法国家具仍然有人擦拭，钟表仍然有人上弦，烛芯仍然有人修剪。塞夫勒瓷器仍然堆放在银器室隔壁的瓷器陈列柜里，上面盖着亚麻布。带有双"E"标志和张着满帆的得意小船的金质餐具仍然得到妥善保管。院子里还停着一辆汽车。但这些物品在官邸里的生活多是停滞不动的。这个世界刚刚经历过剧变，构成人们生活的物品也因此多了几分沉重。现在物品必须保留下来，有时甚至要珍惜，而从前它们仅仅是背景，是繁忙的社交生活里镀了金的亮闪闪的影子。这些不曾计算过也不曾测量过的东西，终于要接受人们非常精确的计算了。

不复存在的还有许多许多——那些从前好得多、也完整得多的事物。也许这就是怀旧之情的起点。我开始明白，保留物品和失去物品并不是两级对立的。你保留着这个银质鼻烟盒，以纪念很久以前在一场决斗中担任助手。你保留着情人送的手链。维克托和埃米保留了一切——所有这些财产，所有将抽屉装得满满的物品、墙壁上挂满了的画作——但他们看不到未来的可能性。他们就是这样没落的。

维也纳充满了怀旧之情，这股情绪已经从他们家沉重的橡木门下渗了出来。

22　你必须改变你的生活

伊丽莎白大学生活的第一个学期是混乱的。维也纳大学的财政状况捉襟见肘，不得不向全奥地利，尤其是维也纳求助。"如果不能及时得到援助，维也纳大学将不可避免地沦为一所微不足道的高等学府。教授们的薪水填不饱肚子……图书馆无法运行。"一位访问学者谈到，当时一位教授的年收入，还不够给自己置办外套和内衣，也不够给他的妻子和孩子买衣服。1919年1月，因为演讲厅没有取暖的燃料，讲座被取消。在这种情况下，反而出现了狂热的学术氛围。这是一个梦幻般的学习时代：有奥地利（或维也纳）经济学派、理论物理学和哲学、法学、精神分析学（由弗洛伊德和阿德勒主持）、历史学和艺术史学。这些学院中的每一个都代表着非凡的学术水平和激烈的竞争。

伊丽莎白选择学习哲学、法学和经济学。在某种意义上说，这是典型的犹太人的选择：犹太人在这三门学科的教师队伍中有着强势的存在。比如，法学系有三分之一的教师是犹太人。在维也纳，成为一名律师，意味着成为一名知识分子。她当时就是这样，一名平凡、热切、专注的18岁知识分子，穿着白色绉绸衬衣，领口带有黑色蝴蝶结。这使得她和她母亲间歇性的情感绝对地隔绝开来，也让她远离了官邸里缓慢复苏的家庭生活、育儿室、尚在襁褓中聒噪的小弟弟和所有的忙乱纷扰。

伊丽莎白选择师从令人生畏的年轻经济学家路德维希·冯·米塞斯（Ludwig von Mises）。他是维也纳大学著名的自由意志主义者，因强调社会主义国家的不真实性而获得声誉。维也纳街头或许有共产主义者，但米塞斯打算通过寻找经济学上的证据来证明他们错了。他组织了一个小型的研讨班，在研讨班上，他选中的学生要提交一份论文。1918 年 11 月 26 日，鲁道夫出生一周后，伊丽莎白做了她的第一次发言，内容是关于"卡弗的利率理论"（Carver's theory of interest）。米塞斯的学生都记得研讨班上论文审查的强度，这就是著名的自由市场经济学派的雏形。我手上有伊丽莎白的学生论文，内容是关于"通货膨胀和货币稀缺性"（Inflation und Geldknappkeit）（15 页的斜体小字）、关于"资本"（Kapital）（32 页的斜体小字）和"约翰·亨利·纽曼"（John Henry Newman）（38 页）的。

但伊丽莎白的热情在诗歌上。她把自己写的诗寄给外祖母，还寄给朋友范妮·洛文施泰因-沙芬尼克，范妮此时在一家令人兴奋的当代艺术画廊工作，那里出售埃贡·席勒（Egon Schiele）的画作。

伊丽莎白和范妮喜爱上勒内·玛利亚·里尔克的抒情诗。这些诗令她们着迷：她们能背诵他的两卷《新诗集》（New Gedichte），同时焦急等待着他下一本诗集的出版——他的沉默让人难以忍受。里尔克曾在巴黎担任罗丹的秘书，战争结束后，女孩们带着里尔克写的关于这位雕塑家的书籍去罗丹博物馆致敬。伊丽莎白在书的空白处用铅笔写下了内心激动的心情。

里尔克是当时伟大的激进诗人。他在咏物诗（Dinggedichte）中把直接的表达和强烈的感官知觉描述结合在一起。里尔克写道:"事物是明确的,艺术意义上的事物必须更加明确,排除一切偶然,打破一切晦涩……"他的诗充满顿悟,捕捉到事物焕发生命力的瞬间——一位舞者的起势,宛如硫黄火柴划出火花的瞬间。或者是夏日天气骤然发生变化的时刻,是看到某个人却恍如初见般心情的转变。

他的诗歌充满危险。"一切艺术都是身临险境的产物,是经历一段逼近终点的过程、无人能再进一步的结果。"作为艺术家就该如此,他用令人呼吸急促的语气说。你摇摇欲坠地站在生活的边缘,就像一只天鹅,在"渴望降落/浮在温柔承托它的水面上"之前。

"你必须改变你的生活。"里尔克在诗歌《古老的阿波罗躯干雕像》(*Archaic Torso of Apollo*)里写道。还有比这更令人振奋的指示吗?

直到伊丽莎白在92岁高龄去世之后,我才意识到里尔克对她有多重要。我知道他们有书信往来,但这一直只是传闻,是被埋没的华章。一个冬日的下午,我来到埃弗吕西官邸,站在天井里抱着七弦琴的阿波罗雕像前,努力回想着里尔克的诗歌,那大理石像"肉食动物的皮毛"一般闪亮,我知道我必须找到那些信。

伊丽莎白是由舅舅引荐给里尔克的。里尔克因战争爆发受困于德国时,皮普斯帮助过他。现在,他写信邀请里尔克来克韦切什:"这座房子永远欢迎你的到来。如果你宣布自己'冒昧来访',那会让我们喜出望外。"同时皮普斯请求允许他最喜欢的外甥女寄一些诗给他。1921年夏天,伊丽莎白怀着紧张的心情给里尔克写了一封信,并附上诗体戏剧《米开朗琪罗》,问是否可以让自己把

伊丽莎白·埃弗吕西博士,诗人和律师(1922年)

这篇作品献给他。回信延迟了很久,直到次年春天——因为里尔克正忙于创作《杜伊诺哀歌》——但他回复了一封长达5页纸的信。此后,他们开始通信,在维也纳的20岁学生和在瑞士的50岁诗人。

通信始于拒绝。他拒绝了把诗歌献给他的说法。最好的结果是让这篇诗歌出版,那么这本书"将代表着与我的永恒联系——我很乐意成为你的处女作的指导者,但前提是不要提到我的名字"。但是,信上继续说,我很想看看你在写些什么。他们的书信往来持续了5年。12封来自里尔克的长信,共60页,夹杂着他新近诗歌的手稿和翻译的手稿副本,还有许多卷诗集,上面带有他自己热情的献词。

如果你站在图书馆里看里尔克的作品集,体量有大约一码长,会发现其中大部分是书信,而这些书信中大部分似乎是写给"拥有头衔但心情沮丧的女士们"的——借用约翰·贝里曼(John Berryman)这一富有洞察力的短语。伊丽莎白是醉心于诗歌的年轻女男爵,所以出现在他长长的通信名单里并不稀奇。但里尔克是写信高手,而这些信件尤其精彩,有劝诫,有抒情,既有趣又引人入胜,正是他所说的"笔端的友谊"的写照。这些信从未被翻译,直到最近才在英国由一位里尔克学者转录过来。我把工作台上的陶器挪到一旁,把信的影印件摊在桌面上。我花了几个星期的时间,和一位德国博士生一起尝试翻译这些婉转的、富有韵律的句子。

里尔克在翻译他的朋友、法国诗人保尔·瓦莱里(Paul Valéry)的作品时,提到了后者封笔不写诗歌那些年的"伟大沉默"。里尔克把他刚刚完成的翻译附在信里。他提到巴黎,以及普鲁斯特最近的去世对他的影响,让他想起在巴黎担任罗丹秘书的时光,让他希望能再次回到巴黎学习。伊丽莎白读过普鲁斯特吗?她应该读过。

里尔克非常关心伊丽莎白,特别是她在维也纳的处境。他对她在大学的法律专业的学术研究和诗歌之间的反差很感兴趣:

即便如此,亲爱的朋友,我对你的艺术才能并无疑虑,我对此尤为看重……尽管我无法预见你会带着法学博士学位选择哪一条道路,我认为在你的两个职业之间存在着巨大的反差;精神生活越多样,灵感就越有可能得到保护。灵感无法预测,它来自内心的驱动。

里尔克阅读了她最近的诗《一月的傍晚》《罗马之夜》和《俄狄浦斯王》："三首诗都很好，但我认为俄狄浦斯更胜一筹。"在这首诗里，她描写了国王离开城市踏上流亡之路，他双手遮眼，身裹斗篷，"其他人回到宫殿，所有的灯一盏接一盏地熄灭"。她和父亲相处的时间比较多，他的《埃涅阿斯纪》的放逐故事在她内心激起了强烈的共鸣。

如果伊丽莎白在研究之余有空闲的话，她本可以读读文学，但里尔克的建议是："用心体会风信子的蓝色。还有春天！"他对她的诗歌和翻译给出了具体建议，毕竟，"帮助花草生长的园丁不能只提供关心和鼓励，也要拿着修枝剪和铁锹；批评你的人"！他还在信里分享完成一部伟大作品时的感受。你感到一种危险的浮力，里尔克写道，就好像你会飘走一样。

在这些信中他又变得很抒情：

我相信，在维也纳，当迎面吹来的风不再刺骨寒冷，你就能感受到春天。城市常常能最先感受到事物的变化，阳光变得苍白，影子里意想不到的柔和，窗户里的一道微光——作为城市有几分害羞的感觉……以我自己的经验，只有巴黎和莫斯科（以一种纯真的方式）将春天的整个属性融入其中，仿佛它们就是一道风景……

他在末尾写道："暂时写到这里。我深深感激你信中的热情和友谊。请多保重！你真正的朋友 RM. 里尔克。"

试想一下，收到他的来信时是什么感觉。邮件被带进早餐室，看着来自瑞士的信封上他那微微右倾的连笔字迹，父亲正在一头打开来自柏林的浅棕色书目，母亲在另一头阅读报纸专栏，弟弟妹妹在悄声争论。想象一下，裁开信封，发现里尔克寄来了《致俄耳甫斯的十四行诗》中的一首和瓦莱里的一首诗的抄本。"就像一个童话。我无法相信它是属于我的。"当晚，她在俯瞰环城大道的窗下书桌上回信时说。

他们计划见面。"别让它成为短暂的一个小时，而是成为一段真正的时光。"他写道。但他们没能在维也纳相见。后来伊丽莎白弄错了他们在巴黎会面的时间，不得不在他到达之前就离开。我找到了他们的电报。里尔克在瑞士蒙特勒的洛瑞丝旅馆（Hôtel Lorius），11 点 15 分发给巴黎拉伯雷路（rue Rabelais）3 号的伊丽莎白·埃弗吕西小姐（复电费已付）；40 分钟后她发了回电，他再次回复是第二天早上。

后来他生病了，不能旅行，他待在疗养院里接受治疗期间，通信中断了一段时间；接着，在去世前两个星期，他写了最后一封信。后来，里尔克的遗孀从瑞士把伊丽莎白写给他的信装在包裹里寄了回来。伊丽莎白把来往信件装进一个信封，精心做了标记，然后在漫长的一生中，郑重地收在一个抽屉，又换到另一个抽屉。

作为"送给我亲爱的外甥女伊丽莎白"的礼物，舅舅皮普斯请柏林的一个抄写员把《米开朗琪罗》抄写在牛皮纸上，装饰得像一本中世纪的祈祷书，而后用绿色的硬麻布装订起来。这是对里尔克早期作品《时祷书》(The Book of Hour) 发出的温柔回声，每一节的首字母都是洋红色。我爸爸还记得这本书，他找出来送到我的工作室。它现在就摆在我的书桌上。我打开来，看到了里尔克的题词，然后是她的诗歌。我觉得，这首关于雕刻家创作的诗很好，正是里尔克的风格。

伊丽莎白 80 岁的时候，我 14 岁左右。我开始把我学生时代的诗歌寄给她，并得到她的认真批评和关于阅读方面的建议。我一直阅读诗歌。我对书店里的那个女孩充满了强烈却沉默的渴望，每个星期六下午，我都会去那家书店，用口袋里的钱买几本费伯出版社的薄薄诗集。我的口袋里随时装着诗歌。

伊丽莎白的批评很直接。她讨厌多愁善感，以及"情绪的不准确"。她认为，如果诗歌没有格律，那么采用正式的诗体结构就毫无意义。因此，我为书店黑发女孩写的十四行诗是毫无意义的。但她批评最多的是不准确，因为真实会因为情感的冲动而变得模糊不清。

她去世后，我继承了她的很多诗集。她给这些书籍编了号，里尔克的《时祷书》是26号，他的《罗丹论》是28号，斯特凡·格奥尔格（Stefan George）是EE36号，她外祖母的诗集是63号和64号。我让我爸爸去一所大学图书馆，那里收有她的很多藏书，我想知道她是什么时候读那些书的。当我发现自己在深夜翻阅伊丽莎白的法文诗集、普鲁斯特的12卷小说、里尔克的早期诗集，寻找书页空白处的批注、被遗忘的抒情诗的碎片、一封遗失的信时，我不得不停下来。我想起了索尔·贝娄（Saul Bellow）笔下的赫索格（Herzog），他花了好几个晚上，把从前作为书签夹在书里的钞票抖出来。

当我确实找到一些东西时，又感到还不如没找到的好。我发现她在7月6日星期日的工作日志的背面抄写了里尔克的一首诗，黑字与红字相间，看起来就像一首弥撒曲；在里尔克《历书》（*Ephemeriden*）中一页夹有一株半透明的龙胆；在瓦莱里的《幻魅集》（*Charmes*）中夹着一张潘维茨先生在维也纳的地址；《在斯万家那边》里夹着一张克韦切什起居室的照片。我觉得自己像个书商，在判断书籍封面的新旧，标记着注释，评估着可能的利润。这不仅仅是对她阅读的窥视，那令人感觉奇怪，而且不合适，还流于庸俗。我正在把真实的邂逅变成干枯的花朵。

我记得伊丽莎白其实对物品、根付和瓷器的世界并没有多少感觉，就像她不喜欢小题大做，不会为了早上穿什么衣服而伤脑筋一样。在她临终前居住的公寓里，有一面长长的书墙，但只有一个狭窄的白色架子上摆放着一只小小的中国赤陶狗和三只带盖的罐子。她支持我制作陶器——在我决定建造第一个陶窑时开了一张慷慨的支票给我——但对于我以制作陶器为生的想法感到好笑。但她喜欢诗歌，物品的世界坚硬、明确而且生动，正宜于抒情。她会痛恨我对她的书籍的迷恋的。

在维也纳的埃弗吕西官邸，有三间并排的屋子。一边是伊丽莎白的房间，有点像图书室，她在这里写诗歌和散文，写信给诗人外祖母埃维莉娜、给范妮和里尔克。另一边是维克托的图书室。中间是埃米的更衣室，里面有一面大镜子，梳妆台上面摆放着来自克韦切什的鲜花，还有放置根付的玻璃柜。现在很少有人打开玻璃柜了。

那几年是埃米的艰难时光。她已经 40 出头，有几个需要她关注、但又拒绝她关注的孩子。他们都以不同的方式让她担心，而且当她梳妆打扮时，他们不再围坐在她身旁交谈，倾诉他们最近的遭遇。育儿室里还有个添乱的小男孩。她带他们去歌剧院，因为那里是中立地带：1922 年 5 月 28 日，和伊吉一起去看《唐怀瑟》(*Tannhäuser*)；1923 年 9 月 21 日，和吉塞拉一起去看《托斯卡》(*Tosca*)；12 月，全家人一起去看《蝙蝠》(*Die Fledermaus*)。

在那些艰难的日子里，维也纳没有多少盛装打扮的借口。安娜在这儿还是很忙碌——作为夫人的女仆永远闲不住——但这个房间已经不再是家庭生活的中心。这里很安静。

我想到这个房间,想起了里尔克所写的"令人震颤的静止,就像在玻璃柜里一样"。

23　黄金国度 5-0050

三个年长的孩子离开了这座城市。

诗人伊丽莎白是第一个离开的。1924年,她获得了法学博士学位,是维也纳大学最早授予博士学位的女性之一。接着她获得洛克菲勒奖学金,去美国游学——她离开了。在美国,我聪颖而专注、令人敬畏的祖母为一家德国杂志供稿,撰写关于美国建筑和理想主义的文章,介绍摩天大楼的激情如何与当代哲学相契合。从美国回来后,她移居巴黎,研究政治学。她爱上了一个在维也纳认识的荷兰人,他最近才与她的一个表姊妹离婚,带着一个小男孩。

美丽的吉塞拉是下一个离开的。她嫁得很好,丈夫是名可爱的西班牙银行家,叫阿尔弗雷多·鲍尔(Alfredo Bauer),来自一个富有的犹太家庭。两人在维也纳犹太教堂举行了婚礼,这给世俗的埃弗吕西家族造成了混乱,婚礼上他们不知道该做什么,该坐在哪里或站在哪里。家里为年轻夫妇开放了官邸一楼来待客,在镀金舞厅那令伊格纳斯得意扬扬的天花板下举办了一场体面的派对。吉塞拉穿着羊毛开衫,银色的腰带低垂在印花长裙上,那是一条深色的黑白长裙,上面缀着一串黑色的珠子,看上去轻松而时尚。她笑得大大方方,阿尔弗雷多长相俊朗,留着大胡子。1925年,夫妻俩搬到了马德里。

就在那时，伊丽莎白给年轻的荷兰人亨德里克·德瓦尔（Hendrik de Waal）写了张便条。上面说，听说他星期五要经过巴黎，或许他们能见个面？要是他能打电话的话，她的电话是戈比里斯12-85。亨克①高高的个子，头发略显稀疏，穿着极好的灰色西装，隐约带有深灰色条纹，戴着单片眼镜，抽俄罗斯烟。他在阿姆斯特丹的王子运河（Prinzengracht）旁边长大，是一个咖啡和可可进口商人家庭的独子。他见多识广，会拉小提琴，风度翩翩，是个非常有趣的人。而且，他也写诗。我不确定我的祖母是否曾经被这样一个男人追求过，当时她27岁，头发向后梳成一个严肃的圆髻，戴着圆圆的黑框眼镜，很符合她女男爵、埃弗吕西博士的身份。但她很喜欢他。

我在维也纳阿德勒学会的档案里找到他们的结婚公告。印制得非常典雅，上面写着，伊丽莎白·冯·埃弗吕西已经和亨德里克·德瓦尔成婚。然后维克托和埃米的名字印在一角，德瓦尔父母的名字印在另一角。我的祖父母——一个属于荷兰归正会，一个是犹太教——在巴黎的圣公会教堂举行了婚礼。

伊丽莎白和亨克在巴黎第16区萨巴蒂尼路（rue Spontini）买了套公寓，并以最新的装饰派艺术风格进行了装饰，有鲁赫曼（Ruhlmann）设计的扶手椅和地毯，还有来自维也纳工坊的令人兴奋的现代金属灯具和玻璃器皿，这些器皿轻盈得令人难以置信。他们挂了许多凡·高油画的大型复制品，还在客厅短暂地挂了幅席勒的风景画，这是他们在维也纳从范妮所在的画廊买来的。我有几张这套公寓的照片，可以从中感受到这对夫妇布置这里时的

---

① 亨德里克的昵称。

喜悦，购买新物品而不是继承物品的喜悦。没有镀金，没有仕女图，没有荷兰大箱子。也完全没有家族肖像。

一切顺利的时候，他们和亨克的儿子罗伯特，还有婚后不久添的两个小男孩住在这套公寓里。这两个男孩就是我的父亲维克托——和他的外祖父维克托一样，也继承了俄罗斯祖父辈的昵称塔夏——和我的叔叔康斯坦特·亨德里克（Constant Hendrik）。他们天天都到布洛涅森林玩耍。一切顺利的时候，家里有女家庭教师、厨子和女仆各一名，甚至还有一名司机。伊丽莎白为《费加罗报》（Le Figaro）撰写诗歌和文章，同时提高她的荷兰语水平。

碰到阴雨天，伊丽莎白有时会带孩子们到杜伊勒里花园边上的国立网球场现代美术馆（gallery of the Jeu de Paume）。在这里，在狭长而明亮的房间里，他们可以看到查尔斯的藏品，包括马奈、德加和莫奈的作品，这是范妮和丈夫泰奥多尔·雷纳克，那位和家族联姻的聪明学者，为纪念舅舅查尔斯而捐赠给美术馆的。巴黎的亲戚还在，但查尔斯的那一代人已经离世，留下的只有给接纳了他们的国家的遗赠。雷纳克家族把一栋华美的希腊神庙的复制品——克罗劳斯别墅（Villa Kerylos）捐给了法国，伯祖母贝亚特丽斯·埃弗吕西-罗斯柴尔德把位于费拉角的玫瑰红别墅（rose-pink villa）捐给了法兰西学院（Académie française）。卡蒙多家族捐出了他们的藏品，卡昂·德安特卫普家族也捐出了他们在巴黎城外的城堡。从这些最早的犹太家族在蒙梭街建造他们的住宅开始，已经过去了70年，他们正在向这个慷慨的国度做出回报。

从宗教信仰来看，伊丽莎白的婚姻很耐人寻味。亨克成长于一个严厉的家庭——长辈们穿着黑衣，看起来很阴沉——但他皈依了门诺派。伊丽莎白对犹太教信仰很坚定，却在阅读了基督教的神秘主义作品后，也谈起了改信。这不是为了婚姻所做的权宜之计，也不是要融入邻居，或者融入天主教——我不确定是否有成长于维也纳感恩教堂对面的犹太女性会做这样的选择，而是改信英格兰圣公会。他们结婚时去了巴黎的圣公会教堂。

后来盎格鲁-巴达维亚贸易公司（Anglo-Batavian Trading Company）经营不善，亨克损失了大量金钱，其中还包括其他人特别是一笔属于皮兹的钱。皮兹是伊丽莎白的远亲和儿时的朋友，现在已成为一名很有前途的表现主义画家，在法兰克福过着放荡不羁的生活。损失这么一大笔钱简直是一场噩梦，司机和女仆被解雇，家具被放到巴黎的仓库里，令人有"生命无常"之感。

亨克在金钱方面的无能与他的岳父维克托不同。亨克能让数字跳舞。我父亲谈起过他如何扫视三列数字，任取其中一列，总能面带微笑地给出正确的总和。正是因为他相信自己能用钱玩同样的把戏，他相信一切都会好起来，市场会运转，货船会进港，财富会像他薄鲨鱼皮烟盒里的香烟一样整齐地补回来。他被自己的能力欺骗了。

我认为维克托从来不相信自己对数字有任何控制能力。我很想知道，当伊丽莎白后来意识到自己嫁的是一个几乎和她父亲一样不擅长理财的人时，是怎样的心情。

从苏格兰中学毕业的伊吉是第三个离开的。我拿到他的毕业照时，起初没找到他，后来才突然认出来，他就是后排那个穿着双排扣西装的胖乎乎的年轻人。他看起来像个股票经纪人。打着蝴蝶领结，口袋里披着手帕，一个正在练习如何正确站立才显得充满自信的年轻人。比如说，你会一只手插在口袋里站着吗？还是两只手都插在口袋里更好？或者，采用这种最讨人喜欢的、一只手插在马甲口袋里的花花公子式的姿势？

为了庆祝学校教育的结束，伊吉和他儿时的朋友古特曼兄弟进行了一趟汽车旅行，乘坐一辆传说中非常奢华的西斯帕罗-苏扎（Hispano-Suiza），从维也纳出发，穿过意大利北部和里维埃拉（Riviera），到达巴黎。在某个地方寒冷而明亮的道路上，三个年轻人拉下帽兜坐在车后面，身上裹着驾车外套，护目镜架在帽檐上。他们的行李堆在前面。一名司机站在旁边。汽车的引擎盖消失在照片的左边，汽车的后备厢消失在照片的右边。这辆车仿佛平衡在一个吹口气就会倒的支点上，盘旋在长长的下坡路上。

如果你是名大学生，有伊丽莎白这样一个姐姐压力会很大，但伊吉不是书呆子。那段日子家里的经济状况不错——埃米，45岁的优雅女性，又开始买衣服了——但伊吉确实需要收收心，不能只把时间耗费在电影院轮播的下午场电影上。维克托和埃米对他的未来很明确——伊吉应该进入银行，每天早上和爸爸出门左转，再左转，坐在盾徽下的办公桌旁，盾徽上小船乘风破浪，家族格言"Quod Honestum"由约阿希姆传给伊格纳斯和莱昂，接着传给维克托和朱尔斯，现在又要交给伊吉。毕竟，伊吉是整个埃弗吕西家族唯一的年轻男子，鲁道夫还只是一名7岁的可爱男孩。

伊吉特别不擅长与数字打交道这一事实被视而不见。为他制定的计划是在科隆的大学继续学习金融。这也有利于舅舅皮普斯监督他——此时皮普斯正处于第二次婚姻里，这次是和一名迷人的电影女演员。作为独立生活的象征，伊吉得到一辆小汽车，他坐在车里的样子很是得意。他经受住了这场考验（整整3年的德语课堂），开始在一家法兰克福银行工作，正如他在多年后的一封信里干巴巴地写道，这份工作"给了我一个机会，让我熟悉银行业务的各个方面"。

他不愿谈论那些年的事情，只是对我说，在大萧条时期的德国成为一名犹太银行家是不明智的。那时纳粹主义甚嚣尘上，希特勒的支持率急剧上升，准军事组织冲锋队的人员翻了一番，达到40万人，街头战斗成为城市生活的一部分。1933年1月30日，希特勒被任命为总理。一个月后，发生了国会大厦纵火案，有数千人被带走实行"预防性拘留"。最大的新拘留营位于巴伐利亚州边境的达豪（Dachau）。

1933年7月，家里期待伊吉回到维也纳，开始在银行工作。

留在德国不明智，但回到维也纳也不是好的时机。维也纳动荡不安。奥地利总理恩格尔伯特·陶尔斐斯（Engelbert Dollfuss）面对纳粹分子与日俱增的压力，已经暂停了宪法。警察和示威者之间发生了暴力冲突，有几天维克托甚至无法去银行，只能焦急地等在家里，等着晚报送进他的图书室。

伊吉没有露面。他逃走了。他把他不喜欢的银行——守门人总是冲他傻笑——抛弃在维也纳。同时抛下的还有很多：爸爸、老厨娘克拉拉和她最受欢迎的小牛肉馅饼配土豆沙拉、为他整理衬衣的安娜，以及他那需要经过更衣室、位于熟悉的长廊尽头的房间，里面有一张比德迈式床，以及在6点必定翻折妥当的床罩。

伊吉去了巴黎。他开始在一家"三流时装商店"（third-rung fashion house）工作，学习如何绘制茶会女礼服的粗样图。他晚上在工作室学习剪裁，开始感受剪刀如何划过绿闪光绸起伏不平的区域。在朋友住所的地板上睡4个小时后，起来喝杯咖啡，继续画画。花15分钟吃午餐、喝咖啡，然后接着开始。

他很穷：他学会了保持衣服干净整洁的诀窍，以及如何收拢和缝合袖口。他的一小笔来自维也纳的零用钱没有中断，不用说是来自他的父母。尽管维克托在向朋友解释为何伊吉没有进入公司时一定很羞惭，或者在被问到伊吉究竟在巴黎干什么时无言以对，但我怀疑他是同情儿子的。维克托必定做过逃走抑或不逃走的抉择，正如埃米必定做过留下抑或不留下的抉择一样。

伊吉28岁。和埃米一样，服装对他而言是一种天职。那些在更衣室里和根付、安娜、母亲相伴的夜晚，他曾抚平裙子上的皱褶，比较袖口、领口的花边细节。和吉塞拉玩过的那些化装游戏，那箱保存在远处角落储藏室里的旧礼服。在沙龙的镶木地板上翻阅过期的《维也纳时尚》(*Wiener Mode*) 杂志。伊吉可以告诉你，一个帝国军团的裤子和另一个帝国军团的裤子在剪裁上有什么差异，以及你能如何穿斜裁的双绉丝的衣服。现在，他终于发现自己并没有想象中的那么优秀，但他毕竟已经开始了。

然后，在辛苦工作9个月后，他又逃走了，逃向了纽约，逃向了时尚界，逃向了男孩的世界。这是一个节奏如此完美的三级跳，以至于到了晚年，他还忍不住笑着把前往纽约的旅程描述为经历了一场洗礼，从一种生活迈向了另一种生活，在某种意义上也是一趟心灵的旅程。

我第一次在东京和他待在一起时，很难理解他试图希望我穿得更好的那份固执。那是闷热、潮湿的6月，在伊吉的公寓里，旅行而来的我极其认真又满怀热情，而且显得相当邋遢。我第一次明白重要的不是衣服，而是衣服如何与你搭配。伊吉和他住在内联公寓的朋友志良带我去了三越百货，那是一家位于银座中心的大百货公司，给我买了些合适的衣服，几件夏天穿的亚麻夹克衫和几件带领子的衬衣。我的牛仔裤和无领T恤被他们的女管家中村太太拿走，送回来的时候叠得整整齐齐，都重新镶了边，袖口用细针固定着，还补全了所有的纽扣。这样的事情，以后再也没有发生过。

很久以后我重访东京，志良递给我一张他找到的小卡片："I. 莱奥·埃弗吕西男爵宣布将与多萝西·库托尔公司——前巴黎莫利纳公司合作。"地址是"第五大道695号"，电话号码是"黄金国度5-0050"。这看起来很合适。时尚是伊吉的"黄金国度"：他舍弃伊格纳斯的部分换成了莱奥（Leo），但恰当地保留了男爵头衔。

多萝西·库托尔（Couteaur）公司——这个名字取自纳博科夫[1]以嘲弄的语气故意拖长"库图"（couture[2]）一词的发音，伊吉为它设计了"率性大胆的外套"，展示了"巧妙地沿着对角线缝上皱褶的米色透明绉女裙，搭配同样是米色、上面有棕色燕子图案的新颖的绉绸外套"。事实上，这些衣服的色泽很深。伊吉主要"为时髦的美国女性设计精致礼服"，尽管我的确发现有人提及"首次在加利福尼亚展出的时尚配饰。皮带、手袋、陶制珠宝和化妆盒"，这或者显示了他的财务困境，或者表现了他的精明。1937年3月11日的《女装日报》（*Women's Wear Daily*）上提到"一款重要的晚礼服，体现了一种有趣的织物搭配，这款礼服受到希腊风格的影响，使用的是珍珠母缎布，外套是鲜红的薄绸，有细褶作为表面装饰。围巾可以用作外衣的腰带，让人联想到一种骑装"。

---

[1] 弗拉基米尔·纳博科夫（Vladimir Nabokov, 1899—1977），俄裔美籍小说家、文体家、诗人、文学评论家、翻译家，同时对昆虫学也有涉猎。纳博科夫出生于俄国，赴美之前曾在欧洲各国游历，后逝世于瑞士。
[2] 法语，女装或女装设计与缝制。

> I. LEO EPHRUSSI
> takes pleasure to invite you to see his exclusive
> Paris and New York Lines
> of Smart Accessories
> shown for the first time in California
>
> Studio Huldschinsky
> 8704 Sunset Blvd.
> West Hollywood   Belts, Bags, Ceramic Jewelry
> CR. 1-4066   Compacts, Handknit Suits and Blouses

伊吉的请柬（1936年）

"有趣的织物搭配"是一个绝妙的说法。我对着插图看了很久，试图联想到那种"骑装"。

直到我发现他根据美国海军信号旗设计的度假装的图样，我才意识到伊吉从中获得了多大的乐趣。图样上展示了穿着短裤、短裙的少女在肤色黝黑的英俊水手的指导下升帆的情景，同时少女所穿的背心上的旗语编码告诉我们"我需要和你进行个人交流""你已经脱离危险""我着火了"和"我坚持不下去了"。

纽约到处都是从欧洲逃出来的贫穷的俄罗斯人、奥地利人和德国人，伊吉也是其中的一员。他的少量来自维也纳的零花钱终于断了源头，服装设计的收入很微薄，但他很快乐。他结识了古董商罗宾·柯蒂斯（Robin Curtis），后者比他年纪略小，身材瘦高，皮肤白皙。在他们与罗宾妹妹合租的位于上东区的公寓里拍的一张照片里，两人都穿着细条纹西装，伊吉坐在椅子扶手上。他们背后的壁炉架上还摆着几张家庭照片。在其他照片中,他们穿着短裤在海滩上嬉戏,有在墨西哥的,有在洛杉矶的:都是出双入对。

伊吉确实逃脱了。

伊丽莎白不同意搬回维也纳。但在经济状况很紧张的时候——客户让亨克失望,承诺的事办不到,等等——她带着孩子们去了奥博博尔扎诺(Oberbozen)的一处农舍。那是意大利提洛尔(Tyrol)地区的一个美丽村庄。每逢节日,村子里都会有喧嚣的鼓乐队奏乐。村里还有长满龙胆属植物的牧场。那里很美,空气对孩子们的皮肤也很有益,但最重要的是,和巴黎昂贵的生活方式比起来,那里的生活费用极低。孩子们短暂地进过当地的学校,而后伊丽莎白决定亲自教育他们。亨克在巴黎和伦敦之间奔走,设法挽回贸易公司的损失。"他来看望我们的时候,"我父亲回忆道,"我们被告知要非常安静,因为他很累很累。"

有时候,伊丽莎白会带孩子们回维也纳看望外祖父外祖母和舅舅鲁道夫,后者现在已经十几岁了。司机开着那辆长长的黑色汽车,维克托和他的外孙们坐在后车座上,外出游玩。

埃米的身体状况不是很好——有心脏病,已经开始服药。从那些年的照片来看,她显得老多了,而且对步入中年显得有些不适应。但她仍然打扮得漂漂亮亮,穿着带白领的黑色斗篷,灰色卷发上斜戴一顶帽子,双手分别放在我爸爸和我叔叔的肩膀上。安娜一定把她照顾得很好。而且她依然会坠入爱河。

她总说还没有做好当外祖母的准备,但她给我爸爸寄来了一系列取材于安徒生童话的彩色明信片:《小猪倌》《豌豆公主》。一共有几十张,每周一张,几乎从无间断,每一张上面都写着一小段话，落款是"来自外祖母的一千个吻"。埃米还是抑制不住讲故事的欲望。

在家里长大的鲁道夫，随着哥哥姐姐一个个地离去，已经变成了高大帅气的小伙子。在一张照片里，他穿着马裤和军大衣，站在官邸沙龙的门廊下。他会吹萨克斯，那声音回响在日渐空落的房间里，一定好听极了。

1934年7月，伊丽莎白和孩子们在维也纳官邸住了两个星期。那些天里，奥地利党卫队（SS）发动了一场未遂的政变，陶尔斐斯总理在办公室遭到暗杀，这是纳粹暴动的信号。政变被镇压下去，伤亡惨重，新总理库尔特·舒施尼格（Kurt Schuschnigg）宣誓就职，表示要防止恐怖内战的爆发。我父亲记得他在育儿室醒来，跑到窗前，看见一辆消防车鸣笛从环城大道上呼啸而过。我曾试图让他回忆起更多的信息（是纳粹游行？武装警察？危机？），但徒劳无功。那辆消防车是1934年的维也纳留在他记忆里的全部。

维克托几乎不再假装自己是银行家了。也许正是因为这样，也或许是因为他的副手施泰因豪斯尔先生（Herr Steinhausser）的能力，银行经营得不错。他仍然每天去银行，在那里研究莱比锡和海德堡寄来的印刷得密密麻麻的长长书目。他开始收集古版书，自从奥匈帝国瓦解后，他对罗马历史的热情变得愈加强烈。这些书摆放在图书室里的一个书架上，书架高高的，俯瞰着苏格兰街，带有网门，钥匙就挂在他的表链上。古版拉丁文史书似乎特别深奥，收藏起来也非常昂贵，但他对帝国情有独钟。

维克托和埃米一起在克韦切什度假，但自从她父母过世后，那里变得异常冷清，马厩里只有两匹马，猎场看守人也少了，周末不再有盛大的狩猎活动。埃米常常步行到河曲处，走过微风吹拂的垂柳，然后在晚饭前赶回来，就像过去和孩子们在一起时那样。但她患有心脏病，行动相当缓慢。游泳的湖泊无人照看，周围长满了沙沙作响的芦苇。

埃弗吕西家的孩子们散落各方。伊丽莎白还在阿尔卑斯山区，但已经搬到瑞士的阿斯科纳（Ascona），一有机会就带着孩子们回到维也纳。安娜总是为他们的到来忙个不停。伊吉在好莱坞设计度假休闲装。因为西班牙内战，吉塞拉和她的家人不得不离开马德里前往墨西哥。

1938年，埃米58岁，仍然非常洒脱，珍珠项链缠绕在脖子上，一直垂到腰部。维也纳一片混乱，但官邸里的生活不可思议地保持了稳定，有8名仆人维持着这种稳定的完美。一切照旧，虽然餐室里的餐桌还是固定在下午1点和晚上8点摆好，此时却不见鲁道夫的身影。她说，他几乎总是在外面。

维克托78岁了，看上去和他父亲一模一样——也和他堂兄查尔斯讣告上的肖像一模一样。我想起年迈的斯万，他身上所有家族的特征都变得更加明显：埃弗吕西家族的鼻子更加醒目。我看着维克托的一张照片，他的胡子精心修剪过，意识到我父亲和他现在是多么像。我不禁想知道我还要多久也会变成这样。

维克托是那样焦虑，每天都要阅读好几份报纸。他的焦虑是正确的。多年来，德国公开施加压力，并秘密资助奥地利国家社会党资金。希特勒已经要求奥地利总理舒施尼格释放监狱里的纳粹党成员并允许他们参政。舒施尼格同意了。压力与日俱增，他已经不堪重负。他决定在3月13日就推动奥地利脱离纳粹帝国独立举行全民公投。

3月10日星期四，维克托前往卡恩特纳街上的维也纳俱乐部（出门左转，靠左走大约457码的距离），和他的犹太朋友们共进午餐。整个下午在烟雾缭绕的对于时局的讨论中过去了。历史没有帮助维克托。

第三部

维也纳，克韦切什，唐桥井，维也纳
（1938—1947）

24 "大规模游行的理想地点"

1938年3月10日,人们对公民投票寄予厚望。前一天晚上,奥地利总理舒施尼格在因斯布鲁克(Innsbruck)发表了铿锵有力的演讲,他援引古老的提洛尔英雄的话:"人类——钟声已经敲响!"那一天阳光明媚,万里无云。街头到处有卡车在散发传单,还有上面写着引人注目的"同意!"的布告。"与舒施尼格一起争取奥地利独立!""祖国阵线"的白色十字架刷在建筑物的墙上和人行道上。大街上的人群和青年团体列队高呼"舒施尼格万岁!自由万岁!"和"誓死捍卫奥地利!"广播里无休止地播放舒施尼格的演讲。犹太社区提供了巨额的50万先令——相当于8万美元——支持这场运动,公民投票是维也纳犹太人最后的堡垒。

11日星期五,天还没亮,维也纳警察局局长叫醒舒施尼格,告诉他德国边境上有军队在调动。铁路交通已经停止运行。那一天,同样天气晴朗,阳光明媚。那一天是奥地利的末日,柏林发来最后通牒,要求总理辞职,让位给亲希特勒的部长阿图尔·冯·赛斯-英夸特(Artur von Seyss-Inquart)。维也纳绝望地尝试向伦敦、巴黎和罗马求助,希望顶住德国日益沉重的压力。

3月11日,犹太社区追加30万先令支持舒施尼格的运动。有传闻说德国军队已经越过边境,还有人说公民投票可能延期。

那台棕色的收音机——一台巨大的英国收音机——令人过目

难忘，上面有个拨盘标示着各国首都的城市名，一直摆放在图书室里。维克托和埃米在那里听了一个下午。就连鲁道夫也加入了他们。4点半，安娜端来了给维克托的茶和一个瓷盘（里面放着柠檬片和糖），给埃米的英式茶和蓝色的迈森小瓷盒（里面装着心脏病药丸），还有给鲁道夫的咖啡，他19岁了，很固执。安娜把托盘放在堆满书籍的书桌上。7点，维也纳广播电台宣布公民投票延期，几分钟后，又宣布内阁辞职，除了支持纳粹的阿图尔·冯·赛斯-英夸特——他将继续担任内务部长。

7点50分，舒施尼格在广播里宣布："奥地利的男女公民们！今天我们面临着严峻而且决定性的处境……德意志帝国政府已经向联邦总统发出最后通牒，要求他选择帝国政府指定的候选人担任总理一职……否则……德国部队将即刻越过边境……即使在这个严峻的关头，我们也不愿泼洒德国人的鲜血，我们已经向军队下令，一旦入侵发生，就撤退，不要有任何实质性的抵抗，等候接下来几个小时的决定。所以，此刻，我以一句德语歌词和衷心的祝福向奥地利人民告别：愿上帝保佑奥地利。"接着，响起了音乐《天佑皇帝弗朗西斯》——奥地利国歌。

就像开关被打开了。街头响起了此起彼伏的嘈杂声，苏格兰街道上空回荡着各种声音。他们在喊："一个民族！一个帝国！一个元首！""希特勒万岁，胜利万岁！"然后他们高呼"Juden verrecken！"——消灭犹太人！

棕色衬衫的洪流出现了。出租车拼命按喇叭，街上有人携带武器，而不知为何，警察也戴上了纳粹袖章。卡车沿着环城大道呼啸而过，经过官邸，经过维也纳大学，向市政厅驶去。卡车上有纳粹标志，有轨电车上也有纳粹标志，年轻男子和少年挂在车外，一边叫喊，一边挥手。

有人关掉了图书室的灯，仿佛在黑暗中别人就看不见他们，但一波波声浪传进了屋子，传进了房间，传进了他们的肺里。下面大街上有人在被殴打。他们想干什么？你能假装这一切没有发生多久？

一些朋友收拾好行李，走到大街上，穿过狂欢的维也纳市民形成的旋涡，来到火车西站。开往布拉格的夜班火车于11点15分出发，但9点就已经人满为患。穿着制服的人蜂拥而至，把人们拉下车。

11点15分，纳粹旗帜已经悬挂在政府部门的护墙上。午夜12点半，总统米克拉斯（Miklas）屈服，批准了新内阁成员的提名。凌晨1点8分，一名克劳斯纳少校在阳台上深情宣布："在这个欢庆的时刻，奥地利自由了，奥地利进入了国家社会主义。"

在捷克边境，人们步行或开车排起了长队。收音机里现在播放的是《巴登威勒进行曲》和《霍亨伯里德博格进行曲》①，音乐声中夹杂着口号声。第一家犹太商店的橱窗被砸。

就在那天晚上，街头的声音在埃弗吕西家的天井里响起，在墙壁和屋顶之间回荡。接着，沉重的脚步声上了楼梯——那是通往三楼公寓的33级浅浅的台阶。

门上响起拳头的敲击声，有人靠在门铃上，有8到10个人，这些人穿着制服——有的人戴着纳粹袖章，有的人很眼熟。有几个还是孩子。现在是凌晨1点，没有人睡觉，每个人都穿得整整齐齐。维克托、埃米和鲁道夫被推进了图书室。

---

① 德国军乐。

这第一天晚上，这些人在公寓里乱闯。当几个人发现了沙龙里成套的法国家具和瓷器时，有喊叫声从天井里传来。埃米的衣柜被洗劫时，有人抑制不住地大笑。有人在钢琴键上敲出一段旋律。有人在书房里拉开抽屉，敲桌子，把角落置物台上的文件扫到地上。他们闯进图书室，把地球仪从支架上推下来。这种抽搐般的破坏、捣乱和扫荡几乎算不上掠夺，更像是舒展筋骨、捏手指关节，是一种放松。走廊里的人在检查、张望、搜寻，猜测这里有些什么。

他们拿走了餐室里微醺的法翁举着的银烛台，壁炉架上的孔雀石小动物、银烟盒，维克托书房桌子上用回形针别起来的钱。沙龙里报时的俄罗斯小钟——外壳镶着粉红色的珐琅和黄金，还有图书室里的大钟，柱子支撑着黄金圆顶。

多年来，他们一直从这栋房子前走过，瞥见过窗户里的人影，在门房开门让马车进出时看到过里面的天井。现在他们终于站在里面了。犹太人就是这样生活，就是这样挥霍我们的钱的——一个又一个房间，里面堆满了东西，财富。他们拿走的只是少许纪念品，一点点的重新分配。这只是开始。

他们最后去了屋角埃米的更衣室，也就是收藏根付的玻璃柜所在的房间。他们把她用作梳妆台的桌子上的所有东西都扫落在地：小镜子、瓷器、银盒子，还有安娜插在花瓶里的来自克韦切什的鲜花，然后又把桌子拖到走廊上。

他们把埃米、维克托和鲁道夫推到墙边，其中三个人抬起桌子，从栏杆上扔下去，随着木头、镀金和镶花装饰品的碎裂声，桌子砸在了天井的石板上。

那张桌子——范妮和朱尔斯从巴黎送来的结婚礼物——花了

很长时间才落下。坠落的声音从玻璃天棚上反弹回来。破裂的抽屉里的信件散落一地。

你们以为能支配我们，你们这些该死的外国垃圾。等着看吧，你们这些废物，该死的犹太佬。

这是野蛮的、未经批准的雅利安化。也无需批准。

东西碎裂的声音是等候已久的奖赏。这个晚上充斥着这类奖赏。它已经等待很久了。这个晚上是祖父母对孙子孙女讲述的故事，是有一天晚上犹太人终于要为他们所做的一切负责、为他们从穷人那里掠夺的一切负责的故事，是街道如何遭到清洗、光亮如何照进所有黑暗之地的故事。因为这一切与污垢有关，与犹太人把污染从他们发臭的陋室带进帝都有关，与他们如何夺走属于我们的东西有关。

在维也纳的各个地方，许多家庭的大门被砸破，孩童躲在父母身后，躲进床底下、橱柜里——躲到任何听不到他们的父亲和兄弟被逮捕、被殴打、被拖进外面的卡车，他们的母亲和姐姐遭到凌辱的地方。在维也纳的各个地方，人们无所顾忌地去夺取应该是他们的、按照权利属于他们的东西。

不仅仅因为这些你无法入睡。当那些人离开的时候，那些男人和少年终于离开的时候，他们说他们还会回来，你知道他们是认真的。埃米戴着的珍珠项链被他们摘走了。他们还抢走了她的戒指。有个人停下来，朝你脚下啐了一口。他们哗啦啦走下楼梯，大呼小叫着走进天井。有个人跑了几步去踢桌子的残骸，他们出了大门来到环城大道上，裹着大衣的胳膊下还夹着一座大钟。

很快要下雪了。

3月13日星期天那个灰色的黎明，本应是为自由的、讲德语的、独立的、社会的、信仰基督教的和统一的奥地利进行公民投票的日子，却有邻居跪在街头擦洗维也纳的大街——他们中有孩童和老人，有那个在环城大道上拥有报刊亭的男人，有正统派、自由派、虔诚派和激进分子，有熟悉歌德而且相信"教养"的老人，有小提琴教师和她的母亲，他们全都处于党卫队、盖世太保（Gestapo）、纳粹党（NSDAP）成员、警察，还有多年来和他们比邻而居的街坊的围观下。他们被嘲弄，被吐口水，被叱责，被殴打。他们擦去舒施尼格公民投票的标语，让维也纳重新变得干净起来，让维也纳做好准备。感谢我们的元首，他为犹太人创造工作。

在一张照片里，一个年轻男子穿着漂亮的夹克衫，他低头监视着跪在肥皂水里的中年妇女。他卷起裤脚，以免裤子被打湿。一切都是关于肮脏和清洁的。

这栋房子已经被攻破。那天上午，我的曾外祖父母默然坐在图书室里，安娜从地板上捡起亲戚们的照片，清扫掉瓷器和镶嵌工艺家具的碎片，摆正照片，试图把地毯弄干净，试图把被打开的门关起来。

那一天，德国空军的飞机中队在维也纳低空盘旋了整整一天。维克托和埃米不知道该怎么办。他们不知道该去哪儿。因为在那个星期天的早晨，第一批德国军队越过边境，迎接他们的是鲜花和欢迎的人群。据说，希特勒要返乡祭扫母亲的坟墓。

那一天，街上一直在抓人——逮捕所有曾经支持过前政党的人，包括著名记者、金融家、公务员和犹太人。舒施尼格被单独禁闭。那天晚上，一支由纳粹党领导的火炬游行队伍穿过全城。酒吧里响起"德意志，德意志高于一切"的喧闹声。因为沿途拥挤的人群，希特勒从林茨到维也纳用了6个小时。

3月14日星期一，希特勒抵达维也纳："在傍晚的阴影笼罩维也纳之前，在庄严的欢庆气氛里，风屏住了呼吸，旗帜低垂，这个伟大的时刻变成了现实，团结的德意志民族的元首进入'东方边境①'的首都。"

维也纳枢机主教下令鸣钟，埃弗吕西官邸对面的感恩教堂的钟声在下午开始敲响，德国国防军踏过环城大道的声响让屋子晃动。到处是旗子：有带纳粹标志的旗帜，也有画上纳粹标志的旧奥地利旗帜。孩童们爬到椴树上。书店橱窗里已经挂上了显示新欧洲的地图：一个团结的德意志民族，从阿尔萨斯-洛林延伸到苏台德地区，从波罗的海延伸到提洛尔地区。半个地图都是德国的领土。

3月15日一大早，人流就开始走过苏格兰街，走过埃弗吕西官邸，沿着环城大道，朝一个方向前进，走向英雄广场——霍夫堡皇宫外的巨大广场；20万人拥挤在广场和附近的街道上。他们攀在雕像上，爬到树枝或栏杆上，在天空的映衬下可以看见皇宫护墙上也有人影。11点钟，希特勒来到阳台上。人们几乎听不见他的声音。当他的演讲快结束时，喧闹声使他连续几分钟都无法说话。但在苏格兰街听得清清楚楚。当时他说的是："此时此刻，作为德意志民族和帝国的元首和总理，我得以向德意志人民报告我此生最伟大的成就，我在此提前宣布，我的故乡加入了德意志帝国。""人们因希特勒的到来如痴如醉，这一场面真是难以形容。"《巴塞尔新报》(*Neue Basler Zeitung*)上写道。

环城大道正是为这种场面而修建的，拥挤的人群，激情的阅兵场，制服。1908年，还是学生的希特勒曾计划设计两扇巨大的

---

① 东方边境（Ostmark），1938年德奥合并后至1942年，纳粹宣传机器以此称呼奥地利。

从国会大厦和歌剧院沿环城大道眺望埃弗吕西官邸
（维也纳，1938年3月14日）

拱门，让英雄广场更臻完美，达到建筑学的顶峰："成为一个大规模游行的理想地点"。很久以前，他观看过哈布斯堡王朝的皇家盛典。而今环城大道再次拥有来自《一千零一夜》的魔法，但其中一个故事讲的是，如果你说错话，魔法就会失控，就会有人在你眼前变成可怕的东西。

下午1点半，希特勒返回检阅士兵和车辆，同时有400架飞机在头顶上空飞过。有人宣布将举行一场公民表决——另一场，这次是合法的。"你们承认阿道夫·希特勒是我们的元首，以及于1938年3月13日生效的德奥合并吗？"在浅粉色的选票上，有一个巨大的圆圈代表"同意"，另一个极小的圆圈代表"反对"。为了鼓励维也纳人慎重对待这次投票,有轨电车披上了红色旗帜,圣斯蒂芬教堂也披上了红色的外衣,还有老犹太区利奥波德城被纳粹旗帜所笼罩。在这次合法的公民投票里,犹太人没有资格投票。

这里有恐怖的事情发生。人们被从大街上抓走,塞进卡车。数千名激进分子、犹太人、麻烦制造者被送往达豪集中营。最初几天,不断传来有朋友离开的消息,接到有人被逮捕的绝望的电话。埃米的远亲弗兰克和米特齐·伍斯特已经离开了。他们最亲密的朋友古特曼一家也于13日离开了。罗斯柴尔德家族离开了。伯恩哈特·阿尔特曼(Bernhardt Altmann),维克托的商业同事,无数次宴会上的朋友,也离开了:走出家门,抛下一切,是要付出些什么的。

有时候,用钱把人从警察局里捞出来是有可能的。维克托帮助了两个想越境去捷克斯洛伐克的表亲,但他和埃米似乎无法做出决定。朋友们劝他们走。执意留下的是维克托。他不能离开这栋房子——他父亲和祖父的房子。他不能离开银行。他不能这样离开他的图书室。

其他人离开了这栋房子。谁愿和犹太人扯上关系呢?只剩下3名仆人:厨娘和安娜,她们确保男爵和男爵夫人仍然喝得上咖啡;还有门房基希纳先生,他住在大门旁的小房子里,而且没有已知的家人。

随着越来越多的德国军人涌现,城里每时每刻都在变化,每个街角都有穿着制服的人。货币现在是帝国马克。犹太人的店铺外被刷上"犹太"字样,顾客如果被看到进出店铺,就会成为众矢之的。由犹太四兄弟拥有的规模庞大的席夫曼百货商店,在众目睽睽之下被冲锋队系统化地搬空。

人们在消失。越来越难以知道谁在什么地方。3月16日星期三,皮普斯的老朋友、作家埃贡·弗里德尔(Egon Friedell)看到纳粹突击队来到他的公寓大楼并盘问门房时,从公寓的窗户跳了下去。3月和4月,有160名犹太人自杀。犹太人被剧院和管弦乐团开除。所有的国家机构和市政府的犹太雇员遭到解雇,183名犹太教师失去工作。所有的犹太律师和检察官都被解除了职务。

在那些日子里,蛮横的解雇、对犹太人财产的予取予夺、在街头随意殴打犹太人的情况变得越来越严重。很明显,这是由许多计划和命令推动的。3月18日星期五,年轻的党卫队中尉阿道夫·艾希曼(Adolf Eichmann)在到达维也纳两天后,亲自参与了一场对犹太街犹太社区的突袭行动,没收了证明犹太社区和舒施尼格公民投票运动有关的文件,随后又征用了犹太社区的图书馆和档案室。艾希曼关心的是为计划中的犹太问题研究所收集最完善的犹太和希伯来资料。

情况越来越明朗,确实存在着针对维也纳犹太人的一系列计划。3月31日,犹太组织被宣布为非法。英国小教堂的牧师在为犹太人施洗。如果你改变信仰,也许就多了逃走的机会。长老院外排起了长队。为帮助更多绝望的人,牧师简化程序,把对基督教信仰的指导缩短到10分钟。

4月9日,希特勒回到维也纳。他的车队浩浩荡荡地穿过城市,进入环城大道。中午,戈培尔出现在市政厅——即位于此时阿道夫·希特勒广场的市政厅——的阳台上,宣布公民投票的结果:"我宣布,大德意志帝国的日子到了,99.75%的人民投票赞成德奥合并。"

4月23日,宣布抵制犹太商店。同一天,盖世太保来到埃弗吕西官邸。

25 "一个不可能有第二次的机会"

　　这次我该从何写起呢？我阅读回忆录、穆齐尔的日记，看着这一天以及第二天、第三天人群的照片。我阅读维也纳的报纸。星期二，赫日曼斯基面包店在烘焙雅利安面包。星期三，犹太律师被解雇。星期四，非雅利安人被禁止进入红黑足球俱乐部。星期五，戈培尔发放免费的收音机。雅利安刮胡刀片在促销。

　　我手上有维克托的护照，上面盖着印戳，还有一沓薄薄的家庭成员之间的往来信件，现在我把它们摊在我的长桌上。我阅读了一遍又一遍，希望它们能告诉我当时是怎样的情景，当维克托和埃米坐在环城大道上的家里时，内心是何感受。我的文件夹里有档案馆的记录。但我意识到我无法在伦敦、无法依靠图书馆来写作，所以我回到了维也纳，回到了那座官邸。

　　我站在三楼阳台上。我随身带了一只根付，就是那三只象牙雕刻的带着小小的白色幼虫的浅棕色栗子中的一只，我意识到自己一直在用手翻来覆去地摸索着它，生怕它从我口袋里丢失了。我抓紧栏杆，望向下面的大理石地板，想起埃米的梳妆台掉下去的情景。我想到根付躺在它们的玻璃柜里，未受打扰。

　　我听见一伙生意人从环城大道上走进来，穿过走廊，到办公室里开会，一路上他们谈笑风生。与此同时我还听见大街上随他们一起传来的极微弱的声音。正是这些声音让我想起了伊吉。他说起过那个老看门人,在打开官邸大门时常常对他们深鞠一躬,还挥手致礼来逗孩子发笑的基希纳先生,在纳粹党人来的那天趁机出走,留下面对环城大道的大门敞开着。

6名盖世太保成员穿着一尘不染的制服,径直走了进来。

起初他们很有礼貌。他们有搜查令,因为他们有理由相信犹太人埃弗吕西支持过舒施尼格的全民投票运动。

搜查。搜查就意味着,每个抽屉都要被拉开,每个橱柜里的东西都要被拿出来,每件装饰品都要被仔细检查。你知道这栋房子里有多少东西,有多少个房间,里面又有多少个抽屉吗?盖世太保很有条理。他们不慌不忙。他们不野蛮。沙龙小桌子的抽屉被翻了个遍,纸张散落一地。书房遭到彻底搜查,古版书的书目被翻开来以寻找证据,信件被挑了出来。意大利橱柜的每个抽屉都被翻过。图书室书架上的书被拿下来一一翻检,然后被扔到地上。他们把手伸到壁橱深处。墙上的画被摘下来仔细看过,画框也被一一检查过。餐室里的挂毯,过去孩子们常常藏在后面,现在也被从墙上扯了下来。

在搜查了公寓的24个房间,还有厨房和仆人的食堂后,盖世太保又要求交出保险柜、银器室和储藏室的钥匙——储藏室里摆放着一套套瓷器。他们要屋角储藏室的钥匙,里面放着所有的帽盒、皮箱,以及装着儿童玩具、育儿书、安德鲁·朗格旧童话书的板条箱。他们要维克托更衣室里橱柜的钥匙,那里收藏着埃米、他父亲、他的导师韦塞尔写给他的书信,韦塞尔就是那个善良的普鲁士人,那个教给他德国价值观、推荐他阅读席勒的人。他们还拿走了维克托银行办公室的钥匙。

所有这些,让这里简直变成一个物品的世界——一部从敖德萨延伸到圣彼得堡、瑞士、法国南部、巴黎、克韦切什、伦敦的家族地理——一切都被仔细检查并记录下来。每件物品、每件事情，都是可疑的。维也纳的每个犹太家庭都遭到了这样的详细审查。

漫长的搜查后，经过一番粗略的询问，犹太人维克托·埃弗吕西被指控向舒施尼格的运动捐了 5000 先令，这使他成了国家的敌人。他和鲁道夫被逮捕。他们被带走了。

埃米被允许住在官邸背面的两个房间里。我来到这两个房间，它们天花板很高，但很狭小，而且非常昏暗，只在门的上方有一扇不透明的窗户，隐约透进来一点天井的亮光。她不准使用主楼梯，不准进入他们原来的房间。她没有仆人了。此时此刻，她拥有的，只有她的衣服。

我不知道维克托和鲁道夫被带到了哪里。我找不到相关记录。我也从未问过伊丽莎白和伊吉。

可能他们被带到都市酒店（Hotel Metropole），那里已被征用为盖世太保的总部。关押犹太人的地方还有很多。当然，他们会遭到殴打；但不仅如此，他们还不准剃须和洗澡，以此让他们显得更不体面。这是因为犹太人看起来不像犹太人是一种冒犯，强调这一点很重要。这一系列剥夺你的尊严，把你的表链、鞋子或皮带抢走，让你只能一只手提着裤子蹒跚而行的程序，是要把每个人打回到他们所来自的犹太村落，通过剥夺，恢复他们的本质——到处流浪，不剃须，背负着自己的全部财产。你最终应该看起来像《先锋报》（*Die Stürmer*）上的漫画人物，这份施特赖谢尔（Streicher）办的小报现在也在维也纳街头出售。他们还拿走你的阅读眼镜。

父亲和儿子在维也纳的某个监狱里羁押了 3 天。盖世太保需要一个签名,你签一份表格,否则你和你儿子就要被送去达豪。维克托签字放弃了官邸和里面的东西,还有他在维也纳的所有财产——整个家族勤勉积累了一百多年的财产。然后他们被允许回到埃弗吕西官邸,从敞开的大门走进去,穿过天井,走到角落里供仆人使用的楼梯,上到三楼那两个小房间,现在这里是他们的家。

4月27日,维也纳第一区卡尔·卢埃格尔博士环路14号,也就是以前的埃弗吕西官邸,已完全雅利安化①。它是最早接受这一荣誉的建筑物之一。

我站在留给他们的房间外面,位于天井另一边的更衣室和图书室显得遥不可及。这就是流亡开始的那一刻,我想,家就近在眼前,然而事实上又非常非常遥远。

房子不再是他们的了。到处都是人,有的穿着制服,有的穿着西装。有人在清点房间,为物品和画作登记造册,把东西运走。安娜就在里面的某个地方。她被命令把东西装进箱子和板条箱里,还被告知她应该为为犹太人工作感到耻辱。

被搬走的不仅仅是他们的艺术品,也不仅仅是小摆设,还有所有桌子上和壁炉架上的镀金物品,以及他们的衣服、埃米的冬装、一箱家用瓷器、一盏灯、一捆雨伞和手杖。所有花了数十年才来到这栋房子的东西,被收进抽屉、橱柜、玻璃橱窗和箱子里的东西,那些结婚礼物、生日礼物和纪念品,现在又都被搬了出去。这是一笔收藏、一所房子甚至一个家族的奇特的毁灭方式。当大件的物品都被搬走,当家庭物品——那些他们曾经熟悉且触摸过、

---

① 纳粹用语,即把犹太人的财产变成德国人的财产。

喜爱过的物品——全都变成了纯粹的物品时，这是诀别的一刻。

为了评估犹太人的艺术品的价值，财产事务办公室任命了鉴定人员，对从犹太家庭掠夺来的画作、书籍、家具和物品系统地进行分类。来自博物馆的专家评估其价值。在德奥合并的最初几个星期，每座博物馆和美术馆都是一片忙碌的嘈杂声，需要誊写和复印信件，编制清单，标注有疑问的物品出处或归属，对每幅画、每件家具、每件物品进行评级。因为每一件东西都有令人感兴趣的地方。

当我阅读这些文件时，我想起了生活在巴黎的查尔斯。这名业余艺术家，热情而勤勉地进行搜集和编目工作。他一生都是学者，通过四处游荡，拼凑出各种知识，包括他喜爱的画家、他收藏的漆器和根付。

艺术史学家从来没有像在1938年春季的维也纳那样受重用，他们的意见也从来没有像在那时那样被人认真地听取。另外，因为德奥合并，所有的犹太人失去了在官方机构里的职务，这对那些合适的候选人而言可是大好的机会。德奥合并2天后，前奖章收藏者弗里茨·德沃夏克（Fritz Dworschak）被任命为艺术史博物馆的馆长。他宣布，对这些查封的艺术品进行分类整理，是一次"绝无仅有的、不可能有第二次的……在众多领域获得提高的机会。"

他说得不错。大量艺术品将被出售或拍卖，为德意志帝国筹集资金。有些物品将被用于和商人交换其他物品；另一些则被交给元首，用于他计划在他的出生地林茨（Linz）建立的新博物馆；还有一些将进入国家博物馆。柏林密切关注着这里的进展。"元首计划亲自决定没收来的财产如何使用。他正考虑把艺术品首先出售给奥地利的小城镇收藏。"一些画作、书籍、家具被预先标记为纳粹领导人的收藏品。

在埃弗吕西官邸，这一评估程序也在进行。这座巨大宝库里的每件物品都被拿到光亮处进行检查。这就是收藏者做的工作。在玻璃天棚透进来的苍白的阳光下，这个犹太家族的所有物品都被负责地拿起来接受检查。

盖世太保相当刻薄地提到这些收藏所反映的品位，但将埃弗吕西收藏画作中的 30 幅标记为"送博物馆"。3 幅古代大师画作直接送到奥地利艺术史博物馆的"绘画馆"，6 幅送到奥地利美术馆，1 幅古代大师画作卖给了交易商，2 件赤陶和 3 幅画作卖给了收藏家，10 幅画以 1 万先令的价格卖给了米歇尔广场的交易商，等等。

大量"不符合官方目的但具有艺术性和高品质的作品"被送到艺术史博物馆和自然历史博物馆。其他所有"不合适"的物品被送到"动产仓库"，这是一个巨大的仓库，其他组织可前去挑选。

维也纳最好的画作被拍成照片，粘贴在 10 本皮革装订的相册里，然后被送往柏林，由希特勒过目。

在一封来自（姓名缩写已无法辨认）的信里，提到：RK19694B，于 1938 年 10 月 13 日发自柏林，上面有份说明："帝国党卫队元首和德国领袖（原文如此）于 1938 年 8 月 10 日寄出信件，于 1938 年 9 月 26 日收到七份目录，涉及在奥地利没收和扣押的财产和艺术品，办公室里还有十本相册和目录，清单和单据附后。"另外，除了"犹太人鲁道夫·古特曼的官邸，包括庭园和森林"、"哈布斯堡-洛林家族的七处房产、奥托·V.哈布斯堡的四栋别墅和一座官邸"，还有在维也纳没收的艺术品，包括"维克托·V.埃弗吕西第 57、71、81—87、116—118 和 120—122

号……没收的物品分散至如下部门：奥地利、帝国党卫队元首、纳粹党、武装部队、生命之源组织① 和其他部门"。

当希特勒浏览这些相册、挑选中意的画作，当他们就相关事务进行讨论，反复推敲没收和扣押之间的差别时，维克托的图书室被夺走了：他的历史书，希腊文和拉丁文的诗歌，他的奥维德和维吉尔、塔西佗；一排排英语、德语和法语小说；那本厚重的摩洛哥羊皮封面的但丁作品，其中多雷（Doré）绘制的插图让孩子们看了会做噩梦；那些词典和地图集，查尔斯从巴黎寄来的书，以及古版书。他在敖德萨和维也纳购买的书籍，伦敦和苏黎世的书商寄来的书籍。他一生的阅读，全都从书架上取下来，分类后装进木板箱，接着用钉子钉起来，被搬下楼，在天井里装上卡车。某个人（姓名缩写难以辨认）在一份文件上草草签过字，卡车发动起来，穿过橡木门，开上环城大道，消失了。

有一个特别组织专门鉴定属于犹太人的藏书。我在查阅1935年维也纳俱乐部的会员名册时——会长为维克托·V. 埃弗吕西——看到他有11个朋友被夺去了藏书。

其中一些被送到国家图书馆。书籍在这里经过图书馆员和学者挑选，然后分散到各个地方。和艺术史学家一样，图书馆员和学者在那些天也异常繁忙。这些书中有些将留在维也纳，有些将运往柏林。还有些则送往筹备中的林茨"元首图书馆"，还有些被送至希特勒的私人图书室。有些书被指定给阿尔弗雷德·罗森伯格（Alfred Rosenberg）中心。罗森伯格是纳粹主义的早期理论家，是德意志帝国的权力人物。"当代世界革命的本质，在于种族意识的

---

① 纳粹德国的一个注册组织，采取多种措施鼓励德国妇女多生孩子，以扩大雅利安族群数量。

觉醒，"罗森伯格在他的书里夸张地说，"对德国来说，只有当最后一个犹太人离开大德意志的空间时，犹太问题才会得到最终解决。"这些书充斥着华丽的辞藻，卖出了数十万册，其受欢迎的程度仅次于《我的奋斗》。现在，他的办公室的职责之一就是没收法国、比利时和荷兰的"无主犹太财产"中的研究资料。

整个维也纳都在发生着这样的事情。有时候犹太人为了获准离开，被迫以接近免费的价格卖掉东西，以筹措"帝国移民"税（*Reichsflucht* tax）。有时候，东西就这样被拿走了。有时是被暴力夺走，有时不是，但总伴随着遮遮掩掩的官方语言，签署一份文件，承认参与了某种违背帝国法律的活动的罪责。这样的文件数不胜数。古特曼的收藏品清单列了一页又一页。盖世太保夺走了玛丽安娜的 11 只根付，包括玩耍的孩子、狗、猴子和乌龟，这些她曾向埃米展示过。

这场人和他们曾经的居所的隔离会持续多久？维也纳的拍卖行多若森姆（Dorotheum）进行着一场接一场的拍卖。每天都有被扣押的财产进行拍卖。每天都能找到愿意低价购买这些物品的买家、愿意以此充实自己收藏的收藏者。阿尔特曼的藏品拍卖了 5 天。它从 1938 年 6 月 17 日星期五下午 3 点开始，是一座会播放威斯敏斯特报时曲的英国落地式大摆钟。它只卖出了 30 帝国马克。每天都不多不少地拍卖出惊人的 250 件物品。

他们就是这样做的。很显然，在德意志的"东方边境"，物品现在需要小心处理。每个银烛台都要称重。每个叉子和汤匙都要计数。每个玻璃展示柜都要打开。每个瓷器底座上的标记都要记录下来。一个颇具学者风度的问号附加在对一幅古代大师画作的描述中，每幅画的尺寸都要准确测量。在这一切进行的同时，这些物品原来的主人肋骨被打断，牙齿被敲落。

犹太人远不及他们曾经拥有的东西重要。这是一场试验，如何妥善地照顾物品，爱护它们，并给它们一个合适的德国住所。这也是一场如何管理一个没有犹太人的社会的试验。维也纳又一次变成了"世界末日的试验站"。

维克托和鲁道夫出狱3天后，盖世太保把他们的家庭公寓分配给了"洪水和雪崩控制办公室"。卧室变成了办公室。官邸宽敞的一楼大厅，伊格纳斯以黄金和大理石装饰、有着彩绘天花板的房间，被移交给阿尔弗雷德·罗森伯格，成为元首在国家社会主义党内思想和意识形态教育和灌输工作的全权代表的办公室。

我想象身材瘦削、衣着讲究的罗森伯格，靠在伊格纳斯俯瞰环城大道的沙龙里那张巨大的布尔桌上，面前摆放着他的文件。他的办公室负责引导德意志帝国知识分子的方向，要做的工作非常多。考古学家、作家、学者，全都需要他的认可。此时是4月，椴树发出了新叶。从面前的三扇窗户看出去，透过新绿的树冠，维也纳大学、感恩教堂前面刚竖起的旗杆上都飘扬着纳粹旗帜。

罗森伯格搬进维也纳的新办公室，他的头顶是伊格纳斯精心布置的赞美诗，赞颂犹太人在锡安的荣光——尽管伊格纳斯一辈子都在博得同化——以斯帖被加冕为以色列王后的宏伟镀金画像。他的左上方是那幅毁灭锡安敌人的画像。但是，在锡安大街上，犹太人已不复存在。

4月25日，维也纳大学重新举行开学仪式。因为大区长官约瑟夫·比克尔（Gauleiter Josepf Bürckel）的到来，穿着皮短裤的学生从侧面台阶走上大门入口。大学实行配额制度——大学生和教师中只允许有2%的犹太人；从现在开始，犹太学生需要许可才能入学；医学院197名教师中有153人遭到解雇。

4月26日，赫尔曼·戈林（Hermann Göring）着手实施"财产转移"计划。凡是资产超过5000帝国马克的犹太人，都有义务向当局申报，否则将遭到逮捕。

第二天早上，盖世太保来到埃弗吕西银行。他们花了3天时间检查银行的记录。按照已生效36小时的新规定，业务必须首先转让给雅利安股东。而且必须折价转让。这意味着，维克托曾共事28年的施泰因豪斯尔先生，被问及是否愿意买下犹太同事的全部股份。

此时，距离原本计划的公民投票，仅仅过去6个星期。

是的，在战后的一次访问中，施泰因豪斯尔先生谈及自己在银行里的角色时说，他当然会买下他们的股份。"他们需要现金来支付'帝国移民'税……他们急于把股份卖给我，因为这是最快获得现金的途径。至于价格，埃弗吕西和维也纳人出让的价格，是'完全合适的'……一共50.8万帝国马克……当然还要加上4万帝国马克的雅利安化税金。"

于是，1938年8月12日，埃弗吕西公司被从商业登记册上除名。记录上令人费解地写着：删除。3个月后，公司更名为施泰因豪斯尔银行。在新名字下，银行被重新估价，它在非犹太人手中的价值是在犹太人手中的6倍。

在维也纳，埃弗吕西官邸和埃弗吕西银行都不复存在。埃弗吕西家族已经被从这座城市抹去了。

正是在这次访问中，我去了维也纳的犹太档案馆，也就是被艾希曼征用的档案馆，去查证一桩婚姻的细节。我沿着分类找到了维克托，他的名字上盖了一个官方的红色印章，印着"以色列"。

一条法令规定，所有犹太人都必须取新的名字。有人检查了维也纳犹太人名单上的每一个名字，并在上面盖了章："以色列"用于男性，"萨拉"用于女性。

  我错了。家族并没有被抹去，而是被篡改了。终于，我流下了泪水。

26 "单程有效"

维克托、埃米和鲁道夫要怎样才能离开德意志帝国的"东部边境"？如果他们愿意，可以在许多大使馆或领事馆外排队——但答案都一样。配额早已经满了。英国有足够多的难民、移民、贫困的犹太人，排满了未来几年的名单。这样排队也充满危险，因为有党卫军、当地警察或那些可能怀恨在心的人在巡逻。恐惧无处不在，任何一辆警车都有可能把你拉进去，投入达豪集中营。

他们需要足够的钱来支付各种别出心裁的税，支付许多惩罚性的移民许可费用。他们需要有一份1938年4月27日的资产申报表。这是由犹太人财产申报办公室收集的。他们必须申报所有国内和国外的资产、所有的不动产、商业资产、储蓄、收入、退休金、贵重物品、艺术品，然后他们必须去财政部证明他们不欠任何遗产税和房产税，最后出示收入证明以及商业营业额和退休金的证明。

于是，78岁的维克托开始了维也纳历史之旅，拜访一个又一个办公室，在一个地方碰壁后，又因为未能及时赶到另一个地方，而必须重新排队。在所有办公桌前，他都只能站着。所有厉声讯问他的问题，决定他去留的放在红色印盘里的章，还有需要他理解的名目繁多的税目、法令和草案。德奥合并才过去6个星期，所有的新法律和办公桌后的新人都急于得到关注，急于证明他们在帝国东部边境的价值。这是一场大混乱。

为了更快地处理犹太人的问题，艾希曼在尤金王子大街（Prinz-Eugen-Strasse）已被雅利安化的罗斯柴尔德官邸设立了犹太移民中央办公室。他正在学习如何有效地管理一个组织。他的长官对他印象深刻。这个新办公室将表明，你可以带着财富和公民身份走进去，几个小时后只带着一份离境许可离开。

人们正在变成文件的影子。他们等候自己的文件被验证，等候海外寄来的证明信，等候一份国外工作的承诺书。已经离开这个国家的人收到多方求告，要帮助，要钱，要亲属关系证明，要空头企业，要能写在任何抬头纸上的东西。

5月1日，19岁的鲁道夫获准移民美国，一位朋友为他在阿肯色州帕拉戈尔德（Paragould）的拜耳提兄弟棉花公司（Bertig Cotton company）找到一份工作。维克托和埃米被孤零零地留在老房子里。除了安娜，所有的仆人都离开了。这三个人并没有走向完全的停滞：他们已经被冻结在那里了。维克托沿着不习惯的台阶下到天井，走过阿波罗雕像，避开新官员的目光，以及老房客的目光，走出大门，经过执勤的冲锋队警卫，来到环城大道上。但他能去哪里呢？

他不能去他的咖啡馆，不能去他的办公室，不能去他的俱乐部，不能去见他的堂兄弟。他没了咖啡馆，没了办公室，没了俱乐部，没了堂兄弟。他甚至也不能坐在公共长椅上，因为感恩教堂外的公共长椅上印着"犹太人禁坐"字样。他不能进入萨赫酒店，也不能进入葛林斯德咖啡馆，不能进入中央咖啡馆，也不能进入普拉特公园，不能去他的书店，不能去理发店，不能去公园散步。他不能搭乘有轨电车——犹太人和看上去像犹太人的都会被赶下车。他不能去电影院,也不能去歌剧院。即使能去,他也听不到犹太人谱写、犹太人演奏或犹太人演唱的乐曲了。没有马勒,也没有门德尔松(Mendelssohn)。歌剧已经雅利安化。在电车线路终点站的新瓦尔德克(Neuwaldegg),有冲锋队在站岗,阻止犹太人走进维也纳森林。

他能去哪里呢?他们怎么才能离开这里?

就在人人都设法离开的时候,伊丽莎白回来了。她有荷兰护照,这是个护身符,能使她免于因身为犹太知识分子或不受欢迎者而遭到逮捕,但这样做无疑相当危险。她不屈不挠地努力着:冒充自己是盖世太保成员,争取到和某个特别官员面谈的机会。她与相关部门交涉,设法支付了"帝国移民"税。那些新执法人员吓不住她:她是律师,而她要做好这件事。你要讲法律,我们就来讲法律。你想公事公办,我可以公事公办。最后,她为父母争取到了移民许可。

维克托的护照显示了他出发前的缓慢过程。5月13日,上面盖了个"护照持有人为移民"的戳,由拉菲格斯博士签字。5天后,5月18日,盖了个"单程有效"的戳。那天晚上,有报道称德国军队在边境上移动,捷克斯洛伐克军队在进行局部动员。5月20日,《纽伦堡法案》[①]在奥地利开始实施。这些法律在德国已实施3年,它对犹太人进行了界定:如果你的祖父母和外祖父母中有三个是犹太人,那么你就是犹太人。你不允许和非犹太人结婚,不准和非犹太人发生性关系,也不能使用帝国旗帜。你还不许雇用45岁以下的非犹太人为仆人。

[①] 纳粹德国于1935年颁布的反犹太法律,由《保护德国血统和德国荣誉法》和《帝国公民权法》两项法律组成,合称《纽伦堡法案》。

安娜从14岁起就为犹太人工作,为维克托、埃米和他们的四个孩子工作,现在她已人到中年。作为非犹太人,她必须留在维也纳。她必须找到新雇主。

5月20日,维也纳的边境管制部门给维克托和埃米发放了放行通知。

5月21日上午,伊丽莎白陪同父母走出橡木门,左转走上环城大道。他们必须步行去车站。每人提着一个手提箱。《新自由报》报道那天的气温是温和的14摄氏度。这条路线,他们已经走过无数遍。伊丽莎白在车站和他们分手。她必须回到瑞士,回到孩子们身边。

当维克托和埃米到达边境时,因为担心德军入侵,已经几乎不可能进入捷克斯洛伐克。他们被拘留了。"拘留"是指他们被带下火车,一连几个小时站在候车室,等候别人打电话询问和查验文件,然后被抢走150瑞士法郎和一个手提箱。然后,他们获准通过。那天很晚的时候,埃米和维克托到达了克韦切什。

克韦切什靠近许多边境。作为一个来自欧洲各地的家庭和朋友的理想聚会地点、一个狩猎区、一个作家和音乐家的自由厅,这曾经一直是它吸引人的地方。

1938年的夏天,克韦切什看起来和以往并无多大区别,仍然辽阔、无拘无束。你可以看到夏季的暴风雨在逼近平原,河岸的一排排柳树在风中狂舞。在那个月的一张照片中,玫瑰更加蓬乱,埃米靠在维克托身上。那是我手中唯一一张他们挨得如此近的照片。

屋子里更空了。四个孩子天各一方:伊丽莎白在瑞士,吉塞拉在墨西哥,伊吉和鲁道夫在美国。然后你每天都在等待,等待信,

维克托和埃米在克韦切什（1938 年 8 月 18 日）

等待报纸。

边境形势不明，捷克斯洛伐克悬而未决，克韦切什实在太靠近危险地区。那年夏天，捷克西部边境的苏台德区①爆发了危机：希特勒要求允许该地区的德意志人脱离捷克加入德国。这进一步加剧了混乱，战争一触即发。伦敦的张伯伦试图使用缓兵计，他劝希特勒说，他的抱负可以得到满足。

7月，在法国埃维昂（Evian）召开了一次为期9天的国际会议，以应对难民危机。包括美国在内的32个国家，未能在会上通

---

① 特指第一次与第二次世界大战期间，捷克斯洛伐克境内邻近德国讲德语居民所居住的地区。

过谴责德国的决议。瑞士警方希望阻止奥地利的难民流入，要求德国政府引入某种标志，以便他们能在边境检查站辨别犹太人。德国同意了。于是犹太人的护照当即失效，必须送到警察局，盖上一个"J"的戳后才能继续使用。

9月30日凌晨，张伯伦、墨索里尼、法国总理爱德华·达拉第和希特勒签署《慕尼黑协定》：战争避免了。捷克斯洛伐克地图上的浅色阴影区域将于1938年10月1日移交给德国，深色阴影区域将进行公民投票。在布拉格政府缺席的情况下，他们的国家遭到了肢解。当天，捷克边防部队离开驻地，奥地利和德国难民被驱离。这是第一次针对犹太人的迫害活动。到处一片混乱。两天后，希特勒在欢呼声中进入苏台德地区。10月6日，成立了亲希特勒的斯洛伐克政府。新的边境距离克韦切什住宅只有22英里。10月10日，德国完成了这场吞并。

距离他们踏上环城大道前往车站逃跑只有4个月。现在每个边境都有德国士兵站岗。

埃米于10月12日去世。

伊丽莎白和伊吉都没有使用"自杀"这个词，但他们都说她不能继续下去了，她不想再往前走了。埃米是晚上去世的。她服下了过量的心脏病药丸，她一直把药丸放在那个知更鸟蛋蓝色的瓷盒里。

档案里有她的死亡证明书，折成了四折。一个栗色的捷克斯洛伐克共和国五克朗印章，上面有一头愤怒的狮子，它被固定并盖章，即使今天，在它填写的那一天，捷克斯洛伐克共和国已经不存在了。上面用斯洛伐克文写着："埃米·埃弗吕西·冯·沙伊，维克托·埃弗吕西之妻，保罗·沙伊和埃维莉娜·兰道尔之女，于 1938 年 10 月 12 日去世，享年 59 岁。死因是心脏问题。"上面有签名："登记人：弗雷德里克·斯奇普莎"。左下角还有一条手写的注释："死者为德国公民，这些记录是根据德国法律做出的。"

我思考着她的自杀行为。我认为她不愿成为德国公民并生活在德国。我想知道对她——那个美丽、风趣而易怒的女人——来说，这是不是太残酷了，她曾经在此自由生活的地方变成了另一个陷阱。

2 天后，伊丽莎白通过电报得知了这一消息。3 天后，在美国的伊吉和鲁道夫也知道了。埃米被葬在克韦切什附近村庄的教堂墓地。我的曾外祖父维克托成了孤家寡人。

我把薄薄的 1938 年的蓝色信件摊开在工作室的长桌上。这些信有 18 封左右，可以使我对贯穿那个冬天的事件有一些片段式的了解。其中大部分是伊丽莎白和舅舅皮普斯以及在巴黎的远亲之间的往来信件，他们试图追踪每个人在哪里，商议如何为想离开的人得到许可，并为如何凑钱作担保出谋划策。他们怎么才能把维克托救出斯洛伐克呢？维克托的所有财产都已经没收，他被困在乡下动弹不得，带着一本有效期本应至 1940 年，但现在已经毫无价值的护照，因为奥地利不再作为一个独立国家存在。而且维克托是被驱逐出境的，他不能去德国领事馆申请德国护照。他已经开始申请捷克公民身份，但接着捷克也消失了。他只剩下一份显示他是维也纳公民的文件，以及另一份他于 1914 年放弃俄罗斯公民身份并获得奥地利公民身份的文件。但那是在哈布斯堡王朝时代。

11 月 7 日，一名年轻的犹太人走进德国驻巴黎大使馆，枪杀了德国外交官恩斯特·冯·拉特（Ernst von Rath）。8 日，宣布了对犹太人的集体惩罚措施：犹太儿童不能再上雅利安学校，犹太报纸被禁。9日晚上，冯·拉斯在巴黎去世。希特勒决定，自发的示威游行不应受到限制，警察应对这些活动不做干涉。

水晶之夜（Kristallnacht）是一个恐怖的夜晚：维也纳有680名犹太人自杀，27人被谋杀。在德国和奥地利全境，犹太教堂被焚毁，店铺被洗劫，犹太人遭到殴打并被关进监狱或集中营。

在这些脆薄的航空信件里，语气越来越绝望。皮普斯从瑞士写信说："我的通信地址已经成了不能互相通信的朋友和亲戚的中转站……我非常为他们担心，因为我从可靠来源得知，所有犹太人迟早都会被送进波兰所谓的'保留区'。"他请求朋友们代为斡旋，帮助维克托解决入境英国的许可。伊丽莎白也给英国当局写信：

由于捷克斯洛伐克剧烈的政治变动，特别是他目前所居住的斯洛伐克，他的处境已经不再安全。针对犹太人——无论是居民还是移民的专制措施已然实施，而且这个国家屈从于德国的统治，有充足的理由相信短期内将出台针对犹太人的"法律"措施。

1939年3月1日，维克托收到布拉格的英国护照管理机构发放的签证，"单程有效"。同一天，伊丽莎白和孩子们离开瑞士。他们乘坐火车抵达法国加来（Calais），然后乘渡船来到英国多佛（Dover）。3月4日，维克托抵达伦敦南部的克罗伊登（Croydon）机场，伊丽莎白到那里接他，并把他带到唐桥井（Tunbridge Wells）马德拉公园（Madeira Park）的圣埃尔明旅馆，亨克已经为他们订好房间。

维克托有一个手提箱。他还穿着在维也纳火车站和伊丽莎白分手时穿的那套衣服。伊丽莎白发现,他的表链上仍然挂着维也纳官邸图书室的书柜钥匙,那个书柜里放着他的古版史书。

他是个移民。他的迪希特和登克尔①的国家,已经变成里希特和亨克尔②的国家③。

---

① 原文作"*Dichter* and *Denker*",此处为德语音译,意为诗人和思想家。
② 原文作"*Richter* and *Henker*",此处为德语音译,意为法官和刽子手。
③ 这里化用了卡尔·克劳泽讽刺纳粹的说法。

27　催人泪下的事

维克托和我的祖父母、父亲和叔伯一起住在唐桥井郊区一栋租来的房子里,房子名叫圣戴维。走进一扇木门,有一条人字纹的砖路通往门廊,路两侧是女贞树篱。那是一栋有山墙的坚固房子,有玫瑰花圃和一个菜园。它也是平凡的肯特郡(Kentish)小镇里的一栋平凡的房子,位于伦敦南面30英里,安全,而且相当保守。

星期天,他们会去殉道者查理王教堂做早礼拜。孩子们——分别是8岁、10岁和14岁——被送到学校,在那儿,校长严令不得取笑他们的外国口音。他们收集弹片和军装纽扣,用硬纸板制作复杂的城堡和轮船。周末,他们会去山毛榉树林散步。

一辈子没做过饭的伊丽莎白,现在学会了准备饭菜。她以前的厨师现在居住在英格兰,常常给她写好几页的信,告诉她做萨尔茨堡蛋奶酥和炸肉排的秘诀,还附上细致的说明——光荣的女性要下得厨房。

她靠给邻居的孩子辅导拉丁语来养家糊口,还做翻译以赚取足够的钱给孩子们买自行车,每辆要8英镑。她试着重新写诗,但发觉写不出来。1940年,她写了一篇关于苏格拉底和纳粹主义的文章——3页的怒火——寄给她在美国的朋友、哲学家埃里克·沃格林(Eric Voegelin)。她继续与失散的家人通信。吉塞拉和阿尔弗雷多带着儿子们住在墨西哥。鲁道夫仍住在阿肯色州的小镇。

他给她寄了一份帕拉戈尔德《萨拉芬》[①]的剪报，上面提到："鲁道夫·埃弗吕西，在故国他应该被称作埃弗吕西男爵，一位相貌英俊的高个小伙子，用萨克斯风吹奏了最新的乐曲。"皮普斯和奥尔加在瑞士。格蒂阿姨也逃出了捷克斯洛伐克，现在住在伦敦。但伊丽莎白的伊娃阿姨和耶诺姨父一直没有消息，她上一次见到他们是在克韦切什。

我的祖父亨克从8月18日开始到伦敦上班，帮忙查询荷兰商船队的方位，还有它们本应抵达什么位置。

维克托坐在厨房炉灶旁的椅子上，那里是屋子里唯一暖和的地方。他每天关注着《泰晤士报》(The Times)上的战争新闻，每个星期四阅读《肯特公报》(Kentish Gazette)。他阅读奥维德，特别是《哀歌集》(Tristia)，关于流亡的诗歌。阅读的时候，他会用手遮住脸颊，这样孩子们就看不到诗人带给他的触动。白天，除了在布来奇顿路上短暂散步和午睡片刻，他大多数时间都在阅读。偶尔他会一直走到镇中心，来到霍氏二手书店，在摆放着高尔斯华绥 (Galsworthy)、辛克莱·刘易斯 (Sinclair Lewis) 和 H.G. 威尔斯 (H. G. Wells) 作品的书架旁流连，书商普拉特利先生对他特别和善。

男孩们从学校放学回来后，维克托有时会向他们讲述埃涅阿斯以及他重返迦太基的故事：那里墙上绘着特洛伊的景象。只有在这时，面对失去的城市的画面，埃涅阿斯才失声痛哭。万事堪落泪，埃涅阿斯说。男孩们努力完成他们的代数作业、老师布置的小作文——论述"修道院的瓦解：是胜利还是悲剧"时，他会坐在餐桌旁吟诵道，万事堪落泪啊。

---

① 阿肯色州帕拉戈尔德的一份地方报纸。

维克托想念在维也纳能买到的扁平火柴,它放入背心口袋里刚刚好,想念他的小雪茄。他用玻璃杯喝俄罗斯式的黑茶①,往里面加糖。有一次,他把全家人一周定量的糖都倒了进去,每个人坐在那里目瞪口呆。

1944年2月,令每个人都喜出望外的是,伊吉来到了唐桥井。他穿着美军制服,现在是第七兵团总部的情报人员。从小就能交替使用英语、法语和德语使他在军队里很受重用。他和鲁道夫都以美国公民身份参了军,鲁道夫是1941年7月在弗吉尼亚,伊吉是1942年1月在加利福尼亚,即珍珠港事件后一个月。

他们再次看到伊吉,是在1944年6月27日《泰晤士报》头版的一张照片上,盟军在法国登陆3个星期后。照片上是一名德国海军上将和一名德国将军在法国瑟堡(Cherbourg)投降的场面。他们穿着湿透的大衣,站在现在已微微谢顶的I. L. 埃弗吕西上尉和衣冠楚楚的美国少将J. 劳顿·柯林斯(J. Lawton Collins)对面。墙上钉着诺曼底的地图,下面是整洁的办公桌。每个人都微微前倾着身子,听伊吉翻译柯林斯少将的讲话。

维克托于1945年3月12日去世,一个月后维也纳被俄国人解放,两个月后德国最高司令部宣布无条件投降。他享年84岁。"生于敖德萨,卒于唐桥井",他的死亡证明书上这样写道。生活在维也纳,欧洲的中心,阅读时我补充道。他葬于查灵市政公墓,那里远离他母亲在维希的墓地,也远离他父亲和祖父在维也纳有着多立克圆柱的陵墓,那时他们自信满满地以为埃弗吕西家族将永远居住在新的奥匈帝国。距离克韦切什尤其遥远。

---

① 黑茶是俄罗斯对红茶的叫法,喝时可任意加糖、柠檬、蜂蜜或果酱。

诺曼底战役中的伊吉（1944年）

战争结束后不久，伊丽莎白收到蒂博尔姨父的一封长信，是用德语打出来的。这封信由皮普斯10月从瑞士转寄。信纸近乎透明，带来了可怕的消息。

我不愿重述每一句话，但必须告诉你伊娃和耶诺的事。他们死亡时遭遇的不幸令人无法想象。在他们被从科马罗姆（Komarom）驱逐到德国前，耶诺已经拿到了许可，他被允许回家。他不愿意离开伊娃，因为他相信他们仍然可以获准待在一起。但一到德国边境，他们就立即被分开了。他们身上穿的所有好一点的衣服都被拿走了。两人都死于1月。

伊娃，犹太人，被抓进特莱西恩施塔特（Theresienstadt）集中营，在那里死于斑疹伤寒；耶诺，非犹太人，被送到劳动营，他是累死的。

蒂博尔还带来了克韦切什邻居们的消息，列出的家庭好友和亲戚的名字都是我没听说过的：绍穆（Samu）、西伯特先生（Herr Siebert）、埃尔温·施特拉塞尔（Erwin Strasser）全家、亚诺什·杜鲁西（János Thuróczy）的遗孀、某人"在战争期间被驱逐出境或投入集中营"而失踪的次子。他描述了身边战火造成的毁坏：被烧毁的村庄、饥饿、通货膨胀。乡下的鹿消失了。克韦切什旁边的庄园塔瓦诺克，"空荡荡的，已被烧毁。所有人都离开了，只有那个老妇人还住在托普尔镇。我只剩下身上穿的衣服"。

蒂博尔去过维也纳的埃弗吕西官邸："在维也纳，只有很少的东西幸存下来……安娜·赫茨的画像（马卡特绘制）还在那里，还有一幅埃米的肖像［安杰利（Angeli）绘制］、一幅塔夏妈妈的画（我想也是安杰利绘制的）、几件家具、几个花瓶，等等。你父亲和我的书几乎都不见了，我们只找到了其中几本，一些带有瓦塞尔曼的题词。"几幅家族肖像画，几本带题字的书，几件家具……他没有提到谁住在那里。

1945年12月，伊丽莎白决定回到维也纳，弄清楚谁住在那里，还剩下些什么，还要把她妈妈的画像带回来。

关于那趟旅行，伊丽莎白写了本小说。这本小说没有出版。当我看到那261页带着认真涂改痕迹的打印稿时，我想它也是不宜出版的。它生硬的情感让人读起来很不舒服。在小说里，她以虚构的犹太教授库诺·阿德勒（Kuno Adler）的身份出面，这是他在德奥合并离开后第一次从美国回到维也纳。

这是一本描写各种遭遇的书。她描写了在火车上通过边境,被要求出示护照时,对一名官员的声音发自本能的反应:

就是那个声音,那种语调击中了库诺喉咙里的某根神经;不,是在喉咙下面,在呼吸和食物进入身体内部的地方,是一根无意识的、不受控制的神经,也许是在腹腔神经丛。正是因为那声音的特点,那种口音柔和而生硬,讨好又带着几分粗俗,落在耳朵里,就像触摸到某种石头——颗粒粗糙、表面松软又略带油滑的皂石——奥地利的声音。"奥地利入境检查。"

流亡归来的教授来到被炸毁的车站,向市里信步走去,努力让自己适应这里的肮脏、贫穷市民的贪婪和满目疮痍的地标。歌剧院、证券交易所、美术学院,全部被毁。圣斯蒂芬教堂被烧得只剩下空壳。

在埃弗吕西官邸外,教授停下了脚步:

终于,他来到了这里,站在环城大道上:自然历史博物馆宏伟的建筑群在他的右方,国会大厦屋顶的斜坡在他的左边,更远处是市政厅的尖顶,在他面前的是人民公园和城堡广场的围栏。他来到了这里,一切都在这里;只是路对面曾经绿树环绕的人行道被剥掉了外衣,树没有了,只有几根光秃秃的树桩矗立在那里。除此之外,一切都在这里。一直令他眩晕的时间错位感所带来的幻想和错觉突然消散一空,他是真实的,一切都是真实的,无可争议的真实。他在这里。只有树没有了,和那些他尚未准备好接受的令他伤痛的事物比起来,这只是微不足道的破坏。他快步穿过马路,走进公园大门，坐在荒废了的林荫道的长椅上，失声痛哭。

童年时，伊丽莎白常常透过门前椴树的树冠眺望远方。一到5月，她的卧室就满是椴树花的芳香。

1945年12月8日，距离她上一次在这里已经过去6年半，伊丽莎白走进了老家。巨大的门悬挂在铰链上。现在这里是美国占领当局的办公室：美国总部和法律委员会产权控制部。院子里停放着摩托车和吉普车。玻璃天棚上的窗格大都粉碎：一枚炸弹曾经落在隔壁大楼，毁掉了建筑正面的大部分和官邸的女像柱——从前孩子们捉迷藏时常常藏在下面。地板上有水坑。阿波罗像还在那里，带着他的七弦琴站在底座上。

伊丽莎白爬上33级阶梯——家庭楼梯——来到公寓前。她敲了敲门，一位来自弗吉尼亚的迷人中尉接待了她。

公寓现在是一系列的办公室，每个房间都有办公桌、文件柜和速记员。墙上钉着表格和备忘录。图书室壁炉上方贴着一幅巨大的被占领的维也纳的地图，用不同颜色标出了苏联、美国和盟军的区域。房间里飘着香烟味儿，到处是交谈声和打字机的声音。她被人领着在办公室转了一圈儿，他们怀着兴味、同情和淡淡的怀疑：这儿，所有这些，曾经是一个家族的住宅？美国办公室只是取代了纳粹的办公室。

有几幅画仍挂在墙上，镀金画框里的仕女图、几幅奥地利的雾景，以及三幅肖像画：埃米、祖母和伯祖母的画像。最沉重的家具都还在原地：餐桌和配套的椅子、书桌、衣柜、床、大扶手椅。几只胡乱摆在那里的花瓶。她父亲的书桌还在图书室里。地板上铺着几块地毯。但这仍然是一个空荡荡的家。更准确地说，这是一个被清空了的家。

储藏室空了。壁炉架上空了。银器室和保险箱也空了。这里没有了钢琴,没有了意大利橱柜,没有了镶嵌着马赛克的小桌子。图书室里是空荡荡的书架。地球仪不见了,钟表不见了,法国椅子也不见了。她母亲的更衣室里满是灰尘。里面放着一个文件柜。

那里没有桌子和镜子,但有一个黑色的玻璃柜,里面也是空的。

得知伊丽莎白曾在纽约游学后,好心的中尉表示愿意提供帮助,并变得健谈起来。你慢慢看吧,他说,看看能找到什么。我不知道该怎么帮你。天气很冷,他递给她一支烟,提到有一位老妇人还住在这里——他招了招手——她也许知道得多一些。一名下士奉命找来了那位老妇人。

她的名字叫安娜。

28 安娜的口袋

两个女人,其中一个年长一些,年轻的那个现在也已人到中年,头发灰白。

她们在战后重逢,此时距离她们上一次见面已经过去8年。

她们在某个旧房间里见面,现在那里成了嘈杂的办公室。或者她们在潮湿的天井里见面。我只能看到两个女人,每个人身上都有着一个故事。

1938年4月27日。德奥合并后6个星期,那一天,门房奥托·基希纳先生把通向环城大道的大门打开后不辞而别,任由盖世太保长驱而入。那是"雅利安化运动"的开始。安娜被告知,她不能再为犹太人工作了,她要为国家工作。她可以协助整理前居住者的物品,把它们装进木箱。他们有很多事情要做,她应该从打包银器室里的银器开始。

到处都是柳条箱,盖世太保列了清单。她一打包好什么东西,就在上面勾去掉。银器之后是瓷器。她身边的所有人都忙着把公寓拆成碎片。也就是在那一天,维克托和鲁道夫被逮捕并被带走,埃米被禁止进入公寓,打发到天井另一边的小房间里。

他们运走了银器。"还有你母亲的珠宝首饰、瓷器,以及衣服"。还有安娜曾经每个星期都上发条的钟表(图书室、客厅、沙龙、男爵的更衣室)、图书室里的书籍、沙龙里可爱的小丑瓷偶。

他们运走了一切。她暗中留心着,看能不能为埃米和孩子们挽救些什么。

"我不能拿值钱的东西。所以我从男爵夫人的更衣室里偷拿出两三个小玩意儿,你们小时候玩过的小玩具——记得吧?我每次经过,都会往围裙口袋里放几个,然后把它们带回我的房间。我把它们藏在我的床垫里。我花了两个星期才把它们从大玻璃柜里全拿了出来。你知道它们有多少!

"他们没有发现。他们那么忙,忙着处理所有的大东西——男爵的画、保险箱里的金器、客厅里的橱柜、雕像,还有你母亲所有的珠宝。还有男爵非常爱惜的所有旧书。他们没有注意这些小玩意儿。

"所以我只救出了它们。我把它们放在我的床垫里,然后睡在上面。现在你回来了,我总算有些东西可以还给你。"

1945 年 12 月,安娜把 264 只日本根付交给了伊丽莎白。

在这个根付的故事里,这是它们的第三个落脚地。

从巴黎的查尔斯和露易丝开始,那个挂着印象派画作的柔和而明亮的房间里的玻璃柜,到维也纳埃米和孩子们穿插着故事和更衣打扮、童年和幻想的房间,再到安娜房间里令人意想不到的床垫。

这些根付此前也历经辗转。它们从日本出来后,曾经接受过估价:被人拿起,检视,在手里掂量,再放回去。商人是这样做的,收藏家也是这样做的,孩子们也一样。但当我想到这些根付在安娜的围裙口袋里,和一块抹布或一团线放在一起时,我认为它们从来不曾接受过这样多的关爱。那是 1938 年 4 月,德奥合并之后，奥地利在各种法令之下一片混乱，艺术史学家正忙着编制清单，把照片粘贴在盖世太保的文件夹里，然后送往柏林；图书馆员辛苦地登记他们的书籍名单。他们在为国家保存艺术。罗森伯格需要犹太文献，来为他的研究所证明他的关于犹太人动物性的理论。每个人都在辛苦工作，但都无法与安娜的专注和勤勉相比。有安娜睡在上面，这些根付得到了照顾，其中还饱含尊重，这种尊重是从前任何人都不曾给予它们的。历经饥饿和抢劫、火灾和俄国人的入侵，安娜和它们一起熬过来了。

根付小而坚硬，很难被切割，也很难打碎——它们中的每一只做出来就是要在这个世界上碰来碰去的。"根付必须这样设计，才不会让使用者感到麻烦。"一本入门书上这样写道。它们有着向内收敛的外形：把腿蜷在身下的鹿，把头埋在半完工的木桶里的箍桶匠，几只在榛子旁翻滚的老鼠。或者我最喜欢的，那个枕在化缘钵上睡觉的和尚——他的背部与钵连成一条线。它们也可能刺痛你：象牙豆荚的尖头像刀一般锋利。我想象着它们被放在床垫里，一张奇怪的床垫，在那里，来自日本的黄杨木、象牙与奥地利的马鬃相遇。

触摸不仅是通过手指，也可以通过整个身体。

每一只根付都是安娜对被夺走的记忆的抵抗。每一只被拿出来的根付都是一种与时事的对抗，一个被回忆起的故事，一份对未来的坚持。在这里，维也纳那种一团和气的文化——对伤感故事的廉价的眼泪，用糕点和奶油包装一切的习惯，那种失去欢乐的多愁善感，那些女仆和情人约会的甜蜜绘画——撞上了坚硬之处。我想起了布罗克豪斯先生和他对仆人粗心大意的斥责，他错得多么离谱呀。

这里没有多愁善感，也没有怀旧的幽情。它是一种坚强得多的东西。这是一种信任。

我很久以前就听说过安娜的故事。那是在东京，我第一次在书架之间长长的玻璃柜里看到那些根付的时候。伊吉给我调了加汤力水的金酒，他自己喝掺了苏打水的威士忌，他向我说起——在把酒递给我的时候，小声地说——它们是一个隐藏的故事。我现在想，他的意思不是说他对讲述这个故事犹豫不决，而是说这个故事是关于隐藏的。

我知道这个故事。但直到第三次访问维也纳，我才感觉到这个故事，当时我和奥地利赌场办公室的一个人站在官邸的天井里，他问我是否想看看秘密楼层。

我们走上旋转楼梯，他推开左边的部分镶板，我们猫腰钻进去，映入眼帘的是一整个楼层，一个房间接着一个房间，没有窗户通向外面：当你站在环城大道上时，目光可以不受阻碍地从街道一层看到伊格纳斯的堂皇的楼层。它映射出楼上的大房间，但每个房间都是压缩的。只有不透明的小窗户朝向天井，这些窗户很不起眼，足以伪装成墙面装饰的一部分。进出这层楼的唯一途径是通过伪装成大理石板的门进入主楼梯，或者通过角落里仆人专用的楼梯进入天井。这一层楼是仆人们的房间。

安娜睡觉的地方，现在成了公司的自助餐厅。置身于维也纳工作日午餐时间的喧嚣中，我感到有些东西不对劲，并有一种挫折感——就像你翻过一页书，却发现自己没有看懂。你必须回过头去，重新看起，那些词语似乎变得更加陌生，在你的脑子里听起来很奇怪。

负责房子的人似乎对自己的项目很热心。他问我，你有没有注意到光线进入房子的方式？你觉得旋转楼梯上怎么会有光？于是，我们爬上仆人的螺旋楼梯，推开一扇小门，看到了有钢梁和阶梯的屋顶的全貌。我们走到女像柱上方的栏杆旁，朝下看，这次我看到了：是的，那里也有隐藏的采光井。他拿出平面图，向我展示了这栋房子是如何与相邻的建筑连接起来的，还有通往地窖的地下通道，这意味着你不用走前门就能把马匹的草料送进去。

这座坚固的建筑，有镶嵌，有覆盖，有灰泥，有彩绘，有大理石和黄金，明亮得像一个玩具剧场，宏伟的建筑立面背后有着一系列的隐藏空间。波将金城。这堵大理石墙表里不一，是用人造大理石、板条和石膏砌成的。

这是一座适合隐藏儿童玩具的房子——官邸上方胸墙上的隐藏游戏，地道和地窖里捉迷藏，橱柜里的秘密抽屉里藏着情人写给埃米的书信。但它也是一座存在着不可见的人和不为人知的生活的房子。食物从隐蔽的厨房里送出来，衣物在隐蔽的洗衣房清洗。人们睡在隐藏在楼层之间不透气的房间里。

这是一个可以隐藏你来自哪里的地方。这是一个可以藏东西的地方。

我带着我的家族信件档案、各种各样的草图开始这趟旅行。一年多过去了，我一直在寻找隐藏的事物。不仅仅是被遗忘的事物——盖世太保的名单和日记、报纸、小说、诗歌和剪报。遗嘱和航运清单。对银行家的采访。在巴黎一间密室里无意中听到的评论，还有世纪之交为维也纳的表亲们制作衣服的布样册。照片和家具。我可以找出100年前参加宴会的人的名单。

我对我镀金的家族的痕迹知道得太多，但我无法找出更多关于安娜的信息。

没有人写到她，把她的经历写成故事。她也没有出现在埃米的遗嘱里——埃米没有遗嘱。她也没有在商人或裁缝的账目里留下丝毫痕迹。

我不得不继续寻找。在图书馆里，我偶然发现一些东西，它们能提供直接和间接的线索。当我看到一条脚注和附录中的一则说明时，我正在查证一个事实——查尔斯在沙龙里铺上金色地毯的日期，还有那个为埃弗吕西官邸绘制天花板的画师的一些情况。我惊恐地发现，露易丝位于巴萨诺街上的房子，也就是朱尔斯和范妮家对面的那栋房子，与查尔斯最后一所房子隔着一条街，全是金色的石头和花饰，曾被纳粹用作巴黎的拘留营。那是德朗西集中营的三个附属建筑之一，在那里，犹太囚犯必须对罗森伯格的组织为德意志帝国官员偷的家具和物品进行分类、清洗和修理。

然后，可怕的是，括号里有一条说明，雷诺阿为露易丝·卡昂·安特卫普的女儿们画的双人肖像画（那张查尔斯迟迟未能支付佣金的画）中那个穿蓝裙子的女孩，已被驱逐出境并死在奥斯维辛。接着我发现，范妮和泰奥多尔·雷纳克的儿子莱昂、莱昂的妻子贝亚特丽斯·德·卡蒙多，以及他们的两个孩子也被驱逐了。1944年，他们全都死于奥斯维辛。

过去所有那些针对居住在金色山丘的犹太人的诽谤和恶意中伤，在巴黎仍有着自己的市场。

在这里，在这栋房子里，我方寸大乱。在安娜的口袋里，在她的床垫里，根付的幸存是一种侮辱。我不能容忍它成为一种象征。为什么它们躲在一个隐蔽的地方安然度过了这场战争，而那么多隐藏起来的人却没有存活下来？我再也不能把人、地方和事物组合在一起了。这些故事让我崩溃。

自从 30 年前我第一次在日本见到伊吉时听说了这个故事，我就一直在寻找一些东西。安娜周围有一个空间，就像壁画中的人物周围的留白一样。她不是犹太人。自从埃米结婚后，她就一直为她工作。"她总是在那里。"伊吉会说。

1945 年，她把根付交给了伊丽莎白。伊丽莎白把柿子、象牙牡鹿、老鼠、捕鼠者和她 6 岁时喜欢的面具，以及这个世界里剩下的一切，装进一个小小的皮公文包里，带回了英国。在巴黎的沙龙或维也纳的更衣室里，这些根付能摆开来装满一个巨大的玻璃柜，但它们也能装进一个小小的公文包。

我甚至不知道安娜的全名，或者她遭遇了什么。在我有机会询问的时候，我从未想过要问。她，仅仅是安娜。

29 "一切都相当公开、透明和合法"

伊丽莎白把装着一堆根付的小公文包带回家。现在，英国是她的家了：毫无疑问，她不可能带着家人回到维也纳生活。伊吉刚从美国军队复员，正在找工作，他也有同样的想法。回到维也纳是极少数犹太人会做的事情。德奥合并的时候，奥地利有18.5万名犹太人。其中只有4500人回到奥地利，有65459名奥地利犹太人被杀害。

没有人被问责。战后成立的新的民主奥地利共和国在1948年特赦了90%的纳粹党成员，并在1957年特赦了党卫军和盖世太保。

流亡者回国被认为是对那些留在国内的人的骚扰。我祖母描述的返回维也纳的小说帮助我理解了她的感受。在伊丽莎白的小说中，有一个对峙的时刻尤其具有启发性。犹太教授被问及为什么要回来，对奥地利有什么期待："你决定离开的时间确实早了点。我的意思是，你在被解雇之前就辞职了——而且你离开了这个国家。"这是个关键而有力的问题：你回来想要什么？你回来是为了从我们这里拿走什么东西吗？你回来是要做一个控告者吗？你回来是要让我们难堪吗？而在这些问题背后，有一个弦外之音：你经历的战争难道比我们的战争更可怕？

对那些幸存者来说，要想财产归还、获得赔偿是困难的。伊丽莎白在小说中一个最奇怪的时刻虚构了这一点,当收藏家卡纳基注意到"在他椅子对面的墙上挂着两幅画框阴暗沉重的画作时,一抹淡淡的微笑爬上了他的眼睛"。

"你真的认得这些画?"新主人惊呼道,"事实上,它们的确属于一位先生,E男爵,可能是你家的熟人。你也许在他家里见过这些画。E男爵不幸在国外去世了,我相信是在英国。他的继承人在找回他的财产后,把所有的东西都拍卖了。我猜,这些古老的东西在他们的新式房子里用不上。我是在拍卖行得到它们的,以及你在这个房间里看到的大部分东西。一切都相当公开、透明和合法,你明白的。在这段时间,不会有什么人抢着买这些东西。"

"不必道歉,医师先生,"卡纳基回答,"我只能祝贺你做了一笔好交易。"

"一切都相当公开、透明和合法",伊丽莎白将不断听到这句话。她发现,在一个支离破碎的社会,要把财产归还给财产被扣押人,这项要求往往在整个清单里排在最末。许多侵占犹太人财产的人,现在是新奥地利共和国受人尊敬的公民。同时奥地利政府拒绝赔偿,因为在他们看来,奥地利在1938年至1945年期间是被占领的国家:奥地利是"第一受害人",而非战争的代理人。

作为"第一受害人",奥地利不得不坚决反对那些会损害它的人。卡尔·伦纳博士(Dr Karl Renner)是一名律师,也是战后奥地利的总统,他对此心知肚明。他在1945年4月写道:

> 把犹太人被偷去的财产归还给犹太人……不应该是归还给个体受害者,而应该归还给集体赔偿基金。建立这样的基金和做预防性的安排是有必要的,以防止流亡者突然大规模地回归……对于这种

情形，有许多理由需要给予密切关注……基本上，不应当要求整个国家为犹太人遭受的损失负责。

1946年5月15日，奥地利共和国通过了一项法律，宣布任何利用歧视性的纳粹意识形态完成的交易都被视为无效，这似乎打开了一条道路。但奇怪的是，这项法律是无法执行的。如果你的财产是在强制雅利安化政策下出售的，那么你可能会被要求买回自己的财产。如果一件归还给你的艺术品被认定为奥地利重要文化遗产，那么它是禁止出口的。但如果你把这类艺术品捐赠给博物馆，那么你就有可能得到许可，可以自由处置其他不太重要的艺术品。

在决定哪些需要归还、哪些不需要归还时，政府机构会以现有的文件记录作为最高权威标准。而这些文件都是之前由盖世太保整理的，以巨细无遗闻名。

一份关于侵占维克托的藏书的文件指出，整个图书室被移交给了盖世太保，但"没有记录说明其全部内容。鉴于这份证实移交的文件里提到了两个大箱子和两个小盒子，以及一个旋转书架，所以只能找到少量的书籍"。

于是，1948年3月31日，奥地利国家图书馆将191册藏书归还给了维克托·埃弗吕西的继承人；这191册书只能摆满两个书架，在他几百码的图书室里只占几码地。

就这样了。埃弗吕西先生的记录保存在哪里？即使在他死后，他仍要被人指责做事不周。维克托一生收集的藏书消失了，只因为一份首字母难以辨认的文件。

另一份档案记录的是被扣押的艺术收藏品。里面夹着两个博物馆馆长之间的一封信。他们有一份盖世太保编制的清单，他们必须弄清楚"维也纳第一区卢埃格尔环路14号的银行家埃弗吕西先生"的藏画的下落，"这份清单构不成一份特别有价值的艺术收藏，而是一个富人公寓里的墙壁装饰。从风格上看，它显然是按照19世纪70年代的品位拼凑起来的"。

没有收据，除了"几幅没有出售、也绝对卖不出去的画作"。言外之意是实在爱莫能助。

看着这些信，我感到一股被愚弄般的愤怒。不是因为这些艺术史学家不喜欢"银行家埃弗吕西"的品位和他的墙壁装饰，尽管这个叫法和盖世太保的"犹太人埃弗吕西"相差无几，一样让人不舒服。我愤怒的是这种利用档案将过去封存起来的方式：没有收据，我们无法辨认交易双方的签名。这才过去9年时间，我想，这些交易应该都是由你的同事进行的，而维也纳是个小城市，把这件事弄清楚需要打几个电话？

我父亲的童年时代，穿插着伊丽莎白一封接一封地写信要求归还家族财产却不断失败的情景。她写信的部分原因，是对那种为了劝阻索赔者而采取的伪立法措施感到愤怒。毕竟，她是一名律师。但更重要的原因是，兄弟姊妹四人都有真正的经济困难，而她是唯一待在欧洲的人。

每当归还一幅画，她就会把它卖掉，再把钱分成四份。哥白林挂毯于1949年归还，卖掉的钱换成了学费。战后第五年，埃弗吕西官邸归还给了伊丽莎白。维也纳当时依然被四支军队控制着，要卖掉一栋被战争损毁的官邸，着实不是好时机，它最后只卖了3万美元。从那以后，伊丽莎白就放弃了。

施泰因豪斯先生，维克托从前的商业伙伴，现在成为奥地利银行业和银行家协会的会长。1952年，他被问及是否知道被他雅利安化的埃弗吕西银行的历史。因为第二年，也就是1953年，将是埃弗吕西银行在维也纳成立的100周年。"我一无所知，"他回信道，"也不会庆祝。"

埃弗吕西家族的遗产受赠人获得5万先令，条件是同意放弃任何进一步的追索。在当时这相当于5000美元。

我发现整个归还的过程极为累人。我可以看到你花了一辈子的时间追踪每件东西的下落，你的精力在所有这些规定、信件和法律条文上消耗殆尽。你知道在别人家的壁炉架上，来自沙龙的座钟正在报时，两只美人鱼优雅地交缠在底座上。你打开一本销售目录，看到两艘顶着风航行的船，突然间你会感到自己正站在楼梯口，保姆正往你的脖子上围围巾，准备带你去环城大道上散步。只要一个屏息的时间，你就能将破碎的人生片段拼凑起来，让离散家庭的残片结为一体。

这是一个无法把自己重新拼起来的家庭。伊丽莎白在唐桥井提供了某种形式的中心，写信和分享消息，把外甥和外甥女的照片寄给家人。战后，亨克在伦敦得到了一份不错的工作，为联合国救援协会做事，他们的生活舒适多了。吉塞拉在墨西哥，因为生活拮据，做清洁工来贴补家用。鲁道夫退伍后生活在弗吉尼亚。而时尚界已经"放弃"了伊吉——这是他自己的说法。他无法再面对设计礼服的工作了：由于1944年在法国的战斗经历，从维也纳到巴黎再到纽约的这条线，已经断裂。

他现在为邦基（Bunge）集团工作，这是一家国际粮食出口商，无意中，他回到了家族祖先在敖德萨开始的事业。他的第一项任务是在比属刚果的利奥波德维尔（Léopoldville）工作一年，他对那里的炎热和残忍深恶痛绝。

1947年10月,伊吉在调换职位期间来到英国。他得到了返回刚果或改派日本两个选择,但这两个地方都没有多大的吸引力。他来到唐桥井探望伊丽莎白、亨克和他的外甥们,还第一次去父亲的坟墓前祭拜。然后他打算对自己的未来做出决定。

那是在晚饭后。孩子们做完功课,上床睡觉了。伊丽莎白打开小公文包,给他看那些根付。

老鼠的一场混战。镶着眼睛的狐狸。把身体缠在葫芦上的猴子。他的斑纹狼。他们拿了几只根付出来,放在郊区房子的餐桌上。

我们什么都没说,伊吉告诉我,我们上一次看到它们是在30年前,在妈妈的更衣室里,那时我们坐在那块黄色的地毯上。

就是日本了,他说,我要把它们带回去。

第四部

东京
（1947—2001）

30 春笋

1947年12月1日,伊吉获得东京远东司令部总指挥部人事和行政人员管理处核发的进入日本的第4351号军事许可证。6天后,他抵达了被占领的东京。

出租车从羽田机场出发,绕过道路上最严重的坑洞,避开孩子、骑自行车的人和穿着宽松花纹长裤的女人,向市区艰难地驶去。东京的景观非常奇特。首先注意到的是电线和电话线,它们横七竖八地架在棚屋生锈的铁皮屋顶上。然后,在冬日的天光下,富士山出现在西南方向。

美国人对东京轰炸了3年,但1945年3月10日的突袭是灾难性的。燃烧弹造成了冲天的大火,"在天空中撒下火种":10万人丧生,城里有16平方英里的区域被摧毁。

没有被夷为平地或焚毁殆尽的建筑物屈指可数。那些幸存下来的建筑物,包括在灰色的巨石城墙和宽阔的护城河后面的皇宫,少数由石头或水泥建造的建筑,即奇怪的新仓(kura),那是商人家族存放财物的仓库,以及帝国饭店。帝国饭店由弗兰克·劳埃德·赖特(Frank Lloyd Wright)设计于1923年,是一座梦幻般的建筑,在几座水池旁建起了古怪的混凝土寺庙建筑,像是匆忙调和下的结果,是一种略带阿兹特克[①]风格的日本风。它也经受住了

---

① 阿兹特克(Aztec),14至16世纪的墨西哥古文明,其传承的阿兹特克文明与印加文明、玛雅文明并称为中南美三大文明。

1923 年的地震，只受了点皮外伤，大体上完好无损。另外还有日本国会大厦，一些政府部门，美国大使馆和皇宫对面丸之内商务区的办公大楼。

所有这些都被占领当局征用了。记者詹姆斯·莫里斯，即后来的简·莫里斯①，在 1946 年的游记《凤凰杯》(*The Phoenix Cup*) 里提到这个奇怪的区域："丸之内是被日本海包围的一个美国小岛，日本海里布满了灰烬、瓦砾和生锈的铁罐。走在这些街区，来自武装部队电台的刺耳音乐冲击着耳膜，不用执勤的美国大兵靠在最近的墙壁上，站在那里沉思……让人感觉仿佛身在丹佛（Denver）……"

正是在这里，在这些幸存建筑物中最宏伟的第一大厦（Dai-Ichi Building），麦克阿瑟将军——盟军最高指挥官（SCAP），扬基大名——把他的司令部设在这里。

伊吉抵达时，日本已经投降 2 年。当时日本天皇用假高音，采用宫廷之外陌生的措辞和语气在广播里宣布战败，警告说："今后帝国所受之苦难，非同寻常……"在此后的几个月里，东京已经习惯了它的占领军。美国人宣布他们将慎重管理。

在将军和天皇摄于美国驻东京大使馆的照片中，双方的关系一目了然。麦克阿瑟穿着卡其色制服、开领衬衣和皮靴。正如《生活》（*Life*）杂志描述的那样，他两手叉腰，是一个"高大的、没有绶带的美国士兵"。天皇站在他旁边。他身材瘦小，一丝不苟，按照传统，穿着带硬翻领的黑色西装，打着条纹领带。从照片可以

---

① 简·莫里斯（Jan Morris，1926—2020），原名詹姆斯·莫里斯（James Morris），1972 年进行变性手术后，名为简·莫里斯，由"他"变为"她"。集诗人、小说家、旅游文学作家为一身，著作超过 30 部，被《泰晤士报》评选为"二战"后英国最伟大的 15 位作家之一。

看出，即将开始的谈判既敏感又礼貌。日本媒体拒绝刊登这张照片。但盟军最高指挥官确保它刊登了出来。照片拍摄后的第二天，皇后给麦克阿瑟夫人送来一束皇宫庭院里采摘的鲜花。几天后，又送来一只带有皇室徽章的漆盒。谨慎而急切的交流是从礼物开始的。

出租车把伊吉带到皇宫对面的帝都旅馆（Teito Hotel）。那时候，不仅获得进入日本的证件和居留许可很困难，抵达后的住宿也很成问题，因为帝都旅馆是仅存的两家旅馆之一。非军事外籍人士的社区小得可怜。除了外交使团和新闻媒体，只有少数像伊吉这样的生意人和零星的学者。他到达时，远东国际军事法庭刚刚开始对战犯——包括东条英机和秘密警察首脑田中隆吉——的审判。据西方媒体报道，东条英机有着"日本武士的怪异做派"。

盟军最高指挥官不断颁布法令，从公民生活的细枝末节，到如何管理日本人，无所不包，而这些法令往往反映了美国人的敏感。麦克阿瑟决定把神道教与政府分离开，神道教与过去15年来日本民族主义的兴起密切相关。他还希望拆散大型工业和商业集团：

天皇是国家领袖……他必须依照新宪法履行责任和行使权力，并且向人民的基本意愿负责……放弃作为国家主权的战争权……废除日本的各种封建性制度……今后，在其任何国民或公民政治权力之中无贵族特权。

麦克阿瑟还决定，女性应该获得选举权，这在日本历史上是第一次，以及工厂每天的工作时间应该由12小时缩减为8小时。盟军最高指挥官宣布，民主已经来到了日本。此外还要审查地方和外国的媒体。

在东京的美国军队有自己的报纸和杂志，而且从岗亭大声播放着广播电台。他们有自己的妓院（RAA，或称休闲娱乐协会）和经过批准的临时娱乐场所（银座绿洲，借用一名美国评论员的话说，那里有穿着"粗劣仿制的午后连衣裙"的姑娘）。火车上有专门为占领军保留的车厢。一家剧院被征用，成为"恩尼·派尔"（Ernie Pyle）剧场，在那里士兵们可以观看电影或讽刺剧，还可以去图书馆或几间"大型休息室"。此外还有专供占领军的商店、海外补给商店和陆军消费合作社，这些地方备有美国和欧洲的食物、香烟、家用器皿和酒精饮料。它们只接受美元或军用支付凭证。

因为这是一个被占领的城市，一切事物都用首字母缩写表示，无论战败方还是新来者都很难弄懂。

在这个奇怪的战败城市里，街道名称被删除，所以现在有 A 大道或第 10 大街这类名称。在军用吉普车和麦克阿瑟将军的 1941 年黑色凯迪拉克（由军士长驾驶，白色宪兵吉普车开道，威风凛凛地开往他的办公室）旁边的，是日本的货车和卡车，它们燃烧煤炭或木头作为动力，不断喷出浓烟，还有三轮出租车（人力车），堵在满是坑洞的道路上。在上野火车站外面，仍然张贴着寻人启事，寻找失散的亲属或从国外返回的士兵。

那些年日本的匮乏是惊人的。60% 的城市被毁，意味着人们都挤在用手头能够找到的材料重建的摇摇欲坠的房屋里。在最初的 18 个月里，美国军队征用了大部分建筑材料。但这也意味着，工人们不得不努力花上几个小时从乡下住处搭乘状况极差的火车进城。新衣服很难买到，战后的几年里，人们还能看到退役的男人仍然穿着制服（只是扯掉了徽章），女人则穿着过去在田间里穿的宽裙裤。

这里没有足够的燃料。每个人都感到冷。浴室营业后的第一个小时费用极高,之后水温开始下降。办公室勉勉强强有点暖气,工人们"不急着离开办公室,因为实在没有别的事可干。大多数办公室在冬天或多或少会有暖气,只要待在那里就能温暖一点"。在一个严酷的冬天,火车站的职员说,他们要关闭车头的汽笛以节省煤炭。

最重要的是,根本没有足够的食物。很多人天不亮就要爬上拥挤的火车,到乡下用物品换取大米。有传言说,农民家里的钞票堆得有一英尺高。或者是去东京各火车站附近兴起的蓝天黑市,在那里,你可以在军队冷漠的目光下公开买卖或交换任何物品。在上野火车站附近的市场里有一条美国巷子,可以用物品交换来路不明或从占领军那里换来的物品。美国军用毛毯特别抢手。"随着树木绽放出绿叶,日本人一件接一件地脱下他们的和服,卖掉换取食物。他们甚至为自己悲惨的生活取了一个讽刺的名字:春笋——竹笋萌芽后,外皮就会一层接一层地脱落。"时下的流行语是"Shikata ga nai",它的意思是"这是不可避免的",一个明显的言外之意就是"所以不要抱怨"。

这些美国商品,包括猪肉罐头、丽兹饼干和好彩烟,大多是由面包女郎[1]带进黑市的,那些"哈耳皮厄[2]的肮脏团伙……这些和士兵上床换取面包的女孩——白天,她们穿着来自陆军消费合作社的廉价而时髦的衣服四处闲逛,大声谈笑,几乎总是嚼着口香

---

[1] 面包女郎(Panpan girl),美国士兵对妓女的委婉说法。日语中"面包"发音同"Pan",这个叫法隐含靠身体换取面包的意思。
[2] 哈耳皮厄(harpies),希腊神话里一种带翅膀的怪物,肮脏,喜欢掠夺。

糖，或者在火车和公共汽车上炫耀以不正当手段获得的东西，激怒饥饿的市民"。

人们对这些女孩和她们对日本的意义有过很多讨论。人们对美国军队的恐惧是如此之深，以至于这些面包女郎被视为保全大多数日本女性体面的一种牺牲方式。这种复杂的情感与人们对她们的口红、衣着和她们在公共场合接吻的行为的厌恶交织在一起。接吻成为占领军带来的从传统约束中解放出来的象征。

这里也有同性恋派对——三岛由纪夫在20世纪50年代初连载的小说《禁色》里称之为"gei pati"。"Gei"一词出现在浪漫小说里，表明这个词已经在日常生活中广泛使用了。日比谷公园是著名的猎艳场所。我只有不可靠的三岛由纪夫作为向导："他走进厕所昏暗、湿冷的灯光下，看到圈子里的人所说的'办事处'（在东京有四五个这样的重要场所）。办事处有一套默认的程序，它们以眼神代替了文件，用微妙的手势取代了印出来的字，用暗号交流代替了电话。"

这儿还需要有进取心。这一代年轻人通常被称为"战后一代"。典型的战后一代是"频繁出入舞厅、雇用枪手通过考试并可能从事非正统赚钱活动的大学生"。关键的是他们非正统的生活方式，和他们对实现美国生活标准的渴望。他们成功地打破了过去工作的规范。这些战后一代中的一名日本评论员写道："自从战争以来，拖延已经成为常态。"他们也许上班迟到，考试作弊，然而他们也是有名的活跃分子，有平地生钱的本事。活跃分子意味着有能力穿夏威夷衬衫、用尼龙腰带甚至穿橡胶底鞋，被称为"三大圣器"，讽刺地令人想到和天皇有关的"三大神器"。在战败后的几年里，涌现出了大量面向年轻人的新杂志，上面刊登着"如何存到 100 万日元"或"如何白手起家成为百万富翁"之类的文章。

在 1948 年夏天的东京，最受欢迎的歌曲是东京布吉-伍吉① (Tokyo Boogie-woogie)。街头扩音器、招揽人气的夜总会里大声放着这类歌曲。"Tokyo boogie-woogie/Rhythm ookie-ookie/Kokoro zookie-zookie/Waku-waku……"媒体说，这是低俗文化的开始：它将淹没日本。粗俗，狂放，享乐至上，随心所欲。

大街上涌现出大量店铺。有身穿白袍的老兵在街上乞讨，把白铁做的假肢卸下来摆在面前，身上挂着牌子，上面写着他们曾参与过的战役。孩子们四处游荡。战争遗留下来的孤儿，父母因斑疹伤寒死于满洲里，他们在街头乞讨、偷窃，无人管理。学生们大喊着要巧克力或香烟，或者嚷着他们从《日英会话手册》第一页中学到的句子：

Thank you!（谢谢你！）
Thank you, awfully!（实在太感谢了！）
How do you do?（你好吗？）

或者，他们会用日文的发音来念：San kyu！San kyu ofuri！Hau dei dou？

弹球室里的声音，无数颗小钢珠在机器里来回撞击，发出的叮当声此起彼伏。你可以用相当于 1 个先令的价格买 25 个弹珠，加上一点灵巧的手法，就能在长灯管的光线下消磨几个小时，不断地把它们放进去。奖品——香烟、剃须刀片、肥皂和罐头——可

---

① 20 世纪 60 年代流行的一种摇滚音乐形式。

以卖回给主人，换来另一杯弹珠，以及另外几个小时的遗忘。

日常的街头生活是这样的：喝醉的工薪族，穿着黑色薄西装，打着细细的领带，外面套着羊毛外套，倒在酒吧外的人行道上。人们在街头随地撒尿、吐痰。对你的身高、头发颜色品头论足。每天都有孩子追在你身后喊"gaijin，gaijin"（外国人，外国人）。然而东京还有另一种街头生活：盲人女按摩师、榻榻米制作者、咸菜贩子、跛脚的老妇人、僧人；还有商贩在卖撒了胡椒粉的烤肉串、红茶、栗子糕、咸鱼和海苔点心，炭炉上弥漫着烤鱼的香味儿。街头生活也意味着有擦鞋童、卖花人、流浪艺术家、酒吧拉客者会和你搭讪，还有各种各样的气味和噪声。

如果你是外国人，是不允许和日本人"亲善"的。你不能到日本人的家里，也不能进日本餐馆。但是来到街上，你就是这个嘈杂而拥挤的世界的一部分。

伊吉有一个装满了象牙和尚、手艺人和乞丐的小公文包，但他对这个国家一无所知。

31　柯达胶片

伊吉告诉我,他在到达日本之前,只读过一本关于日本的书,那就是《菊与刀:日本的文化模式》,是赴日途中在火奴鲁鲁买的。这本书是民族学家鲁思·本尼迪克特(Ruth Benedict)受美国战争情报办公室的委托,通过研究新闻剪报、翻译文献和对战俘的访谈而拼凑出来的作品。这本书的观点清晰明了,而这也许是因为本尼迪克特没有直接的日本经验。书中代表自我责任的武士刀和菊花之间存在着令人欣喜的简单的对立,菊花仅仅通过隐蔽的联系构成其审美形态。本尼迪克特关于日本人具有"耻"文化而没有"罪"文化的著名论点,在东京中心计划重塑日本教育、法律和政治生活的美国军官中产生了巨大的影响。1948年,本尼迪克特的书被翻译成日文,而且非常受欢迎。当然会这样。还有什么比了解美国人如何看待日本更有趣的呢?何况,作者还是个女人。

在我写作时,伊吉的那本本尼迪克特就摆在我面前。他一丝不苟地用铅笔做了笔记——大多是感叹号,笔记停留在了结尾前70页关于自律和童年的最后几章。也许他的飞机着陆了。

伊吉的第一间办公室位于丸之内的商务区,那里的街道黯淡而宽敞。东京的夏天无比炎热,但他印象最深的是1947年第一个冬天的严寒。每间办公室都有一个小火炉,即烧着木炭的炉子,但它们只给人一种模糊的热的印象。让人觉得可能会暖和，但没法真正取暖。得在外套下面放上一个火炉，感觉才会稍有不同。

外面天色已黑，办公室里却灯火通明。这些年轻人挽起白衬衫的袖子，在打字机旁专心工作，他们正忙于创造日本的奇迹。香烟和算盘躺在他们的文件中间。他们有旋转椅。伊吉拿着一沓文件，站在有着不透明玻璃和一部电话（很罕见）的办公室里，别人几乎看不到他。

当伊吉于5点之前消失在走廊上时，办公室里的人就知道这一天的工作结束了。刮脸需要热水，所以他会把水壶放在办公室的火炉上烧热。他出门前必须刮脸。

伊吉讨厌住在那间旅馆里，那附近的环境和丹佛一模一样，于是几个星期后，他搬进了他的第一栋房子。它位于东京东南边的洗足，在洗足池（Senzoku Lake）的边缘。洗足池更像是一个池塘（pond），他告诉我——然后，又急于向我澄清，是一个大的梭罗式池塘，而不是小小的英国池塘。他是冬天搬过去的，有人告诉过他花园和洗足池四周都种着樱花树，但他还是对春天来临时的景象感到措手不及。戏剧化的景象在他面前蛰伏了几个星期，直到樱花在一夜之间绽放，他说，繁花就像炫目的白云一样穿过你的视网膜。你失去了前景、背景和距离感，感觉自己飘浮了起来。

经过这么多年仅有一两个手提箱相伴的生活后，伊吉有了第一栋房子。那时他42岁，曾在维也纳、法兰克福、巴黎、纽约和好莱坞生活过，也曾在法国和德国的军营待过，还在利奥波德维尔住过，但直到日本这个解放而令人欣喜的春天，他才能在自己的房子里关上一扇门。

那栋房子建于20世纪20年代，有一间八角形的餐室，有可

洗足的夏季派对（东京，1951年）

以俯瞰湖面的阳台，非常适合举办酒会。从起居室出来，就来到一块平坦的大圆石上，然后走进花园，那里有修剪过的松树和杜鹃花，一个看似随机实则精心排列的石砌平台，还有一个布满苔藓的花园。这就是年轻的日本外交官川崎一郎所形容的那种房子："战前，一名大学教授或陆军上校就能负担得起建造一栋这样的房子并自己住在里面。可是现在，房主发现这些房子维护起来非常昂贵，他们必须把它们卖掉，或者租给外国人。"

我正在看一沓小小的、圆角的柯达照片，上面是伊吉在东京的第一栋房子。"区域划分是日本城市规划者很少考虑的问题。因此，我们往往在一个百万富翁富丽堂皇的住宅旁边，发现工人居住的一片棚屋。"这栋房子的情况就是这样，不过左右两边的棚屋正在用水泥而不是木材和纸板进行重建。街区正在重新形成：寺庙和神社,当地市场,自行车修理工和马路——与其说是马路,不如说是小道——尽头的一排商店,在那里你可以买到成排的大白萝卜、卷心菜,还有一点别的东西。

我们从前门台阶开始,和伊吉一起,他一只手插在口袋里,领带夹在绿色丝绸领带上闪闪发光。他现在心宽体胖,喜欢在外套口袋里放条手帕。他办公室里的小年轻开始模仿这种做派,口袋、手帕和领带结合的搭配。今天他穿着粗革皮鞋。看上去有几分乡绅的派头。如果不是两侧修剪过的松树和房顶的绿色瓦片,他可能会被认为是在英国科茨沃尔德(Cotswolds)。我们走进长长的门廊,然后向左转,厨师羽田先生穿着白色衣服,厨师帽神气地歪戴在脑后,他靠在新的炊具上,面对闪光灯闭上了眼睛。一瓶亨氏番茄酱是唯一可以看到的食物,那猩红色在洁净得令人目眩的搪瓷器具中显得格外醒目。

回到走廊,我们穿过一扇敞开的门,门上挂着一副能剧面具,来到起居室。天花板是木板条的。所有的灯都亮着。物品陈列在黑色的、线条简洁的朝鲜和中国家具上,旁边摆着舒适的矮沙发、临时的桌子和灯、烟盒和烟灰缸。一尊来自京都的木雕佛像摆在朝鲜柜上,一只手抬起做赐福状。

竹条上摆放着数量惊人的酒,没有一种是我认识的。这是为聚会而建造的房子。有尚未学会走路的孩子、穿着和服的女人参加的聚会,其间互送礼物;有穿着黑色套装的男人举行的聚会,他们围坐在小桌旁,喝着威士忌侃侃而谈;有新年时举行的聚会,天花板上挂着砍下来的粗松枝;当然,还有樱花树下的聚会,甚至有一次,在诗歌精神的引导下,举办了一场观赏萤火虫的聚会。

交往的人也越来越多:日本、美国以及欧洲的朋友,穿着制服的女仆金子太太端上了啤酒和寿司。自由厅，又一次出现了。

这也是一栋华丽的房子。但没有他童年时期官邸里的芜杂：这是一个充满戏剧性的内部空间，有金色屏风和卷轴、油画和中国壶，是为根付创造的新家。

因为就在这房子的正中央，居于伊吉生活中心的，是那些根付。伊吉为它们设计了一个玻璃柜。它背后的墙上贴着花纹纸，纸上是浅蓝色的菊花图案。这264只根付不仅回到了日本，还再次回到沙龙里展示了出来。它们被伊吉放置在三个长玻璃架上。这里有隐藏的灯光，黄昏时分，玻璃柜里会反射出不同层次的乳白色，那是骨头和象牙的色泽。到了晚上，它们能照亮整个房间。

在这儿，根付又变成日本的了。

它们不再是异国物品。它们令人吃惊地精确再现了你吃到的食物：蛤蜊、章鱼、桃子、柿子、竹笋。放在厨房门口的那捆引火柴上打的结，就跟藻晃（Soko）雕刻的根付一样。寺庙池塘边迟缓而坚定地爬到彼此背上的乌龟，就是那只友一（Tomokazu）的根付。在去丸之内办公室的路上，也许不会遇见僧侣、小贩和渔夫，更不用说老虎，但火车站面摊旁的男人有着和失望的捕鼠人一样的愁容。

根付与房间里的日本卷轴和镀金屏风有着相同的意境。它们在这个房间里可以互相交谈，不像查尔斯的莫罗和雷诺阿的画作，也不像埃米梳妆台上银质和玻璃的香水瓶。它们始终是要被人拿起和把玩的小玩意儿——如今它们成了另一个可触摸的物品世界的一部分。它们制作的材料是人们所熟悉的（象牙和黄杨木是常见的制作筷子的材料），形状也深深地留在人们的记忆里。有一种类型的根付，即馒首（Manju）根付，它的名字源自一种小而圆的豆馅甜点，日本人喝茶时常用作茶点，或作为纪念品送人——不管你去日本的任何地方，都会收到这种小礼物。馒首吃起来坚实厚重，但拿在手里，感觉很轻巧。当你拿起一只馒首根付时，你的手指也期待着同样的感觉。

伊吉的很多日本朋友以前从未见过根付，更别说亲手把玩了。志良只记得他的祖父，一位企业家，每逢红白喜事时在厚重的黑色和服上挂过根付。五个徽章式的图案分别绣在领口、袖口和袖子上，穿着白色的分趾袜，趿着木屐，宽大的腰带在腰间打个硬结，还有一只根付——某种动物？老鼠？——用绳子挂在腰带上。但是，早在80年前的明治初期，随着男式和服的式微，根付就从日常用品里消失了。在伊吉的聚会上，桌子上散落着几杯威士忌和几盘日本青豆，有人打开了玻璃柜。根付又一次被人拿出来，接受人们的惊叫、传看和欣赏。朋友们会为你解说。因为当时是1951年，是阴历的兔年，你拿着那只用最纯净的象牙制作的根付，有人会向你解释，它之所以散发着微光，是因为这是一只在波浪里奔跑的月兔，月光照亮了它。

这些根付上一次在社交场合被拿出来玩赏，是在巴黎，在查尔斯·埃弗吕西充满当代品味的沙龙里。埃德蒙·德·龚古尔、德加和雷诺阿一边将它们放至掌中，一边讨论着情色话题与新艺术。

现在，它们回到了日本的家，根付与书法、诗歌或三味线[①]一起成了老一辈人回忆的主题。对伊吉的日本客人来说，它们是失落世界的一部分，由于战后暗淡无望的生活，这种感受变得更加苦涩。看呐，那些根付在谴责，这里曾经有过的富有时代。

---

① 日式三线琴。

在这儿，它们也是新日本风的一部分。20世纪50年代，国际设计杂志兴起一股风潮，强调把多层次的日本风格应用于当代住宅，这和伊吉的房子的风格暗合。在新的民间工艺潮流下，日本风可以通过一尊标志性的佛像、一道屏风、一只粗糙的乡村陶罐表现出来。《建筑文摘》（*Architectural Digest*）上连篇累牍地介绍美国住宅，里面就摆放着这些物品，它们和大厅的金箔、镜子墙、墙壁上使用的生丝、巨大的平板玻璃窗和抽象画并存。

在这栋美国人居住的东京住宅里，有一处"床之间①"，它在日本传统住宅里非常重要，一根未加工的木柱将这个空间与住宅的其他部分区隔开来。乡下的花草插在一只篮子里，旁边是一幅卷轴画和一只日本碗。墙上挂着受欢迎的年轻画家福田（Fukui）的当代日本画，画的是萎靡的人物和马。书架上摆放着伊吉收集的关于日本艺术的书籍、普鲁斯特与詹姆斯·瑟伯（James Thurber）的书，以及成堆的美国犯罪小说。

但在这些日本艺术品中间，还挂着几幅来自维也纳埃弗吕西官邸的画，是他的祖父在19世纪70年代家族事业鼎盛时期收集的。一幅画着个阿拉伯少年的画，是伊格纳斯在中东旅行时资助过的一位画家的作品。两幅奥地利风景画。一幅小小的荷兰油画，画上是几头悠闲的奶牛，这幅画曾经挂在后面走廊上。在他的餐室里，餐具柜上方有一幅忧郁的画，一个背着滑膛枪的士兵站在明暗交会处的树林里，这幅画曾经挂在他父亲位于走廊尽头的更衣室里，旁边是巨幅的《勒达和天鹅》和韦塞尔先生的半身像。

---

① 床之间（tokonoma），日本传统建筑里挂字画和插花、插香等清供之处，形如壁龛。

这里有一些画是伊丽莎白从维也纳追索后归还的,悬挂在伊吉的日本卷轴旁边。这也表现出一种亲善:日本的环城大道风格。

这些照片非常生动:它们散发着幸福的光芒。无论在哪里,伊吉都能和别人很好相处——甚至还有几张战争时期他和士兵朋友的照片,他们在一个废弃的碉堡里,与一只收养的小狗玩耍。在日本,以这种折中的布置,他和他的日本朋友与西方朋友都有共同的话题。

后来,他搬进了麻布区的花园住宅,那里也很漂亮,生活更方便,他的幸福感也更强烈了。他讨厌这个地区的概念——一个住满了外交官的外国殖民地,但他的住宅高高在上,有一系列相互连通的房间,前面有个下沉式的花园,里面种满了白色的山茶花。

这里也足够大,能给他的年轻朋友杉山志良建造一个独立的公寓。他们相识于1952年7月。"我在丸之内大楼外碰到一个老同学,他把我介绍给了他的老板莱奥·埃弗吕西……两个星期后,我接到莱奥——我一直叫他莱奥——的电话,邀请我和他共进晚餐。我们在东京会馆的屋顶花园吃了法式烤龙虾……后来,通过他,我在老三井住友公司找到一份工作。"他们将在一起生活41年。

志良26岁,瘦削而英俊,英语流利,喜欢听胖子沃勒(Fats Waller)和勃拉姆斯(Brahms)。他们认识时,志良刚刚回国,他曾经获得一笔奖学金到美国一所大学学习3年。他的护照是由占领军行政办公室发放的,上面印着:第19号。志良还记得那时他很担心到达美国后会受到怎样的待遇,以及报纸是如何报道的:"一名年轻的日本男孩穿着灰色法兰绒西装和白色牛津衬衫前往美国。"

志良在一个商人家庭长大,家中有五个兄弟姐妹,他排行居中。他家在静冈(位于东京和名古屋之间)制作漆木屐:"我家制作上好的漆绘木屐。我爷爷德次郎以制作木屐发家……我们有一座很大的老房子,有10个人在店里工作,他们在老房子都有自己的住处。"这是一个繁荣的企业型家庭。1944年,18岁的志良被送到东京早稻田大学的预备学校,接着就读于早稻田大学。因为年纪小,不能服役,他曾经看着东京在身旁毁灭。

志良,我的日本舅舅,因为伊吉的缘故,成为我生命的一部分。我们一起坐在他东京公寓的书房里,听他讲述他们早期在一起的日子。他们会在星期五晚上离开城市,"到东京附近的伊势、箱根、京都、日光度周末,或者待在日式旅馆和温泉里,享用美食。他有一辆黄色的德索托(DeSoto)敞篷车,车顶是黑色的。我们把行李放在旅馆后,莱奥的第一件事就是去古董店——中国瓷器、日本瓷器、家具……"而在工作日,他们会在下班后会面。"在资生堂饭店碰头,吃咖喱牛肉饭,或蟹肉丸子。或者在帝国饭店的酒吧见面。家里有那么多的聚会。我们常常在每个人都离开后的深夜,一起喝威士忌,聆听留声机播放的歌剧。"

他们的生活在柯达胶片上——我可以看到那辆黄黑相间的汽车在日本阿尔卑斯山尘土飞扬的道路上像大黄蜂一样闪闪发光,还有白色托盘上粉红色的炸丸子。

他们一起探索日本,在周末去一家专门料理河鳟的旅店;去海岸边的一个小镇参加秋祭活动——那时会有由红色和金色的节日花车构成的拥挤的游行。他们去上野公园的博物馆参观日本艺术展。去参观来自欧洲博物馆的第一次印象派巡回展,那里的队伍

伊吉和志良在濑户内海泛舟（日本，1954 年）

从入口处一直排到大门口。他们看完毕沙罗的作品后出来，东京看起来就像雨中的巴黎。

但音乐最贴近两个人共同生活的中心。贝多芬的《第九交响曲》在战争时期已经非常流行。第九——俗称 Dai-ku（日语"第九"的英语音译）更广为人知——伴随着大型合唱团《欢乐颂》的响亮歌声，成为年终岁末必定演奏的曲目。在被占领期间，东京交响乐团受到当局的一部分赞助，因而得根据部队的要求演奏其挑选的曲目。而现在，到 20 世纪 50 年代初，日本各地有了区域性的交响乐团。背着书包的小学生紧紧拎着小提琴琴盒。外国交响乐团开始来日本访问，志良和伊吉去听了一场又一场的音乐会：罗西尼（Rossini）、瓦格纳和勃拉姆斯。他们一起看了歌剧《弄臣》，伊吉回忆说，这是第一次世界大战期间，他和母亲在维也纳的包厢里看的第一部歌剧，她在最后谢幕时掉了泪。

所以，这是根付的第四个落脚地。位于战后东京一间起居室里的一个玻璃柜,面对着修剪过的山茶花花圃。在这里,深夜,这些根付淹没在古诺的歌剧《浮士德》的乐声里,他们把音量开得很大。

32　你从哪里得到它们的？

　　美国人的到来，意味着日本又一次成了可以掠夺的国家，一个充满诱人物品的国家——成对的萨摩花瓶、和服长袍、漆器和镀金宝剑、绘有牡丹的折叠屏风、带青铜把手的柜子。日本的东西那么便宜，那么丰富。1945 年 9 月 24 日，《新闻周刊》(Newsweek)第一次报道了被占领的日本："美国人开始和服狩猎，认识为什么艺妓不（原文如此）。"这个生硬而暧昧的标题结合了纪念品和女人，一语道尽占领的意义。那一年晚些时候，《纽约时报》(New York Times)报道了"一名水手疯狂购物"：如果你是一名美国大兵，在香烟、啤酒和女人身上花掉能花的钱之后，(除了和服以外)你能买的东西非常有限。

　　一名成功的"战后一代"在横滨码头开设了一间小型货币兑换亭，为第一批美国士兵把美元兑换成日元。他也倒卖美国香烟。但最重要的是他的第三项业务，那就是出售"廉价的日本小古董，如青铜佛像、黄铜烛台、香炉等，这些都是他从轰炸地区抢救出来的。这些古董在当时是非常新奇的东西，极为抢手"。

　　你怎么知道该买什么呢？约翰·拉塞尔达（John LaCerda）在 1946 年出版的《麦克阿瑟占领下的日本》(The Conqueror Comes to Tea: Japan under MacArthur)一书中尖刻地评论道，所有的士兵"不得不忍受一个小时的战斗课题的折磨，学习诸如日本插花、焚香、婚姻、着装、茶道、用鸬鹚捕鱼等课目"。至于更严肃的，还有新出版的日本艺术和手工艺指南，印在薄薄的、感觉像草纸的灰色的纸上。日本旅游局出版的指南"向来往的游客和其他对日本感兴趣的外国人介绍日本文化各个时期的基本知识"，其中包括：日本花艺、浮世绘、和服（日本服饰）、日本茶道、盆景（微型盆栽）。当然，还有根付：日本的微型艺术。

从横滨码头上出售小古董的商人，到用白布包着几件漆器坐在寺庙外的人，一个人很难不遇到出售中的日本。每一样物品都很古老，或者被贴上古老的标签。你可以买到上面印有艺妓、富士山、紫藤图案的烟灰缸、打火机或茶巾。日本是一系列的快照，是像织锦一样绚烂的明信片，是像棉花糖一样粉白的樱花。是蝴蝶夫人和平克顿[①]，花样翻新的陈词滥调而已。但你也很容易就能买到"大名时代充满异国情调的遗物"，正如《时代》杂志在《用日元购买艺术品》（Yen for Art）一文里所说的。这篇文章提到豪格（Hauge）兄弟，他们积累了一批数量惊人的日本艺术收藏品：

在无数到日本服役的美国大兵中，几乎没有不大肆购买纪念品的。但只有屈指可数的美国人意识到他们身边是怎样的一个收藏家的天堂……利用通货膨胀这股旋风——汇率从1美元兑换15日元，一路变为1美元兑换360日元——豪格兄弟有了个飞速的开端，他们大肆收割纸一样的日元。与此同时，日本家庭在战后税收的打击下，过着"洋葱皮"般的生活，不得不剥离出长期珍藏的艺术品，

[①] 平克顿（Pinkerton），意大利作曲家普契尼（Giacomo Puccini）创作的歌剧《蝴蝶夫人》中的人物。该剧以日本为背景，叙述女主人公巧巧桑与美国海军军官平克顿结婚后空守闺房，等来的却是背弃，最终自杀身亡的故事。

以维持生计。

洋葱皮,竹笋。它们让人联想到脆弱、柔软和眼泪。它们也是脱去衣服的象征。它们和在日本风的第一次热潮里,巴黎的菲利普·西谢尔和龚古尔兄弟那样热切地讲了一遍又一遍的故事如出一辙:如何才能买到日本的东西,如何才能买到更多日本的东西。

伊吉或许变成了外国人,但他当然还是埃弗吕西家族的一员。他也开始收藏。在和志良的旅行中,他买了中国陶瓷器——一对唐代弓背马、几只游鱼纹青瓷盘、15世纪的青花瓷。他买了日本的金色屏风,上面绘有深红色的牡丹,还买了意境朦胧的山水画卷轴、早期的佛像雕刻。你用一盒好彩烟就能换到一只明代的碗,伊吉曾经内疚地告诉我。他给我看了那只碗。如果轻轻敲击,它会发出悦耳的高音。它在乳白色的釉面下绘有蓝色的牡丹花。我很想知道是谁不得不把它卖掉。

正是在被占领期间,根付开始成为"收藏品"。日本旅游局在1951年出版的根付指南上,记录了"横须贺海军基地前指挥官、海军少将贝顿·W.德克(Beton W. Dekker)给予的宝贵帮助,他是一位最热心的根付鉴赏家"。这本指南印行了30年,以最清晰的方式阐述了对根付的看法:

日本人天生手指灵巧。这种灵巧也许应该归因于他们对微小事物的偏爱,因为他们生活在一个狭小的岛国而不是生活在大陆,从而形成了这种倾向。他们习惯用筷子吃饭,这个从小就熟练掌握的技巧,或许也是他们如此手巧的原因之一。这一特点有利有弊,其利弊同时体现在日本艺术上。民众缺乏制作大规模或具有深刻及实质内容的东西的能力，但他们在完成作品时展现了他们的天性：细腻的技巧和一丝不苟的执行力。

自从查尔斯在巴黎买下日本物品以来，80年来，人们谈论它们的方式一直没有改变。根付让人欣赏的仍然是它们具有早熟儿童的积极特质，有完成事物的能力，而且一丝不苟。

被比作儿童是令人痛苦的。当麦克阿瑟将军公开表达这一观点时，那种感觉更加不好受。因为在朝鲜战争中违抗命令，麦克阿瑟被杜鲁门总统解职，于1951年4月16日前往羽田机场离开东京。"由军事警察骑摩托车护送……沿途有美国军人、日本警察和日本民众。学校给学生放假，让他们列队站在路边；邮局、医院和行政部门的公务员也得到了送行的机会。据东京警方估计，有23万人目睹了麦克阿瑟的离去。那是一群安静的人，"《纽约时报》写道，"几乎没有流露出什么情绪……"在回到美国后的参议院听证会上，麦克阿瑟把日本人比作12岁的男孩，把盎格鲁-撒克逊人比作45岁的成年人："你可以在那里植入基本概念。他们足够原始，因而具有可塑性，能够接受新的概念。"

对于刚刚摆脱7年占领的国家来说，这感觉像公开的、全球性的羞辱。自战争结束以来，日本已经得到了实质性的重建，部分是通过美国的补助，但基本上是依靠自身的创业技能。比如索尼，1945年还是日本桥一家被炸毁的百货公司里的收音机维修店，它通过雇用年轻的科学家和从黑市上购买材料，制造出一个又一个新产品，比如1946年的电加热坐垫，第二年又制造出日本第一台磁带录音机。

1951年夏天，如果来到东京的中央商务区银座，你会经过一家又一家货品充足的店铺：日本正在向现代世界迈进。你还会经过"工匠"（Takumi），这是一家狭长的店铺，货架上摆放着深色的杯子和碗，旁边是民间手工印染的靛蓝布匹。1950 年，日本政府引进了人间国宝认定制度，凡是在漆器、印染和制陶方面拥有高超技术的人（通常是老年人）都入选为人间国宝，授予抚恤金和荣誉。

品味围绕着姿态、直觉和不可言喻的事物而变化。只要是在偏远村庄制作的物品都成为"传统的"物品，并作为日本特产进行销售。这些年，日本旅游业开始兴起，日本铁路部门印制了小册子：《给纪念品寻找者的建议》。"如果不带一些纪念品回家，任何形式的旅行都是不完整的。"你应该带一些合适的纪念品或礼物回去。可以是蜜饯、某个村庄独有的饼干或糕点、一盒茶叶、一条咸鱼。也可以是一件手工艺品、一捆和纸、一只村窑里烧制的茶碗、一件刺绣。但其包装纸和包装绳以及书法标签背后，它必须有地方特色：它们体现了日本的风土人情。不带纪念品回家在某种程度上是对旅行本身的怠慢。

根付现在属于明治时代和日本开埠时期。在知识的等级体系上，根付现在因为过分追求技巧而受到轻视：它们在把日本推销给西方的过程中，也带去了日本风略显陈腐的气息。它们只是太精巧了。

不管有多少笔画——某个僧人爆发性的一笔，就浓缩了数十年的功力——全都展现在某件小巧的象牙玩意上。"一组清姬（Kiyohimi）[①] 和一条盘在寺庙大钟上的龙，钟内藏着安珍

[①] 日本民间故事里人首蛇身的女妖。

伊吉麻布区家里的根付展示柜（东京，1961 年）

（Ahchin）和尚[①]"，每个人看了都啧啧称奇。不是因为题材，也不是因为构思，而是因为怎么能在这样小的物品上展现出如此多的内容。田中珉江（Tanaka Minko）究竟是如何透过那个小之又小的孔在钟内将和尚雕刻出来的呢？根付太受美国人的欢迎了。

伊吉用日文为他拥有的根付写了篇文章，刊登在《日本经济新闻》（相当于东京的《华尔街日报》）上。他回忆起童年在维也纳的它们，讲述了它们如何在一名女仆的口袋里从纳粹的鼻子底下逃脱的故事。他也写到它们回到日本的经过——在欧洲经历三代人后，幸运把它们带回了日本。他说，他曾经邀请上野东京国立博物馆的冈田先生（就是写根付指南的作者），来看看这些藏品。可怜的冈田先生，我想，每天晚上拖着脚步来到一个老外的家里，

[①] 日本民间故事人物。

对着另一批西方人收藏的古董微笑。"他很不情愿地见了我——我不知道为什么——接着,他看了一眼摊在桌子上的大约 300 只根付,好像已经厌倦了看到它们似的……冈田先生拿起了一只根付。然后他开始用放大镜仔细检查第二只。最后,在对第三只根付检查了很长时间后,他突然站起来,问我是从哪里得到它们的……"

这些都是日本艺术的典范。也许现在它们已经过时了——在上野公园东京国立日本艺术博物馆的冈田博物馆里,参观者会发现在寒冷的水墨画展厅里只有一个装着根付的玻璃橱——但在这里有可以触摸的真正的雕刻。

在它们离开横滨 90 年后,有人拿起了一只根付,并且知道制作它的是谁。

33　真正的日本

到20世纪60年代初期,伊吉已经是"东京的长期居民"。欧洲和美国的朋友们在派驻3年任期满后就回去了。伊吉见证了占领的结束。他仍然在东京。

他有一位日语老师,现在他的日语说得很漂亮,流利而且巧妙。每个能用日语说几句道歉话的外国人,哪怕结结巴巴,都会听到别人的恭维,Jozu desu ne(天,你说得真熟练)!我自己的日语磕磕绊绊,充满了奇怪的停顿,声调还经常会急促上扬,已经被夸得知道这是怎么回事了。但我听过伊吉和日本人深谈,我知道他的日语的确是说得很好。

他热爱东京。他喜欢这里天际线变化的方式,20世纪50年代末仿照埃菲尔铁塔建造的铁锈红的东京塔;新公寓大楼与烟雾缭绕的烧烤摊形成鲜明对比。他认同这座城市的再创造能力。这种改造自己的机会似乎是天赐的。1919年的维也纳和1947年的东京之间有一种奇怪的关联,他说。如果你不曾经历那样的满目疮痍,就不知道怎样才能创建一些东西,也无法衡量自己所创建的东西。你总会认为那应该归功于别人。

你怎么能忍受待在这个地方?外派到东京工作的西方人反复询问伊吉。总是干老一套,你难道不烦吗?

伊吉告诉过我什么才算是东京外籍人士的生活:8小时短暂的

工作，中间穿插着对厨师和女仆的命令，5点半第一杯鸡尾酒。如果在日本做生意，你得拥有自己的办公室，然后要参加社交活动。有时候会有艺妓派对，时间长，沉闷而又昂贵，让伊吉深恨自己离开了利奥波德维尔。每天傍晚，刮过脸后，他和客户喝酒。帝国酒吧是首选，黑桃心木和天鹅绒、威士忌酸酒、钢琴师。另外还有美国俱乐部、记者俱乐部、国际大厦。然后，或许去下一个酒吧。访问过日本的英国诗人D.J.恩莱特（D.J. Enright）列出了他最喜欢的酒吧：雷诺阿酒吧、兰波酒吧、玫瑰人生、东京屋顶，还有最棒的——瘟疫酒吧。

如果你没有工作，就要把这8个小时填满。你能做什么呢？去新宿的纪伊国屋书店看有没有新的西方小说和杂志，或者去丸善书店，那里有关于战前的牧师生活的书籍，那些书已经在他们的书架上放了30年吧？或者去百货公司顶层的咖啡馆。

有客人来访。1960年，伊丽莎白愉快地来待了3个星期。但你要带客人去看几次镰仓大佛或日光东照宫——那些掩映于半山腰柳杉丛中的红漆与金顶？在京都的寺庙外面，在日光东照宫外面，或者在镰仓通往大佛的台阶处，有卖纪念品、御守和土特产的货摊。在一把红伞下，在漆桥旁，在金阁寺附近，有"给你拍照"的商人，旁边有一个脸上搽着白粉、穿着劣质的戏装、头发上别着梳子傻笑的女孩。

你能忍受观看多久的歌舞伎表演？或者更糟糕的，观看3个小时的能剧？你能经常去泡温泉，直到泡在齐胸深的池子里放松变成一件可怕的事情？

你可以到英国文化协会听来访的诗人讲座，或者到百货公司观看陶瓷展，或者学习插花。若你是旅居国外的女人，就会感受到自己地位的脆弱。有人会鼓励你学习恩莱特笔下那种"可耻地'经过简化了'的艺术",比如近来在日本复兴的茶道。

因为这是关键所在:接触真正的日本。"我必须设法在这个国家看到一些完整的、原汁原味的东西。"1955年,一位旅行家在东京待了一个月后绝望地写道。接触完整而原汁原味的日本,意味着要走出东京:日本开始于城市喧嚣结束的地方。最理想的是去那些之前没有西方人去过的地方,这使得寻找真实体验的竞争越来越激烈。这是文化上的胜人一筹,你得比其他人更敏感。你写俳句吗?画水墨画吗?做陶器吗?冥想吗?你会选择喝绿茶吗?

要接触真正的日本,取决于你的时间安排。如果你有两个星期,那意味着可以去京都,花一天的时间去看看用鸬鹚捕鱼的渔夫;或者花一天的时间去一个陶器村;或者欣赏一场程序繁杂到令人乏味的茶道。如果你有一个月,则意味着可以去这个国家南部的九州一游。如果你有一年,你可以写一本书。已经有几十个人这样做了。日本——我的天,多么奇怪的国家呀!一个正在转型的国家。有些传统正在消失。有些传统经久不衰。本质纯朴。四季分明。日本人目光短浅。喜爱细节。手很灵巧。自给自足。孩子气。不可理解。

美国人伊丽莎白·格雷·瓦伊宁(Elizabeth Gray Vining)曾担任日本皇太子的家庭教师4年,著有《明仁天皇的少年时代》(*Windows for the Crown Prince*),但这本书不过是"众多醉心于昔日对手的美国人写下的诸多作品"之一。写游记的英国人也不少:威廉姆·恩普森(William Empson)、萨谢弗雷尔·西特韦尔(Sacheverell Sitwell)、伯纳德·里奇、威廉姆·普洛莫(William Plomer)。漫画书《最好把鞋子脱掉》(*It's Better with Your Shoes*

Off）描画了真正在日本生活是什么样子。还有《日本人就是这样》(*The Japanese Are Like That*)、《日本介绍》(*An Introduction to Japan*)、《灼热的大地》(*This Scorching Earth*)、《一个陶艺家在日本》(*A Potter in Japan*)、《日本四君子》(*Four Gentlemen of Japan*)，以及一批可以互换书名的书，如《扇子背后的日本》(*Behind the Fan*)、《屏风背后的日本》(*Behind the Screen*)、《面具背后的日本》(*Behind the Mask*)、《织锦腰带上的桥梁》(*Bridge of the Brocade Sash*)。霍诺尔·特蕾西[①]在《字画：战后日本的素描簿》(*Kakemono: A Sketch Book of Post-War Japan*)中提到她很反感"抹着黏糊糊发蜡的年轻男人和浓妆艳抹的女孩到处闲晃，脸上带着近乎愚蠢的表情……"恩莱特在他自己关于日本的书《露水世界》(*The World of Dew*)的序言中挖苦地说，他有一个野心，希望自己能跻身这样一群人之中——他们曾经在日本生活但没有写过一本关于日本的书，他们人数甚少，品位独高。

写日本，意味着你不得不表达对用（西方的）口红涂抹美丽的（东方）面孔的发自内心的反感，现代化就是这样把一个国家变得丑陋。你也可以采用有趣的方式，像1964年9月11日《生活》杂志做的日本专题一样，封面上是一名穿着全套行头的艺妓在投掷保龄球。这个新的美国化的国家，尝起来就像日本从19世纪末开始制作的柔软的白面包一样平淡无味，又像某种加工过的奶酪，带有无法形容的肥皂味，颜色比万寿菊还黄。把这些和冲鼻的日本泡菜、萝卜、寿司上芥末酱的味道相比较，你就会了解80年前的旅行者的看法。你就会体会到小泉八云那种失落的抱怨之情。

[①] 霍诺尔·特蕾西（Honor Tracy, 1913—1989），英国作家，1948年曾到日本旅游。

但伊吉不一样。他或许会打开一个黑漆便当盒,用整整齐齐地摆放在朱盒里的米饭、腌梅子和鱼作为午餐。但晚上会和志良以及他的日本朋友在银座十字路口(那里新的霓虹灯闪烁着东芝、索尼、本田)附近的餐厅吃烤大牛排。接着去看场敕使河原宏①的电影,然后回家,喝威士忌,打开根付的橱柜,聆听留声机传来的斯坦·盖茨(Stan Getz)的乐声。伊吉和志良生活在另一种真实的日本里。

在巴黎、纽约、好莱坞和军队中历经 20 年失败的尝试和艰难之后,伊吉在东京生活的时间已经比他在维也纳生活的时间还要长:他开始有了归属感。他在这个世界能发挥自己的能力,他在做自己的事情,挣足够的钱来供养自己和朋友。他帮助他的姐弟和他们的子女。

到 20 世纪 60 年代中期,鲁道夫已经结婚并有了五个小孩。吉塞拉在墨西哥过得很如意。伊丽莎白住在唐桥井,每到星期天就步行到教区教堂参加 9 点半的晨祷,她穿着得体的衣服,看上去完全是个英国人。亨克已经退休,常常看《金融时报》(希望如此)。他们的两个儿子都过得很好。我父亲已经被任命为英格兰教会的牧师,娶了教区牧师的女儿(是一位历史学家),并成为诺丁汉的大学牧师。他们有四个儿子——包括我。我的叔叔康斯坦特·亨德里克(亨利),是伦敦一名成功的大律师(有资格出席高等法庭并辩护),加入了议会法律顾问办公室,也已经结婚并有了两个儿子。维克托·德瓦尔牧师和他的弟弟都是地道的英国人,在家里说英语,只有在发 r 这个卷舌音时才会稍微泄露他们的欧洲

---

① 敕使河原宏(Teshigahara,1927—2001),日本新浪潮电影导演,代表作有《陷阱》《砂之女》《他人之颜》等。

大陆背景。

伊吉把自己变成了商人，变成了他父亲会认可的那种人，他曾经痛切地说。也许因为我不懂金钱，我觉得他和维克托其实是一样的，成功的生意人躲在办公桌背后，在账本里偷偷摸摸地藏一本诗集，盼望着一天结束时能从中获得的解放。事实上，和生意上遭遇一连串惊人失败的维克托不同，伊吉表现得很擅长理财。"这样说吧，"1964 年，他在写给瑞士银行集团总经理的一封标记为"私人 & 机密"的信件（被他当作书签夹在《哈瓦那特派员》里）里写道，"我在日本白手起家，多年来得以建立起一家年营业额超过 1 亿日元的公司。我们在日本设有两个办事处，分别在东京和大阪，雇用了大约 45 名员工，我是副总裁兼日本经理……" 1 亿日元是一个相当可观的数目。

在他的祖父伊格纳斯于维也纳苏格兰街开设银行的 100 年后，伊吉终究也成了一名银行家。他成为瑞士银行（这是银行界的佼佼者，他向我解释）在东京的代表。他得到了一间更大的办公室——接待区有配备秘书的接待台，办公室里有松枝和鸢尾花布置的插花。从六层的窗户向外眺望，向西能看到起重机和天线构成的东京新景观，向东能看到皇宫的松树，往下可以看到大手町黄色出租车的车流。他自身也在成长。1964 年，他 58 岁，深灰色的西装，打着结实的领结，一只手插在口袋里，和他在维也纳的毕业照一样。他的头发越来越稀疏，但他有自知之明，没有通过梳头来加以遮盖。

38 岁英俊的志良有了新的职业，为 CBS（哥伦比亚广播公司）工作，负责将美国电视节目引进到日本。"另外，"志良说，"我还负责为 NHK（日本广播协会）将维也纳新年音乐会带到日本。反应很狂热！你知道日本人有多喜欢维也纳的音乐，多喜欢施特劳斯吗？他们在出租车里问伊吉：'你是哪里人？'他回答：'奥地利，维也纳。'于是他们就开始一起'啦—啦—啦'地哼《蓝色多瑙河圆舞曲》。"

1970年，两个人在东京以南70英里的伊豆半岛买了一块地，面积足以建一栋小房子。从一张照片来看，那里有一个供傍晚小酌的凉台。地势在你面前落下去，在一片竹林的掩映下，能看到远处大海的点点波光。

他们在寺庙买了一块墓地。他们最亲密的一个朋友在那里有他的家族墓地。伊吉后来就长眠在那里。

后来，1972年，他们搬到高轮，住进了一栋新大楼的公寓里，那里的位置很好。地铁上"东银座、新桥、大门、三田"的报站声依次响起后，就到了"泉岳寺"站，在这里下车，然后上山走回家。这条街很安静，它紧挨着高松宫亲王王府院墙。东京可以是非常安静的。有一次，我坐在对面绿色的矮栏杆上等他们回家，在一个小时里，就只看到了两个老太太和一辆来碰运气的黄色出租车经过。

他们的新公寓不是很大，但很方便：他们提前考虑过。前门独立分开，但内部是连通的，在两个更衣室之间有一道门。伊吉在他的大厅里做了一道镜墙，墙的另一面贴着方形的金箔。这里有张小凳子，你可以坐在上面脱鞋，还有一尊护法佛像，那是很久以前在京都某次"突袭"中得到的。一些维也纳的画作转移到了志良那边，志良的一些日本瓷器摆在了伊吉的书架上。在小神龛上，埃米的照片和志良母亲的照片摆在一起。从伊吉挂着许多服装的更衣室里，可以俯瞰亲王的花园。从摆放着玻璃柜的客厅向外眺望，可以一直看到东京湾。

伊吉和志良继续一起度假。威尼斯、佛罗伦萨、巴黎、伦敦、火奴鲁鲁。1973年，他们去了维也纳，那是伊吉自1936年以来第一次回去。

伊吉带着志良站在官邸外面，看着他出生的地方。他们去了城堡剧院，去了萨赫酒店，去了他父亲的老咖啡馆。当他们回到东京时，伊吉做了两个决定。它们是相互关联的。第一个决定是收养志良做他的儿子。志良变成了杉山·埃弗吕西·志良。第二个决定是注销他的美国公民身份。我问过他那次回到维也纳和他重新变回奥地利公民的事，我想到伊丽莎白从火车站出发绕着环城大道寻找他们童年时的房子，直到看到外面折断的椴树的情景。"我受不了尼克松。"他只说了这么一句，然后和志良对视了一眼，便尽可能地将话题扯远了。

这让我想知道归属于一个地方意味着什么。查尔斯作为俄罗斯人死于巴黎。维克托说那不对，他在维也纳做了50年的俄罗斯人后，变成了奥地利人，然后又成了第三帝国的公民，再后来没有了国籍。伊丽莎白以荷兰公民的身份在英国生活了50年。而伊吉是奥地利人，然后是美国人，然后成了生活在日本的奥地利人。

你被同化了，然而你还是需要有别的某个地方可去。你把护照留在身边。你保留着一些私人东西。

34　关于抛光

那一定是在 20 世纪 70 年代，伊吉在根付底部贴上了小小的数字，列了一份清单，说明它们分别是什么，并请人为它们进行估价。它们昂贵得惊人。那只老虎最值钱。

这是那些根付雕刻家重新获得名号的开始，他们终于有名有姓，成为一个特定领域的手艺人。故事也要讲到他们了：

19 世纪早期，岐阜有一位雕刻家，名叫友一，他擅长雕刻动物根付。有一天，他披了件衣服就出门了，好像要去公共浴池。但接下来的三四天他毫无音讯。当他突然回到家里时，家人和邻居都很关心发生了什么事。他解释了失踪的原因。说他打算雕刻一只鹿，便跑到深山里，一心一意地观察动物的生活，废寝忘食。据说最后他根据山里的观察,完成了预定的工作……为了雕刻一只根付,付出一个月甚至两个月的时间并不稀奇。

我来到我的玻璃柜前,把那四只爬在彼此背上的小乌龟找了出来。我在伊吉的清单里查到了号码,它就是友一的作品。它是用黄杨木雕刻的,颜色像咖啡玛奇朵。它非常小,当你把它握在手里滚动时,能感觉到滑溜溜的乌龟在挣扎着爬到其他乌龟的背上,转呀转呀转。握着它,我知道这个人的确在看着乌龟。

伊吉记录了几名学者和一两个交易商来看这些收藏时提出的问题。为什么有人会认为在作品上签名是很简单的事情呢?签名是拜占庭复杂性问题的开始。你的笔画在下笔时是坚决还是犹豫?一个字写了几笔?收笔是否有回笔?如果有的话,回笔的笔画是什么形状?那些文字的另一种解读是什么?还有,我最喜欢的问题,它几乎有着学术性的深度:大雕刻家和拙劣的签名之间有什么关系?

我无法回答,于是看着根付的光泽,继续阅读:

在西方人看来,抛光的差异可能只是一个配方和应用的问题。事实上,在制作精美根付的过程中,抛光是一道非常重要的程序。它包含一系列的蒸煮和干燥,以及使用各种不同质料的材料(被视为严格保守的秘密)进行打磨。精细的抛光需要三到四天的耐心工作和悉心照看。年轻丰一(Toyokazu)浑厚、富丽、褐色的抛光尽管精美,但还没有达到出类拔萃的程度。

我拿出我的镶着黄角眼睛的老虎,是由丹波派年轻的丰一雕刻的。这位雕刻家常使用细密的黄杨木,雕刻的动物以富有动感而闻名。我这只老虎有一条带斑纹的尾巴,抽到了背上。我带着它出去了一两天,有一次去喝咖啡时,竟愚蠢地把它落在伦敦图书馆五楼书架(传记 K-S)的笔记本上。但我回去的时候它还在那里,我的抛光得发亮的老虎正双眼冒光,皱着眉头,棕色的脸上透着怒意。

它只是在威吓。它把其他读者吓走了。

尾 声

东京，敖德萨，伦敦
（2001—2009）

35 志良

我回到了东京,从地铁站走出来,经过几台等渗饮料贩卖机。现在是 9 月,我已经好多年没来过东京了。那些机器是新的。在东京,有些事物变化很慢。在银色的新式公寓楼旁边,仍然有少数破旧的木头房子,外面晾晒着衣物。寿司店的 X 夫人正在打扫台阶。

和以往一样,我和志良待在一起。他 80 多岁了,每天忙忙碌碌。当然,他还去听歌剧,也去看电影。他还去上了几年陶艺班,制作茶碗和酱油小碟子。在伊吉过世 15 年后,志良一直保持着他公寓的原貌。钢笔仍然插在笔筒里,记事本还摆在桌子中间。我就住在这里。

我买了一台磁带录音机,我们摆弄了一会儿,然后放弃了,看看新闻,喝点酒,吃点吐司和馅饼。我在这里住了 3 天,向他了解更多他和伊吉的生活,检查我在根付的故事里有没有记错什么。我希望确保自己没有弄错他们初次见面的情景、他们一起生活的第一栋房子所在的街道名称。这是必须进行的对话之一,但我担心会不会弄得太正式。

我还在倒时差,凌晨 3 点半就醒了,给自己冲了咖啡。我摸索着伊吉的书架,想找点什么来看,来自维也纳的古老的童书,莱恩·戴顿(Len Deighton)全集和普鲁斯特紧挨在一起。我取出几份早期的《建筑文摘》，我很喜欢上面为克莱斯勒和芝华士皇家威士忌做的迷人广告，发现在1966年6月和7月份这两期杂志里夹着一个信封，里面装着非常古老的文件，看上去是官方文件，俄语的。我在房间里走了一圈又一圈。我不确定自己还能不能应付更多令人吃惊的信封。

我抬头看着那些从官邸里抢救出来的画作，过去它们挂在走廊尽头维克托的书房里，又看着那件带有鸢尾花的金色屏风，那是20世纪50年代伊吉在京都买的。我拿起一只古代中国的碗，上面刻着深深的花瓣，那些刻痕里存着绿釉。我想我已经认识它30年了，而它摸起来的感觉仍然很好。

长久以来，这栋房子已经成为我生活的一部分，我不能一边看着它，一边让自己从中抽离出去。我不能像对待查尔斯在蒙梭街和耶拿大街的房间，或维也纳埃米的更衣室一样，列出它的物品清单。

我在黎明时分睡着了。

志良准备了丰盛的早餐。我们喝了上好的咖啡，吃了木瓜和来自银座某家面包店的巧克力小面包。休息片刻后，他开始第一次向我讲述战争结束的那一天，1945年8月15日，他刚从一场轻微的胸膜炎中恢复过来，百无聊赖，便到东京去看望一个朋友，他们打算乘坐下午的火车去往伊豆。"当时火车票很难买，我们在火车上闲聊时，看到了穿得非常艳丽的女人。我们简直不敢相信。我们已经很多很多年没有见到彩色了。我们听到消息，几个小时前，日本宣布投降。"

我们谈论起了我为追溯根付的历史而进行的旅行，我四处流浪的经历。我们看了我在巴黎和维也纳拍摄的照片，我给他看了上周报纸上的剪报。一枚粉红色和金色相间的法贝热彩蛋，打开后露出一只镶着钻石的小公鸡——由伊吉的伯祖母贝亚特丽斯·埃弗吕西-罗斯柴尔德委托制作——刚刚成为有史以来拍卖价格最高的俄罗斯工艺品。因为我们在伊吉以前的房间里，志良又一次打开了玻璃柜，伸手去拿起一只根付。

后来，他提议我们晚上出去。他听说有一家新开的饭店很不错，吃完饭我们还可以去看场电影。

36　一台天体观测仪，一台测绘仪，一台地球仪

到了 11 月，我需要去敖德萨了。自从两年前开始这段旅程以来，我到过每一个地方，除了埃弗吕西家族开始的这座城市。我想看看黑海，想象一下海港边上的谷物仓库。或许，如果站在查尔斯和我的曾外祖父维克托出生的房子里，我就会明白（我不确定会明白什么）。他们为什么离开？离开意味着什么？我想我正在寻找一个开端。

我和托马斯会合。托马斯是我年纪最小、个子最高的弟弟，他从罗马尼亚的摩尔多瓦（Moldova）乘坐出租车赶来，这段路程花了他 5 个小时。他是高加索问题的专家，曾对埃弗吕西家族在敖德萨的历史做过多年研究，而且他能讲俄语。他是穿梭各国边境的常客，曾经被拘留过，他笑着向我表示，决定是否应该贿赂始终是个难题。我担心签证问题，他却不担心。自从学生时代结伴同游希腊诸岛以来，我们有 25 年没有一起旅行了。摩尔多瓦的出租车司机安纳托利载着我们出发了。

我们沿着遭受过破坏的住宅区和衰败的工厂外围颠簸而行，不停被装着染色隔热车窗的四轮驱动的大黑吉普和老菲亚特超车，直到开上了敖德萨老城宽敞的林荫道。从来没有人告诉我，这里原来这么美，我恼火地对托马斯说。人行道两旁种着梓树，不时能透过敞开的大门看到庭院、浅橡木台阶，还有阳台。敖德萨的一些建筑正在修复，墙壁要修复，要重新粉刷。而其他一些建筑

则陷入皮拉内西①式的颓败之中，电线松垂，屋顶陷落，大门脱离了铰链，柱子上的柱头缺失。

我们在兰登斯卡娅酒店（Hotel Londonskaya）前停了下来。这是滨海林荫道上一座镀金和大理石的豪华宫殿，建于美好年代。大堂里播放着皇后乐队轻柔的乐曲。滨海林荫道是一条极好的散步长廊，一排古典建筑被粉刷成黄色和浅蓝色。它延伸至波将金阶梯的两侧。这条阶梯因爱森斯坦（Eisenstein）的电影《波将金号战舰》（The Battleship Potemkin）而举世闻名。这里有192个台阶，有10个楼梯平台。因为其独特的设计，当你向下看时，只能看到楼梯平台，而当你向上看时，只能看到台阶。

缓步登上台阶。当到达顶层时，要避开兜售苏联海军帽的小贩、脖子上刺有诗歌的乞讨水手，还有打扮得像彼得大帝的人，他想让你付钱合影。前面是穿着古罗马外袍的黎塞留公爵（Duc de Richelieu）的雕像。他是19世纪初这个地区的总督，来自法国，他规划了这座城市。走过这座雕像，穿过金色建筑两扇像完美的括号一样的拱门，就来到被宠臣们包围着的凯瑟琳大帝面前。五十年来，这里放置的是一座苏联雕像，但现在由当地的一个寡头出资，凯瑟琳又回归了原位。她的脚下铺设着花岗岩基石。

在阶梯顶端向右转，人行长廊在两排栗子树和尘土飞扬的花圃之间穿过，远处是总督宫殿的小黑点，那是著名的派对举办场所，它是庄严的多立克式建筑。

每一处风景的位置都是经过校准的。行走中会经过很多标志性建筑：纪念在此居住过的诗人普希金的雕像，一尊克里米亚战争

---

① 乔凡尼·巴蒂斯塔·皮拉内西（Giovanni Battista Piranesi，1720—1778），意大利雕刻家和建筑师，以蚀刻和雕刻现代罗马以及古代遗迹而成名。

1880年敖德萨人行长廊的明信片，银行和埃弗吕西府邸是左边的第二和第三栋建筑

期间从英国人手中缴获的大炮。这里也适于晚上散步，"在黄昏时分走来走去，闲聊，甚至……自由自在地打情骂俏"。更高些的地方是仿照维也纳的歌剧院，犹太人和希腊人各有支持的意大利歌手，他们分门立派——"蒙泰吉尔派""卡拉拉派"——互相竞争。这不是一座围绕大教堂或堡垒的城市，而是一座商人和诗人的希腊化城市，这里是它的"资产阶级"聚会的广场。

在拱廊的一家旧货店，我给我的孩子们买了几枚苏联勋章和几张19世纪的明信片。其中一张是盛夏，可能是世纪末的某个7月。时间是正午，因为栗子树的影子很短。长廊"即使在盛夏的正午也凉爽宜人"，一位敖德萨诗人写道。一个女人撑着遮阳伞从普希金雕像旁边走过，一个保姆推着一辆巨大的黑色婴儿车。你只能看到载着人上下港口的缆车的圆顶。更远的地方，是海湾里船舶的一线桅杆。

在阶梯顶端向左转，可以一直看到证券交易所，那是一座柯林斯式的别墅，商人在里面开展业务。它现在是市政厅，上面挂着欢迎比利时代表团的横幅。现在是11月上旬，天气温和，我们穿着衬衣走在街上。经过几座豪宅，然后是酒店，再往下走过三栋大楼，就是埃弗吕西银行了，隔壁则是家族住宅。这里就是朱尔斯、伊格纳斯和查尔斯出生的地方，也是维克托出生的地方。我们绕到银行后面。

那里一团糟。墙上的灰泥大片地脱落，阳台倾颓，在丘比特像之间还有一点错位。我走近看到那里也被重新修复和粉刷过，那些窗户肯定也不是原来的窗户。但在最高处的阳台上，还悬挂着家族的双"E"标记。

我犹豫不决。托马斯熟门熟路，一点也不怕，穿过拱门下坏掉的大门，径直走进住宅后面的院子里。那儿是马厩区，地上铺着黑色的石头。那是压舱石，他扭头告诉我，是谷物船从西西里运来的火山岩。粮食出去，火山岩回来。院子里，有十几个人正在喝茶，他们突然安静下来。一辆雪铁龙2CV停在外面的街道上。一条拴着的阿尔萨斯狗汪汪狂叫。院子里满是灰尘，停着三辆装满木料、石膏和碎石的装卸车。托马斯找到工头，他穿着闪亮的皮夹克。是的，你们可以进去——你们很幸运，这里刚刚翻新过，一切都焕然一新，整修得很漂亮，非常成功，工程如期完工，品质不错。我们刚刚在地下室设置了实验室、防火门和自动喷淋灭火系统。接下来是办公室。我们不得不把老房子全部拆掉，它已经完全坏了，不可挽救。你们应该一个月前来看看！

是的，我应该，我来得太晚了。这个地方已被剥掉了外壳，在这里我能触摸到什么呢？它没有天花板，只有钢梁和电线。它没有地板，只有水泥和砂子。墙壁刚刚粉刷过，窗户重新装过玻璃，一些铁制品正等待分割。他们把所有的门都拆了，只除了一扇橡木门，而它明天也会被装进装卸车。这里唯一剩下的是体积，这些房间大约有 16 英尺高。

这儿什么都没有了。

托马斯和那个闪亮的男人快步走在前面，说着俄语。"自革命以来，这栋房子就是蒸汽船公司的总部。在那之前？天知道！现在？是船舶卫生检查办公室的总部。这也是我们设置实验室的原因。"他们走得很快，我也不得不继续往前走。

当我们沿原路返回，几乎已经出了门，进入落满灰尘的院子时，我失态了。我回到楼梯间，把手放在铸铁栏杆上，栏杆的每个柱头上都立着一根黑色的象征埃弗吕西家族的麦穗，这些麦子来自乌克兰黑土地上的粮仓，使他们变得富有。我弟弟在叫我，我走到一扇窗户旁，向外眺望夹在两排栗子树之间的人行长廊、尘土飞扬的小路和面向黑海的长凳。

埃弗吕西的孩子们仍在这里。

有些踪迹已难以捕捉。埃弗吕西家族存在于伊萨克·巴别尔（Isaac Babel）的故事里，这名犹太作家记录了市区的生活和贫民窟的帮派。一名埃弗吕西通过贿赂顶替了较优秀但家中贫穷的学生，进入中学读书。他们也存在于肖洛姆·阿莱赫姆（Sholem Aleichem）的意第绪语故事中。一个来自犹太村落的穷人经过长途跋涉来到敖德萨，向银行家埃弗吕西请求帮助，但遭到银行家的拒绝。有一句意第绪语俗语，"lebn vi Got in Odes"——像上帝一样生活在敖德萨——埃弗吕西家族则像上帝一样生活在他们的锡安大街。

有些踪迹则具体得多。在一场大屠杀后，埃弗吕西兄弟们创办了一家埃弗吕西孤儿院。还有为犹太儿童建立的埃弗吕西学校，由伊格纳斯以他父亲即族长的名义捐建，随后又在查尔斯、朱尔斯和维克托的资助下坚持了 30 年。如今，它仍然在一座尘土飞扬的公园边缘，里面有野狗穿行，长凳也破损不堪，两座低矮的建筑位于路面电车的线路旁。1892 年，学校报告提到埃弗吕西兄弟捐赠了 1200 卢布。学校从圣彼得堡购买了一台天体观测仪、一台测绘仪、一台地球仪、一把切割玻璃的铁刀、一具骨骼模型和一只可拆卸的眼球模型。在敖德萨的一家书店里，他们花了 533 卢布和 64 戈比买了 280 册比彻·斯托（Beecher Stowe）、斯威夫特（Swift）、托尔斯泰、库珀（Cowper）、萨克雷（Thackeray）和斯科特（Scott）的图书。剩下的钱为 25 名贫困犹太儿童买了外衣、衬衣和裤子，为他们遮挡敖德萨的尘土，并使他们在阅读《劫后英雄传》（*Ivanhoe*）和《名利场》（*Vanity Fair*）时不至于瑟瑟发抖。

巴黎蒙梭街的尘土，维也纳修建环城大道时的尘土，都比不上这里的尘土。1854 年，雪莉·布鲁克斯（Shirley Brooks）在《南方俄罗斯人》（*The Russians of the South*）里写道："尘土像两三英寸厚的无所不包的裹尸布，最轻微的风也能把它们吹到天上变成云，最轻微的脚步也能把它们荡起来扑成堆。当我告诉你有几百辆马车高速行驶……永不停歇地奔驰，海风也同样永恒地吹拂着街道时，说'敖德萨生活在云里'绝不是修辞。"这是一座野心勃勃的城市："忙忙碌碌，充满商业气息的街道和店铺；脚步匆匆的行人；房屋和一切事物的外貌既崭新又熟悉，是的，还有那四处飞扬令人窒息的尘土……"马克·吐温写道。突然之间，这对我也有了意义，埃弗吕西家族的孩子是在尘土中长大的。

托马斯和我安排去拜访一位学者。他叫萨沙（Sasha），已经70多岁，身材矮小，穿得衣冠楚楚。在拐角处，他遇见了老朋友，一位比较文学领域的教授，于是我们一起慢慢向学校走去。托马斯和萨沙用俄语交谈，我和教授用英语聊起了国际莎士比亚学会。到达学校后，教授和我们分手，我们三个坐在公园咖啡馆里喝甜咖啡，吧台有三个妓女盯着我们，间或抛来一个媚眼。我向萨沙说明了来意，我正在撰写一本关于——我突然怔住了。我说不清这是一本关于什么的书，是关于我的家族，还是关于回忆，或者关于我自己，或者依然是一本关于日本小物件的书？

他彬彬有礼地告诉我，高尔基也收藏根付。我们又喝了些咖啡。我带来了在东京伊吉的公寓里发现的（夹在旧《建筑文摘》里的）信封里的文件。萨沙很震惊我带来的是原件而非复印件，在我的注视下，他翻看着文件，仿佛一名在用几页纸弹奏的钢琴家。

这些是令人生畏的伊格纳斯留下来的记录，他是维也纳官邸的建造者，是瑞典和挪威国王派驻敖德萨的领事，有沙皇允许他佩戴比萨拉比亚勋章的敕令，以及来自拉比的文件。这是古老的纸张，萨沙说，他们在1870年做了改变；这是印戳，这是费用；这里是总督的签名，总是那么遒劲有力——看，几乎把纸都划透了。看看这个地址，X路和Y路的路口！这是典型的敖德萨写法。这一张是办事员的笔迹，糟糕的书法。

在萨沙的讲解下，那些干巴巴的纸张似乎活了过来。我第一次发现，信封上是维克托的笔迹，是1938年9月他从克韦切什寄给伊丽莎白的。这些文件对维克托和伊吉来说都意义重大。它们是家族档案。我小心翼翼地把它们收起来。

在回酒店的路上，我们钻进了一座犹太教堂。据说，敖德萨的犹太人是那样市侩，他们会在教堂的墙壁上掐灭香烟。有一层地狱是专门给他们预备的。今天，教堂里很热闹。一所由特拉维夫年轻人创办的学校正在建设中。他们正在修复部分建筑。一个学生过来，用英语向我们打招呼。我们不想打扰他们，只是朝里面看了看。我发现在左边靠前的地方，有一张黄色的扶手椅。那是逾越节家宴使用的椅子，是给上帝选民特别留出来的椅子。

查尔斯的黄色扶手椅在众目睽睽之下是看不见的。它是如此明显，当它被摆放在他的巴黎沙龙里，和德加、莫罗的绘画以及放置根付的玻璃橱柜一起时，它就消失了。这是一个双关语，一个犹太笑话。

当我站在博物馆前，看着搏斗的拉奥孔雕像（查尔斯为维克托画过的那个）时，才认识到自己曾经错得多么离谱。我以为这些孩子离开敖德萨是为了在维也纳和巴黎得到更好的教育；我以为查尔斯游历欧洲是为了开阔视野，为了离开法国的省份[①]去学习古典文学。但这整座城市在港口之外就是一个古典世界。在这里，距离他们林荫道上的房子只有100码的地方，就有一座博物馆，里面陈列着一房间一房间的古董；当这里由城镇扩大为城市时，挖掘出了希腊文物，每过10年文物的数量就会增加一倍。敖德萨当然有学者和收藏家。仅仅因为敖德萨是一座尘土飞扬的城市，这里有装卸工人和水手、司炉工、渔民、潜水员、走私者、冒险家、骗子，还有他们的祖父约阿希姆，住在官邸里的冒险家，

---

① 法国的省是次级行政区域，现在法国本土有96个省。

并不表示这里没有人才济济的作家和艺术家。

他们就是在这里,在这座海滨城市起家的吗?也许这种离开的创业精神就是敖德萨的精神;他们追随着古书或丢勒,或者爱情的冒险,或者下一笔令人满意的粮食交易到处流浪。敖德萨无疑是个很好的航行起点,你可以向东,也可以向西。它固执,热情,是个多种语言混杂的地方。

这里也是个改名换姓的好地方。"犹太人的名字听起来很不入耳":他们的祖母芭尔比娜(Balbina)变成了贝拉(Belle),祖父哈伊姆(Chaim)变成了约阿希姆,然后又变成了查尔斯·约阿希姆。在这里,艾扎克(Eizak)变成了伊格纳斯,莱布(Leib)变成了莱昂,伊弗鲁西(Efrussi)变成了埃弗吕西。在这里,对别尔季切夫(Berdichev)的记忆,掩埋在他们位于海滨林荫道上第一座官邸淡黄色的高墙后。别尔季切夫位于乌克兰北部,靠近波兰边境,是个犹太人小村庄,也是哈伊姆的出生地。

这里是他们成为来自敖德萨的埃弗吕西家族的地方。

这里是一个往你的口袋里放一些东西,然后开始一段旅程的好地方。我想去别尔季切夫,看看那里的天空是什么样子,但我必须回家了。我在屋外的栗树下找果实,希望能找到一颗放进口袋里。我在人行长廊上完完整整走了两趟,但我终究来晚了一个月,栗果都不见了。我希望有孩子捡到了它们。

37 黄色，金色，红色

我从敖德萨飞回家时，感到被这一年耗得精疲力竭。然后我纠正自己，不是一年。在书页边缘潦草的笔迹里，在被用作书签的信件里，在19世纪堂兄弟们的照片里，在敖德萨的这个和那个特许证里，在抽屉里装着他们少量悲伤的航空邮件的信封里，我已经用了近两年的时间。两年来，我手持一份旧地图，在各个城市之间追寻，像着了魔似的。

我的手指因为旧纸张和尘土而发黏。我父亲一直在找东西。他怎么能在退休牧师院子的小公寓里不断发现东西呢？他刚刚发现了一本19世纪70年代用德语写的日记，我需要找人翻译出来。在档案馆里待了一个星期，我得到的只是一份未读的报纸的清单、一张查找某个通信地址的便条、一个关于柏林的问号。我的工作室里堆满了小说和与日本风相关的书籍。我想念我的孩子们，而且我已经有好几个月没有制作瓷器了。我很焦虑当我终于坐在转轮前，拿着一团黏土时，自己会做出什么来。

在敖德萨的几天让我生出了更多疑惑。高尔基的根付是在哪儿买来的？19世纪70年代敖德萨的图书馆是什么样子？别尔季切夫在战争中被摧毁了，但也许我应该去一趟，看看它是什么样子。康拉德（Conrad）来自别尔季切夫，也许我该读读他的书。他写过尘土吗？

我的老虎根付来自丹波,一个位于京都西边山区的村庄。我记得30年前那段几乎没有尽头的汽车旅程,为了拜访一位老陶艺家,我在尘土飞扬的山路上蹒跚着爬上山坡。也许我应该追踪我的老虎的家乡。肯定可以写作一部尘土的文化史。

我的笔记本里列表套着列表:黄色／金色／红色／黄色扶手椅／黄色封面的《美术公报》／黄色官邸／金色漆盒／提香般金色的露易丝头发／雷诺阿《波希米亚女郎》／维米尔的《代尔夫特的风景》(*View of Delft*)。

我能干的弟弟已经回家了。在布拉格机场转机时,我有3个小时的空闲时间。我坐在那儿,拿着笔记本,要了一瓶啤酒,然后又要了一瓶,我在为别尔季切夫烦恼。我记得查尔斯,那个优雅的舞蹈高手,曾被叫作"波兰人"——不光他的哥哥伊格纳斯这样叫,花花公子罗贝尔·德·孟德斯鸠也这么叫,他是普鲁斯特的好朋友。还有那个佩因特,亦即普鲁斯特早期传记的作者,也使用这个绰号,认为查尔斯野蛮而粗鲁。我想他完全弄错了。也许,我边喝啤酒边想,他是想表达你来自哪里:波兰,而不是俄罗斯。我震惊地想到,敖德萨是历史上发生过多次大屠杀的地方,是一座你或许希望忘却的城市。

而且,我对传记有几分畏惧,那种未经获准就生活在别人生活边缘的感觉令人不适。让它去吧,别干涉。别再看了,也别再找什么东西了,我内心有个声音坚决地说。回家去,让这些故事到此为止。

但到此为止是很困难的。我记得我在和垂暮之年的伊吉谈话时的那种踌躇,踌躇化为沉默,沉默标记着立场的丧失。我想到查尔斯在弥留之际,还有斯万临死时,像开启橱窗一样敞开心扉,吐露了一段又一段回忆。"即使一个人不再心萦外物,但终究有些事物已经与他有了牵连;这往往是因为一些别人无法理解的原因……"你的记忆里总有些东西是不希望和别人分享的。我的祖母伊丽莎白非常勤于写信,也鼓励别人写信("继续写,写得更详细点"),但20世纪60年代,她烧掉了她的诗人外祖母埃维莉娜写给她的数百封信件和便笺。

不是"谁会感兴趣",而是"别靠近,这是私人领地"。

到了晚年,伊丽莎白根本不愿谈起自己的母亲。她会谈论政治和法国诗歌。直到有一张照片从她的祈祷书里掉了出来,让她感到惊讶,她这才提起埃米。我爸爸捡起了照片,她老老实实地告诉他,这是她母亲的一个情人,然后开始谈起那些风流韵事惹出的麻烦,她感觉受了多大的连累。然后再次沉默。烧掉所有信件这件事,让我思索,也让我暂停下来:所有的事情都应该说清楚,摊开在阳光底下吗?为什么要留下东西,把隐私归档呢?为什么不让彼此30年的谈话化为灰烬,消散在唐桥井的空气中呢?你拥有一件东西,并不意味着你必须把它传递下去。舍弃一些东西,有时候会让你获得更多的生活空间。我不想念维也纳,伊丽莎白会用轻松的语气说,那里会导致幽闭恐惧症,那里非常昏暗。

当说起她小时候曾经接受过犹太正规教育时,她已经90多岁了:"我征求我父亲的同意,他很吃惊。"她说得平平淡淡,好像我已经知道一样。

两年后,她去世了。我的父亲,英国国教会的牧师——出生于阿姆斯特丹,童年时足迹几乎遍及欧洲各地——身穿本笃会修士的黑色(拉比的黑色)长袍,在他母亲养老院附近的教区教堂里,为她念诵了卡迪希。

问题在于，我生活在一个不宜烧掉事物的世纪。我也不是喜欢撒手不管的一代人。我想到被精心归类装成数箱的图书室。我想到所有被人刻意烧掉的事物、被系统化抹除的故事，想到人和财物、人和家族、家族和邻里的分离。以及人和国家的分离。

我想到有人核查一份名单，以确认这些人仍然活着并居住在维也纳，然后在他们的出生记录上盖上"萨拉"或"以色列"的红戳。当然，我也想到所有被驱逐出境的那些家庭的名单。

既然别人能这样认真地对待这些如此重要的事物，那我也必须认真地对待这些物品和它们的故事。我要确保不出差错，回头再检查一遍，再过一遍。

"难道你不认为这些根付应该留在日本吗？"一位严厉的伦敦邻居问我。在回答她的时候，我感到自己在发抖，因为这个问题很重要。

我告诉她，这个世界上有大量的根付，在邦德街和麦迪逊大道，在银座和皇帝运河附近，它们被摆放在商店橱窗里有天鹅绒衬里的货架上。然后我转变话题，谈起了丝绸之路，以及亚历山大大帝时代的钱币仍在19世纪的兴都库什山区流通。我告诉她，我和我的搭档休在埃塞俄比亚旅行时，在集镇上发现了一只积满灰尘的中国古陶罐，并想要弄清楚它是如何到达那里的。

我回答她：不，物品一直被人运送、出售、交换、偷窃、遗失和失而复得。人总是送礼物。重要的是你如何讲述它们的故事。

我还经常被问到一个类似的问题："看到物品从你的工作室拿走，你难道不痛恨吗？"啊，不，我不痛恨。我是靠把物品卖出去为生的。如果你像我一样制作物品，你只会希望它们被这个世界接受，并获得长久的生命。

不仅仅是物品承载着故事。故事也是某种类型的物品。故事和物品之间有共通之处：一种光泽。两年前开始这段旅程的时候，我认为我想明白了，但现在我不确定它是如何形成的。也许光泽是被时光打磨后的返璞归真，就像带花纹的石头在河水里滚动，就像狐狸根付不仅仅让人想起鼻子和尾巴。这个比喻不能完全涵盖，但可以视为枚举，我们还可以认为它像一件橡木家具年复一年被抛光，像我的枸杞果的叶子闪闪发亮。

你从口袋里拿出一件物品，把它放在自己面前，然后开始讲述一个故事。

我拿着它们，寻找着磨损的痕迹。我看到一些象牙根付上沿着纹理出现的细小裂纹。这不是因为我希望这些摔跤者分开——那些难分难解地纠缠在一起的象牙肢体——而是因为它们曾经被某个名人（一位诗人、画家，抑或普鲁斯特）在世纪末因为兴奋而失手掉落在查尔斯的金色地毯上。我还看到了积存在趴在栗果上的蝉的翅膀里难以清除的灰尘（因为曾经被藏在维也纳的床垫里）。

这些根付最新的落脚地是伦敦。维多利亚和阿尔伯特博物馆为了给新展览腾出空间，正在处理一批旧玻璃柜。我买了一个。

我的职业是制陶者，所以往往被视为极简主义者——像那一排排浅灰绿色和蓝灰色的瓷器。人们认为我的妻子和三个孩子住在像庙宇一样简朴的地方，或许有混凝土地板，有一面玻璃墙，还有一些丹麦家具。不是这样的，我们住在一栋爱德华时代的房子里，在伦敦一条令人愉快的街道上。屋前有悬铃木；大厅里（今天上午）摆着一把大提琴和一把法国圆号、几双惠灵顿靴子、一座孩子们已经钻不进去的木头城堡、一堆衣服和鞋子，还有我们年迈的爱犬艾拉。过了大厅，整个屋子一片凌乱。但我希望我的三个孩子有机会了解根付，就像100年前的那几个孩子那样。

所以，我们费了很大力气，把这只退役的玻璃柜搬了进来。为了它，我们用上了四个人和大量咒骂。它连着红木底座有7英尺高，而且是用青铜做的。上面有三个玻璃架子。把柜子固定在墙上后，我回忆起自己小时候的收藏。我收集过骨头、一张老鼠皮、贝壳、一只老虎爪子、一张蛇蜕下的皮、黏土烟斗和牡蛎壳，还有40年前的某个夏天，我和哥哥约翰在林肯郡的考古挖掘地（用绳子在地面标出格子，直到最后玩厌）找到的维多利亚硬币。那时我父亲是主教座堂的祭司，我们正对着主教办公室东面那扇巨大的哥特式窗户，住在一栋老式房子里，带有螺旋楼梯，长廊尽头还有一间小礼拜室。一位副主教把他童年时（爱德华七世时代）挖掘于诺福克的化石收藏品（一些化石上依然标记着发现的日期和地点）交给了我。我7岁的时候，教堂图书室处理红木箱子，于是我的房间有一半被一个玻璃柜——我的第一个玻璃柜——占据了，我在里面翻来覆去地摆放我的物品，在别人的要求下转动钥匙、打开柜子。那是我的"珍奇屋"（*Wunderkammer*），我的物品世界，我秘密的触摸史。

我认为这个新的玻璃柜对我的根付来说是个好地方。它放在钢琴旁边，而且没有上锁，只要孩子们愿意，随时可以打开柜门。

我拿了一些根付出来展示——那只狼、那颗枸杞果、那只琥珀眼睛的兔子，大约有十几只——等我再看时，它们已经被移动过了。蜷着身子睡觉的老鼠被推到了前面。我打开玻璃门，把老鼠拿起来，放进口袋，把狗挪到最前面，然后出门去工作。我有陶器要做。

根付的故事又一次开始了。

致　谢

这本书酝酿了很长时间。我初次讲述这个故事是在 2005 年，感谢以下三位：迈克尔·戈德法布（Michael Goldfarb）、乔·厄尔（Joe Earle）和克里斯托弗·本菲（Christopher Benfey），是他们让我闭上嘴，提起了笔。

首先，我要感谢我的弟弟托马斯，他给予我实际上的帮助，还有陪伴。我的叔叔康斯坦特和婶婶朱莉娅·德瓦尔一直给予我很大的支持。感谢所有协助我进行研究和翻译的人，特别是乔治娜·威尔逊（Georgina Wilson）、汉娜·詹姆斯（Hannah James）、汤姆·奥特（Tom Otter）、苏珊娜·奥特（Susannah Otter）、尚塔尔·里克尔（Chantal Riekel）和奥罗吉塔·达斯（Aurogeeta Das）。东英吉利大学（University of East Anglia）的乔·卡特林（Jo Catling）博士在里尔克/埃弗吕西文件上的研究工作价值无法估量，佳士得拍卖行（Christie's）的马克·欣顿（Mark Hinton）在阐明根付上的签名方面给予了我很大帮助。我的工作室经理嘉莉丝·达维斯（Carys Davis），不仅使我免受很多杂务干扰，而且渐渐成为我重要的对话者。

我想感谢吉塞尔·德·博加德·斯坎特伯里（Giselle de Bogarde Scantlebury）、玛丽－露易丝·冯·莫泰希茨基（已故）、弗朗西斯·斯普福德（Francis Spufford）、珍妮·特纳（Jenny

Turner)、玛德琳·贝斯伯勒（Madeleine Bessborough）、安东尼·辛克莱（Anthony Sinclair）、布赖恩·狄龙（Brian Dillon）、詹姆斯·哈丁（James Harding）、莉迪亚·赛森（Lydia Syson）、马克·琼斯（Mark Jones）、A.S.拜厄特（A. S. Byatt）、查尔斯·索马里兹-史密斯（Charles Saumarez-Smith）、鲁思·桑德斯（Ruth Saunders）、阿曼达·伦肖（Amanda Renshaw）、蒂姆·巴林杰（Tim Barringer）、约鲁恩·维特伯格（Jorunn Veiteberg）、罗茜·托马斯（Rosie Thomas）、维克拉姆·塞斯（Vikram Seth）和约兰·布林克（Joram ten Brink）。我特别感谢玛蒂娜·马吉茨（Martina Margetts）、菲利普·沃森（Philip Watson）和菲奥娜·麦卡锡（Fiona MacCarthy），感谢他们对这本书保持着信心。

感谢伦敦图书馆、维多利亚和阿尔伯特博物馆的国家艺术图书馆、英国国家图书馆、剑桥大学图书馆、考陶尔德学院、卢浮宫、奥赛博物馆、歌德学院、法国国家图书馆、日本东京图书馆、维也纳犹太社区和阿德勒学会的工作人员。在维也纳，我想感谢苏菲·莉莉（Sophie Lillie）在战后物品归还方面所做的开创性研究工作，还有犹太社区的安娜·施陶达赫尔（Anna Staudacher）、沃夫-埃里希·埃克斯坦（Wolf-Erich Eckstein），以及格奥尔格·戈盖什（Georg Gaugusch）和克里斯托弗·温特沃斯-斯坦利（Christopher Wentworth-Stanley）在宗谱方面提供的帮助。我还要感谢奥地利赌博集团的马丁·德尔什卡（Martin Drschka）在我访问埃弗吕西官邸时提供的帮助。在敖德萨，我要感谢马克·奈多夫（Mark Naidorf）、安娜·米休卡（Anna Misyuk）和亚历山大（萨沙）·罗森博伊姆（Alexander (Sasha) Rozenboim）指导我了解埃弗吕西家族的一些历史。

费莉希蒂·布莱恩（Felicity Bryan）是最棒的经纪人和鼓励者，我想在此向她和她在费莉希蒂·布莱恩机构的同事们致以感激之情。同时感谢佐伊·帕格纳门塔（Zoe Pagnamenta）及安德鲁·纳伯格联合公司（Andrew Nurnberg Associates）的所有工作人员。我也想感谢查托（Chatto）出版社的朱丽叶·布鲁克（Juliet Brooke）、斯蒂芬·帕克（Stephen Parker）和凯特·布兰德（Kate Bland）。还有法勒-斯特劳斯-吉鲁（Farrar, Straus and Giroux）出版社的乔纳森·加拉西（Jonathan Galassi）从一开始就支持本书。

我一直对我的两个编辑所付出的关心、奉献精神和想象力感到受宠若惊。查托出版社的克拉拉·法默尔（Clara Farmer）经常写信询问这本书是否完成，是她和 FSG 出版社的考特尼·霍德尔（Courtney Hodell）一手促成了这本书的诞生，我深深地感谢她们。

最重要的，我想在此表达对我已故的祖母伊丽莎白和舅公伊吉的爱和感激之情，感谢我的母亲埃丝特·德瓦尔、我的父亲维克托·德瓦尔和杉山志良。

如果没有我的妻子苏·钱德勒的慷慨支持，我不可能写出这本书。我要把这本书献给我们的孩子本、马修和安娜。